KB099290

DONGSUH MYSTERY BOOKS 133

CAT OF MANY TAILS

꼬리 아홉 고양이

엘러리 퀸/문영호 옮김

동서문화사

옮긴이 문영호(文永浩)

서울대학교 공과대학 졸업. 육군사관학교 교수·파스칼세계대백과사전 편찬위원 역임. 옮긴책 아처 《한푼도 용서없다》 퀸 《르윈터의 망명》 등.

ttt

DONGSUH MYSTERY BOOKS 133

꼬리 아홉 고양이

엘러리 퀸 지음/문영호 옮김

1판 1쇄 발행/1977년 12월 1일

2판 1쇄 발행/2003년 10월 1일

2판 3쇄 발행/2009년 4월 1일

발행인 고정일/발행처 동서문화사

창업 1956. 12. 12. 등록 16-345(윤)

서울강남구신사동 540-22 ☎ 546-0331~6 (FAX) 545-0331

www.epascal.co.kr

*

이 책의 출판권은 동서문화사(동판)가 소유합니다.

의장권 제호권 편집권은 저작권 법에 의해 보호를 받는 출판물이므로

무단전재와 무단복제를 금합니다.

편찬·필름·제작 일체 「동판」 자본으로 이루어짐에 따라

출판권 소유권자 「동판」에서 제조출판판매 세무일체를 전담합니다.

사업자등록번호 211-90-02201

ISBN 978-89-497-0229-2 04840

ISBN 978-89-497-0081-6 (세트)

꼬리 아홉 고양이

차례

등장인물

아치볼드 더들리 어바네시   제1피해자

바이얼릿 스미스   제2피해자

라이언 오라일리   제3피해자

모니카 매켈   제4피해자

시몬느 필립스   제5피해자

비어트리스 윌킨스   제6피해자

레노아 리처드슨   제7피해자

스텔라 페트루키   제8피해자

도널드 카츠   제9피해자

셀레스트 필립스   시몬느의 여동생

제임스 가이머 매켈   모니카의 남동생

에드워드 카자리스   정신과 전문의

카자리스 부인   에드워드의 아내

메릴린 소머즈   속기사

토머스 베리   형사부장

버니   경찰 본부장

리처드 퀸   경감. 엘러리의 부친

엘러리 퀸   범죄 연구가

꼬리 아홉 고양이

아치볼드 더들리 어바네시가 목이 졸려 죽은 사건은 뉴욕 시를 무대로 한 9막짜리 비극의 제1장이었다.

뉴욕 시의 대응은 졸렬했다.

300평방 마일의 지역에 거주하는 750만 명의 주민들은 순식간에 와글와글 북새통이 되고 말았다. 폭풍의 중심은 맨해튼이었다. 〈뉴욕 타임스〉가 한창 떠들어댈 때에 지적했듯이, 이곳은 바보 멍청이들만이 살았다는 옛 영국 마을의 이름을 따서 '고담'이라는 별칭이 붙은 곳이었다. 그러나 그런 빈정거림을 마냥 재미있어할 수만은 없었다. 현실은 결코 만만한 것이 아니었기 때문이다. 공황 상태는 '고양이'보다도 많은 희생자를 낳았다. 수많은 부상자가 나왔다. 어른들의 맹목적인 공포에 감염된 뉴욕 시 어린이들에게 어떤 정신적인 외상을 남겼는지는 정신과 의사들이 다음 세대의 신경증을 조사할 때까지는 알 수 없을 것이다.

과학자들의 의견이 일치된 넓지 않은 영역 가운데서 몇몇 고발이

나왔다. 그중 하나가 신문에 대한 비난이었다. 확실히 뉴욕 신문의 절반이 그 책임을 부인하지 못할 것이다.

'우리는 일반 대중에게 사건이 어떻게 일어났는지 있는 그대로를 그것이 계속되는 한 보도하겠다'는 〈뉴욕 엑스트라〉의 변명은 그럴 듯하게 들리긴 하지만 '고양이'의 참극을 그렇게 자세하게, 만화까지 그려 넣어가며 써내는 이유에 대해서는 설명하고 있지 않았다. 이런 상세하기 그지없는 기사를 싣는 목적은 물론, 신문의 매상을 올리기 위한 것이고, 이 목적은 교묘하게 달성되었다. 모 신문의 판매부장은 은밀하게 그 사실을 인정했다.

"우리는 정말로 독자를 벌벌 떨게 했다."

라디오도 공범자로 고발되었다. 라디오의 미스터리나 범죄 프로가 히스테리, 비행, 자폐증, 고정관념, 성적 조숙, 습관적 손톱 깨물기, 악몽, 야뇨, 신을 모독하는 언사, 그 밖의 미국 청소년 비행의 첫 번째 원인이라고 격렬하게 비난하는 완고한 사람들과, 또 그에 동조해 왔던 그와 비슷한 네트워크가 크건 작건 구분 없이 모조리 '고양이'의 범행에 효과음을 넣어 방송하는데 대해 아무런 의혹도 가지지 않았다 ……. 아무리 충격적인 것이라도 픽션만 아니라면 해롭지 않다고 굳게 믿는 것 같았다. 교살자의 가공할 범행을 보도한 겨우 5분 동안의 뉴스 방송이 청취자의 신경에 모든 네트워크의 미스터리 프로를 모조리 합친 것보다도 강한 파괴적 충격을 주었다는 비난이 나중에 가해진 것도 수긍이 가는 점이다. 그러나 그것은 이미 해악이 흘러나온 뒤였다.

다른 고발자들은 문제를 한층 깊이 파내려 갔다. '고양이'의 범죄에는 보편적인 공포의 현(絃)을 강하게 때리는 어떤 요소가 있다고 그들은 말했다.

그 하나는 범죄 수단이다. 호흡은 생명이며, 호흡을 멈추는 것은 죽음이므로 교살이라는 방법은 훨씬 근원적인 공포를 불러일으킨다고 그들은 피력했다.

다른 하나는 희생자를 선택하는 방식이 어처구니가 없다는 것이다. 그들은 이를 '일시적 기분에 의한 선택'이라고 표현했다. 인간이 어떤 목적을 위해 죽겠다는 각오를 할 때는 너무나도 평온하게 죽음을 맞이한다고 그들은 말했다. 그러나 '고양이'는 닥치는 대로 희생자를 선택했다. 그는 인간을 인간 이하의 수준으로 내리누르고, 개인의 살해를 우연히 개미를 밟아 뭉개는 정도로밖에는 생각지 않았다. 이것은 방위를, 특히 도덕적인 방위를 불가능하게 했다. 그래서 범죄로부터 안전할 수가 없으며, 바로 그 때문에 공황상태가 일어났다.

세 번째의 요소는 전혀 정체를 알 수 없다는 것이었다. 흉악한 동기가 없는 냉혹한 살인의 현장을 본 사람은 단 한 명도 없었다. 범인의 나이, 성별, 신장, 체중, 피부색이나 머리색, 습관, 말씨, 태생, 그리고 인종조차도 알지 못했다. 입수한 데이터만으로 판단하면 고양이거나 혹은 도깨비인지도 모른다고까지 여겨졌다. 아무것도 모르기 때문에, 자극된 상상력은 터무니없는 공상을 낳았다. 그 결과 공상은 현실이 되었다.

철학자들은 넓은 시야에서, 열린 창을 통해 사건을 개관했다. 세계적 관점이 필요하다고 그들은 부르짖었다. 이 낡은 지구는 압력에 저항해 삐걱거리면서 덜거덕덜거덕 회전하고 있다. 두 차례의 세계적인 대전쟁을 겪고 살아남은 세대들은 난도질당하고, 굶주리고, 고문당하고, 학살당한 몇백만이나 되는 사람들을 장사지냈다. 그들은 피비린내 나는 시대의 바다로부터 세계 평화라는 미끼에 혹해 달려들었다가 얄궂게도 국가주의라는 낚시바늘에 걸려들고 말았다. 불가해한 원자폭탄의 버섯구름 아래서 까닭도 모른 채, 그리고 알려고도 않은 채로 그냥 움츠러들고 말았다. 그들은 외교 전략가가 결코 닥치지 않을 세계의 마지막 전쟁의 전술을 구사하는 것을 그저 멍하니 바라보고만 있었다. 또한 그들은 이리저리 끌려 다니고, 권유당하고, 설득당하고, 의심받고, 아첨당하고, 고발당하며, 몰아세워지고, 의석을 빼앗기며, 부추김을 받고, 따돌림당하면서 한시도 평화나 안식을 부여받지 못한 채 날마다, 밤마다, 그리고 시시각각 상반된 세력으로부터 압력의 목표가 되었다. 세계의 신경전이 만들어낸 진정한 희생자였다······. 철학자들은 그런 세대가 미지의 사물이 내는 미세한 소리에도 뛰어올라 비명을 지르는 것은 조금도 이상할 것이 없다고 말했다. 감수성이 없고, 무책임하며, 위협받거나 협박당하거나 하는 세계에선 히스테리는 놀랄 만한 일이 아니다. 그 히스테리가 뉴욕 시를 덮쳤다. 세계의 어느 곳을 덮쳤다 하더라도 그곳 주민은 그것에 휘말렸을 것이다. 그리고 반드시 이해를 해야만 할 것은, 주민은 패닉 상태를 환영했으므로 그에 굴복한 것은 아니라고 그들은 말했다. 발걸음이 휘청휘청 동요하는 유성(遊星)에서 제정신을 차리는 것은 너무나도 지대한 고통인 것이다. 환상은 피난처이며 구원이다.

평범한 한 뉴욕 사람, 20살의 법과 대학생은 많은 사람들이 이해할 수 있는 말로 이 사건을 설명했다.

"나는 대니얼 웹스터(19세기 미국의 정치가이자 변호사, 웅변가로 유명함)에 대해 읽었습니다. 그는 조지프 화이트라는 남자의 재판에서 이런 명문장을 썼습니다. 벌하지 못하는 하나의 살인이 일어날 때마다 모든 인간 생명의 보장이 감쇄된다고 했습니다. 지금은 '고양이'라는 괴물이 사람들을 우왕좌왕 내몰고 있으며 수사는 겨우 1루에도 진출하지 못한, 뭔가 잘못된 세상이라고 생각합니다. 이대로 '고양이'가 계속 교살을 하게 놔둔다면 이제 곧 인구가 줄어들어 에벳츠 필드(브루클린 다저스의 홈그라운드)의 왼쪽 외야석을 채울 만큼의 관객도 남지 않게 될 겁니다. 지루하십니까? 그런데 드로쳐(브루클린 다저스의 감독)는 대체 뭘 하고 있는 걸까요?"

허스트 계열의 신문기자가 가두에서 인터뷰한 이 법과 대학생의 이름은 제럴드 엘리스 콜로드니로, 그의 이야기는 〈뉴요커〉와 〈새터데이 리뷰 오브 리터래처〉, 〈리더스 다이제스트〉에 실렸다. 메트로 뉴스는 콜로드니 씨에게 부탁해서 이 말을 카메라 앞에서 반복하게 했다. 뉴욕의 젊은이들은 고개를 끄덕이면서 옳은 소리라고 했다.

2

　8월 25일의 뉴욕은 이 도시 특유의 삶는 듯한 열대야를 맞이했다. 엘러리는 짧은 반바지 하나를 입고 서재에서 소설을 쓰려 애를 쓰고 있었다. 그러나 그의 손가락은 끊임없이 타자기의 자판에서 미끄러졌다. 결국 그는 스탠드를 끄고 터덜터덜 창문 쪽으로 걸어갔다.

　뉴욕은 밤의 무거운 압력에 짓눌려 어둡고 적막했다. 동쪽 편에선 몇천이나 되는 사람들이 센트럴 파크로 흘러 들어와 젖은 잔디 위에 몸을 던지고 있으리라. 북쪽의 할렘, 브롱크스, 리틀이탈리아, 요크빌, 남동쪽의 로워 이스트사이드, 강 쪽의 퀸스나 브루클린, 남쪽의 첼시, 그리니치빌리지, 차이나타운 등 어디를 가더라도 아파트가 있는 곳에선 비상계단에 사람들이 떼지어 있고, 집은 텅 비었으며, 길거리는 녹초가 된 사람들로 가득할 것이다. 공원길은 괜히 들떠서 하릴없이 거니는 남녀들로 번잡할 테고, 자동차는 시원한 바람을 찾아 브루클린 다리, 맨해튼 다리, 윌리엄스버그 다리, 퀸스보로 다리, 조지 워싱턴 다리, 트리볼로 다리 위로 모여들어 시끌벅적할 것이다. 코니아일랜드, 브라이튼, 맨해튼 비치, 로커웨이스, 존스 비치엔 잠들지 못한 몇백만 명의 사람들이 몰려와 모래사장을 뒤덮고 있으리라. 유람선은 바쁘게 허드슨 강을 오가고, 페리는 너무 많은 등짐을 진 노파처럼 비틀거리면서 위호큰과 스태턴 섬을 다니고 있을 것이다.

멀리서 번개가 밤하늘을 찢으며 엠파이어 스테이트 빌딩을 비쳤다. 거대한 사진 촬영이다. 마치 뉴욕 시와 같은 크기의 카메라가 셔터를 눌러 야경을 찍는 것 같았다.

약간 남쪽 하늘에 밝은 거품 같은 것이 드리워져 있다. 그러나 그것은 환영이었다. 타임스 스퀘어는 그 밑에서 푹푹 삶아지고 있겠지. 라디오 시티 뮤직 홀, 록시, 캐피털, 스트랜드, 파라마운트, 스테이트 등 냉방장치가 있는 곳이라면 어디든 사람들로 가득 차 있을 것이다.

지하철에서 더위를 피하는 사람도 있을 것이다. 연결된 차량 사이의 문은 활짝 열어제쳐져 전차가 역과 역 사이를 돌진하면 터널의 공기가 세차게 들어온다. 그리 기분은 좋지 않지만 바람임에는 틀림없다. 가장 좋은 자리는 첫 번째 차량의 앞문으로 운전실 옆이다. 이곳엔 수많은 사람들이 모여들어 그저 고맙기만한 세찬 바람에 힘겹게 몸을 다잡고 뒤흔들리고 있다.

워싱턴 광장, 5번 거리, 57번 길, 어퍼 브로드웨이, 리버사이드 드라이브, 센트럴 파크 웨스트, 110번 길, 렉싱턴 거리, 매디슨 거리 등지에서 서는 버스는 단 몇 명만을 태울 뿐, 많은 승객을 거절하고 있다. 그리고 북으로, 남으로, 서로, 동으로 빙글빙글 뛰어돌아다닌다. 마치……

엘러리는 휘청거리면서 책상으로 돌아와 담배에 불을 붙였다.

어디서 시작하든 결국은 같은 곳으로 되돌아오고 만다는 생각이 들었다.

그 '고양이'가 문제가 되어 있었다.

그는 머리에 두 손을 받치고 몸을 기울였다. 땀으로 흥건해져 손가락이 미끄러졌다. 그는 꽉 죄어도 괜찮을 것 같아서 손가락에 힘을 주었다. 생각이 조금도 나아가질 않는다. 새로운 의지력 테스트다.

'고양이.'

엘러리는 얼굴을 찌푸리면서 담배를 피웠다.

커다란 유혹이다.

라이츠빌의 반 혼 사건 ^{(앞선 작품 〈10일간의 불가}
사의〉에서 다루었던 사건</sup>)에서 엘러리는 혹독한 배신감을 맛보았다. 그는 자기 자신의 논리에 배신을 당했던 것이다. 손에 들고 있는 칼날이 갑자기 그를 향했다. 그는 범인을 겨누었는데 죄 없는 자를 찔러 버렸다. 그래서 그는 그것을 잊기로 하고 타자기 앞에 앉았던 것이다. 퀸 경감의 말처럼 상아탑에 틀어박히는 것과도 같은 일이다.

불행하게도 그는 날마다 악한들과 싸우는 늙은 기사와 함께 기거해야만 했다. 뉴욕 경찰 리처드 퀸 경감은 그의 아버지이기도 하기 때문에 더한층 성가셨다.

엘러리는 곧잘 말했다. "사건 얘기 따윈 듣고 싶지 않습니다. 그냥 내버려 둬 주세요."

"어째서 그러지? 두려우냐?" 그의 아버지는 놀리듯이 말했다.

"전 완전히 손을 뗐습니다. 이제 흥미가 없어요."

그러나 그것은 '고양이'가 아치볼드 더들리 어바네시를 목 졸라 죽이기 전의 일이었다.

그는 어바네시의 죽음을 무시하려 애썼다. 그리고 한동안은 그 노력이 성공했다. 하지만 둥글고 작은 눈을 한 동그란 얼굴이 조간신문에서 그를 쏘아보는 것 같아서 이상하게 신경이 거슬렸다.

결국 그는 기사를 읽었다.

흥미 있는 사건이었다.

그는 이토록 아무런 의미도 지니지 않은 얼굴을 본 적이 없었다. 악의도 없고, 부드러움도 없으며, 뻔뻔스러움도 없고, 아둔함도 없었다. 수수께끼조차도 없었다. 아무것도 없다. 그저 동글동글한 44살

먹은 태아의 얼굴이었다. 자연의 미발육 실험 중에 하나였다.

분명 흥미가 있는 살인이었다.

그로부터 두 번째의 교살 사건.

그리고 세 번째.

그리고…….

아파트의 문이 쾅당 소리를 냈다.

"아버지?"

엘러리는 급하게 뛰어 일어나다가 책상 모서리에 정강이를 부딪쳤다. 그는 절룩거리면서 서둘러 거실까지 갔다.

"여어, 차림새가 시원해 뵈는구나." 퀸 경감은 저고리와 넥타이를 손에 들고 구두를 벗으려는 참이었다.

경감은 얼굴색이 좋지 않아 보였다.

"바쁘셨어요?"

더위 탓만은 아니었다. 경감은 원래 몹시 심한 더위에는 사막의 쥐처럼 강했다.

"뭐 좀 시원한 것 없냐, 엘러리?"

"레모네이드가 있어요, 많이."

경감은 주방으로 들어갔다. 엘러리는 냉장고가 열렸다가 다시 닫히는 소리를 들었다.

"그런데 말야, 날 축하해 줘야겠다."

"축하라니, 뭘요?"

"오늘, 받았거든." 그의 아버지는 차가운 글라스를 들고 다시 모습을 나타내며 말했다.

"나의 경력……, 이른바 경력 가운데서 가장 성가신 것을 말야."

그는 고개를 들고 마셨다. 목이 보였다. 한층 창백한 느낌이었다.

"해고인가요?"

"그보다 더 나빠."

"승진이로군요."

"사실은, '고양이' 추적의 선도견이 되었어."

경감은 허리를 낮추면서 말했다.

"그 '고양이' 말이군요."

"그래, '고양이'야."

엘러리는 서재 옆 기둥에 기댔다.

"경찰 본부장이 날 부르더구나. 그는 전부터 생각했던 일이라면서 '고양이' 특별수사반을 만들겠다고 하더구나. 내가 그 책임자야. 결국 선도견인 셈이지." 경감은 두 손으로 글라스를 쥐고 말했다.

"개 취급을 당하신 거로군요." 엘러리는 웃었다.

"너한테는 크게 웃을 일인지도 모르지. 하지만 난 자유를 원해, 한껏 자유를 말야."

그는 글라스에 남은 것을 비웠다.

"엘러리, 난 오늘 본부장과 얼굴을 맞대고서 딕 퀸은 이미 나이가 들어서 그런 일은 무리라고 말할 참이었어. 난 거의 한평생을 경찰로서 충실하게 일해왔어. 보다 편한 일을 맡아도 되지."

"하지만 받아들이셨잖아요."

"음, 받아들였지. 거기다 한술 더 떠서 '감사합니다, 본부장님'이라는 말까지 해버렸단다. 그러나…… 본부장에게 겉으론 말하지 않았지만 속으로 어떤 목적이 있어서 그러는 게 아닐까 하는 생각이 들더라고. 그래서 더더욱 거절하고 싶었지. 지금이라면 아직도 가능하지만." 그는 우울한 표정으로 말했다.

"그만두겠다는 건가요?"

"말이 그렇다는 것뿐이야. 어쨌든 너와도 관계가 없다고는 말할 수 없지 않느냐."

엘러리는 거실의 창가로 갔다. "어이쿠, 이런. 내가 나설 일이 아니에요." 그는 길거리를 향해 말했다. "단지 재미삼아 손을 내민 것뿐이에요. 저는 줄곧 달라붙어 있었어요. 하지만 제 방식이 정석이 아니란 걸 깨닫고는……."

"네가 무슨 말을 하려는지 알아. 그러나 이건 쉽지 않은 사건이야."

엘러리는 그를 쳐다보았다. "그건 과장이시겠죠."

"엘러리, 이건 비상사태야."

"그런……."

"정말이야, 비상사태라니까."

"몇 명이 살해당했을 뿐이에요. 수수께끼란 것은 인정하지만, 드문 일이랄 정도는 아니죠. 미궁에 빠지는 살인사건의 비율이 어느 정도인가요? 아버지의 생각을 모르겠어요. 제가 그만둔 건 이유가 있어서예요. 전 몇몇 사건에 손을 댔다가 얼뜨기 짓을 해 한두 사람을 죽이고 말았어요. 하지만 아버진 프로입니다. 임명을 받으신 거라고요. 만일 실패를 하더라도 그건 경찰 본부장의 책임이에요. 교살사건이 해결되지 않더라도……."

경감은 빈 글라스를 두 손바닥으로 감싸쥐고 돌리면서 말했다. "철학자로군. 만약 이 교살사건이 해결되지 않으면, 신속히 해결되지 않으면, 이 동네에서 뭔가가 돌발할 거야."

"돌발이요? 뉴욕에서? 그게 무슨 뜻이죠?"

"실제로는 아직 일어나지 않았어. 징후일 뿐이야. 경찰엔 정보라든가 지시, 보증 등등 갖가지를 알려주고 요구하는 전화가 계속 걸려오지. 특히 밤에는 지레짐작으로 오는 경보전화가 늘었어. 당직 경찰들은 신경질적이 되었고, 죄다 필요 이상으로 긴장하고 있지. 그리고……." 경감은 글라스를 문지르면서 적당한 말을 찾고 있었다. "일반 대중의 강한 관심이 문제야. 그들은 지나치게 관심을 갖고 있어. 이상해."

"너무 자극적인 만화 때문에……."

"까닭이야 어찌 되었든 그건 아무래도 상관없어. 사건은 계속 일어나고 있어, 엘러리. 왜 지난 여름 브로드웨이에서 허황된 살인 코미디 〈캣츠〉가 유일하게 커다란 히트를 친 일이 있지? 비평가들은 뉴욕에서 지난 5년 동안에 상연된 가장 싸구려 공연물이라고 혹평했지만 제대로 맞춘 건 이것뿐이었어. 윈첼(월터 윈첼, 미국의 저널리스트, 칼럼니스트)의 최신 칼럼의 제목은 '파국'(Cats—Astrophes, 고양이와 파국을 다루고 있다는 뜻)이야. 벌(밀튼 벌, 코미디언)은 고양이의 조크를 거절했고, 이 주제는 웃기지 못할 거라고 했어. 애완동물 가게에선 한 달 동안 단 한 마리의 새끼 고양이도 팔리지 않았다고 해. 리버딜, 캐너지, 그린포인트, 이스트브롱크스, 파크로우, 파크 거리, 파크 플라자에서도 '고양이'를 보았다는 보고가 들어오기 시작하고 있어. 뉴욕의 여기저기서 노끈으로 목 졸려 죽은 도둑고양이의 사체가 발견되기에 이르렀지. 포사이스 거리, 피트킹 거리, 레녹스 거리, 2번 거리, 10번 거리, 브루크너 불버드……."

"아이들 장난이에요."

"맞아. 몇 명인가는 현장에서 붙잡았지. 하지만 그건 징후야, 엘러리. 그 징후가 나를 떨게 하고 있어. 난 남자답게 그걸 인정하는 거야."

"낮에 뭐 이상한 거라도 잡수신 거 아니에요?"

"다섯 건의 살인으로 세계 제일의 대도시가 부들부들 떨고 있어! 왜지? 넌 어떻게 설명하겠니?"

엘러리는 말이 없었다.

"뭐든 말해봐. 넌 아마추어의 입장을 위험에 노출시키고 싶지 않은 게로구나." 경감은 놀리듯 말했다.

그러나 엘러리는 잠자코 생각에 빠져 있을 뿐이었다.

"어쩐지, 어쩐지 이상한 느낌이 들어서 그래요. 뉴욕은 하루에 50명의 소아마비 환자가 나온대도 특별히 생각하지 않아요. 그러나 만일 진성 콜레라가 두 건만이라도 발생하면 틀림없이 집단 히스테리가 일어나거든요. 이 교살사건엔 뭔가 유별난 데가 있어요. 누구라도 무관심하지 못하죠. 어바네시 같은 사내가 가능한 거라면 누구라도 당할 가능성이 있죠."

그는 입을 다물었다. 경감이 물끄러미 그의 얼굴을 쳐다보고 있었다.

"상당히 잘 알고 있는 것 같구나."

"신문에서 읽었을 뿐이에요."

"좀더 알고 싶으냐? 자세하게?"

"그건……."

"앉아라, 엘러리."

"아버지……."

"앉으라니까!"

엘러리는 앉았다. 어쨌거나 그는 아버지였다.

"지금까지 살인이 5건이야. 장소는 모두 맨해튼, 죄다 교살이야. 모두 같은 종류의 끈을 사용하고 있어."

"그 견주(옛누에의 실 로 짠 비단)죠? 인도 실크 말이지요?"

"그런 것까지 알고 있었니?"

"출처를 밝혀내려 하고 있지만 알 수가 없다고 신문에 써 있더군요."

"그 기사는 맞아. 튼튼하고 올이 거친 실크인데, 틀림없이 인도 정글이 원산지일 거야. 이게 유일한 단서지."

"뭐라고요?"

"그것 말고는 무엇 하나도 단서가 없다는 거야. 아무것도 없어. 아무것도 없다는 거야, 엘러리. 지문도, 목격자도, 용의자도, 동기도 없어. 수색을 하려 해도 실마리가 없단 말이야. 범인은 바람처럼 왔다가 사라지거든. 뒤에 남는 건 두 가지뿐인데 사체와 끈뿐이지. 최초의 희생자는……."

"아치볼드 더들리 어바네시. 나이는 44살. 글래머시 파크에서 가까운 이스트 19번지의 방 3개짜리 아파트에 살고 있었다. 병든 어머니가 몇 년 전에 죽고 혼자 살았다. 아버진 목사로 1922년에 죽었고 어바네시는 태어나서 단 한 번도 일을 한 적이 없다. 어머니를 돌보다가 그 뒤로는 자기의 신변에 관한 일을 했을 뿐. 전쟁 중엔 병역 면제였다. 자기가 먹을 식사 준비를 하거나 집안 청소를 하거나 했다. 이렇다할 취미도 없고, 특별한 관계를 맺고 있는 사람도 없었다. 아무것도 없었다. 무색 무취의 없는 거나 같았던 인물. 어바네시의 좀더 정확한 사망 시각은 알아냈나요?"

"프라우티 의사는 6월 3일 자정 무렵에 교살되었다는 걸로 만족하고 있지. 어바네시와 범인이 서로 아는 사이였을 것으로 추정되는 점이 있어. 전체적인 양상으로 보아 만날 약속을 했던 것 같아. 친척은 제외되었지. 그들은 멀리 흩어져 있어서 범행은 불가능했어. 친구들? 어바네시에게 친구는 없었어, 단 한 명도. 그는 애당초 외톨이 늑대였거든."

"양이었겠죠."

"내가 아는 한은, 우린 할 일을 다 했어. 아파트의 관리인도, 술에 취한 수위도 조사했지. 모든 거주자와 하다못해 부동산 중개인까지도 말야." 경감은 난처한 표정으로 말했다.

"어바네시는 신탁재산에서 나오는 수입으로 살았다고 하던데……."

"오랫동안 모 은행에 맡기고 있었지. 변호사는 쓰지 않았어. 그에겐 일이 없었거든. 어머니가 죽은 뒤로 어떻게 시간을 보내고 살았는지는 신만이 아실 거야. 우린 몰라. 빈둥빈둥 놀며 지냈겠지."

"근처의 가게는?"

"빠짐없이 조사했어."

"이발소도?"

"범인이 그의 의자 뒤에서 덮쳤다고 해서 그렇게 말하는 게냐?"

경감은 빙긋 웃지도 않고 말했다.

"어바네시는 수염은 직접 깎았어. 그는 한 달에 한 번 꼴로 유니온 스퀘어 근처의 이발소에서 머릴 깎았지. 그곳엘 20년 넘게 다녔는데 아무도 그의 이름조차 모르는 거야. 그래도 확인하기 위해 세 명의 직원에게 물어보았지만 그들도 모르더군."

"어바네시에게 여자관계는 없었다고 믿으시는 건가요?"

"그건 확실해."

"남자도?"

"그가 호모였다는 증거는 없어. 아무것도 하지 않는 남자였지. 노 히트 노 런, 노 에러야."

"에러가 하나 있어요. 적어도 하나는……."

퀸 경감은 깜짝 놀랐으나 입술을 굳게 다물었다. 엘러리는 의자 위에서 몸을 약간 움직였다.

"인간은 전혀 공허할 수는 없어요. 사실은 어바네시가 그런 생활을 했음을 보여주는 것처럼 보이지만, 그런 건 불가능해요. 그가 살해당했다는 것이 그렇지 않다는 증겁니다. 그는 별로 눈에 띄지 않는 생활을 했어요. 뭔가를 했던 거죠. 5명 모두가 그래요. 바이얼릿 스미스는 어땠죠?"

"바이얼릿 스미스? '고양이'의 히트 퍼레이드 두 번째 피해자야. 독신으로 42살. 웨스트 44번지 싸구려 아파트의 꼭대기 층에 방 2개 짜리를 빌려 혼자서 살았지. 피자 가게 위였어. 입구는 건물 옆에 있고 엘리베이터도 없지. 그 건물에는 2층의 음식점을 제외하고 다른 3명의 세입자가 있었어. 그녀는 그곳에 6년 동안 살았고, 그 전에 살았던 곳은 73번지와 웨스트 엔드 거리 모퉁이였지. 그보다 전엔 그리니치빌리지의 체리 스트리트였는데, 그녀는 그곳에서 태어났어." 경감은 눈을 감고 말했다.

경감은 눈을 감은 채로 계속했다. "바이얼릿 스미스는, 모든 점에서 아치 어바네시하고 정반대였어. 어바네시는 숨어 지낸 사람이었지만 그녀는 타임스 스퀘어 근처의 모든 사람을 알고 있었지. 어바네시가 무기력한 숲 속의 갓난아기였다면 그녀는 암늑대였어. 어바네시는 평생 어머니의 보호를 받았지만 그녀는 돈을 지불하고 받는 보호밖엔 알지 못했지. 어바네시에겐 부도덕한 점은 없었지만 바이얼릿은 부도덕 그 자체였어. 술고래에다가 마리화나 상습자이고, 그것도 성에 차지 않게 되자 보다 강한 마약을 하게 되었어. 어바네시는 일생에 1페니도 벌지 않았지만 그녀는 스스로 일을 해서 생계를 이어갔지."

"대개는 6번 거리에서 돈을 벌었겠죠." 엘러리는 말했다.

"아냐. 바이얼릿은 길거리에선 손님을 줍지 않았어. 그녀는 전화를 사용했지. 상당한 고객이 있었던 모양이야. 어바네시의 경우는 아무런 단서도 없었지만, 바이얼릿 쪽은 많아. 보통은 바이얼릿 같은 여자가 살해당하면 포주, 여자 친구, 손님, 마약 판매상 등등 반드시 배후에 있는 갱 따위를 조사하지. 그러면 어딘가에서 해답이 나오는 거야. 그게 보통이지. 바이얼릿은 아홉 차례 체포 경력이 있었고, 한동안 감옥에 간 적도 있었어. 프랭크 폼프라든가 포주 등과 얽혀 있었지. 다만 그 어떤 것을 조사해도 아무것도 나오지 않았지만."

"틀림없나요?"

"'고양이'의 짓이 분명하냐고? 사실은 처음부터 확신이 없었어. 그 끈을 쓰지 않았더라면…….."

"같은 실크 끈이로군요."

"하지만 색깔이 달랐어. 분홍빛이 들어간 연어 속살 같은 색이었지. 그러나 실크는 역시 실크였고 어바네시의 경우와 똑같았어. 단지 어바네시 것은 파랑이었지. 세 번째 사건이 일어나고 네 번째, 다섯 번째로 이어져 패턴이 명료해졌기 때문에 우리는 스미스의 사건도 연쇄살인의 하나라는 확신을 가졌지. 조사하면 조사할수록 확신은 깊어졌어. 정황이나 분위기도 똑같아. 범인은 바람처럼 나타났다가 바람처럼 사라져 냄새도 남기질 않았단 말야."

"그렇더라도……."

그러나 노인은 고개를 저었다.

"너무도 충분히 조사를 했어. 바이얼릿을 살해할 계획이 있었다면 어떤 힌트라도 손에 들어왔을 거야. 그러나 정보 제공자들조차 아무것도 몰라. 그냥 입을 다물고 있어서가 아니야. 정말로 모른단 말야.

그녀는 트러블엔 얽혀 있지 않아. 이 사건은 입을 닫기 위해 했다거나, 뭐 그런 게 전혀 없어. 바이얼릿은 살아가기 위해 좋지 않은 거래를 하고 있었지만 요령 있게 행동했기 때문에 밀고는 당하지 않았지. 돈을 갈취당하는 것도 거래에선 위험 요소 중 하나라고 생각했어. 그녀는 남들에게 호감을 샀고 신뢰를 받고 있었거든."

"40이 넘은 나이로는, 꽤나 힘든 장사였겠군요. 경우에 따라서는

......."

"자살이라고? 그럴 리 없어."

엘러리는 코끝을 문질렀다. "좀더 자세하게 말씀해 주세요."

"그녀는 죽은 지 36시간 이상이 지나서야 발견되었어. 6월 24일 아침에 전날부터 하루 온종일 전화로 연락하려던 여자 친구가 계단을 올라갔어. 바이얼릿 집의 문은 닫혀 있었지만 잠겨 있지는 않아서 안으로 들어가……."

"어바네시는 안락의자에 앉은 채로 죽어 있었죠. 스미스라는 여자는 어떻게 죽어 있던가요?"

"그녀의 아파트는 침실과 거실뿐이고 주방은 벽 쪽에 간단하게 설치되어 있는데, 그녀는 두 방 사이 문 쪽 바닥에 쓰러져 있었어."

"어느 쪽을 향하고 있었나요?" 엘러리는 틈을 두지 않고 물었다.

"알았다, 알았어. 그런데 어느 쪽이라고도 할 수가 없어. 몸을 둥글게 말고 있었거든. 어떤 자세에서 넘어진 건지 몰라도."

"습격은 어떤 방향에서 당했나요?"

"뒤에서야, 어바네시하고 똑같이. 끈은 매듭이 지어 묶여 있었지."

"과연, 그랬었군요."

"뭐라고?"

"어바네시의 경우도 묶여 있었어요. 그게 마음에 걸렸던 겁니다."

"어째서지?" 경감이 자세를 고쳐 앉으며 물었다.

"글쎄요……. 일종의 마무리 같은 거랄까."

"무슨?"

"장식이에요. 하지만 그런 게 필요할까요? 희생자의 숨이 끊어질 때까지 끈을 풀지 않는 거에요. 왜 그럴까요? 그 다음에 왜 묶는 걸까요? 실제로 희생자의 목을 조르면서 끈을 묶는다는 건 상당히 힘든 일인데, 매듭은 희생자가 죽은 뒤에 지은 것 같아요."

그의 아버지는 엘러리를 쳐다보고 있었다.

"튼튼하게 만든 포장에 리본을 묶는 것처럼 말이에요. 말하자면, 어떤 예술적인 터치라고 할까요? 깔끔하고 만족스럽게. 만족……. 뭘 만족시키는 걸까요? 완전 욕구일까요? 최종적인 결말일까요? 그래요, 최종적 결말임이 틀림없어요."

"대체 무슨 소릴 하는 거냐?"

"확실한 건 아니에요. 그런데…… 불법 침입한 흔적은 없었나요?" 엘러리는 우울한 표정으로 말했다.

"아니, 그녀는 범인이 오기를 기다리고 있었다는 게 대다수의 의견이야. 어바네시처럼."

"손님을 가장한 걸까요?"

"그럴지도 몰라. 그렇게 하는 것이 들어오기에 가장 좋겠지. 침실은 흐트러져 있지 않았고 그녀는 나이트 가운을 입고 있었어. 속에는 속치마와 팬티를 입고 있었고. 사람들의 증언으론 그녀는 집에 있을 때는 늘 네글리제를 입고 있었다더구나. 범인은 그녀가 잘 아는 사람일지도 모르고, 그리 잘 모르는 사람일지도 모르고, 아니면 일면식도 없는 인물일지도 몰라. 누가 돼도 상관없어. 미스 스미스와 가까이 하는 건 힘든 일이 아니니까 말이야."

"다른 거주자들은…….."

"아무런 소리도 듣지 못했다는 거야. 음식점 사람들은 그녀의 존재조차도 몰랐지. 뉴욕은 그런 곳이야."

"남의 생활에 간섭하지 않겠다는 거죠."

"위층 여자가 목이 졸려 죽는 판국에도 말야."

경감은 일어나서 서둘러 창가로 갔다. 그러나 이내 얼굴을 찌푸리면서 의자로 돌아왔다.

"요컨대, 스미스 사건에서도 우린 아무것도 알아내지 못했어. 그리고……. "

"질문이 있어요. 어바네시 사건과 바이얼릿 사건 사이에 뭔가 관계를 찾아내셨나요? 아무것도 없었나요? "

"없었어. "

"계속해 주세요. "

경감은 기도 문구라도 읊는 것처럼 낮은 목소리로 말했다. "그러고는 세 번째 사건이 일어났지. 라이언 오라일리, 40살의 구두 세일즈맨이야. 첼시의 아파트에 부인과 네 자녀와 살고 있었지. 범행은 7월 18일, 스미스 사건으로부터 26일 뒤야.

오라일리 사건으로 완전히, 완전히 실망하고 말았지. 오라일리는 근면한 사람이고, 좋은 남편에다가 자식 사랑이 끔찍한 아버지였으나 다만 생활에 쫓겨 고생하고 있었지. 가족을 부양하기 위해 그는 두 가지 일을 하고 있었어. 낮에는 로워 브로드웨이의 구둣가게에서 일했고, 밤에는 강 건너 브루클린 풀턴 거리의 어떤 가게에서 파트 타임으로 일하고 있었지.

그가 만약 어떤 불운을 당하지 않았더라면 어떻게든 살아나갔겠지만, 아이 하나가 2년 전에 소아마비에 걸렸어. 다른 한 명은 폐렴에, 이어서 아내가 포도 젤리의 병을 밀폐하려다가 뜨거운 파라핀에 데었지. 그 화상을 치료하기 위해 그는 피부과 전문의에게 1년 동안 치료비를 지불했지. 게다가 다른 한 아이는 빵소니차에 치어서 석 달 동안 병원에 입원해 있었어.

오라일리는 자신의 천 달러짜리 생명보험 증서를 저당 잡혀 최대한으로 돈을 빌렸어. 아내는 싸구려 결혼 반지를 전당포에 맡겼고, 그는 39년형 시보레를 갖고 있었는데 의사에게 치료비를 지불하기 위해 그것마저 팔아 버렸지.

오라일리에게는 가끔 한 잔 마시는 술이 커다란 즐거움이었지만 그

29

것도 그만두었더군. 맥주조차도, 골초였지만 열 개피로 하루를 견뎌냈지. 그의 아내는 도시락을 싸주었고 그는 집으로 돌아갈 때까지, 대개는 자정이 지날 때까지였는데 저녁 식사를 하지 않았어. 지난 1년 동안엔 충치로 고생했지만 그런 허튼 짓을 할 짬이 없다고 치과 의사에게도 가지 않았어. 그러나 그의 아내 말로는 한때 밤에 잠을 못 자고 고생했다는 거야."

뜨거운 열기가 창에서 후끈 밀려왔다. 퀸 경감은 둥글게 만 손수건으로 얼굴의 땀을 훔쳤다.

"오라일리는 아일랜드인 특유의 콧대 센 사내는 아니었어. 그는 체구가 작은 사람으로 눈썹이 짙었는데, 그게 죽은 뒤에조차도 그를 근심어린 표정으로 보이게 하더구나. 그는 늘 아내에게 자신은 겁쟁이라고 말했다던데 마음은 굳세다고 그녀는 생각했다는 거야. 근데, 그 말이 맞았던 모양이야. 그는 무척이나 가난한 집에서 태어났고, 일생은 거의 기나긴 전쟁의 연속이었지. 소년 시절엔 주정뱅이 아버지와 거리의 불량배들과 싸웠고, 나중엔 가난과 병마와 싸웠어. 마음이 굳세지 않고는 견디기 힘들었겠지. 그는 언제나 어머닐 때리던 아버지를 떠올리고는 그 보상이라도 하듯 자기 아내와 아이들을 소중히 여겼단다. 일생을 가족에게 바쳤던 거야.

그는 클래식 음악을 매우 좋아했어. 악보는 전혀 읽을 줄 몰랐고, 단 한 번 음악 기초수업을 받은 적도 없었지만 여러 오페라나 심포니의 한 절쯤은 흥얼거릴 줄 알았지. 여름에는 가능한 한 센트럴 파크에서 개최되는 무료 일요 콘서트를 들으러 갔어. 그는 언제나 아이들이 라디오를 듣고 있을 때면 WQXR 방송으로 돌리고, 탐정극보다는 베토벤 쪽이 훨씬 도움이 된다고 가르쳤지. 아이들 가운데 하나는 바이올린에 재능이 있었어. 하지만 오라일리는 끝내 그 아이에게 레슨을 그만두게 해야만 했지. 오라일리 부인 말로는 그는 그날 밤에 갓난아기처럼 밤새도록 울었다는 거야."

퀸 경감은 발끝을 쳐다보면서 말을 계속했다.

"이 남자의 시신은 7월 19일 이른 아침에 건물 관리인이 발견했어. 관리인은 입구의 홀을 청소하다가 계단의 구석진 곳에 옷가지가 뭉쳐져 있는 것을 발견했지. 거기에 오라일리가 죽어 있었던 거야.

프라우티는 사망 시각을 18일 자정에서 19일 오전 1시 사이로 추정했어. 오라일리가 브루클린의 밤일을 마치고 돌아왔을 때였을 게 틀림없어. 가게 쪽을 조사해 보니 그가 돌아온 시각과 그가 곧장 집으로 돌아와 건물의 계단을 올라갈 때가 시간적으로 일치했어. 그의 옆머리 부분에 혹이 나 있어……."

"맞아서 생긴 건가요, 아니면 넘어졌기 때문인가요?"

엘러리가 물었다.

"잘 모르겠지만 아마도 맞아서겠지. 그는 입구 문 바로 안에서 관리인이 그를 발견한 계단 밑까지 끌려갔어. 대리석에 고무 뒤축으로 쓸린 자국이 나 있었거든. 격투한 흔적은 없고 소리를 들은 사람도 없었어." 경감은 코를 세게 쥐었다 놓아서 코끝이 2, 3초 동안 하얬다. "오라일리의 아내는 밤새도록 한숨도 못 자고 기다렸지. 그녀는 아이들을 남겨놓고 밖으로 나가는 게 두려웠어. 마침내 그녀가 경찰에 전화를 하려 했을 때——오라일리가 한밤중에 아이들이 급한 병이라도 나거나 하면 곤란하다고 하면서 전화만은 팔아치우지 않았지——관리인의 신고로 달려온 경찰이 그녀에게 나쁜 소식을 전했어.

부인은 내게 어바네시 사건이 일어난 뒤로 줄곧 걱정이 되어 견딜 수 없었다고 말했어. '라이언은 브루클린에서 밤늦게 돌아왔어요. 밤일을 그만두라고 남편에게 몇 번이나 애원했죠. 웨스트 44번지에서 여자가 목 졸려 죽었을 때는 정말로 미칠 것만 같았어요. 하지만 라이언은 웃으면서 개의치 않더군요. 그는 아무도 자기 같은 건 죽이지 않는다고, 죽일 만한 가치가 없다고 했어요.'"

엘러리는 양쪽 팔꿈치를 맨 무릎에 대고 두 손으로 얼굴을 가리고 있었다.

"점점 더 더워지는 것 같구나." 경감이 말했다.

엘러리는 입속으로 뭐라고 중얼거렸다.

"용서받지 못할 일이야." 경감은 불만을 터뜨렸다. 그는 와이셔츠와 내의를 벗어 의자 등에다가 휙 던졌다. "남겨진 아내와 4명의 자식들을 내팽개치게 하다니. 그의 생명보험 잔금은 장례식 비용으로 다 써 버렸어. 목사님이 어떻게든 해보겠다고 노력했지만, 가난한 교회라서 생각대로 되질 않았고 결국 오라일리 가족은 시의 생활보호를 받을 수밖에 없게 되었지."

"아이들은 이제 거칠 것 없이 탐정 드라마를 듣고 있겠군요. 아직 라디오를 갖고 있다면 말이죠. 단서는 없나요?"

엘러리는 목을 쓰다듬으며 말했다.

"아무런 단서가 없어."

"끈은?"

"똑같은 실크 끈이지, 파란색."

"뒤에서 묶여 있던가요?"

"뒤에서 묶여 있었어."

"모두 똑같군요. 그런데 무슨 까닭일까요?"

엘러리는 중얼거렸다.

"모르겠구나."

엘러리는 말이 없었다. 한참이 지나서야 그가 말했다.

"그 만화가가 어떤 계시를 받은 건 그 무렵이었어요. 저는 '고양이'의 최초의 등장을 기억하고 있어요. 그는 〈엑스트라〉의 첫 페이지부터 독자에게 호전적으로 달려들었어요⋯⋯. 지금도 그렇지요.

만화 세대가 만들어 낸 괴물 중의 하나죠. 그 만화가에게 악마주의의 풀리처상을 줘야만 해요. 극단적으로 간단히 줄여낸 그림, 독자의 상상력은 화가가 생략한 부분을 포착하는 거예요. 꿈에까지 나온 것이 틀림없어요. 타이틀은 '고양이에겐 꼬리가 몇 개 달렸을까?'라고 묻고 있습니다. 세어 보면 위로 말려 올라간 꼬리가 분명히 셋 보입니다. 복슬복슬한 진짜 꼬리가 아니죠. 오히려 끈에 가까워요. 끝이 정확히 목이 들어갈 정도로 둥글게 말려 있어요……. 목은 그려져 있지 않지만 말예요. 그리고 꼬리 하나에는 1이라는 숫자가, 다음 꼬리에는 2가, 세 번째 꼬리에는 3이 쓰여 있죠. 어바네시라든가, 스미스, 오라일리라는 이름은 쓰여 있지 않아요. 화가는 옳았어요. '고양이'에게 중요한 건 질이 아니라 양이에요. 숫자는 모든 인간을, 건국의 아버지들과 에이브러햄 링컨까지도 평등하게 합니다. '고양이'의 발톱이 '낫' 형상을 띠고 있는 건 우연이 아니죠."

"재미있는 얘기다만 문제는 8월 9일 다음 날, 다시 신문 지상에 '고양이'가 나타났다는 거야. 그리고 네 번째의 꼬리가 났어."

경감은 말했다.

"그것도 기억하고 있어요." 엘러리는 고개를 끄덕이며 말했다.

"모니카 매켈이 8월 9일에 살해되었어. 오라일리 사건으로부터 22일째지."

"사교계의 영원한 아가씨. 37살로 아직 한창 잘 나가고 있었지."

"파크 거리와 53번지의 나이트클럽 단골손님. 테이블에서 테이블로 날아다녀서 리핑 리나라는 별명이 붙어 있었고요."

"루샤스 비브(미국의 저널리스트, 작가)의 스스럼없는 표현을 빌리면 막무가내 모니카였지. 그리고 사람들은 모니카를 도락가라고도 했어. 석유 재벌인 그녀의 아버지, 매켈은 내게 모니카는 자신에게 이익을 가져다 주지 않는 유일한 들고양이 ^{(무모한 사람이라는 의미와 석유}_(시추공의 두 가지 의미가 있다)라고 말한 적이 있어. 하지만 그는 딸을 자랑스러워했어. 그녀는 분명 자유분방했었지. 술이 금지된 시대 때부터 진으로 맛을 익혔지. 술에 취했을 때의 그녀의 버릇은 바의 뒤에 들어가 바텐더 못지않은 솜씨를 자랑하는 일이었어. 맨정신일 때나 술에 취했을 때 모두 뉴욕에서 으뜸가는 마티니를 만든다는 평판을 들었거든. 그녀는 호화로운 펜트하우스에서 태어나 지하철에서 죽었어. 밑바닥까지 떨어졌던 거야.

모니카는 한 번도 결혼하지 않았어. 관계를 갖지 않은 남성 가운데 곁에 있어도 참을 수 있었던 것은 라이보위츠라는 숫말이 유일하지. 그렇지만 길들일 자신이 없으니까 결혼은 못하겠다고 하더군. 그녀는 열 몇 차례나 약혼했지만 늘 마지막 순간에 파기해 버렸지. 아버지가 호통치고 신경질적인 어머니는 히스테리를 일으켰지만 효과는 없었어. 양친은 모니카의 마지막 약혼에는 무척이나 희망을 걸었지. 이땐 정말로 그녀가 헝가리의 백작과 결혼할 것처럼 보였거든. 그런데 '고양이'가 그걸 엉망으로 만들어 버린 거야."

"지하철에서요." 엘러리는 말했다.

"그래. 어째서 거길 갔는가 하면, 이래서야. 모니카는 뉴욕에서 제일가는 지하철 애호가였거든. 기회가 있을 때마다 지하철을 탔어. 그녀는 엘자 맥스웰 ^{(칼럼니스트, 라디}_(오와 영화에도 출연)에게 여성이 사람들의 감촉을 느끼기에 가장 좋은 곳은 지하철이라고 했어. 특히 에스코트하는 사내들을 잡아당기기를 즐겼지. 특히 그 사내들이 연미복을 입고 있을 때면 더했지.

그녀가 당한 것이 지하철이었다는 건 이상한 일이야. 모니카는 그날 밤에 약혼자인 스누키라는 별명을 가진 백작과 몇몇 친구들과 함께 나이트클럽을 전전했어. 마지막엔 그리니치빌리지의 선술집에 들어갔는데 새벽 3시 45분 무렵엔 모니카도 바텐더 역할에 싫증을 내고 모두 흩어지게 되었어. 모두들 택시를 탔지만 모니카만은 택시 타기를 거부했고, 진정으로 미국적 생활 양식을 옹호하는 사람들은 모두 지하철로 돌아가야 한다고 주장했어. 다른 사람들은 인정했지만 헝가리 귀족의 긍지를 지닌 백작은 그것을 허락하지 않았어. 콜라를 섞은 보드카를 어지간히 마신 그는 평민 같은 흉내를 낼 생각이라면 헝가리에 있는 편이 나을 것이다, 땅속으로 숨어드는 비천한 행동은 절대로 할 수 없다, 그렇게 지하철을 타고 싶다면 모니카 혼자서 타라고 말했어. 그녀는 그 주장대로 한 거고, 그녀는 자기 주장대로 했지.”

경감은 입술을 핥으면서 말을 이었다.

“그녀는 오전 6시 조금 지난 시각에 쉐리던 스퀘어 역의 플랫폼 끝에서 발견되었어. 선로 순시 담당자가 벤치 위에 쓰러져 있는 그녀를 발견했지. 그는 경찰에게 알렸는데 경찰은 언뜻 보고는 얼굴색이 변해서 누군지 못 알아봤어. 그녀의 목에 연어 속살색의 실크 끈이 묶여 있어서 겨우 알 수 있었지.”

경감은 일어나서 주방으로 가더니 레모네이드가 든 물병을 들고 돌아왔다. 두 사람은 잠자코 마셨고, 그러고 나서 경감은 물병을 냉장고로 도로 가져갔다.

그가 돌아왔을 때, 엘러리가 눈살을 찌푸리면서 말했다. “조처를 취하러…….”

“아니, 죽은 지 두 시간이 지났었지. 그러니까 범행은 오전 4시 무렵이거나 그보다 조금 뒤, 그녀가 나이트클럽에서 쉐리던 스퀘어 역까지 걸어와 2, 3분 기다린 시간이 되지. 그 시각에 전차가 몇 분 간격으로 오는지는 알고 있으니까. 하지만 세보 백작은 적어도 5시 반까지는 다른 일행과 함께 있었어. 그들은 다같이 돌아가는 도중에 매디슨 거리와 48번 길의 모퉁이에 있는 햄버거 가게에 멈취 섰어. 백작의 행동은 살인이 벌어진 시간까지 1분마다 정확히 설명이 가능해. 어쨌든 백작이 그런 짓을 할 리는 없어. 모니카의 아버진 두 사람이 연결되면, 아냐, 이런 표현은 적당치 않지만 두 사람이 결혼하면 백작에게 무려 1백만 달러나 주겠다고 약속했었 거든. 백작이 그렇게 귀중한 목에 손을 댄다면 아마 자기 목부터 매달았을 거야. 그는 전혀 관계가 없어.

모니카 매켈의 사건에서 우리는 그녀가 쉐리던 스퀘어 역 입구까 지 어떻게 갔는지 추적할 수가 있었어. 심야 택시가 나이트클럽과 역 중간쯤에서 그녀를 발견하고 멈추어 섰지. 그녀는 혼자서 걷고 있었어. 그녀는 웃으면서 운전기사에게 말했지. '눈을 뜨고 있는 거야? 난 일하지 않으면 안 되는 가난한 사람이야. 갖고 있는 건 집으로 돌아갈 전차 차비 10센트 동전뿐이야'라고 말야. 그러고는 금색 그물코 핸드백을 열어서 보여주었지. 나중에 운전기사는 핸드 백 속에 립스틱과 콤팩트, 10센트 동전밖엔 들어 있지 않았다고 진 술했어. 그녀는 길을 걸어서 갔는데 운전기사 얘기로는 그녀의 다 이아몬드 팔찌가 가로등 불빛에 반짝반짝 빛났다는 거야. 그 모습 은 마치 영화배우 같았다고 말했지. 실제로 그녀가 입고 있었던 옷 은 인도의 사리처럼, 금실을 넣어 짠 드레스였고 그 위엔 하얀 밍 크 재킷을 걸치고 있었어.

역 근처에 서 있던 다른 택시 운전기사는 그녀가 광장을 가로질 러 계단을 내려가는 것을 보았다는 거야. 그때도 그녀는 아직 혼자 서 걷고 있었지.

그 시간에 개찰구엔 아무도 없었어. 아마도 그녀는 회전 출입문 에 10센트 동전을 넣고 안으로 들어가 플랫폼 끝의 벤치까지 걸어 갔던 것 같아. 그러고는 몇 분 뒤에 그녀는 살해되었지. 그런데 '고 양이'는 그녀의 팔찌에도, 핸드백에도, 재킷에도 손을 대지 않았어.

플랫폼에서 누군가가 그녀와 함께 있었다는 증거도 발견되지 않았지. 두 번째의 택시기사는 모니카가 지하철 계단을 내려간 바로 뒤에 손님을 태웠어. 그때 근처에 있었던 것은 이 운전기사뿐이었던 것 같아. '고양이'는 플랫폼에서 기다리고 있었는지도 모르지. 두 사람의 운전기사에게 발견되지 않도록 처마 밑에 숨어서 모니카를 따라갔는지도 모르고. 어쩌면 업타운에서 오는 전차를 타고 오다가 쉐리던 스퀘어 역에서 내려 그곳에 있는 그녀를 발견한 건지도 모르겠고……. 확실한 것은 몰라. 저항을 했다 하더라도 그런 증거는 남아 있질 않았어. 비명을 질렀다 하더라도 아무도 들은 사람이 없고. 그게 모니카 매켈의 마지막이었어. 뉴욕에서 태어나 뉴욕에서 죽었지. 호화로운, 최고로 높은 층에서 지하철로, 완전한 밑바닥으로 추락한 거야."

꽤 한참 지난 뒤에 엘러리가 말했다. "그런 여자라면 여러 차례 삼류소설 같은 사건에 연루되었을 게 틀림없어요. 예전에 갖가지 스캔들도 들었는데……."

그의 아버지는 한숨을 쉬면서 말했다.

"지금으로선 내가 모니카의 비밀에 관한 한 세계 제일의 권위자야. 예를 들면, 모니카의 왼쪽 유방 밑에 화상 흉터가 있었는데, 사실 그건 뜨거운 난로에 넘어져서 생긴 게 아니야. 1946년 2월에 그녀가 어디에, 누구와 함께 있었는지도 난 알고 있어. 그 당시 그녀가 행방불명이 되자 그녀의 아버지는 우리하고 FBI를 들쑤셔서 딸을 수색하도록 했지. 당시 신문은 그럴듯하게 써놓았지만, 그녀의 동생 지미는 아무런 관계도 없었어……. 군대를 막 제대한 후라 그럴 겨를도 없었고 사회생활에 적응하기 위해 고생하던 때였으니까. 모니카가 지금도 그녀의 방에 걸려 있는 렉스 다이아몬드라는 갱의

사인이 들어간 사진을 어떻게 입수했는지 나는 알아. 그 이유는 네가 생각해낼 만한 게 아니야. 나는 해리 오크스 경이 살해되던 해에 어째서 그녀가 낫소를 떠나라는 요구를 받았는지, 또한 누가 그녀에게 그걸 요구했는지를 알고 있어. 난 반미 활동위원회의 J. 파넬 토머스도 찾아내지 못했던 것까지도 알고 있어…… 모니카는 1938년부터 1941년까지 정식 공산당원이었는데, 41년에 당을 떠나 넉 달 동안 기독교 선교사가 되었다가 그 뒤로 그걸 그만두고 랄 디아나 잭슨이라는 할리우드 수도사 밑에서 요가 호흡 운동을 시작했지.

그밖에도 리핑 리나, 별명 막무가내인 모니카에 관한 것이라면 나는 뭐든지 알고 있어. 단지 모르는 것은 '고양이'에게 목이 졸려 죽었을 때의 상황뿐이야…… 난 이렇게 생각했다, 엘러리. 만약 '고양이'가 지하철 플랫폼에서 가까이 다가가 '실례합니다만, 미스 매켈, 전 '고양이'입니다. 지금부터 당신을 교살하겠습니다'라고 했다면 그녀는 아마 벤치 자리를 내주면서, '어머나, 멋진 얘기예요, 여기 앉아서 좀더 들려주지 않겠어요'라고 말했을 거야."

엘러리는 벌떡 일어났다. 그는 준비운동을 하는 달리기 선수처럼 허둥지둥 거실을 한 바퀴 돌았다. 퀸 경감은 그의 등에서 땀방울이 떨어지는 것을 바라보고 있었다.

"그리고 그 뒤론 오리무중이야." 경감은 말했다.

"아무것도……"

노인은 분해 죽겠다는 듯 말했다. "아무것도 모른단 말야. 모니카의 아버지가 10만 달러의 현상금을 내건 것을 탓할 수는 없지만, 그 결과는 신문에 새로운, 충격적인 화제를 제공했다는 것과, 경찰에 만 명이나 되는 이상한 사람들로부터 쓸데없는 정보가 쇄도하고 있다는 것뿐이야. 그리고 매켈이 거액을 지불하고 일류 탐정에게 조사를 시켜봤지만 아무런 도움도 되지 않았지."

"다음 번 쥐는 어떤 거죠?"

"다섯 번째의 희생자였나?" 경감은 숫자를 세면서 손가락을 펼쳤다. "시몬느 필립스, 35살. 이스트 102번지의 싸구려 아파트에서 여동생과 함께 살고 있었지." 그는 어두운 표정이 되었다. "이 쥐는 자기의 치즈를 운반하는 것조차 불가능했어. 시몬느는 어릴 적부터 척추에 이상이 생겨 허리 아래로는 마비되어 있었지. 평생의 대부분을 침대 위에서 보냈는데, 저항도 할 수 없는 몸이었지."

"그렇군요. 너무 심했군요. 아무리 '고양이'라 하더라도."

엘러리는 레몬 한 조각을 빨면서 얼굴을 찡그렸다.

"사건이 일어난 것은 지난 주 금요일 밤이었어. 8월 19일, 매켈의 딸이 살해된 지 열흘 뒤였지. 그녀의 여동생 셀레스트가 시몬느의 뒤치다꺼리를 끝내고 라디오를 켜준 다음 근처로 영화를 보러 나갔어. 그때가 9시 무렵이었지."

"좀 늦지 않나요?"

"그녀는 인기 있는 영화만이 목표였어. 셀레스트 말로는 시몬가 혼자 있는 것이 불안했지만, 그녀는 적어도 일주일에 한 번쯤은 어떻게 해서든 외출하고 싶었다는 거야."

"그렇다면 늘 해왔던 일이란 거로군요?"

"음, 동생은 매주 금요일 밤에 외출했어. 그녀의 유일한 즐거움이었던 거지. 그 사이 시몬느는 아무것도 하지 못했고 셀레스트만을 기다렸어. 결국 셀레스트는 11시가 조금 넘어서 돌아왔어. 그리고는 언니가 목 졸려 죽은 것을 발견했지. 연어 속살색의 실크 끈이 언니의 목에 감겨 있었어."

"움직이지도 못하는 여자가 사람을 들어오게 했을 리는 없어요. 어떤 침입자가?"

"시몬느를 혼자 남겨놓고 셀레스트가 외출할 때는 문을 잠그지 않았어. 시몬느는 가스가 새거나 불이 나는 것을 극도로 두려워했고, 동생이 없을 때 무슨 일이 일어날까봐 늘 조마조마해 했거든. 문을 잠가놓지 않으면 그녀는 그나마 마음을 놓을 수 있었지. 비슷한 이유로 무리를 해서 전화도 설치해 놓았지."

엘러리는 곰곰이 생각하면서 말했다.

"지난주 금요일 밤은 오늘 밤과 마찬가지로 더웠어요. 그 근처라면 모두들 현관 계단에 모여서 창을 활짝 열어젖히고 있었을 텐데, 누군가 본 사람은 없었나요?"

"9시에서 11시까지 사이에 바깥 출입구를 통해 아파트로 들어간 외부인은 없다는 증언이 여럿 있는 걸로 봐서, '고양이'는 뒷문으로 들어간 게 틀림없는 것 같아. 뒷문은 뒤뜰로 통하는데, 그곳은 다른 건물 뒤쪽과 골목길 등 대여섯 군데에서 접근이 가능하거든. 필립스 자매의 방은 1층 안쪽에 있어서 복도는 어둡고 25와트짜리 전구가 하나 달려 있을 뿐이야. 그는 분명히 그 복도로 들어왔다가 나간 거야. 하지만 우린 그곳을, 건물 안팎을 몇 차례나 살폈지만 아무 단서도 찾지 못했어."

"비명소리도 듣지 못했다는 건가요?"

"그녀가 소리를 쳤다 하더라도 아무도 주의를 기울이지 않았을 거야. 더운 밤 아파트 지역이 어떤 곳인지는 너도 잘 알 거 아니냐. 아이들이 밤늦게까지 길거리에서 놀면서 큰소리로 떠들지. 하지만 내 생각에 그녀는 소리도 내지 않았던 것 같아. 나는 아직까지 사람의 얼굴에서 그런 공포의 표정을 본 적이 없어. 마비에 마비가 겹친 것 같았거든. 그녀는 저항의 기색조차 보이지 않았어. '고양이'가 끈을 꺼내 목에 감고 세게 조르는 순간 그녀가 입을 벌리고 눈이 동그래진 채로 가만히 앉아 있었다 하더라도 나는 그냥 믿을 수밖에 없어. 분명 ‘고양이’에겐 가장 쉬운 범행이었을 테니까. ”

경감은 일어났다.

“시몬느는 허리에서 위쪽이 상당히 비만했어. 이쪽에서 손가락으로 찌르면 맞은편까지 들어갈 듯이 살이 쪄서 마치 뼈도 근육도 없는 것 같았지. ”

“근육 (muscles, 라틴어의 musculus 는 작은 생쥐를 의미한다)이요? 작은 생쥐. 오그라든 생쥐. 위축증이군요, ” 엘러리는 레몬을 빨면서 말했다.

“그녀는 20년 이상이나 침대에 누워만 있었어. ” 노인은 무거운 발걸음으로 창가로 갔다. “무척 더운걸. ”

“시몬느, 셀레스트. ”

“뭐라고? ” 경감이 말했다.

“그녀들의 이름말이에요. 프랑스 이름이군요. 단지 어머니의 취향이었을까요? 성이 ‘필립스’인 걸 보니…… ”

“아버진 프랑스인이었어. 원래의 이름은 필립이었는데 미국으로 오면서 영어식으로 바꾼 거지. ”

“어머니도 프랑스인이었나요? ”

“그런 모양이야. 하지만 그들은 뉴욕에서 결혼했어. 필립스는 무역업을 해서 제1차 세계대전 때 꽤 큰 재산을 모았지. 그런데 1929년의 대공황으로 파산하자 머리에 총을 쏴 자살했어. 필립스 부인은 무일푼으로 남겨졌지. ”

“몸이 불편한 자식을 안고 말이군요, 안타깝게도. ”

“필립스 부인은 집에서 바느질을 해서 살았어. 그런데도 그럭저럭 살았다고 셀레스트는 말하더군. 실제로 그녀는 필립스 부인이 폐렴으로 사망하던 당시엔 다운타운의 뉴욕대학 1학년생이었지. 5년 전의 일이야. ”

“더한층 힘들었겠군요, 셀레스트는. ”

"편안한 생활은 아니었겠지. 시몬느는 끊임없이 보살펴 줘야만 했거든. 셀레스트는 학교를 그만둬야만 했던 거야."

"생활은 어떻게 했나요?"

"셀레스트는 어머니가 일감을 받아오던 의상실에서 모델을 했어. 매일 오후와 토요일엔 하루 온종일을. 그녀는 맵시가 좋고 머리칼이 검은 데다가 꽤 예쁘게 생겼지. 다른 의상실에 갔더라면 훨씬 많이 벌었을 거라고 그녀는 내게 말하더구나. 하지만 시몬느를 혼자 오래 놔둘 수 없었기 때문에 집에서 가까운 지금의 가게를 택할 수밖에 없었지. 난 셀레스트가 시몬느에게 상당히 혹사를 당하지 않았나 하는 인상을 받았는데, 이웃 사람들에게 들어보니 역시 그랬더군. 시몬느는 늘 셀레스트에게 잔소리하거나 징징 우는 소리를 늘어놓고 투덜거려서 근처에선 성녀 같은 동생을 녹초가 되게 만든다고 미워했던 모양이야. 그녀가 잔뜩 지친 표정을 지었던 건 분명 그 때문이었을 거야. 내가 만났을 때는 말하는 것조차도 귀찮아하는 것 같았어."

"지난주 금요일 밤에 그 성녀 같은 어린 동생은 혼자서 영화를 보러 갔나요?"

엘러리는 물었다.

"그렇지."

"언제나 그랬나요?"

경감은 놀란 표정을 지었다. "몰라."

"조사해 볼 가치가 있을지도 모르겠군." 엘러리는 깔개의 주름을 펴기 위해 몸을 숙였다. "남자친구는 있던가요?"

"없었어. 그녀는 남자를 만날 기회가 없었을 거야."

"셀레스트의 나이는?"

"23살."

"한창때로군요, 끈은 실크였고요?"

"그렇지."

깔개의 주름이 말끔하게 펴졌다.

"그게 전부인가요?"

"아니, 아직 많이 있어. 특히 어바네시, 바이얼릿 스미스, 모니카 매켈에 관해서 말야."

"뭔데요?"

"파일을 보여줄까?"

엘러리는 잠자코 있었다.

"읽어 볼까?" 아버지가 물었다.

"5명의 피해자 사이에는 아무런 관계도 발견할 수가 없었군요."

"전혀 없었어."

"다섯 모두 서로 다른 피해자를 몰랐다는 얘기죠."

"우리가 조사한 바로는."

"그들에겐 공통된 친구나, 아는 사람, 친척도 없었나요?"

"지금까진 아무것도 알아낸 게 없어."

"종교 쪽은 어떤가요?" 엘러리가 느닷없이 물었다.

"어바네시는 성공회 신자였어. 그의 아버지가 죽기 전엔, 신부를 지망해 신학 공부를 한 적도 있었지. 하지만 어머니를 보살피기 위해선 그걸 그만둬야 했어. 어머니가 죽은 뒤로는 교회에 나간 기록이 없어.

바이얼릿 스미스의 집안은 루터파였지. 그런데 우리가 알아낸 바로는 그녀는 어떤 교회에도 나가질 않았어. 그녀의 가족은 오래 전에 그녀를 쫓아내 버렸고.

모니카 매켈은, 집안이 다 장로교회파야. 아버지와 어머닌 교회 일에 매우 활동적이고 모니카도——이것에 적잖게 놀랐지만——

무척이나 신앙심이 깊었어.

라이언 오라일리는 열렬한 가톨릭 신자였지.

시몬느 필립스의 부모는 둘 다 프랑스의 프로테스탄트였는데, 그녀 자신은 크리스천 사이언스(기독교의 한 파,
신앙요법이 특색임)에 흥미를 가지고 있었지."

"좋아하는 것이나 싫어하는 것, 습관, 취미……."

경감은 창가에서 돌아보았다. "무슨 말을 하는 게냐?"

"공통분모를 찾고 있는 거죠. 피해자들은 어중이떠중이 매우 잡다한 집단이에요. 하지만 어떤 공통된 성질이나 경험, 역할은……."

"불쌍한 이들을 잇는 끈은 단 한 가지도 없었어."

"'제가 아는 한은'……."

경감은 웃었다. "엘러리, 나는 이 메리 고 라운드에 처음부터 타고 있었어. 이 살인은 나치의 소각로와 마찬가지로 아무런 의미도 지니지 않는다고 단언할 수 있어.

이 살인에는 시간의 패턴도 없거니와 눈에 띨 만한 연속성도 없거든. 사건과 사건의 간격은 19일, 26일, 22일, 10일로 다 제각각이야. 모두가 밤에 일어났다는 점은 일치하지만, 고양이들이 돌아다니는 건 밤이니까 말야.

희생자는 뉴욕 안에서 나오고 있어. 글래머시 파크에 가까운 이스트 19번지. 브로드웨이와 6번 거리 사이의 웨스트 44번지. 9번가에 가까운 웨스트 20번지. 파트 거리와 53번지의 모퉁이……. 이 경우는 실제로는 그리니치빌리지의 지하 쉐리던 스퀘어 역에서 일어났어. 그리고 이스트 102번지.

경제 상태는 어떠냐고? 상류계급, 중류계급, 빈민계급이야. 사회적 위치? 그건 어바네시나 바이얼릿 스미스, 라이언 오라일리, 모니카 매켈, 시몬느 필립스를 모조리 아우르는 것이 되지.

동기? 돈도 아니고 질투도 아니지. 개인적인 것은 아니야.

이게 성범죄라든가, 성충동이 배후에 있는가 하는 점을 나타내는 증거도 발견되지 않았어.

엘러리, 이건 살인을 위한 살인일 뿐이야. '고양이'의 적은 인류야. 두 다리로 걷는 사람이라면 누구라도 상관없지. 그게 이번 뉴욕에서 일어나고 있는 사건이야. 빨리 막지 않으면 이 살인은 손을 댈 수가 없게 될 거야."

"그래도……. 분별이 없이, 닥치는 대로, 피에 굶주린, 인류를 증오하는 인간이 아닌 인간치고는 '고양이'는 어떤 가치를 충분히 인식하고 있다고 보아야만 하겠군요." 엘러리는 말했다.

"가치?"

"타이밍이죠. '고양이'는 소로(^{19세기 미국의
시인, 자연주의자})가 낚시를 할 작은 강을 골랐던 것처럼 시간을 고르고 있어요. 어바네시가 그의 아파트에 혼자 있을 때를 덮치려면 그는 들어가고 나올 때 남의 눈에 띄거나 소리가 나거나 할 위험을 감수해야만 되겠지요. 어바네시는 일찍 잠자리에 드는 사람이기 때문이죠. 게다가 어바네시의 집에는 거의 손님이 오지 않기 때문에 보통 때에 그를 찾아갔다면 이웃들의 호기심을 불러일으켰을지도 모를 일이에요. 그렇다면 '고양이'는 어떻게 했을까요? 그가 지혜를 짜내 아파트가 조용히 잠든 시각에 어바네시를 만났음을 알려준다는 거죠. 목적을 달성하려면 오랫동안 계속된 독신자 고유의 습관을 바꿔야 했고 그렇게 하기 위한 익숙한 솜씨도 필요했을 거예요. 요컨대 '고양이'는 불리한 시간에 일어날 곤란을 계산하고 형편이 괜찮은 시간을 선택한 겁니다.

바이얼릿 스미스의 경우는 만날 약속을 했는지, 그녀의 거래 습관을 주의 깊게 조사한 결과인지는 모르지만, 매우 바쁜 여자가 혼자 있는 시간을 '고양이'가 선택한 것은 분명합니다. 오라일리는 어뗐을까요? 그는 브루클린의 야간 직장에서 돌아왔을 때가 가장 덮치기 쉬웠겠죠. 그래서 '고양이'는 1층 홀에서 엎드려 기다리고 있었던 겁니다. 출중한 타이밍 아닌가요?"

경감은 아무 말도 않은 채 귀를 기울이고 있었다.

"모니카 매켈의 경우는 어떨까요? 그녀는 분명 가만히 있지 못하는 여자였습니다. 그런 여자는, 그런 종류의 배경을 지닌 여자는 군중 속에 쉽게 뒤섞여 버리지요. 그녀는 언제나 사람들에게 둘러싸여 있었어요. 지하철을 좋아했던 것은 우연이 아니었죠. 모니카를 겨냥한 것은 매우 어려운 일이었을 게 틀림없어요. 그럼에도 불구하고 '고양이'는 그의 계획에 가장 형편이 괜찮은 시간과 장소에서 혼자 있는 그녀를 덮쳤습니다. 몇 날 밤 그녀의 뒤를 밟으면서 가장 적당한 순간을 기다렸던 것은 아닐까요?

몸이 불편한 시몬느야 가까이 가기만 하면 간단하죠. 하지만 어떻게 하면 남의 눈에 띄지 않고 그녀에게 다가갈 수 있을까? 사람의 출입이 많은 아파트에서, 더구나 한여름인데, 낮에는 셀레스트가 일하러 나갔다 하더라도 문제가 되지 않아요. 하지만 밤엔 늘 동생이 그녀 곁에 있었습니다. 아니, 언제나라고는 할 수 없죠. 그런데 금요일 밤엔 방해꾼인 동생 셀레스트가 영화를 보러 갑니다. 그리고 시몬느가 교살 당한 게 언제죠? 금요일 밤입니다."

"그래서 끝났느냐?"

"예."

퀸 경감은 그다지 감명을 받지 않은 것 같았다.

"핵심을 찌르는 견해구나. 상당히 설득력이 있어. 하지만 너의 주장은 '고양이'가 미리 희생자를 골랐다는 전제를 바탕에 두고 있어. 내가 그는 전혀 그렇지가 않다는 것을 전제로 하면 어떻게 되지? 아울러 이 전제는 피해자 사이에 전혀 연관성이 없다는 사실이 뒷받침을 하지.

'고양이'는 어느 날 밤, 웨스트 44번 길을 어슬렁거리다가 우연히 안성맞춤인 건물을 찾았고 그중에서도 아파트 꼭대기 층을 골랐어. 옥상으로 달아날 길이 가까우니까. 그는 나일론 양말이나, 프랑스 향수——들어가기 위한 구실이 된다면 무엇이든 상관없었겠지——판매원을 가장했어. 그리고 그것이 때마침 바이얼릿 스미스라는 이름의 콜걸의 마지막과 이어진 거야.

7월 18일 밤, 그는 다시 충동에 사로잡혀 훌쩍 첼시 지구로 나갔어. 시각은 자정 무렵, 그가 사냥감을 노리는 절호의 시간대지. 그는 지친 모습의, 체구가 작은 사내의 뒤를 따라 홀 안으로 들어갔어. 그게 오라일리라는 아일랜드인 근로자의 마지막이 되었지. 까딱 잘못하면 브롱크스의 아가씨와 데이트를 하고 새벽 2시 무렵에 돌아온 운송점원 윌리엄 미러가 목 졸려 죽었을지도 모르지. 이 남자는 같은 계단을 올라갔는데, 그 밑에 오라일리는 아직도 따뜻한 시신으로 누워 있었으니 말야.

8월 9일의 이른 새벽에 '고양이'는 그리니치빌리지에도 나타났지. 그는 혼자서 걷고 있는 여자를 발견했어. 그래서 쉐리던 스퀘어 지하철역으로 따라갔지. 거기가 뉴욕의 유명한 사교계 여성이 최후를 맞은 장소가 되었지. 자신의 고급 승용차에 탔더라면 좋았을 것을.

8월 19일 밤에도 그는 희생자를 물색하면서 102번지 거리를 어슬렁거렸지. 그러다가 어두운 뒤뜰로 들어갔어. 살그머니 돌아가다가 1층의 창문 너머에서 살찐 여자가 혼자서 자고 있는 것을 보았지. 그게 시몬느 필립스의 마지막이 된 거야. 자, 틀렸다 싶은 데가 있으면 가르쳐 주렴."

"어바네시는? 아버진 어바네시를 빠뜨리셨어요. 죽은 듯이 살아가던 어바네시예요. 분명히 죽이는 건 어렵지 않았겠지요. 그는 죽었어요. 그 실크 끈으로 목이 졸려 죽었는데, 아버진 만날 약속을 했었다고 말씀하시지 않았나요?"

"전체적인 흐름으로 보아 약속한 것 같다고 했지. 하지만 사실은 알 수가 없어. 그날 밤은 무슨 일이 있어서 평소보다 늦도록 깨어 있었는지도 모르겠고, 듣고 싶은 라디오 프로가 있었는지도 모르고, 아니면 안락의자에 앉아서 잠이 든 건지도 몰라. '고양이'는 건물 안을 배회하다가 어바네시의 문 밑에서 빛이 새어나왔기 때문에 노크를 해보았겠지……."

"거기에 응해 어바네시가 그의 방으로 '고양이'를 들여놓았다는 건가요?"

"잠긴 문을 열어주었을 뿐이야."

"어바네시 같은 사람이 그런 행동을 할까요, 한밤중에?"

"아니면 문이 잠겼는지 여부를 확인하는 걸 잊었는지도 모르고, 그래서 '고양이'는 손쉽게 들어왔고, 나갈 때 잠금쇠를 원래대로 되돌려 놓았을 거야."

"그렇다면 어바네시는 어째서 비명을 지르거나 도망치지 않았던 걸까요? 어째서 의자에 앉은 상태에서 '고양이'가 자기 등 뒤로 돌아서는 것을 허락했을까요?"

"틀림없이, 시몬느 필립스처럼 무서워 몸이 말을 듣지 않아 그랬을 거야."

"과연, 그건 그럴 수도 있겠네요." 엘러리는 말했다.

"확실히 어바네시 사건은 납득이 가질 않아. 전혀 납득이 가질 않는다니까." 경감은 중얼거렸다.

그는 어깨를 으쓱했다.

"네 주장이 틀렸다는 게 아니야, 엘러리. 하지만 우리가 어떤 어려옴에 직면해 있는지는 너도 알 거야. 더구나 내가 모든 책임을 지게 되었어. 이것만으로도 감당을 못할 지경이야. 그런데도 '고양이'의 범행은 아직 끝나질 않았지. 아직도 계속 꼬리에 꼬리를 물고 일어나겠지. 우리가 그를 잡거나, 아니면 그가 과로로 죽어버릴 때까지. 어떻게 범행을 막을 수가 있겠어? 살인이 일어나지 않도록 뉴욕 같은 대도시를 구석구석까지 감시하기에는 경찰만으로는 부족해. 그의 활동이 앞으로도 맨해튼에 한정될지 어떨지는 알 수 없지만. 다른 지역인 브롱크스나 브루클린, 퀸스, 리치먼드의 주민들도 마찬가지로 공포에 휩싸여 있어. 아니, 롱아일랜드나 웨스트체스터, 코네티컷, 뉴저지 등등 통근 권역 안은 모두가 그래. 난 가끔 악몽이라고 생각할 때가 있단다, 엘러리……."

엘러리는 입을 벌리고 있었다.

"내 이야기가 끝날 때까지 말하지 말아다오. 너는 반 혼 사건에서 실패했고, 그 때문에 두 명이 죽었다고 생각하고 있지. 나는 그 놈을 네 마음속에서 쫓아내려고 애를 써왔단다. 그러나 말로 다른 사람의 양심적 부담을 제거한다는 건 누구도 할 수 없는 어려운 일이야. 나는 네가 무슨 일이 있어도, 결단코 사건 따위엔 끼어 들지 않겠다고 맹세하고는 엎드려 기어서 구멍으로 돌아가는 걸 그냥 가만히 보고 있을 수밖에 없었단다.

하지만 엘러리, 이건 특별한 사건이야. 어려운 사건이고, 그 자체로도 어려운데, 아니 그것만으로도 지나치게 어려울 정도지. 그런데 그게 나타내고 있는 분위기는 더 곤혹스럽게 하거든. 이건 단지 몇 건의 살인사건을 해결하고 말 그런 문제가 아니라는 거야. 도시 전체의 붕괴와 맞선 경주야. 허튼 소리가 아니야. 이제 곧 그런 상태가 될 거야. 시간 문제라고 행여 위험지구에서 살인 사건이라도 한 번 더 일어난다면……. 그런데 다른 녀석들은 내 공로를 뺏을 생각이 전혀 없나봐, 이 사건에서 말이지. 모두 불쌍한 늙은 이라 동정하는 모양이야. 그래서 한 가지 네게 해 둘 말이 있다."

경감은 창틀로 다가서면서 87번 길을 내려다보았다. "먼저도 말했던 것처럼 경찰 본부장이 나를 특별 '고양이' 수사반의 책임자로 정한 건 어떤 생각이 있나봐. 보스는 너를 유별난 사람이라고 생각하고 있어. 그는 언제쯤이면 네 기분이 달라져 신에게서 부여받은 신기한 재주를 다시 한 번 쓸 생각이 들겠느냐고 자주 내게 묻는단다. 내 생각으로는 엘러리, 그는 그래서 나를 임명한 것 같아."

"그것이 어떤 생각이죠?"

"너를 사건에 끌어들이려는 거지."

"농담도!"

아버지는 엘러리의 얼굴을 바라보았다.

"본부장이 그런 생각을 했을 리가 없어요. 아버지에게 그런 행동을 할 수는 없어요. 그건 아버지에게 최대의 모욕이에요."

엘러리의 표정이 어두웠다.

"교살을 방지하기 위해서야. 이보다 더 심한 일이라도 난 참을 수 있어. 어찌 됐든 참아야 하지 않겠니? 넌 슈퍼맨이 아니야. 아무도 기적은 기대하지 않아. 너에 대한 모욕이기도 해. 긴급 상황이 되면 인간은 무슨 짓이든지 해보려고 하지. 본부장 같은 완고한 할아버지도 말야."

"고마워요. 그러니까 저도 기운이 나는군요, 정말로."

엘러리는 입속으로 중얼거렸다.

"농담말고, 내가 널 가장 필요로 하는 때에 네가 모른 체한다면 난 정말로 힘들 거야. 엘러리, 어떠냐? 한번 나서주지 않겠니?"

"정말로 머리가 비상한 아저씨라니까요." 아들은 말했다.

경감은 빙긋 웃었다.

"물론 이런 중대한 사건에 제가 도움이 된다면, 그건……. 하지만 어떻게도 말할 수가 없네요. 해보고 싶은 생각도 들고, 그러고 싶지 않은 마음도 듭니다. 오늘 밤 생각 좀 해봐도 될까요? 현재 같은 상태라면 저는 아버지에게나 다른 누구에게도 도움이 되지 않아요."

"괜찮겠지." 그의 아버지는 분명한 말투로 말했다. "내가 연설을 하고 말았구나. 정치가의 방식을 보고 배웠나? 레모네이드 한 잔 더 어떠냐? 맛이 나게 진을 한 방울 넣을까?"

"저는 한 방울로는 부족해요."

"찬성에 재청이다."

그러나 둘 다 어느 쪽도 그럴 마음은 없었다.

경감은 신음을 하면서 주방의 테이블을 향해 앉았다. 엘러리에게는 진부한 심리적 방법으로 아무리 설득해도 소용없다고 그는 생각했다. 그에게는 '고양이'와 엘러리 둘 다 똑같이 골칫거리였다.

그는 의자를 뒤로 기울여 타일 벽에 기댔다.

가혹한 무더위가…….

그가 눈을 뜨자 뉴욕 시 경찰 본부장이 위에서 얼굴을 내려다보고 있었다.

"딕, 딕, 눈을 떠 봐." 본부장은 말하고 있었다.

엘러리는 아직 짧은 반바지 차림으로 주방 입구에 서 있었다.

경찰 본부장의 개버딘 저고리의 옆구리 아래 언저리가 땀으로 젖어 있었다. 그는 모자도 쓰지 않았다.

퀸 경감은 눈을 꿈벅거리면서 그를 올려다보았다.

"자네에게 직접 알리기 위해 달려왔네."

"알리다니, 뭘 말인가요, 본부장님?"

"'고양이'에게 다시 꼬리가 하나 더 생겨났어."

"언젭니까?" 노인은 마른 입술을 핥았다.

"오늘 밤이야. 10시 30분에서 12시 사이."

"어디서요?" 경감은 두 사람을 밀어 젖히다시피 거실로 뛰어가더니 구두를 거칠게 움켜쥐었다.

"센트럴 파크. 110번지 입구에서 그리 멀지 않아. 바위 그늘의 덤불 속이야."

"피해자는?"

"비어트리스 윌킨스, 32살, 미혼, 혼자서 나이 든 아버지를 부양하고 있었지. 그녀는 아버지를 산책시켜 드리려고 공원으로 모시고 나왔어. 그리고 아버지를 벤치에 남겨두고 물을 뜨러 갔는데 아무리 기다려도 딸이 돌아오지 않자 아버지는 마침내 공원 경비원을 불렀어. 경비원은 2, 3백 피트 떨어진 곳에서 그녀의 목 졸린 사체를 발견했지. 목에는 역시 연어 속살색의 실크 끈이 감겨 있었어. 핸드백에는 손을 대지 않았고, 뒤에서 뒤통수를 맞고 덤불까지 끌려간 흔적이 있었어. 아마 거기서 의식을 잃은 그녀의 목을 조른 것 같아. 겉보기에 강간의 흔적은 없었어."

"안 돼요, 아버지." 엘러리는 말했다. "그건 젖었어요. 여기 새 와이셔츠하고 속옷이 있어요."

"덤불, 공원. 기회일지도 몰라. 땅에 발자국은?"

경감은 빠른 말투로 말했다.

"지금으로선, 없어. 하지만 딕. 이번엔 하나의 새로운 사실이 추가되었어." 본부장은 말했다.

경감은 본부장의 얼굴을 보았다. 그는 와이셔츠 단추를 잠그려 하고 있었다. 엘러리가 도와주었다.

"비어트리스 윌킨스는 웨스트 128번지에 살고 있었네."

"웨스트……." 경감은 엘러리가 내민 저고리에 팔을 집어넣으면서 기계적으로 말했다. 엘러리는 본부장의 얼굴을 쳐다보고 있었다.

"레녹스 거리 근처야."

"할렘인가요?"

본부장은 목 언저리의 땀을 닦았다. "딕, 곤란한 일이 될지도 몰라. 누군가가 이성을 잃으면."

퀸 경감은 문으로 달려갔다. 얼굴색이 창백했다.

"엘러리, 오늘 밤은 밤을 새게 될 것 같다. 너 먼저 자거라."

그러나 엘러리는 본부장에게 묻고 있었다.

"누군가가 이성을 잃으면 어떻게 된다는 건가요?"

"히로시마 이상으로 강력한 폭탄 버튼을 눌러 뉴욕을 한 방에 날려 보내게 되지."

"갑시다, 본부장님." 경감은 답답하다는 듯 입구의 로비에서 소리 쳤다.

"잠깐만 기다리세요." 엘러리는 진지하게 본부장의 얼굴을 보고 있었다. 본부장도 마찬가지로 정색을 하고 그를 마주 보았다. "3분만 기다려 주시면 저도 함께 가겠어요."

3

8월 16일 아침에 나타난 '고양이'의 여섯 번째 꼬리는 그때까지의 것과는 미묘한 패턴의 차이를 보였다. 지금까지 5개의 꼬리는 가느다란 선으로 그려지고, 그 안에 하얀 공간이 남겨져 있었는데, 이번 꼬리는 완전히 색칠을 해 놓았다. 뉴욕 시는 '고양이'가 인종의 장벽을 뛰어넘었음을 깨달았다. 한 인간의 검은 목이 졸려지면서 벌써부터 공포에 떨고 있던 7백만 백인들의 두려움 속에 50만 명의 다른 인종이 더 가세한 것이다.

퀸 경감이 할렘에서 비어트리스 윌킨스의 사체를 처리하는 일로 바빠하고 있을 때, 시장이 시청에서 경찰 본부장과 그 밖의 공무원을 동석시켜 아침 기자회견을 개최한 것은 주목할 만한 일이었다.

시장은 말했다.

"우리는 비어트리스 윌킨스 사건으로 인종적인 문제는 없다고 확신하고 있습니다. 우리가 막아야만 할 것은 1935년 암흑의 3월 15일을 초래했던 그런 긴장상태의 반복입니다. 사소한 사건과 헛소문으로 인해 3명이 사망하고 30여 명이 총탄에 맞아 입원했고, 2백 명 이상이 타박상, 절상, 찰과상으로 치료를 받았습니다. 말할 것도 없이 물질적 손해도 컸으며, 그 액수는 2백만 달러 이상에 달했습니다."

할렘의 신문 기자 하나가 말했다. "시장님, 저는 이런 인상을 받았습니다. 래거디어 시장에게 임명받아 그 당시 폭동을 조사한 두 인종으로 구성된 위원회의 보고를 인용하면, 그 원인은 '혹독한 인종 차별과 풍요 속의 빈곤에 대한 분노'였습니다."

시장은 즉각 대답했다. "물론, 언제든지 밑바닥을 이루는 사회적·경제적 원인은 있습니다. 정직하게 말해서 그게 우리가 다소 걱정하고 있는 점입니다. 뉴욕은 세계의 모든 인종, 모든 국적, 다양한 신조들이 모여 있는 곳입니다. 뉴욕 시민 중 15명에 1명은 흑인입니다. 10명 가운데 3명은 유대인입니다. 뉴욕 시에는 제노아보다도 많은 이탈리아인이 있습니다. 폴란드인, 그리스인, 러시아인, 스페인인, 터키인, 포르투갈인, 중국인, 스칸디나비아인, 필리핀인, 페르시아인 등 다양한 민족이 있습니다. 그게 뉴욕을 세계 최대의 도시로 만든 것입니다. 하지만 그것은 또한 우리를 화산 꼭대기에 있는 것과 같은 상태로 만들고 있습니다. 전후의 긴장도 그 한 원인입니다. 이번 연쇄 교살사건은 시 전체를 불안에 빠뜨리고 있습니다. 우리는 어리석은 행동을 해서 사회의 혼란을 야기하고 싶지 않습니다. 말할 것도 없겠지만 마지막에 한 발언은 오프 더 레코드입니다.

여러분, 가장 이성적인 방법은 이러한 연쇄살인을 보통의 사건으로 취급하는 것입니다. 센세이셔널하게 보지 않는 겁니다. 물론 조금은 보통의 사건들과 다른 면이 있어서 다소 곤란한 점도 있습니다. 그러나 우리는 세계에서 가장 뛰어난 범죄 수사기관을 보유하고 있고, 현재 밤낮 없이 수사를 하고 있기 때문에 이제 곧 해결될 것으로 생각합니다. ”

경찰 본부장이 말했다. “비어트리스 윌킨스는 ‘고양이’에게 교살되었습니다. 그녀는 흑인입니다. 다른 5명의 피해자는 모두 백인입니다. 이 점을 여러분은 강조해 주셨으면 합니다. ”

할렘의 신문 기자가 말했다. “경찰 본부장님, 관점에 따라서 ‘고양이’는 공공심이 강한 민주주의 신봉자일지도 모릅니다. ”

이 발언으로 장내가 소란스러워졌다. 그런 분위기 덕택에 시장은, 여섯 번째의 살인이 일어난 좋지 않은 시기에 새로운 ‘고양이’ 수사반의 책임자를 임명했다는 사실을 발표하지 않고 기자회견을 마칠 수 있었다.

그들은 할렘 파출소의 수사실에 모여서 비어트리스 윌킨스에 관한 보고를 검토하고 있었다. 공원 내의 현장 조사로는 아무것도 알 수가 없었다. 바위 뒤의 지면은 자갈이 많고, ‘고양이’가 발자국을 남겼다손 치더라도 그녀의 사체가 발견된 직후의 혼란통에 지워지고 말았을 것이다. 풀이나 흙, 바위 근처의 좁은 길도 1인치의 남김 없이 샅샅이 조사했지만 나온 것은 피해자의 것으로 판명된 두 개의 머리핀뿐이었다. 처음엔 굳어진 혈액이거나 피로 물든 조직으로 생각했던 피해자의 손톱 밑에서 파낸 어떤 물질이 분석 결과 그 대부분이 립스틱으로 밝혀졌다. 그것은 흑인 여성들이 자주 쓰는 색으로 죽은 여자의 입술에 남아 있는 것과 일치했다. '고양이'가 그녀의 머리를 때린 흉기는 전혀 발견되지 않았고, 상처도 흉기의 종류를 알아낼 단서가 되지 못했다. 그것은 '둔기'라는 너무나도 막연한 단어로 표현할 도리밖엔 없었다.

사체 발견 뒤에 즉각 그 지역 수사망에 걸린 것은 흑백 두 인종에 걸친 모든 연령층 다수의 남녀 시민들로, 그들은 한결같이 더위에 삶아지고, 흥분하고, 겁에 질리고, 떳떳하지 못한 데가 있는 것처럼 보였다. 그러나 그들 중에 엘러리의 코가 찾는 그런 냄새를 풍기는 사람은 단 한 명도 없었다. 모두를 가려내는 데도 새벽녘까지 걸렸다. 마지막으로 시끌벅적한 법석 끝에 경찰은 오직 백인 1명, 흑인 1명의 용의자를 찾아냈다. 백인은 27살의 실업 상태인 재즈 트럼펫을 부는 사람으로 잔디에 누워 마리화나가 든 담배를 피우고 있는 것을 찾아냈다. 흑인은 마르고 체구가 작은 중년의 사내로 레녹스 거리 노름판 주인의 앞잡이 노릇을 하고 있었다. 경찰은 그가 숫자 도박표를 파는 현장을 덮쳤던 것이다. 둘 다 홀랑 벗겨가며 조사를 했지만 아무것도 나오지 않았다. 노름판의 앞잡이는 흑인 형사들이 증인을 모아 와서 범행 1시간 전부터 그의 소재를 분명히 밝혀주어 석방되었다. 모두들 암흑의 3월 15일을 떠올리고는 오싹해 했다. 백인 트럼펫 연주가는 한층 강도 높은 조사를 하기 위해 본서로 연행되었다. 그러나 퀸 경감이 말한 것처럼 이렇다 할 혐의가 드러나지 않았다. 만약 그가 '고양이'라고 한다면 6월 3일, 6월 22일, 7월 18일, 8월 9일, 8월 19일에 뉴욕에 있었어야만 한다. 그러나 트럼펫 연주가는 5월에 뉴욕을 떠났다가 닷새 전에 돌아왔다고 주장했다. 그는 그 기간 동안에 세계 일주를 하는 호화 유람선에서 일했다고 했다. 그러고는 배와 선장, 사무장, 오케스트라의 다른 단원에 관해 설명했다. 몇몇 여성 승객에 대해서는 좀더 자세한 얘기를 했다.

그래서 그들은 문제 해결 방식을 바꿔 피해자를 조사해 보기로 했다. 그랬더니 예측과는 달리 피해자는 정직하고 선량한 사람이었다.

비어트리스 윌킨스는 흑인 사회의 책임 있는 일원으로 아비시니안 뱁티스트 교회에 속하며, 그 가운데의 몇몇 그룹에서 활동하고 있었다. 그녀는 할렘에서 태어나 자랐으며, 하버드 대학에서 수학했고 아동복지 기관에서 일했는데, 그녀의 일은 오로지 할렘의 혜택받지 못한 어린이와 비행 청소년을 보살피는 일이었다.

그녀는 〈흑인교육 저널〉에 사회학적 논문을, 〈파이런〉에 시를 기고하고 있었다. 때로는 그녀의 이름이 들어간 논설이 〈암스테르담 스타 뉴스〉나 〈피츠버그 클리어〉, 〈애틀랜타 데일리 월드〉 등에 실리기도 했다.

비어트리스 윌킨스의 교우관계는 전혀 나무랄 데가 없었다. 그녀의 친구는 흑인 교육가, 사회활동가, 작가 등 지적인 직업에 종사하는 사람들이었다. 그녀는 업무차 블랙 보헤미아에서 상 판 힐로 나가는 일이 많았으며, 마약 밀매상이나 포주, 거리의 창녀들과 접촉했다. 푸에르토리코인, 흑인 회교도, 프랑스령 아프리카인, 검은 피가 섞인 유대인, 검은 피부의 멕시코인이나 쿠바인, 흑인과 혼혈 중국인이나 일본인과도 알고 지냈다. 그러나 그녀는 친구로서, 또한 치료자로서 그들과 지냈기 때문에 원한을 사거나 훼방을 당하거나 하는 일은 없었다. 할렘의 경찰은 그녀를 조용하지만 의연한 비행 청소년의 보호자로 알고 있었다.

파출소장은 퀸 경감에게 말했다. "투사였지요, 하지만 광신적이진 않았습니다. 할렘의 주민치고 흑인이든 백인이든 그녀를 존경하지 않은 사람은 아마 없을 겁니다."

1942년에 그녀는 로렌스 캐튼이라는 젊은 흑인 의사와 약혼했다.

캐튼 박사는 육군에 입대해 이탈리아에서 전사했다. 약혼자의 죽음은 그녀의 애정 생활을 확실하게 봉쇄해 버렸다. 그 뒤로 그녀가 다른 남자와 외출한 적은 한 번도 없었다.

경감은 흑인 수사관을 곁으로 불렀다. 수사관은 고개를 끄덕이고 엘러리와 함께 그녀의 아버지가 앉아 있는 벤치로 갔다.

"할아버지, 누가 따님을 그랬다고 생각하세요?"

노인은 입안에서 뭔지 우물우물하며 말했다.

"뭐라고요?"

"성함이 어떻게 되세요?" 엘러리가 말했다.

"프레드릭 윌킨스인데 우리 아버진 조지아의 노예였다고 했어."

"그래요, 그건 좋습니다, 할아버지. 그런데 따님은 어떤 남자와 사귀고 있었나요? 백인인가요?"

순간 노인의 몸이 굳어졌다. 언뜻 보기에도 그가 뭔가와 싸우고 있음을 알 수 있었다. 마지막으로 그는 갈색 얼굴을 뱀처럼 쑥 빼더니 침을 뱉었다.

"이 할아버진 제가 자기를 모욕했다고 생각하는 것 같습니다. 두 가지 점에서."

"중요한 일이다." 경감이 벤치 쪽으로 다가왔다.

수사관이 말했다.

"경감님, 제게 맡겨 주십시오, 화를 잘 내는 분입니다."

그는 다시 노인의 위로 몸을 숙였다. "할아버지, 당신 따님은 그리 흔치 않은 훌륭한 사람이었어요, 죽인 녀석에게 복수를 하고 싶겠죠?"

노인은 다시 입안에서 중얼거렸다.

"신께서 당신을 돌봐주실 거라는 뜻인 것 같아요."

엘러리가 말했다.

수사관은 말했다. "할렘에선 안 됩니다. 할아버지, 잘 들으세요, 우리가 알고 싶은 건 따님이 누군가 백인을 알고 있었느냐 하는 겁니다."

노인은 대답하지 않았다.

흑인 수사관은 변호하듯 말했다. "이 근처에 순수하게 하얀 녀석 따윈 없습니다. 할아버지, 그 남자는 누굽니까? 어떤 남자죠? 따님이 백인을 외면하고 쫓아낸 적이 있나요?"

노인은 또다시 갈색의 얼굴을 뒤로 쑥 뺐다.

"그만둬요, 그런 짓은." 수사관이 외쳤다. "어떤가, 할아범, 내가 알고 싶은 건 하나의 질문에 대한 하나의 대답이야. 비어트리스는 전화를 갖고 있었어. 백인에게서 몇 번이나 전화가 걸려왔소?"

주름진 입술에 씁쓸함이 가득한 웃음이 보였다. "내 딸이 백인과 사귄다면 내가 이 손으로 딸을 죽일 거요." 노인은 그렇게 말하고는 벤치 구석에 웅크렸다.

"놀라운데."

그러나 경감은 고개를 가로저었다. "그는 이미 여든이야. 그의 손을 봐. 관절염으로 구부러져 버렸어. 병든 새끼고양이도 목 졸라 죽이지 못할 거야."

엘러리는 일어났다. "수확이 없군요, 두세 시간 잘 필요가 있겠어요, 아버지도 마찬가집니다."

"넌 돌아가거라. 나는 시간이 나면 2층 간이침대에서 자면 돼. 오늘밤은 어디 있을 거냐?"

"본부로 가서 파일을 살피겠어요."

엘러리는 대답했다.

8월 27일 아침 '고양이'는 다시 〈뉴욕 엑스트라〉의 사설 페이지에 등장해 공포를 일으켰다. 그 결과 신문은 더욱 잘 팔려 〈뉴욕 엑스트라〉의 판매부장은 그날 보너스까지 받았다. 28일 아침 신문에서 '고양이'는 제1면으로 옮겨졌다. 이로써 '고양이'는 말하자면 판매를 보장하는 장기계약을 맺은 셈이었다. 이 새로운 시도는 상당한 성공을 거둬 오전 10시 무렵 시내 신문 가판대에는 단 한 부도 남아 있지 않았다.

그렇게 제1면으로의 이동을 축하하기라도 하는 듯 '고양이'는 새로운 꼬리를 흔들고 있었다.

그것은 교묘한 것이었다. 언뜻 보기만 해도——헤드라인은 붙어 있지 않았다——그림은 새로운 공포를 불러 일으켰다. '고양이'에게는 6의 숫자가 달린 꼬리가 그려졌고, 나아가 일곱 번째의 커다란 꼬리가 굵고 거친 선으로 추가되어 있었다. 독자들은 신문을 붙들고 커다란 표제어들을 뒤졌지만 아무것도 발견하지 못했다. 독자들은 이상한 생각이 들어서 그림으로 시선을 되돌린다. 그리고 잘 살펴보면 7이라는 번호가 붙은 커다란 꼬리에는 고리 대신 의문 부호가 달려 있다.

당국에선 의문부호가 정확하게 무엇을 의미하는지에 관해 날카로운 의견 대립이 있었다. 28일 오후, 〈뉴욕 엑스트라〉 편집장과 시장과의 흥미 있는 전화 대화 중에 생긴 일이었다. 편집장은 의외라는 듯이 놀라운 어조로, 의문 부호는 범행 사실로부터 생겨나는 논리적, 윤리적, 공공 서비스적, 그리고 뉴스 가치가 있는 의문이라고 주장했다. 하지만 시장은, 자신과 만화를 본 다수의 뉴욕 시민, 그리고 이 순간에도 시청이나 경찰 본부의 교환원을 괴롭히고 있는 사람들에게 그 의문은 '고양이'는 일곱 번째의 희생자를 요구할 것인가?'라고 노골적으로 묻는 것처럼 보인다며 신랄한 어조로 응했다. 더구나 칠칠치 못하고 저급한 그 만화는 공공의 이익에 전혀 도움이 되지 않는다는 게 명백하다고 했다. 도움은커녕 지저분한 당리당략을 공공의 이익에 우선하려는 야당 방식의 신문이라고 비난했다. 편집장은 시장이야말로 더러운 세탁물을 질질 끌고 있는 건 아니냐고 반박했다. 시장이 '그건 무슨 뜻이냐?'고 외치자 편집장은 대답했다.

"뉴욕의 일반 경찰에게 경의를 표한다는 점에선 저도 누구에게도 뒤떨어지지 않습니다. 그러나 사정을 아는 사람이라면 누구라도 시장이 임명한 현재의 경찰 본부장이 흉악한 범인은 고사하고 좀도둑도 잡지 못하는 무능력자임에 틀림없다고 생각합니다. 만약 시장이 그렇게나 공공의 이익에 관심이 있다면 어째서 경찰 최고의 자리에 좀더 머리가 날카로운 사람을 임명하지 않습니까? 그렇게 한다면 뉴욕 시민은 아마도 두 다리를 쭉 뻗고 잠을 잘 수 있을 것입니다."

편집장은 나아가 이 문제를 이튿날 사설의 톱으로 실을 것을 암시하면서 "이것도 공공의 이익을 위해서입니다, 시장님. 물론 아시겠지만"이라고 덧붙였다. 그러고는 전화를 끊고 판매 보고를 받아들며 만족스러워했다.

그러나 그의 만족은 너무 일렀다.

잔뜩 성을 내면서 깃에 꽂은 초록 카네이션의 냄새를 맡고 있는 시장에게 경찰 본부장이 말했다.

"잭, 내가 사임하는 게 낫다면……."

"쓸모없는 녀석 따윈 신경쓸 것 없네, 버니."

"그 신문은 독자가 많아. 내일 사설이 나오기 전에 손을 쓰는 게 어떨까?"

"자네 목을 자르라는 말인가? 그렇게 할 바엔 나도 끝이야." 그러고는 시장은 뭔가 깊이 생각하면서 덧붙였다. "하지만 그렇게 하지 않아도 끝장이야."

경찰 본부장은 담배에 불을 붙이면서 말했다. "그 말이 맞아. 나는 전체 상황을 이리저리 생각해 보았어. 잭, 이 위기에 뉴욕에 필요한 건 영웅이야. 모세라고, 시민들의 상상력을 북돋을 만한 인물을……."

"그들의 주의를 흩뜨리기 위해선가?"

"아니, 뭐……."

"분명하게 말해 줘, 버니. 무슨 생각을 하는 거야?"

"그러니까, 그 사람을, 그러니까…… 시장 직속의 특별 고양이 잡기 대장 같은 것에……."

"뉴욕의 누더기 피리쟁이(마을의 쥐를 퇴치했다는 / 독일의 전설 속의 인물)인가? 아니, 그건 쥐야, 쥐도 너무 많이 있다고." 시장이 중얼거렸다.

"경찰과는 관계가 없어. 이동 임무야. 일종의 고문이지. 〈뉴욕 엑스트라〉의 마감시간이 지난 직후에 발표해서 사설의 허를 찌르면 돼."

"그럼 비난과 책임을 한몸에 받을 대역을 내게 임명하게 한 다음에 자네와 경찰은 성가신 일에서 벗어나 평상의 일로 돌아가고 싶다는 건가?"

경찰 본부장은 피우다 만 담배를 물끄러미 바라보면서 말했다. "사실상, 경찰은 간부 이하 모두가 성과보다도 신문의 헤드라인에 더 신경을 쓰고 있다네."

"만약 그 사람이 자네를 빼돌리고 '고양이'를 잡아버리면 어떻게 되지?" 시장이 물었다.

본부장은 웃었다.

느닷없이 시장은 다시 물었다. "이봐 버니, 자네 누구 생각하고 있는 사람이 있는 건가?"

"무척 매력적인 사람이지, 잭. 뉴욕 출신에다 정치와는 관계가 없으며 범죄 연구가로서 미국 전체에 알려져 있지. 더구나 관직은 갖고 있지 않아. 그는 거부하지 못할 거야. 그의 아버지에게 안성맞춤인 일을 줘서 미리 작업을 해놓았으니까."

시장은 회전 의자를 천천히 정면으로 돌렸다.

본부장은 고개를 끄덕였다. 시장은 전용 전화로 팔을 뻗었다. "버니." 그는 말했다. "자네의 이번 성과는 훌륭해. 아, 버디? 엘러리 퀸을 불러 줘."

"매우 영광입니다, 시장님. 하지만 제게 그럴 자격이……."

엘러리는 말했다.

"시장 직속의 특별수사관으로서 당신 이상의 인물은 없어. 좀더 일찍 생각했어야만 했는데. 솔직히 하는 말이네만, 미스터 퀸."

"예."

시장은 경찰 본부장을 힐끗 쳐다보면서 말했다.

"가끔이긴 하지만, 정석을 벗어난, 너무나도 의외의 사건이 일어나면 아무리 우수한 경찰이라도 애를 먹지. 내 생각으로는 이번 '고양이' 사건에는 당신이 지금까지 발휘했던 그런 특수한 재능이 필요해. 신선하면서 틀에 박히지 않은 접근 말야."

"고마우신 말씀입니다만 시장님, 그렇게 하면 경찰에서 불만이 일어나지 않겠습니까?"

"그 점은 약속할 수 있어, 미스터 퀸. 경찰 본부는 전폭적으로 협력해 줄 거야." 시장은 시원시원하게 말했다.

"그렇습니까? 제 아버지께……." 엘러리는 말했다.

"이 얘길 나눈 건 경찰 본부장뿐이야. 받아들여 주겠는가?"

"생각할 시간을 좀 주시겠습니까?"

"내 집무실에서 전화를 기다리겠네."

엘러리는 전화를 끊었다.

"시장 직속의 특별수사관이라고? 윗분들도 기를 쓰고 있군."

다른 수화기로 대화를 듣고 있던 경감이 말했다.

"'고양이'를 잡기 위해서가 아니에요. 사건이 너무 넓게 번져 손을 쓸 수가 없게 되니까 대역이 될 만한 누군가를 골라 불 속의 알밤을 줍게 하려는 거라고요." 엘러리는 웃었다.

"본부장이……."

"그게 그의 생각입니다, 틀렸습니까?"

경감은 얼굴을 찌푸렸다. "시장은 그런 사람이 아니야, 엘러리. 시장은 정치가지만 정직한 사람이지. 그가 이 착안에 찬성했다면 그건 그가 네게 말한 이유 때문이야. 받아들이면 되지 않겠느냐?"

엘러리는 잠자코 있었다.

"하게 되면 모든 것을 정식으로 하게 된다……."

"그리고 차츰 곤란해지겠지요."

"네가 두려워하고 있는 것은, 피하지 못할 입장에 서게 되는 것 아니냐?" 그의 아버지는 신중하게 말했다.

"어찌 됐건 깊이 생각할 필요가 있습니다."

"이런 말은 하고 싶지 않다만 부자간에 따로따로 노는 건 곤란해. 엘러리, 이건 다른 점에서도 중요한 의미가 될지 몰라."

"어떤 점이죠?"

"네가 그 임무를 맡는 것만으로도 '고양이'가 무서워서 달아나 버릴지도 모른다는 거, 너 생각해 본 적 없냐?"

"아뇨."

"네 이름이 나오기만 해도……."

"무슨 말씀이세요? 그런 효과는 없어요."

"넌 너의 명성을 과소평가하고 있어."

"아버진 '고양이'를 과소평가하고 있습니다. 제 느낌으론 무슨 방법을 써도 '고양이'는 두려워하지 않을 거예요."

그의 말투는 범상치 않은 지식을 갖고 있음을 느끼게 했다. 경감은 천천히 말했다. "넌 마치……. 엘러리, 너 뭔가 찾아낸 게로구나."

두 사람 사이에는 살인 기록이 놓여 있었다. 정면과 옆에서 찍은 피해자의 얼굴 사진. 범행 현장의 전반적인 광경, 다양한 각도에서 찍은 집안팎, 그리고 클로즈업. 정확한 방향을 나타내고, 정확한 축척으로 그린 그림. 필요한 지문 파일. 모든 보고와 기록, 시간, 장소, 성명, 주소, 발견물, 신문과 대답, 진술, 전문적 정보 등 모든 것이 모아진 상세한 수사 서류. 그리고 다른 테이블 위에는 갖가지 증거물이 놓여 있었다.

잡다한 비밀 서류 가운데서 이렇다할 실마리는 발견되지 않았다.

전보다 날카로워진 말투로 경감이 말했다. "찾아낸 거냐?"

엘러리는 말했다. "어쩌면요."

경감이 무슨 말을 하려 했다.

"더 이상 묻지 말아 주세요, 아버지. 어떤 생각이 나긴 했지만 그게 맞을지 어떨지는……. 저는 그 일로 48시간을 소비했습니다. 하지만 다시 한 번 조사해 봐야만 하겠어요."

엘러리는 우울한 표정이었다.

퀸 경감은 전화를 집어들고 말했다.

"시장을 부탁하네. 엘러리 퀸이라고 말하고."

그는 무려 3개월 만에 비로소 마음이 놓이는 것 같았다.

뉴스는 뉴욕에 커다란 반향을 불러일으켰고 경찰 본부장도 가슴을 쓸어 내렸다. 환영의 목소리가 대부분이었다. 시장 앞으로의 편지는 다섯 배로 늘었고, 시청으로 걸려오는 전화는 교환대가 채 수습을 하지 못할 정도였다. 뉴스 해설자와 칼럼니스트들도 찬성의 뜻을 표했다. 주목할 만한 것은 24시간 안에 경찰에 다다르던 잘못된 통보가 반으로 줄었고, 골목길의 도둑고양이 교살이 거의 멈췄다는 점이다. 극히 일부의 신문이 비웃기는 했으나 그 목소리는 약했고 갈채에 가려 이내 지워지고 말았다. 〈뉴욕 엑스트라〉 사설은 엘러리의 임명 발표와 우연히 마주치는 바람에 공격이 불발로 끝났다. 〈뉴욕 엑스트라〉는 계속해서 '세계에서 가장 뛰어난 경찰의 사기를 저하시킨다'면서 시장을 공격했지만 시장의 성명은 그런 비난을 누르기에 충분했다.

신문에 발표된 시장의 성명은 다음과 같다.

'미스터 퀸의 임명은, 결코 정규 경찰 당국과 상치되거나, 경찰 당국을 약화시키거나 혹은 경찰 당국에 대한 신뢰의 결여를 나타내거나 하는 것이 아닙니다. 뉴욕 경찰 본부의 살인 기록 자체가 그것을 말해주고 있습니다. 그러나 이런 일련의 살인의 특수한 성질에 비춰 보건대 나는 범죄 사건에 조예가 깊은 특별한 전문가의 도움을 받는 것이 현명하다고 생각했습니다. 엘러리 퀸 씨의 임명은 경찰 본부장이 나에게 직접 제안한 것이며, 퀸 씨는 본부장과 밀접한 협력 아래 수사를 진행하게 될 것입니다.'

시장은 그날 밤, 라디오를 통해서도 이 성명을 한 번 더 발표했다.

시청에서는 선서 취임식이 거행되었고, 연신 터지는 플래시 속에서 시장과 엘러리 퀸, 엘러리 퀸과 경찰 본부장, 경찰 본부장과 시장, 그리고 그들 각자의 사진 촬영이 끝난 뒤에 엘러리는 준비한 성명을 읽어나갔다.

"'고양이'는 3개월 가까이나 맨해튼에 연속 출몰하고 있습니다. 그 동안에 그는 여섯 사람을 살해했습니다. 여섯 건의 살인사건 파일의 무게는 제가 이 자리를 받아들인 책임의 무게에 필적하는 것입니다. 저는 지금부터 열심히 그것을 조사해야만 하겠지만, 사실은 상당 부분 알고 있기 때문에 사건은 해결될 수 있으며, 또한 반드시 해결되어 범인이 체포되리란 것을 지금 이 시점에서 분명히 밝혀둡니다. 범인이 다음 살인을 저지르기 전에 체포될지 여부는 물론 알 수 없습니다. 하지만 '고양이'가 오늘 밤, 또다시 새로운 살인을 저지른다 하더라도 지난 3개월 동안 '고양이'에게 살해당한 피해자보다도 훨씬 많은 수의 뉴욕 시민이 하루에 자동차 사고로 인해 길거리에서 사망하고 있다는 사실에 모든 사람들이 유의해야만 할 것임을 말씀드리는 바입니다."

성명을 다 읽고 난 엘러리에게 〈뉴욕 엑스트라〉의 기자는 곧장 그가 이미 '정보를 감추고 있는' 게 아니냐고 질문했다. "'사실상 상당히 알고 있기 때문에 사건은 해결될 것임을 분명히 밝힌다'고 한 것은 유력한 단서를 잡았다는 의미인가요?"

엘러리는 희미하게 미소 지으며 말했다. "성명대로입니다."

그로부터 2, 3일 동안 그의 태도는 수수께끼였다. 그는 뭔가를 포착한 사람처럼 행동하지 않았다. 전혀 움직이지 않았다. 자기의 아파트에 틀어박혀서 대중의 눈에 띄지 않았다. 그는 전화 수화기를 내려놓고, 퀸 경감의 경찰 본부로 통하는 직통 전화만이 그와 뉴욕 시를 잇는 유일한 연결고리였다. 그의 집 바깥문에는 언제나 빗장이 내려져 있었다.

그것은 경찰 본부장이 계획했던 것과는 너무나도 다른 것이었다. 퀸 경감은 경찰 본부장이 불만스레 투덜거리는 소리를 들었다. 그러면서도 경감은 들어오는 모든 보고를 주석도 달지 않고, 또한 질문도 않은 채 엘러리 앞에 갖다놓았다. 보고의 하나는 비어트리스 윌킨스 사건의 신문을 위해 구류되었던 마리화나 상습자인 트럼펫 주자에 관한 것이었다. 이 연주가의 진술은 진실임이 증명되어 석방되었다. 엘러리는 그 보고에 거의 눈길도 주지 않았다.

그는 앉은 채로 끊임없이 담배를 피우면서, 퀸 일가와 뻔뻔스런 가장과의 사이에 커다란 문제를 일으켰던, 달의 지형도 같은 서재 천장을 바라보고 있었다. 그러나 경감은 엘러리가 실현 불가능한 천장의 색깔을 바꿀 생각을 하고 있는 게 아님을 알고 있었다.

8월 31일 밤, 엘러리는 보고서를 읽고 있었다. 퀸 경감이 바쁘게, 그러나 헛되이 하루를 마치고 귀가하려 할 때, 직통 전화의 벨이 울렸다. 그는 수화기를 집어들고 아들의 목소리를 들었다.

"다시 한 번 끈에 관한 보고서를 살펴보고 싶은데요……."

"그래서?"

"저는 '고양이'가 어느 쪽 손을 쓰는지, 그 방법을 생각하고 있었어요."

"어째서지?"

"그 매듭은 유럽에서 벨기에 사람인 고데프로와 그 밖의 여러 사람들이 고안해낸 방법이에요."

"로프를 쓰는 거냐?"

"그래요, 섬유의 표면은 잡아당기거나 그 밖의 운동에 의해 마찰하면 그 운동과는 반대 방향으로 보풀이 일어납니다."

"맞아. 우리도 그런 방법으로 자살이냐 타살이냐 하는 몇 건의 어려운 사건을 해결한 적이 있지. 그게 어쨌는데?"

"'고양이'는 뒤에서 희생자의 목에 실크 끈을 감죠. 끈을 잡아당겨 목을 조르기 전에 그는 양쪽 끝을 교차시켜야만 합니다. 따라서 이론적으로는 목덜미의 끈이 교차하는 곳에 분명 마찰점이 있을 것입니다. 두 번째 사건, 그러니까 오라일리와 바이얼릿 스미스의 경우, 목덜미의 사진은 조르는 동안에, 즉 매듭을 짓기 전에 끈의 양쪽 끝이 교차되어 접촉했음을 나타내고 있습니다."

"과연⋯⋯."

"그는 두 손에 각각 끈의 끝을 쥐고 반대 방향으로 잡아당깁니다. 그러나 양손잡이가 아닌 이상 똑같은 힘으로 잡아당기지는 못합니다. 한쪽 손으로 누르고 다른 쪽, 그러니까 힘이 센 쪽의 손으로 잡아당기게 되기 십상이죠. 즉, 만약 그가 오른손잡이라면 왼손으로 잡고 있는 끈에는 분명 마찰점이 있을 테고, 오른손으로 들고 있던 끈에는 마찰선이 있을 겁니다. 왼손잡이라면 그 반대가 되죠. 그 인도 비단은 올이 거칠어요. 눈에 띄는 흔적이 있을지도 모릅니다."

"그럴듯한 생각이야."

"결과가 나오면 알려 주세요, 아버지."

"얼마나 걸릴지⋯⋯. 감식반은 일이 많은 데다가 너무 꾸물거린단 말야. 기다리지 않는 게 좋을 거야. 내가 결과가 나올 때까지 여기 붙어 있겠다."

경감은 몇 군데에 전화를 걸어 결과가 나오면 즉각 알려 달라고 부탁했다. 그리고 몇 주일 전부터 사무실에 갖다놓은 긴 의자 위에 몸을 눕히고 몇 분 동안 눈을 붙이기로 했다.

그가 눈을 떴을 때는 9월 1일의 태양이 먼지투성이의 창문으로 환한 얼룩을 만들어가며 흘러들고 있었다.

전화 하나가 울리고 있었다.

그는 책상으로 다가갔다.

"어떻게 되었어요?" 엘러리가 물었다.

"어젯밤에 잠깐 눈을 붙일 요량으로 누웠는데 정신을 차려보니 전화가 울리더구나."

"조금 있다가 수사관에게 전화를 할 참이었어요. 끈은 알아냈나요?"

"아직 연락이 없어……. 잠깐, 책상 위에 보고서가 있네. 빌어먹을, 어째서 날 깨우지 않은 거야?" 한참 지나 경감은 말했다. "뭐라고 할 수가 없겠는걸."

"그래요?"

"오라일리와 스미스는 목을 졸릴 때 버둥대면서 몸을 좌우로 움직였기 때문에 '고양이'는 왼쪽 손을 잡아당겼다가, 또 오른손 쪽을 잡아당겼다가 했다는 거야. 일종의 시소 운동이지. 오라일리는 저항했는지도 모르겠고, 어찌되었든 간에 확실한 마찰점은 남아 있지 않다는 거야. 실크에 희미한 마찰 흔적이 발견되긴 하지만 그건 좌우가 비슷하다지 뭐냐."

"어쩔 수 없겠군요." 엘러리는 그뒤 전혀 다른 말투로 말했다. "아버지, 곧장 돌아와 주시겠어요?"

"돌아오라고? 하루가 막 시작된 참인데, 엘러리."

"돌아와 주세요."

경감은 전화기를 내던지고 달려나갔다.

"무슨 일이냐?"

퀸 경감은 계단을 뛰어올라와 거친 숨을 몰아쉬었다.

"이걸 읽어 보세요. 오늘 아침 편지로 온 겁니다."

경감은 가죽을 씌운 발걸이 의자에 천천히 앉았다. 한 봉투에는 커다란 글씨로 〈뉴욕 엑스트라〉라고 인쇄되어 있고, 주소는 타이프라이터로 친 것이었다. 다른 하나는 작고 분홍빛을 띤 예쁘장한 봉투에 주소는 손으로 쓰여 있었다.

그는 〈엑스트라〉 봉투에서 한 장의 메모지를 꺼냈다.

친애하는 E.Q.

당신의 전화는 어떻게 된 겁니까? 전화선을 자르셨습니까? 그보다 베추아날란드(아프리카 남부의 영국 보호령, 1966년 독립. 보츠와나의 옛이름)에서 '고양이'를 찾으십니까? 지난 이틀 동안 여섯 차례나 전화를 걸었지만 응답이 없었습니다.

꼭 만나고 싶습니다.

제임스 가이머 매켈

추신: 저는 동료들 가운데서는 '지미 레기트'로 통합니다. 레기트(부지런히 돌아 다닌다는 뜻)입니다, 잊지 마시길. 〈엑스트라〉로 전화해 주십시오.

J.G.M

"모니카 매켈의 남동생이야!"

"다른 하나를 읽어 보세요."

두 번째의 편지지는 봉투와 세트를 이루는 것이었다. 익숙지 않은 우아함, 그리움의 효과를 드러내는 편지지와 봉투였다. 서둘러서 쓴 글씨로 달필은 아니었다.

친애하는 퀸 씨.

저는 라디오에서 당신이 '고양이' 살인사건의 특별수사관이 되었다는 소식을 듣고 몇 번이나 전화로 당신께 연락하고자 했습니다. 저를 만나 주시지 않겠습니까? 당신의 사인을 받고 싶어 그러는 게 아닙니다.

부탁입니다.

그럼 이만.

셀레스트 필립스

"시몬느 필립스의 여동생이야." 경감은 두 통의 편지를 살며시 옆 테이블 위에 놓았다. "만날 거냐?"

"예. 필립스 양에게는 집으로 전화를 했고, 매켈 쪽은 신문사로 연락했어요. 둘 다 아직 젊은이인가 봐요. 매켈이 레기트라는 이름으로 '고양이' 사건에 관해 쓴 기사를 몇 가지 읽은 적이 있습니다만 매켈 집안과 관련이 있다는 건 몰랐어요. 아버진 레기트와 매켈이 같은 인물이란 걸 알고 계셨나요?"

"아니." 경감은 모른다고 하기가 상당히 체면이 구겨지는 느낌이었다. "그는 물론 만났지만 파크 거리의 매켈 씨 집에서였지. 취재기자라니 지금의 그에겐 괜찮은 상황이군. 그들이 용건을 얘기하더냐?"

"셀레스트 필립스는 만나서 얘기하겠다고 했어요. 매켈에겐 그 허접 쓰레기 신문을 위한 인터뷰라면 귀를 막고 팽개치겠다고 했더니 그는 순전히 개인적인 일이라고 말했어요."

"양쪽이 같은 날이야? 어느 쪽인가가 다른 한 쪽의 이름을 말하더냐?" 경감은 중얼거렸다.

"아뇨."

"두 사람은 언제 오지?"

"저는 저의 기본 룰을 깨겠어요. 두 사람을 함께 만나겠습니다. 11시에요."

"5분밖에 남지 않았구나! 난 샤워를 하고 수염도 깎아야 하고, 옷도 갈아입어야 해." 노인은 서둘러 침실로 가다가 뒤돌아보며 덧붙였다. "두 사람을 꼭 붙잡아 두거라. 힘이 들더라도 말이야."

말쑥한 모습으로 경감이 다시 나타났을 때, 그의 아들은 마침 친절하게 라이터를 내밀어, 장갑 낀 채 가느다란 두 손가락으로 아름다운 입술에 담배를 대고 있는 여자에게 불을 붙여주고 있었다. 그녀는 머리 모양에서 구두 끝까지 첨단 유행으로 세련된 모습이었으며, 젊었다. 빈틈 없는 뉴욕의 여성이 되고 싶어한 모습이 역력했지만 아직 거기까지는 성장해 있지 않았다. 경감은 그녀 또래의 처녀들이 건강한 청춘의 육체를 화류계라는 짙푸른 색깔로 휘감고 오후 늦게 5번 거리를 혼자서, 강한 냄새를 풍기며 걷는 것을 본 적이 있었다. 그러나 그녀는 결코 상류는 아니었다. 그녀에겐 따분함이 없었다. 소녀 잡지를 졸업하고 〈보그〉를 막 읽기 시작한 참인 것이다.

경감은 당황했다. 그 젊은 미녀는 다름아닌 셀레스트 필립스였다. 그러나 대체 어찌 된 일일까?

"여어, 미스 필립스." 그들은 악수를 했다. 그녀는 살짝 손을 잡았다가 금세 뺐다.

'내가 나올 줄 몰랐던 모양이군, 엘러리도 내가 집에 있다는 것을 얘기하지 않은 모양이야'라고 그는 생각했다. "이거 완전히 몰라 보게 달라지셨군요." 그는 자기 눈을 의심했다. 아직 채 2주일도 지나지 않았다. "앉으시지요."

그녀가 고개를 돌렸을 때 그는 그녀의 어깨너머로 엘러리의 의아해하는 표정을 보았다. 그는 시몬느 필립스의 동생에 관해 자신이 했던 설명을 떠올리고는 어깨를 으쓱해 보였다. 이렇게 첨단의 유행을 좇는 아가씨를 102번지의 그 초라한 아파트 주인으로 생각하는 것은 불가능했다. 그러나 그녀는 아직 그곳에 살고 있었다. 엘러리는 그곳으로 연락을 했으니까. 옷 때문이라고 퀸 경감은 결론을 내렸다. 그녀가 모델을 서고 있는 의상실에서 오늘만 빌린 것이겠지. 나머진 화장 때문이다. 집으로 돌아가 옷을 갈아입고 세수를 하면 그가 기억하고 있는 원래의 신데렐라로 돌아가겠지. 아니, 정말 그렇게 될지 그는 그다지 자신이 없었다. 그가 기억하고 있는 그녀의 검은 눈 밑의 진한 보라색 그림자는 밝고 옅은 색으로 바뀌긴 했지만 그것은 수건으로 닦아서 사라질 그런 게 아니다. 그녀 얼굴의 그 특징은 언니의 장례와 함께 사라진 것일까?

나의 엄지손가락이 까닥거리는 건 뭔가 나쁜 일이 (셰익스피어의 《맥베스》…… 에 나오는 마녀의 대사)…….

"나는 개의치 말고 이야기를 계속해 주십시오."

경감은 미소 지으며 말했다.

"지금 퀸 씨에게 아파트가 너무 볼품이 없다는 얘길 하던 참이었어요." 그녀의 손가락은 마치 일부러 그러기라도 한 것처럼 핸드백 뚜껑을 계속 열었다닫았다 하고 있었다.

"이사할 예정인가요?"

경감이 눈길을 주자 그녀의 손가락 움직임이 재빨리 멈췄다.

"다른 곳을 구하는 대로 이사를 하려고요."

"과연, 새로운 생활을 시작해야겠지." 경감은 고개를 끄덕였다. "대개의 사람들이 그렇게 하지요, 그런 경우에는." 그리고 그는 말했다. "그 침대는 처분했나요?"

"아뇨, 제가 쓰고 있어요." 그녀는 서둘러 말했다. "전 몇 년 동안이나 간이침대에서 잠을 잤어요. 시몬느의 침대는 잠자리가 무척 편하죠. 언니도 제가 쓰기를 바랄 거라고 생각해요. 그리고 전 언니가 무섭지 않아요."

이번에는 엘러리가 말했다. "그래요. 그건 건강한 생각입니다. 아버지, 미스 필립스에게 저를 만나고 싶어한 이유를 물으려던 참이었어요."

"저는 도움이 되고 싶어요, 퀸 씨." 오늘 그녀는 목소리마저도 〈보그〉풍이었다. 무척이나 세심한 주의를 기울이고 있었다.

"도움요? 어떤 식으로?"

"모르겠어요. 저도 몰라요……." 그녀는 〈보그〉풍의 미소로 자신의 곤혹스러움을 감췄다. "저도 어떻게 해야할지 모르겠어요. 사람은 뭔가를 반드시 해야만 한다고 느낄 때가 있죠. 까닭을 모르더라도요."

"왜 오셨습니까, 미스 필립스?"

그녀는 의자 안에서 몸을 비틀었다. 그러더니 갑자기 몸을 앞으로 쑥 내밀었다. 그때의 그녀는 〈보그〉풍의 자세가 아니라 있는 그대로의 젊은 아가씨 모습이었다.

"저는 언니를 너무나도 불쌍하다고 생각했어요. 사실 언니는 신체만 불구였던 게 아니었어요. 그렇게 오랫동안 침대에 붙박혀 있으면 누구라도 그렇게 되겠지요. 언니는 전혀 몸을 움직이지 못했어요. 전 차라리 제가 불구가 아닌 걸 원망했죠. 늘 무척이나 미안한 기분이었습니다."

그녀는 외치듯 말했다. "어떻게 설명하면 좋을까요? 시몬느는 살고 싶어했어요. 탐욕스러울 정도로요. 모든 일에 대해 흥미를 가졌죠. 저는 거리를 지나는 사람들의 모습이나 흐린 날의 하늘 모양, 쓰레기를 치우는 사람, 안뜰에서 말리는 세탁물에 대해서까지 얘기해줘야 했어요. 시몬느는 아침부터 밤까지 라디오를 켜 놓았죠. 영화배우나 사교계에 관한 것, 누가 결혼하고 이혼을 했는지, 누가 아기를 낳았는지 그런 걸 자세히 알고 싶어했어요. 그렇게 많지는 않았지만 제가 남자하고 외출이라도 하고 돌아온 날에는 남자가 무슨 말을 했고, 말씨는 어땠는지, 직업은 무엇이며 어떤 말투를 썼는지, 달콤한 데이트를 제가 어떻게 느꼈는지 따위를 말해야만 했어요.

언니는 나를 미워했죠. 질투했던 거예요. 저는 일을 끝내고 돌아오면 방으로 들어가기 전에 화장을 지워요. 저는…… 언니 앞에서는 되도록 옷을 갈아입거나 벗거나 하지 않았어요. 언니 쪽에서 제게 그렇게 시켰어요. 언니는 질투하는 것을 즐기는 것 같았어요. 거기에 희열을 느끼고 있었던 겁니다. 때로는 언니가 큰소리로 울 때가 있었는데, 그럴 때 저는 언니가 나를 너무나도 사랑하고 있다는 걸 알았어요."

"무리도 아니었겠군요."

셀레스트 필립스는 굳은 목소리로 계속했다.

"언니가 그런 일을 당해야만 할 까닭이 없었어요. 그녀는 그런 형벌을 받을 만큼 나쁜 짓은 하지 않았거니와 결코 희망을 버리지도 않았어요. 언니는 저보다 삶에 대한 의욕이 훨씬 강했어요, 훨씬.

그런 언니를 죽이다니…… 너무 가혹해요. 언니를 죽인 범인을 찾아내는 데 도움이 되고 싶어요. 저는 아무것도 모르겠고 그런 일이 정말로 우리한테, 언니에게 일어났다는 사실이 아직도 믿어지지가 않아요. 저도 범인의 처벌에 도움이 되고 싶습니다. 아무것도 하지 않고는 배기질 못하겠어요. 저는 무섭지도 않고, 또 변덕쟁이도 바보도 아니랍니다. 제가 할 일을 시켜 주세요, 퀸 씨. 당신의 조수든, 심부름꾼이든, 편지 타이프, 전화를 받는 것이든, 뭐든 괜찮으니까요. 어떤 일이라도 하겠어요. 제가 할 수 있는 일이라면 무엇이든지요."

그녀는 눈을 깜박이면서 흰 사슴가죽 장갑을 쳐다보았다.

퀸 부자는 그녀의 행동을 지켜보고 있었다.

"정말 죄송합니다"라는 목소리가 들렸다. "몇 번이나 벨을 눌렀습니다만……."

셀레스트는 벌떡 일어나 창가로 달려갔다. 한쪽 어깨에서 반대편 엉덩이에 걸쳐 갈라진 자국 같은 기다란 주름이 보였다. 현관에 서 있던 젊은 남자는 거기에 넋을 잃고 서 있었다. 마치 그 드레스가 벗어져 내려올 것을 기대하고 있기라도 한 것처럼.

다시 젊은 남자가 그녀의 등에서 눈을 떼지 않은 채 말했다. "진심으로 미안하게 생각합니다. 하지만 저도 마찬가지로 누나를 잃었습니다. 나중에 다시 오겠습니다."

셀레스트는 말했다. "어머나!" 그리고는 휙 돌아보았다.

그들은 마주 보았다.

엘러리가 말했다. "이쪽은 미스 필립스, 그리고 이쪽은 아마도 매켈 씨인 듯합니다."

"전능하신 신께서 인간한테 질려 우리 모두를 멸망시킨, 미래의 뉴욕을 상상하신 적이 있습니까? 즉, 일요일 아침의 월 거리 같은 광경을?" 지미 매켈은 10분 뒤 셀레스트 필립스와 이야기를 나누고 있었다. 전능하신 신께서 이미 퀸 부자를 죽여 없애 버리기라도 한 것처럼 그는 그들의 존재를 완전히 잊고 있었다. "그렇지 않으면 허드슨 만을 거슬러오르는 엘리자베스호를 타보셨나요? 6월에 욘커스의 페리에서 허드슨 강의 중류를 보신 적은? 센트럴 파크 사우스의 펜트하우스에서 북쪽을 향해 센트럴 파크를 보신 적은? 베이글(_{단하게 구운 롤 빵} ^{도너츠 모양으로 단})을 먹은 적이 있습니까? 하르바(^{터키의} _{사탕})는? 닭의 비계하고 검정 무를 얹은 챠푸트 레버는? 시시카바브(^{터키, 아르메니아} _{식 구운 고기요리})는? 안초비 피자는?"

"없습니다." 셀레스트는 새침한 태도로 말했다.

"그거 아쉽군요." 그는 세련되지 못하게 팔을 휘둘렀다. 그 모습이 젊은 시절의 에이브 링컨 같다고 엘러리는 생각했다. 껑다리에다가 정열이 넘치고 세련되지 못했는데도 매력이 있다. 거칠지만 유머러스한 말과 목소리처럼은 솔직하지 않은 눈, 입고 있는 갈색 옷은 심하게 낡았다. 스물대여섯쯤 되었을까. "그러면서 뉴욕 사람이라고 생각하십니까, 셀레스트 양?"

셀레스트의 표정이 일그러졌다. "매켈 씨, 제가 태어나면서부터 줄곧 가난하다는 것과는 별 관계가 없다고 생각하는데요." 그녀는 프랑스 중류 계급의 긍지를 이어받은 것이라고 엘러리는 생각했다.

"당신은 성인군자와는 정반대인 제 아버지와 똑같은 말을 하시는군요. 우리 아버지도 베이글을 먹은 적이 없습니다. 당신은 반유대주의인가요?" 제임스 가이머 매켈은 말했다.

"전 어떤 반대주의론자도 아니에요."

셀레스트는 괴로운 듯이 말했다.

"그럼, 셀레스트 양, 우리가 친구가 된다면 당신이 알았으면 합니다만, 아버지와 나는……."

"그건 감사한 일입니다만, 그거하고 우리 언니가 살해당한 사실하고는……." 셀레스트는 쌀쌀맞게 말했다.

"제 누나도 그랬습니다."

그녀는 얼굴이 빨개져서 말했다. "미안합니다."

지미 매켈은 귀뚜라미처럼 가느다란 다리를 포갰다. "저는 기자 월급으로 살아가고 있습니다. 좋아서 그러고 있는 게 아닙니다. 그러지 않았다간 아버지의 석유 사업을 해야만 하기 때문이죠. 저는 석유 장사는 딱 질색입니다. 내 비록, 비록 배를 곯는 한이 있더라도."

셀레스트는 의아한 표정이었지만 흥미를 보였다.

"매켈 씨. 당신은 파크 집안의 미술관에서 가족과 함께 살고 계시겠죠?" 경감은 말했다.

"그래요."

셀레스트는 미소 지었다. "식비를 얼마 지불하고 계신가요?"

지미는 대답했다. "주당 18달러입니다. 일하는 사람들의 담뱃값 정도죠. 그런데도 저는 그만큼의 대우를 받고 있는 건지 어떤지가 의심스럽습니다. 사치스런 침구와 또디(위스키에 뜨거운 물, 설탕, 향료, 레몬 등을 넣은 음료)를 실컷 마시는 대신에 아버지한테서 계급적 구별이라든가, 모든 자동차 수리 공장에는 공산당원이 있다거나, 독일 재건의 필요성이나, 미국에 필요한 건 백악관에 성공한 실업가를 보내는 것이라거나, 철강업계로 뛰어들라거나, 그리고 아버지의 18번인 조합은 말살해야만 한다거나 하는 장황한 설교를 들어야만 하기 때문이죠. 그걸 참고 있는 오직 한 가지 이유는 제가 집을 나오면 어머니가 불쌍하기 때문입니다. 그리고 이번엔 모니카가……. "

"그래서요?" 엘러리가 말했다.

지미 매켈은 주위를 둘러보았다. "예? 아 참, 난 여기 온 용건을 잊고 있었군요. 아무튼 여자 얘기라면, 군대에선 핀업 걸 ^(pinup girl. 반라의 여자 포스터 모델)에 미친 매켈이라는 소릴 들었습니다. "

"누님에 관한 얘길 해주세요. "

셀레스트가 스커트 자락을 붙잡고 몸을 내밀면서 서둘러 말했다.

"모니카 말인가요? "

매켈은 주머니에서 구겨진 담배와 커다란 성냥을 꺼냈다. 그가 담배에 불을 붙이고 등을 굽혀 앞으로 내밀며 연기에 한쪽 눈을 가늘게 뜬 채 무릎에 양쪽 팔꿈치를 괴고 어울리지 않게 커다란 손으로 성냥을 집는 것을 셀레스트는 가만히 지켜보았다. 그 모습이 제임스 스튜어트나 그레고리 펙 같다고 그녀는 생각했다. 참 그래, 입가가 약간 레이먼드 맷세이하고 닮았어. 젊은데도 나이든 느낌이야. 못생겼지만 차밍해. 아마도 뉴욕 전체의 여자들이 그의 뒤를 따라다닐 거야.

"좋은 누나였어요. 모니카에 관해 세상 사람들이 말하는 대개가 사실이지만, 그들은 진정으로 누나를 알지 못했어요. 특히 아버지와 어머닌 누나를 너무나 몰랐죠. 그건 누나 자신 때문이기도 했어요. 누나는 마음속으로는 무척이나 괴로워했지만 그걸 감추기 위해 아무도 속을 들여다보지 못할 가면을 쓰고 있었거든요. 모니카는 때로는 심술궂고 잔혹한 데가 있었지만 마지막 무렵엔 그게 차츰 심했습니다."

그는 성냥을 재떨이에 던져 넣었다.

"아버지는 늘 누나를 제멋대로 하게 내버려 두어서 못쓰게 만들었습니다. 누나에게 권력이 어떤 것인가를 가르치고, 당신이 사람들에 관해 갖고 있는 업신여기고 얕잡아 보는 태도를 누나에게 심어주었습니다. 저에 대한 아버지의 태도는 정반대였어요. 제게는 애초부터 명령을 지키게 했습니다. 우리는 자주 부딪쳤어요. 제가 아직 반바지를 입을 무렵에 모니카는 이미 어른이었고, 나를 변호해 아버지와 맞서기도 했죠. 아버지도 모니카에게는 당하질 못했어요. 어머니는 늘 모니카를 두려워했습니다."

지미는 양말 목이 보이는 다리를 의자의 가로대 위에 올려놓았다.

"누나는, 부탁하셨으니 하는 얘기지만 자신이 진정으로 무엇을 원하는지 발견할 기회를 가지지 못하고 자랐습니다. 진정한 희망이 무엇이었든 그것은 그녀가 가졌던 것은 아니었어요. 그리고 그 사실이 아버지를 보통 이상의 기분 나쁜 노인으로 만들었습니다. 아버지의 생각으로는 모든 것을 누나에게 줄 작정이었으니까요. 저는 보병으로 육군에 있던 3년 동안 그것을 알았지요. 그 가운데 2년은 모기떼들이 왱왱대는 태평양 지역에서 박박 기었지요. 그러나, 모니카는 자신이 무엇을 해야 하는지 끝내 찾아내지 못했어요. 결국 누나의 유일한 탈출구는 규칙을 깨는 것이었죠. 늘 속으로는 겁내고 방황하면서요……. 참 이상한 운명이죠, 셀레스트."

지미는 그녀를 쳐다보면서 느닷없이 말했다.

"뭐가요, 지미?"

"전 당신에 관해 여러 가지를 알고 있답니다."

그녀는 깜짝 놀랐다.

"저는 어바네시 살해 이후로 '고양이' 사건을 담당하고 있습니다. 저는 경찰로부터 특권을 부여받았지요. 상류 계급의 내막을 파헤치는 데 제가 도움이 되니까요. 실은 제 누나가 살해당한 뒤에 저는 당신과 이야기를 한 적이 있습니다."

"정말이에요? 전 전혀……."

"기억 못하는 것도 당연합니다. 당시 저는 제정신이 아닌 눈 뒤집힌 한 기자에 불과했으니까요. 그리고 당신은 넋이 빠져서 멍해 있었어요. 하지만 그때 저와 당신은 여러모로 공통점을 갖고 있다고 생각했던 게 기억납니다. 우린 모두 자신이 속한 계급으로부터의 일탈을 바라거니와 둘 다 사랑하는 불구의 언니와 누나가 있었고, 또 그녀들이 똑같이 가혹하고 비참한 일을 당했으니까요."

"그렇군요."

"저는 당신의 처지가 가엾고 눈물겨워 좀 안정되면 한번 찾아갈 생각을 했었지요. 아까 계단을 올라오면서 당신 생각을 했습니다."

셀레스트는 그를 물끄러미 보았다.

"맹세코 말하건대 석유 같은 것이나 동정 자살 따위는 딱 질색입니다." 지미는 히죽 웃었으나 그건 짧은 한순간이었다. 그는 갑자기 엘러리 쪽을 향했다. "제가 너무 수다스럽다고 느끼셨을지 모르지만 그건 동료들과 함께 있을 때뿐입니다. 또 저는 사람들을 좋아해서 말수가 많아질 때도 있는데, 입을 다물어야만 할 때와 장소는 아닙니다. 저는, 어바네시와 바이얼릿, 그리고 오라일리가 살해당했을 때는 그저 기자로서 흥미를 갖는 데 그쳤지만 이번에 제 누이가 당하면서는 완전히 개인적인 문제가 되었습니다. 저는 이 '고양이' 사건 안으로 들어가야만 할 사람입니다. 천재는 아니지만 당신에게 도움이 되고 싶습니다. 신문사와의 관계가 걸린다면 오늘이라도 그만두겠습니다. 그러나 저는 제 직업이 오히려 유리하게 작용할 거라 생각합니다. 아무나 가지 못하는 곳이라도 저는 자유롭게 드나들 수 있으니까요. 하지만 당신의 처분에 따르겠습니다. 당신이 안 된다고 말하기 전에 입회인 앞에서 제가 일하고 있는 그 넝마 같은 신문에 당신이 금지한 기사를 쓰지 않을 것임을 미리 말씀드리겠습니다. 일을 맡겨 주시겠습니까?"

엘러리는 맨틀피스로 파이프를 가지러 갔다. 그는 담뱃대에 천천히 담배를 채웠다.

"그걸로 질문이 둘이 되었군요, 퀸 씨. 아직 대답하지 않으셨어요." 셀레스트는 딱딱한 어조로 말했다.

퀸 경감은 말했다. "잠깐 실례하겠습니다. 엘러리, 할 말이 있다."

엘러리는 아버지를 따라서 서재로 들어갔고 경감이 문을 닫았다.

"승낙할 생각은 아니겠지?"

"생각 중입니다."

"엘러리, 부탁이니 저 두 사람을 빨리 내쫓아다오!"

엘러리는 파이프에 불을 붙였다.

"제정신이냐? 둘 다 상대 못할 어린애들이야. 게다가 모두 사건에 관계가 있지 않느냐!"

엘러리는 연기를 뿜어냈다.

"엘러리, 만일 도움이 필요하면 전화 한 통이면 전체가 움직이는 경찰에게 요청해. 경찰에는 제대 군인도 많아. 그 사람들은 저 애송이가 하는 일이라면 뭐든 할 수 있단다. 아니, 그 이상이지. 그들은 훈련을 받았어. 젊은 아가씨라면 여성 경찰부에 셀레스트 못지않은 아가씨가 적어도 셋은 된다. 그 아가씨들도 훈련을 받았단 말야."

"하지만 그 아가씨들은 이 사건과는 관계가 없어요."

엘러리는 깊이 생각하면서 말했다.

경감은 눈이 휘둥그레졌다. 엘러리는 빙긋 웃고는 거실로 나갔다.

"이건 전혀 선례가 없는 일이지만, 받아들이고 싶네요."

엘러리는 말했다.

"어머나, 퀸 씨."

"제가 말한 대로지요? 셀레스트."

경감은 문에서 외쳤다. "엘러리, 난 경찰에 전화를 걸겠다." 그는 문을 쾅 닫았다.

"하지만 위험이 따를지도 모릅니다."

"저는 유도를 할 줄도 압니다." 지미는 자랑스럽게 말했다.

"농담이 아닙니다, 매켈 씨. 굉장히 위험한 일이 따를지도 몰라요."

"들어 보십시오. 우리가 뉴기니에서 상대했던 왜소한 사내들은 목에 끈 따윈 감지 않았어요. 그들은 목을 잘랐습니다. 하지만 제 목은 이렇게 붙어 있습니다. 물론 이 분, 셀레스트의 경우는 다릅니다. 내부의 일이 좋겠지요. 자극이 있지만 도움이 되면서 안전한 일 말입니다." 지미는 분개해 말했다.

"셀레스트 스스로 말하게 하면 어떨까요, 지미?"

"자, 그럼, 미스 올든 (드라이저의 소설 《아메리카의 비극》에서 주인공에게 살해당한 여자 로버타 올든의 여동생을 가리키는 듯함)."

"전, 저는 무서워요." 셀레스트는 말했다.

"아무렴, 그렇고말고요. 그래서 제가……"

"여기에 올 때도 무서웠고 돌아갈 때도 무서울 것 같아요. 하지만 아무리 무서워도 시몬느를 죽인 범인을 찾아내는 걸 돕는 건 포기하지 않겠어요."

"하지만 말입니다." 지미가 끼어들었다.

"하겠어요." 그녀는 단호하게 말했다.

지미는 얼굴이 빨개졌다. 그는 "제 잘못입니다"라고 말하면서 다시 주머니에서 담배를 꺼냈다.

"그것 말고도 알아두어야 할 것이 더 있어요."

엘러리는 시치미를 뗀 얼굴로 말했다.

"우리는 삼총사 같은 대등한 동료가 아닙니다. 제가 두목이며 아무에게도 비밀을 말하지 않았어요. 나는 설명은 빼고 명령을 내릴 것입니다. 반대 의견도 질문도 하지 말고 은밀히 그것을 실행하기 바랍니다. 두 분이 서로 상의하는 것도 안 됩니다."

두 사람은 그 말을 듣자 눈을 들었다.

"그 점을 우선 분명히 해두어야만 했는지도 모릅니다. 여러분은 이곳 퀸 조사국의 동료와는 달라요. 그런 마음 편한 위치가 아닙니다. 여러분은 언제나 저에 대해서만 책임이 있습니다. 제가 부여한 일은 개인적인 임무이며, 여러분끼리, 혹은 다른 누구에게도 말해선 안 됩니다. 만약 그렇게 하겠다면 여러분의 생명, 재산, 그리고 만약 있다면 신성한 명예를 걸고 맹세하십시오. 이런 조건으론 제게 협력할 수 없다면 즉각 그렇게 말씀하십시오. 그리 되면 이 회견은 즐거운 심심풀이였던 걸로 하고 끝내겠습니다."

두 사람은 말이 없었다.

"셀레스트 씨는?"

그녀는 핸드백을 꽉 쥐었다.

"전 무슨 일이든 하겠다고 말했어요. 상관없어요."

그러나 엘러리는 다짐을 두었다.

"나의 지시에 관해 질문하지 않는 겁니다?"

"네."

"어떤 지시를 받더라도요?"

"예."

"아무리 불쾌한 일이나 까닭 모를 일이라도?"

"네." 셀레스트는 말했다.

"지시를 아무에게도 말하지 않겠다고 약속합니까?"

"약속하겠어요, 퀸 씨."

"지미에게도?"

"아무에게도요."

"지미는?"

"당신은 피도 눈물도 없는 〈엑스트라〉 사회부장보다 훨씬 비정한 보스로군요."

"재밌는 말을 하는군요. 하지만 그건 대답이 되지 않습니다."

엘러리는 웃음 지었다.

"하겠습니다."

"아까 말했던 그 조건으로요?"

"예."

엘러리는 한동안 두 사람의 얼굴을 쳐다봤다.

"기다려 주세요."

그는 서둘러 서재로 들어가 문을 닫았다.

엘러리가 종이에 뭔가 쓰기 시작했을 때, 아버지가 침실에서 나타났다. 노인은 책상 옆에 서서 입술을 비죽 내밀고 들여다보았다.

"경찰에 특별한 일이라도 있었어요?"

엘러리는 여전히 뭔가를 쓰면서 낮은 목소리로 말했다.

"경찰 본부장에게서 전화가 왔을 뿐이야."

"무슨 일로요?"

"그냥 온 전화일 뿐이야."

엘러리는 편지지를 떼어내 그것을 거칠고 엉성한 봉투에 넣고 붙이더니 겉에 'J'라고 썼다.

그는 다른 종이에 다시 쓰기 시작했다.

"아무 일도 없어요?"

"'고양이'하고는 관계없는 일이긴 한데, 웨스트 75번지와 암스테르담 길 모퉁이에서 각각 살인이 있었어. 진주 무늬의 22구경으로."

경감은 엘러리가 쓰는 것을 보면서 말했다.

"제가 아는 사람인가요?"

엘러리는 힘차게 두 번째 종이를 떼어냈다.

"죽은 여자는 나이트클럽 댄서인데 동양 춤이 특기였어. 죽은 남자는 부자로 원외 활동가였고, 그의 아내는 교회 관련으로 유명한 사교계 여자지."

"섹스, 정치, 사교계, 종교. 더할 나위가 없군요." 엘러리는 두 번째의 봉투를 붙이면서 말했다. 그는 겉봉에 'C'라고 썼다.

"어쨌든 2, 3일은 그쪽 일로 어수선할 거야."

아버지는 일어선 엘러리에게 물었다.

"지금 쓴 건 뭐냐?"

"저의 87스트리트 이레귤러스 (셜록 홈즈가 거느린 거리의 부랑아 소년단인 '베이커 스트리트 이레귤러스'를 빗대어 표현한 말)에 내리는 지시문입니다."

"넌 정말로 할리우드 영화 같은 바보짓을 할 작정이냐?"

엘러리는 거실로 돌아갔다.

경감은 씁쓸한 표정으로 문께에 멈춰 섰다.

엘러리는 'C'라고 쓴 봉투를 셀레스트에게, 'J'라고 쓴 봉투를 지미에게 건넸다.

"아뇨, 지금 열면 안 됩니다. 읽은 다음에는 태워 없애고 여러분의 준비가 끝나면 여기로 출두해 주십시오."

셀레스트는 약간 창백한 얼굴이 되어 봉투를 핸드백에 넣었다. 지미는 봉투를 바깥 호주머니에 찔러 넣었으나 손은 그곳에 넣은 채였다.

"함께 가실까요, 셀레스트?"

"아니, 따로따로 돌아가는 겁니다. 당신이 먼저예요, 지미."

엘러리가 말했다.

지미는 아무렇게나 모자를 쓰고 큰 걸음으로 나갔다.

셀레스트는 방 안이 텅 빈 것처럼 느껴졌다.

"저는 언제 가나요, 퀸 씨?"

"내가 말하면요."

엘러리는 창가로 갔다. 셀레스트는 다시 자리에 앉더니 핸드백을 열고 콤팩트를 꺼냈다. 봉투에는 손을 대지 않았다. 조금 지나 그녀는 콤팩트를 집어넣고 핸드백을 닫았다. 그리고 불기 없는 난로를 쳐다봤다. 서재의 문께에 서 있는 퀸 경감은 한마디도 하지 않았다.

"이제 됐어요, 셀레스트 양."

5분가량 지났다. 셀레스트가 아무런 말 없이 나갔다.

"자, 그 편지에 대체 뭘 썼는지 가르쳐 다오."

경감은 폭발할 것처럼 말했다.

"알았어요. 그녀가 건물을 나서면 말하겠어요."

엘러리는 창가에 서서 길거리를 내다보고 있었다.

두 사람은 기다렸다.

"그 여자는 서서 편지를 읽을 거야." 경감이 말했다.

"읽었어요." 엘러리는 팔걸이의자로 천천히 다가갔다. "아버지, 전 셀레스트의 편지에는 지미 매켈을 할 수 있는 데까지 조사하라고 명령을 내렸어요. 또 지미에겐 셀레스트를 조사하라고 명령했죠."

엘러리는 파이프에 다시 불을 붙이고 유유히 연기를 내뿜었다.

"여간 아닌데? 그건 나도 생각지 못했던 거구나. 그건 유일하고도 현명한 해결책이지." 아버지는 말했다.

"하늘이 과일을 떨어뜨리면 현명한 자는 입을 벌린다, 중국 격언이에요."

경감은 입구의 기둥 옆을 떠나 방 안을 마구 돌아다녔다.

그는 높은 소리로 웃었다. "제법인데? 그들은 서로 부딪칠 거야, 두 마리의……." 그는 입을 다물었다.

엘러리는 입에서 파이프를 뗐다. "고양이인가요? 그거예요, 아버지. 어떻게 될까요? 잔혹할지도 모르죠. 하지만 우린 위험을 무릅쓰는 일은 할 수 없어요. 절대로 안 되죠."

"바보 같으니. 공상을 좋아하는 두 어린아이에 지나지 않아." 노인은 말했다.

"난 셀레스트의 고백에 아버지의 코가 한두 번 씰룩 움직이는 걸 보고 착안했어요."

"이런 살인사건에선 모든 인간을 적어도 한 번은 의심해보는 법이지. 하지만 잘 생각해 보면……."

"생각해 보면, 뭔가요? 우린 '고양이'에 대해 무엇 하나 알지 못해요. '고양이'가 남자인지도 또 여잔지도 모릅니다. 16살인지, 아니면 60살인지도요. 피부색이 흰지, 검은지, 아니면 갈색인지, 보라색인지도 알지 못합니다."

"2, 3일 전에 넌 뭔가를 알아냈다고 말했는데, 그게 뭐였니? 역시 신기루였나?"

"아이러니컬한 건 아버지에겐 통하지 않는군요. '고양이'에 대해 말한 게 아니었어요."

경감은 어깨를 으쓱했다. 그는 문 쪽으로 걸어갔다.

"'고양이'의 행적을 말했던 거라구요."

노인은 발길을 멈추고 뒤돌아보았다.

"뭐라고 했느냐?"

"여섯 건의 살인에는 몇몇 공통된 요소가 있다는 겁니다."

"몇 가지 공통된 요소?"

엘러리는 고개를 끄덕였다.

"몇 가지냐?" 경감은 목이 메는 듯한 소리를 냈다.

"적어도 세 가지예요, 네 가지가 될 수도 있고요."

아버지는 종종걸음으로 되돌아왔다.

"뭐냐, 엘러리? 그게 뭐지?"

그러나 엘러리는 대답하지 않았다.

한참 지나 경감은 바지를 휙 잡아당겨 올리고는 심하게 노기 띤 얼굴로 방에서 나갔다.

"아버지."

"뭐냐?" 그의 화난 목소리가 로비 쪽에서 되돌아왔다.

"제겐 시간이 필요합니다."

"무슨 시간이지? '고양이'에게 앞으로 두세 사람의 목을 더 조르게 하기 위한 시간 말이냐?"

"그런 심한 말씀은 말아 주세요, 이런 일일수록 서둘러서는 안 될 때가 있는 거라구요."

엘러리는 일어났다. 그의 얼굴도 새파랬다. "아버지, 그것엔 뭔가 의미가 있습니다. 틀림없이 그래요! 하지만 뭘까요?"

4

엘러리는 그 주말에 신경질적이 되어 있었다. 그는 컴퍼스와 자, 연필, 그래프 용지를 사용해 통계적인 미스터리 곡선을 그렸다. 마지막으로 그는 그 그래프를 난로에 던져 넣어 태워 버렸다. 퀸 경감은 이렇게 더운 일요일에 난로에 불을 붙이고 있는 아들을 보면서, 자기라면 지옥에서 지내야만 한대도 어떻게 해서든 온도를 떨어뜨릴 방법을 강구해 내겠다며 투덜거렸다.

엘러리는 불쾌한 듯이 웃었다. "지옥에는 선풍기가 없어요."

그러고는 서재로 들어가서 잊지 않고 문을 닫았다.

그의 아버지도 안으로 들어갔다.

"엘러리."

엘러리는 책상 옆에 서서 사건 기록을 뚫어져라 들여다보고 있었다. 그는 사흘 동안이나 수염을 깎지 않았다. 빽빽이 돋아나 제멋대로 자라게 내버려둔 수염 밑의 피부는 무척이나 혈색이 나빴다.

시든 야채 같다고 아버지는 생각했다.

그는 다시 말했다. "엘러리."

"아버지, 전 이제 손을 빼는 게 나을 것 같아요."

경감은 피식 웃었다.

"네가 과연 그럴 수 있을까? 무슨 말을 하고싶은 게냐?"

"유쾌한 화제라도 있어야죠."

경감은 선풍기의 스위치를 눌렀다.

"그래 맞아, 늘 날씨가 화제야. 그런데 그 사람들한테서, 너의 이 레귤러스에게서 연락은 있었느냐?"

엘러리는 고개를 가로저었다.

"센트럴 파크를 산책하지 않겠니? 그도 아니면 버스를 탈까?"

"재미없어요." 엘러리는 중얼거렸다.

"수염을 깎을 건 없다. 아무도 만나지 않을 테니까. 거리는 반쯤 텅 비었어. 어떠냐, 엘러리?"

"그런 건 상관없어요." 엘러리는 밖을 내다보았다. 하늘 가장자리가 새빨갰다. 그 색이 번져 빌딩을 물들이고 있었다. "기분 나쁜 주말이군."

아버지는 말했다. "괜찮으냐? '고양이'는 반드시 주중에 활동해. 토요일이나 일요일에는 나타나지 않았어. 그가 활동을 시작한 뒤의 유일한 축제일인 독립기념일도 그냥 지나갔어. 그러니까 노동자의 날인 주말에도 벌벌 떨 건 없다."

"노동자의 날에 뉴욕의 밤이 어떤지는 아버지도 잘 아시잖아요."

빌딩이 피처럼 빨개졌다. 앞으로 24시간 뒤라고 엘러리는 생각했다. "그 어떤 길이나 다리, 터널, 터미널도 움직이지 못하게 돼요. 모든 것이 일시에 와락 돌아오기 때문이죠."

"그렇게 하자꾸나, 엘러리! 영화라도 보러 갈까? 아니, 그보다 좋은 수가 있다. 레뷔^(revue, 춤과 음악을 중심으로 한 쇼) 집에 틀어박힐까. 각선미를 보는 것도 나쁘지 않지."

엘러리는 비죽 웃지도 않았다. "저는 '고양이'와 함께 있겠어요. 아버지 혼자서 즐기고 오세요. 전 그럴 기분이 아니에요."

경감은 눈치 빠르게 그대로 나갔다.

그러나 그는 레뷔를 보러 가지는 않았다.

버스를 타고 경찰본부로 향했다.

맹렬한 더위 속에 어둠이 버찌 색으로 바뀌고 나이프가 휙 소리를 내면서 그의 목에 닿았다. 그는 정신을 바짝 차렸다. 그는 평온했고 행복하기까지 했다. 눈 아래로 고양이들이 가득 들어찬 짐차가 보였다. 고양이들은 진지한 표정으로 파랑이나 연어살색의 실크 끈을 짜면서 만족스러운 듯 끄덕이고 있었다. 개미 크기밖에 되지 않는 작은 고양이가 바로 코밑에 앉아서 그를 올려다보고 있었다. 이 고양이는 검은 눈을 가지고 있었다. 나이프가 번뜩이고 그가 목에 강한 통증을 느꼈다고 생각한 순간, 갑자기 어둠이 걷히고 모든 것이 밝은 빛으로 빛나면서 떠오르는 듯한 느낌이 들었다.

엘러리는 눈을 떴다.

볼의, 책상 위의 뭔가에 닿았던 곳이 욱신욱신했다. 그는 꿈속의 심한 고통이 깬 뒤에까지도 여운을 남기는 모양이라고 생각했다. 그때 아버지의 침실 전화가 불쾌한 단조음으로 계속 울려대고 있음을 깨달았다.

그는 일어나서 침실로 들어가 불을 켰다.

1시 45분.

"여보세요." 그는 목이 아팠다.

"엘러리, 10분 전부터 걸었었다."

경감의 목소리는 그를 잠에서 완전히 깨어나게 했다.

"책상에 엎드려서 잠이 들어 버렸어요. 무슨 일이에요, 아버지? 지금 어디세요?"

"이 전화가 다른 데서 걸 수 있는 전화냐? 저녁때부터 줄곧 여기에 있었어. 옷을 입은 상태냐?"

"예."

"파크레스터 아파트로 곧장 와주렴. 5번 거리와 매디슨 거리 사이의 이스트 84번지야."

오전 1시 45분. 노동자의 날이다. 8월 25일부터 9월 5일까지, 11일이다. 11은 10보다 하나 많다. 모니카 매켈과 시몬느 필립스의 교살사건은 10일 간격으로 일어났다. 10보다 하나 많다고 한다면…….

"엘러리, 듣고 있는 게냐?"

"대체 누구죠?" 그는 심한 두통에 시달렸다.

"에드워드 카자리스 의사의 이름을 들은 적이 있느냐?"

"카자리스?"

"모른다면 됐어……."

"정신과 의사?"

"그래, 맞아."

"설마!"

밤은 무수히 반짝반짝 빛나는 금속 조각으로 갈라지고 있었고, 그는 합리성이 결여된 좁은 통로를 천천히 걸어 나아갔다.

"왜 그러냐, 엘러리?"

그는 먼 우주에서 헤매고 있는 듯한 기분이었다.

"카자리스 박사일 리가 없어요." 그는 용기를 내서 말했다.

경감의 목소리는 교활했다.

"어째서 그런 말을 하는 거냐, 엘러리?"

"그의 나이 때문이죠. 카자리스가 일곱 번째의 희생자가 될 리는 없어요. 뭔가 잘못된 거라구요."

"나이라고? 어째서 카자리스의 나이하고 관계가 있다는 게냐?"

노인은 갈피를 잡지 못했다.

"그는 60대 중반이잖아요. 카자리스가 아니에요. 그건 계획에 없는 일입니다."

"무슨 계획이지?" 아버지는 부르짖듯 커다란 소리로 말했다.

"카자리스 박사가 아니겠죠? 만약 카자리스 박사라면……."

"사실은 그렇지 않아."

엘러리는 한숨을 쉬었다.

"카자리스 부인의 조카딸이야. 이름은 레노아 리처드슨. 파크레스터는 리처드슨 집안이지. 딸과 양친이 사는……."

"여자 나이는 알고 계세요?"

"20대 후반이나 중반쯤일 거야."

"미혼이겠지요?"

"그럴 거야. 난 정보를 거의 갖고 있지 않아. 전화를 끊겠다, 엘러리. 빨리 와 다오."

"곧 가겠어요."

"기다려! 어떻게 알았지, 카자리스가 피해자가 아니란 걸?"

전화기에 놓인 수화기를 쳐다보면서 그는 공원 맞은편이라고 생각했다. 그는 수화기를 되돌려 놓는 것을 잊어버리고 있었던 것이다.

전화번호부다.

그는 서재로 돌아가 맨해튼 전화번호부를 집어들었다.

리처드슨.

리처드슨, 레노아 이스트 84번지 12 1/2.

같은 번호의 곳에 리처드슨, 재컬리 이스트 84번지 12 1/2이라는 것도 기재되어 있었다. 엘러리는 무아의 경지에 빠져 수염을 깎고 옷을 갈아입었다.

그는 조금 지나서야 그날 밤의 인상을 하나로 종합할 수 있었다. 그날 밤 그는 매우 혼란스러웠다. 많은 얼굴이 눈앞을 지나갔고, 서로 겹쳤으며, 이리저리 흩어지기도 했다. 조각조각의 말들, 감정에 압도된 목소리, 볼에 흐르는 눈물, 갖가지 표정, 사람들의 출입, 계속 울려대는 전화, 휘갈겨 쓴 연필 글씨, 문, 소파, 사진, 카메라맨, 측정, 스케치, 새파래진 작은 주먹, 늘어뜨려진 실크 끈, 이탈리아 대리석 난로 위에 있는 루이 16세풍의 금시계, 나체의 유화, 찢어진 책표지……

그러나 엘러리의 마음은 하나의 기계였다. 그는 무차별적으로 데이터를 그러모았고, 조금 지나자 제품을 완성시켰다.

엘러리는 오늘 밤의 산물이 앞으로 필요해지리란 것을 다람쥐처럼 본능적으로 감지하고 저장했다.

그 여자 자신은 아무것도 전하는 바가 없었다. 그는 사진으로 그녀가 어떤 여자였는지를 상상할 수밖에 없었다. 죽지 않으려고 발버둥친 최후의 순간 그대로 경직된 육체는 언제나 그렇듯 무의미하게 돌처럼 딱딱하게 굳어져 있음에 지나지 않았다. 그녀는 꼭 안아주고 싶을 정도로 작은 체구에 부드럽게 물결치는 다갈색의 머리칼을 지니고 있었다. 코는 뾰족하고 입은 사진으로 보면 화가 난 것처럼 보였다. 손가락과 발가락 모두에 매니큐어가 칠해져 있었고, 머리도 세트한 지 얼마 되지 않는 것이었다. 얇은 천의 실크 네글리제 속의 속옷은 고급이었다. '고양이'에게 습격당했을 때 그녀가 읽고 있었던 것은 《영원한 앰버》(캐슬린 윈저의 베스트셀러 소설)의 재판본이었다. 먹다 남은 오렌지와 체리씨 몇 알이 소파 옆의 코끼리 눈 모양의 간이 테이블 위에 놓여 있었다. 또 커다란 테이블 위에는 과일 접시와 은제 담배 케이스, 립스틱이 묻은 담배꽁초 14개가 들어 있는 재떨이, 그리고 갑옷을 입은 기사 모양을 한 은제 탁상 라이터가 놓여 있었다.

흙빛으로 변한 여자의 사체는 50살은 되어 보였다. 최근에 찍은 사진에선 귀엽고 싱그러운 18살 처녀로 보였다. 그녀는 25살로 외동딸이었다.

엘러리는 레노아 리처드슨을 안됐지만 자기 일의 방해자로 결정지어 버렸다.

살아 있는 사람들도 아무런 단서를 주지 못했다.

그들은 4명이었다. 죽은 여자의 어머니, 이모인 카자리스 부인, 그리고 저명한 카자리스 박사.

그들의 슬픔에는 가족으로서의 일체감이 없었다. 엘러리는 그것을 흥미 깊게 생각하고 그들을 한 사람, 한 사람 주의 깊게 관찰했다.

어머니는 새벽녘까지 도저히 어찌할 수 없는 히스테리 상태에 있었다. 리처드슨 부인은 중년의 훌륭한 여성으로, 옷매무새가 지나치게 야했으며 보석도 너무 많이 걸쳤다. 엘러리는 슬픔과는 무관한, 만성적인 불안을 그녀 속에서 본 것 같았다. 그것은 복통으로 괴로워하는 유아의 찡그린 표정 같은 것이었다. 그녀는 분명히 수전노처럼 인생을 쓸모없이 간직해 두는 그런 종류의 여자였다. 청춘의 꽃은 이미 색이 바래 버렸는데도 아쉬움에 옷을 차려입고, 소중하게 보존해 자기 기만에 빠져 있는 것이었다. 그리고 그녀는 지금 딸의 죽음으로 인해 오랫동안 잊었던 것을 깨달은 것처럼 몸부림치며 울부짖고 있었다.

아버지는 60살의 딱딱한 느낌이 드는 백발이 섞인 작은 체구의 남자로 보석상이나 도서관 직원처럼 보였다. 실제로는 뉴욕에서 가장 오래된 직물 도매상의 하나인 리처드슨 리퍼 앤드 컴퍼니의 사장이었다. 엘러리는 거리를 산책할 때 리처드슨 리퍼 앤드 컴퍼니 빌딩 앞을 몇 번이나 지나간 적이 있었다. 그것은 브로드웨이와 17번지 길모퉁이의 반 블록을 차지하는 9층 높이의 빌딩이었다. 이 상점은 고풍스런 상도덕을 지키는 것으로 유명했다. 절대로 노동조합을 인정하지 않으며, 온정주의로 경영했고, 종업원들은 죽을 때까지 얌전하게 마차를 끄는 말처럼 일했다. 리처드슨은 지나치게 정직하며 융통성이 없고, 직선처럼 폭이 좁은 사람이었다. 이번 사건으로 그는 어쩔 줄을 몰라했다. 그는 그저 한쪽 구석에 앉아서 이브닝 가운을 입고 비탄에 빠진 여자와 모포가 씌워져 작은 산처럼 누워 있는 딸의 모습을 곤혹스레 바라보기만 할 뿐이었다.

리처드슨의 처제는 그의 아내보다 훨씬 젊었다. 엘러리는 카자리스 부인을 40대 초반이리라고 판단했다. 그녀는 창백하고 키가 크고 호리호리하며 말이 없었다. 언니와는 달리 그녀는 자신의 활동 범위를 잘 알고 있었다. 그녀의 눈은 종종 남편 쪽을 향했다. 그녀는 엘러리가 훌륭한 사내들의 아내에게서 종종 발견하는 유순한 성질을 소유하고 있었다. 그녀 같은 여자에게 결혼은 존재의 모두였다. 주로 리처드슨 부인 같은 여자로 구성된 사회에서 카자리스 부인은 친구가 적고 사회적 관심도 희박했다. 그녀는 중년의 언니에게 보채는 어린애를 달래는 듯한 태도를 취했다. 다만 리처드슨 부인의 울음소리가 한층 격렬해졌을 때 그녀의 목소리는 비난과 분노의 감정을 띤 것이었다. 자신이 경시되고 속는다는 느낌인 것 같았다. 그녀에게는 처녀같은 민감성과 차갑고 섬세한 감수성이 있었는데, 그것은 종종 언니의 감정과잉에 반발하는 것 같았다.

엘러리가 이런저런 생각을 하고 있을 때 귓가에서 놀리는 듯한 남자의 목소리가 났다. "눈치 채신 모양이군요."

엘러리는 곧장 뒤돌아보았다. 그것은 카자리스 박사였다. 새우등이지만 덩치가 크고 듬직하며, 눈동자는 차가우면서 탁했고, 숱이 많은 머리칼은 얼음처럼 하였다. 그는 빙하를 떠올리게 하는 사나이였다. 목소리는 신중하며 빈정거림이 희미하게 들어 있었다. 엘러리는 어디선가 카자리스 박사가 정신과 의사로서는 드문 경력을 지녔다고 들은 적이 있었다. 그는 비로소 박사를 보고 그것을 믿게 되었다. 박사의 나이가 65살이거나 혹은 그보다 더 많을 것 같다고 엘러리는 생각했다. 지금은 거의 은퇴해서 몇몇 환자만 진찰했는데 그들은 대부분 여자이며, 그것도 특별하게 선택된 사람들이다. 건강이 약해지고 의사로서 쇠퇴기에 접어들어 동맥경화의 연령에 이르렀기 때문이다. 그런데도 카자리스 박사는 크고 단단한 손이 희미하게 떠는 것 말고는 아직은 힘세고 건강한 것 같았다. 분명히 일을 삼가는 듯한 사람으로는 보이지 않았다. 이것은 하나의 수수께끼이며, 당면 문제와는 무관하지만 흥미 있는 점이었다. 그의 눈은 분명 박식한 사람의 눈이었다. 그는 모든 것을 보면서도 결코 한 마디도 말하지 않으리라. 그렇지 않다고 해도 상대가 꼭 알아야 한다고 자기가 생각하는 부분에 대해서만 얘기할 것이 뻔했다.

"무엇을 눈치챘다고 말씀하시는 겁니까, 카자리스 박사님?"

"내 아내와 언니의 차이에 관해서입니다. 레노아에 관해서 말한다면, 처형의 방식은 완전히 잘못되어 있었어요. 그녀는 아이를 두려워하고 질투하고, 지나치게 멋대로 하도록 내버려두었습니다. 애지중지하는 것 같으면서도 쇠를 자르는 목소리로 야단칩니다. 기분이 나쁘면 레노아를 전혀 무시했어요. 지금에 와서 데라는 당황해 부산을 떨고, 죄책감에 압도되어 있습니다. 임상적으로 말하면 데라 같은 어머닌 자녀의 죽음을 바라며, 실제로 그렇게 되면 용서를 구해 울부짖는 것입니다. 그녀의 슬픔은 자기 자신을 위한 것이지요."

"카자리스 부인도 당신과 마찬가지로 그것을 알고 계시겠군요, 선생님."

정신과 의사는 어깨를 으쓱했다.

"내 아내는 할 수 있는 모든 일을 했습니다. 우린 결혼한 뒤로 4년 동안에 두 아이를 분만실에서 잃었습니다. 그 뒤로 아내는 아이를 낳지 못했어요. 그녀는 애정을 데라의 딸에게 쏟았고 그것은 서로에게, 즉 아내에게나 레노아에게 부족한 것을 서로 메우게 되었던 겁니다. 물론 그것으로 완전해질 리는 없습니다. 낳기만 했을 뿐 그밖의 점에선 실격인 어머니는 늘 문제입니다. 사실을 말하면……." 의사는 두 자매 쪽으로 힐끗 눈길을 던지고는 냉정하게 말했다. "사실을 말하면 슬퍼하는 모습조차도 불만인 겁니다. 어머니는 자신의 가슴을 치고, 이모는 말없이 괴로워하지요. 나는 얼마간 그 아이가 좋았습니다."

카자리스 박사는 느닷없이 말했다. "나 자신도 말입니다." 그는 다른 데로 갔다.

오전 5시까지 판명된 사실이 정리되었다.

죽은 여자는 혼자 집에 있었다. 그녀는 아버지, 어머니와 함께 리처드슨 부인의 웨스트체스터에 사는 친구 집에서 열린 파티에 갈 예정이었으나 레노아는 핑계를 대고 참석을 취소했다.

카자리스 부인은 퀸 경감에게 이렇게 말했다.

"레노아는 생리가 시작된 참이었어요. 그녀는 늘 그런 식이었어요. 그녀는 아침에 제게 전화로 파티에 갈 수 없다고 말했습니다. 데라는 그걸로 화를 냈지요."

리처드슨 부부는 6시 조금 넘어서 웨스트체스터로 출발했다. 그것은 디너 파티였다. 두 명의 일하는 사람 가운데 요리사는 휴가를 얻어 토요일 오후부터 펜실베이니아에 있는 가족에게 가고 없었다. 다른 한 명의 가정부는 레노아에게서 그날 밤만 휴가를 얻었다. 그녀는 상주하지 않는 가정부라서 다음날 아침까지 모습을 보이지 않았다.

8블록 떨어진 파크 거리와 78번지 길 모퉁이에 살고 있는 카자리스 부부는 그날 밤, 줄곧 레노아를 걱정하고 있었다. 8시 30분에 카자리스 부인이 전화를 걸었다. 레노아는 '언제나처럼 좋지 않은 기분'이긴 했지만, 괜찮으니 이모도 이모부도 걱정하지 말라고 말했다. 그러나 카자리스 부인은 레노아가 언제나처럼 아무것도 먹지 않는다는 말을 듣고 리처드슨의 아파트로 가서 따뜻한 식사를 만들어 레노아에게 억지로 먹였고, 그녀를 거실의 소파에 편안히 쉬게 한 다음 그로부터 약 한 시간가량 조카와 이야기를 나누었다.

레노아는 최근 우울했다. 어머니가 '빨리 결혼해서 멍청이 고등학생처럼 이 남자에서 저 남자로 옮겨다니는 것을 그만두라'고 끊임없이 성화를 해댄다고 그녀는 이모에게 말했다. 레노아는 산로^(프랑스 북서부의 마을. 노르망디 상륙작전 때의 싸움터)에서 전사한 청년을 깊이 사랑하고 있었다. 그 청년은 유대계로 리처드슨 부인은 그를 맹렬히 반대했다.

"엄마는 이해해 주지 않아요. 그가 죽어 버린 지금도 욕을 하는걸요."

카자리스 부인은 레노아의 고민을 들어준 다음 잠자리에 들게 하려고 했다. 그러나 레노아는 '이런 기분'에서는 책을 읽는 편이 낫다고 말했다. 더위 탓도 있었다. 카자리스 부인은 너무 늦게까지 있지 말라고 주의를 주고 잘 자라는 키스를 한 다음 집을 나섰다. 밤 10시 무렵이었다. 그녀가 마지막으로 본 것은 소파에 기대어 책에 손을 얹고 미소짓고 있는 조카딸의 모습이었다.

집으로 돌아오자 카자리스 부인은 울기 시작했다. 남편은 그녀를 위로하고 재웠다. 카자리스 박사는 아직 잠자리에 들지 않고 복잡한 병의 사례를 살펴야 했으나, 아마도 데라와 재컬리는 새벽 3시까지는 귀가하지 않을 것이므로 잠들기 전에 레노아에게 전화를 걸어 보겠노라고 아내에게 약속했다. 한밤중, 12시 조금 넘어서 박사는 리처드슨의 아파트로 전화를 했다. 응답이 없었다. 5분 뒤에 그는 다시 한 번 전화를 걸었다. 레노아의 침실에도 내선이 통하기 때문에 비록 그녀가 잠들었다 하더라도 끈질긴 전화 벨소리에 잠이 깰 것이었다. 걱정이 된 카자리스 박사는 어찌 된 일인지 알아보려고 했다. 그는 아내를 깨우지 않고 파크레스터로 갔고, 소파 위에서 연어 속살색의 실크 끈이 살에 박혀 교살된 레노아 리처드슨을 발견했다.

처형 부부는 아직 돌아오지 않았다. 죽은 레노아 말고는 아파트에 아무도 없었다. 카자리스 박사는 경찰에 알렸고, 로비의 테이블 위에서 웨스트체스터의 리처드슨 부인 친구 집의 전화번호를 찾아냈는데, 그것은 레노아가 상태가 나빠져 자기가 돌아오기를 바랄 경우를 대비해 그곳에 놓아두었던 것이라고 리처드슨 부인은 울면서 말했다. 처형 부부한테 레노아에게 무슨 일이 '일어났다'고 알렸다. 그러고 나서 그는 아내에게 그 길로 곧장 택시를 타고 오라고 전화를 했다. 카자리스 부인이 나이트 가운 위에 롱코트를 걸치고 달려왔을 때에는 이미 경찰이 와 있었다. 그녀는 기절했으나 리처드슨 부부가 돌아왔을 때는 회복되어 언니를 보살폈다. 퀸 경감은 중얼거리듯이 말했다. "그녀는 노벨 평화상을 받아도 될 거야."

언제나처럼 똑같은 테마의 변주라고 엘러리는 생각했다. 약간씩 우연의 차이는 있지만 중심 부분은 변함이 없다. 처음부터 끝까지 일관된 미치광이짓이다.

"나는 목에 감긴 실크 끈을 언뜻 보고 바로 '고양이'라고 생각했다." 카자리스 박사는 말했다.

날이 샌 뒤로, 거실의 프랑스식 창이 밤새 활짝 열려 있었기 때문에 테라스와 지붕도 조사할 필요가 있었으나 경찰의 견해는, '고양이'가 펜트하우스의 엘리베이터를 직접 작동시켜 당당히 정면 입구로 들어왔다는 쪽으로 기울고 있었다. 카자리스 부인이 오후 10시에 돌아가기 전 로비에서 앞문을 확인해 보았으나, 그때는 문에 빗장이 내려져 있었다. 그러나 오전 0시 30분쯤 그녀의 남편이 도착했을 때에는 활짝 열려 있었고, 부채 모양 걸쇠로 고정되어 있었다. 걸쇠에는 레노아의 지문이 묻어 있었으므로 이모가 돌아간 뒤에 그녀가 문을 연 것이 확실했다. 푹푹 찌는 밤이어서 아마도 통풍을 좋게 하려 했던 것이리라. 야간 근무중인 문지기는 카자리스 부인이 왔던 것도, 돌아간 것도, 그리고 카자리스 박사가 자정이 지나서 도착한 것도 기억하고 있었다. 그러나 그는 86번지 길과 매디슨 거리 모퉁이의 가게에서 차가운 맥주를 사기 위해 밤중에 몇 차례 밖으로 나갔던 사실, 또한 로비에서 근무중이더라도 자기가 모르는 사이에 누군가가 안으로 들어갈 가능성이 있다는 것을 인정했다.

"무더운 밤이어서 주민의 반은 밖에 나가 있었어요. 저는 로비 의자에서 가끔 졸고 있었지요."

그는 특별한 것을 보지도 못했고, 소리도 듣지 못했다는 것이었다. 이웃 사람들은 전혀 비명소리를 듣지 못했다.

지문 담당은 아무것도 검출해 내지 못했다.

검시관인 프라우티 의사는 사망 시각을 카자리스 부인이 돌아간 뒤에서 카자리스 박사가 도착할 때까지의 사이 이상으로 좁히지 못했다.

교살에 사용한 끈은 역시 거칠고 굵은 실크 끈이었다.

카자리스 박사는 말했다. "헨리 제임스였다면, 치명적인 사실의 공허함이라고 말했을 겁니다."

그들은 새벽녘의 어슴푸레한 실내에 앉아서 차가운 진저에일과 맥주를 마시고 있었다. 카자리스 부인이 콜드 치킨 샌드위치를 만들었으나 손을 댄 것은 퀸 경감뿐이었다. 그것도 엘러리가 억지로 권해서였다. 시신은 경찰의 명령으로 옮겨지고 없었다. 시신을 덮었던 불길한 모포도 보이지 않았다. 펜트하우스의 테라스에서 미풍이 불어왔다. 진정제를 맞은 리처드슨 부인은 침실에서 자고 있었다.

"헨리 제임스에게는 경의를 표합니다만, 치명적인 것은 사실의 공허함이 아니라 사실의 부족이지요, 박사님." 엘러리가 대답했다.

"일곱 번째 살인사건이 일어났는데도 말입니까?"

박사의 부인이 커다란 목소리로 말했다.

"7에 0을 곱했을 뿐이니까요. 전부 아니라고 할 수는 없지만, 너무나도 곤란한 일이지요."

퀸 경감의 턱은 기계적으로 움직이고 있었다. 그는 이야기를 듣고 있지 않은 것처럼 보였다.

"난 뭘 어떡해야 하지?"

모두 깜짝 놀랐다. 그때까지 줄곧 말없이 있었던 레노아의 아버지가 말문을 열었기 때문이다.

"나는 뭔가 해야만 해. 가만히 앉아 있을 수만은 없어. 나는 많은 돈을 갖고 있어…….”

엘러리는 말했다. “돈으로는 되지 않습니다, 리처드슨 씨. 모니카 매켈의 아버지도 똑같은 생각이었습니다. 그는 8월 10일에 10만 달러의 상금을 제공했습니다만 아무런 수확도 없었어요. 경찰의 일만 늘었을 뿐이지요.”

“쉬는 게 어떨까, 잭?” 카자리스 박사가 권했다.

“딸에게 적은 단 한 명도 없었어. 그건 자네도 알고 있지 않은가, 에드. 모두들 그 아이를 무척 좋아했어. 어째서…… 어째서 놈은 레노아를 선택한 거야? 그 아인 나의 모든 것이었어. 어째서 내 딸을…….”

“당신의 딸만 그런 게 아닙니다, 리처드슨 씨.”

“다른 사람 따윈 아무래도 상관없어. 내가 뭣 때문에 세금을 내고 있는 거지?”

리처드슨은 일어났다. 그의 볼은 체리 색이 되어 있었다.

“잭.”

그는 어깨를 떨궜다. 그러고는 뭔가 중얼거리면서 슬그머니 나갔다.

정신과 의사는 그를 따라 나가려는 아내를 제지했다. “아니, 그냥 놔두는 게 나아요. 잭은 스코틀랜드인 최고의 빈틈없는 사고를 지니고 있으니까. 그에게 생명은 너무나도 소중해. 걱정되는 것은 당신이야. 너무 지쳤어요. 자, 집까지 데려다 주지.”

“괜찮아요, 에드워드.”

“데라는 자고 있지…….”

“당신과 함께 있겠어요. 당신은 여기 있을 필요가 있어요.” 카자리스 부인은 남편의 손을 잡았다. “그래요, 에드워드. 당신은 이 사건으로부터 빠져나갈 수 없어요. 뭔가를 하라고 말씀하세요.”

"알았어. 당신을 집까지 데려다 줄게."

"난 어린애가 아니란 말이에욧!"

덩치 큰 박사는 튀어 오르듯이 일어섰다. "하지만 내가 뭘 할 수 있지? 이 사람들은 이런 일의 전문가야. 설마 이 사람들이 내 진찰실에 들어와서 환자 치료의 지문을 찾아내지는 않을 거야!"

"나를 바보 취급하지 말아요, 에드워드. 당신이 늘 내게 하는 말을 이 분들에게 말씀하시면 되지 않겠어요? 당신의 의견은…….."

그녀의 목소리는 날카로워졌다.

"불행하게도 그것은 이론뿐인 얘기야. 내 말을 들어, 집으로 돌아가서…….."

"데라에겐 내가 필요하다구요."

감정이 매우 고조되어 높아진 목소리였다.

"어, 당신." 그는 놀란 것 같았다.

"레노아가 내게 얼마나 소중한 아이였는지 당신도 잘 아시지 않아요!" 카자리스 부인의 목소리에는 울음이 섞여 있었다.

"물론이지." 그의 눈짓에 엘러리와 경감은 자리를 떴다. "레노아는 내게도 소중했어. 이제 그만해, 몸에 좋지 않아."

"에드워드, 당신은 내게 뭐라고 하셨죠!"

"할 수 있는 모든 일을 하겠어. 이제 그만해. 그만하라고."

그의 팔에 안기자 카자리스 부인의 흐느낌은 차츰 가라앉았다.

"하지만 당신은 약속하시지 않았어요."

"집에 돌아가지 않아도 돼. 당신 말대로야. 데라에겐 당신이 필요해. 손님용 침실을 쓰도록 하지. 잠들도록 약을 주겠어."

"에드워드, 약속해요!"

"약속해. 자, 침대로 가지."

카자리스 박사는 돌아와 미안한 표정을 지었다.

"히스테리가 일어날 것을 예상했어야 했습니다."

"지금은 저 자신도 고풍스런 감정 유출을 환영하고픈 심정입니다." 엘러리는 중얼거렸다. "그런데 선생님, 아까 부인께서 말씀하신 의견이란 건 어떤 것입니까?"

"의견이라고? 누구의 의견이지?" 퀸 경감은 주위를 둘러보았다.

"아, 내 의견 말인가요? 저 사람들은 저기서 뭘 하고 있는 겁니까?" 카자리스 박사는 앉아서 샌드위치에 팔을 뻗었다.

"테라스와 지붕을 조사하고 있습니다. 당신의 의견을 듣고 싶군요, 박사님." 경감은 엘러리의 담배 한 개비를 집었다. 그는 지금까지 담배를 피운 적이 없었다.

"뉴욕 주민이라면 누구라도 한두 가지 의견을 갖고 있다고 보는데요. 물론 정신과 의사도 '고양이'의 살인사건에 무관심할 수는 없습니다. 여러분께서 알고 계신 그런 자세한 정보는 갖고 있지 않습니다만……."

"신문기사 이상의 정보는 없습니다."

카자리스는 불만스러운 투로 말했다. "제가 말하고자 한 것은, 그런 건 중요하지 않다는 것입니다. 제가 보는 바로는 여러분은 이 살인 사건에 보통의 수사방법을 쓰시는 듯합니다. 피해자에게 주의를 집중한, 보통의 경우라면 올바른 방법이겠지만 이번 경우는 전혀 다릅니다. 이 사건에선 범인에게 주의를 집중하는 게 낫다고 생각합니다."

"무슨 뜻입니까?"

"피해자들의 사이에 공통점이 없다는 건 사실이죠?"

"그래서요?"

"그들은 서로 아는 사이도 아니지요?"

"우리가 알아낸 바로는."

"보증하겠습니다만, 조사한댔자 앞으로 더 이상 중요한 공통점은 발견되지 않을 것입니다. 일곱 사람이 무관하게 보이는 것은 사실 무관하기 때문입니다. 만일 어떤 상호관계가 있다고 한다면 범인이 눈을 감고 전화번호부를, 예를 들면 일곱 군데의 페이지를 되는 대로 펼치고서 각 페이지의 두 번째 칸의 49번째에 실려 있는 사람을 죽이기로 결정했다는 그런 얘기겠지요."

엘러리는 흥미를 가졌다.

카자리스 박사는 나머지 샌드위치를 삼키면서 말했다. "즉, 상호간에 인연도 연고도 없는 일곱 사람이 같은 인물에게 살해되었다는 것은 무슨 얘기일까요? 그것은 언뜻 일련의 무차별적인 폭력 행위입니다. 전문가의 시각으로 보건대, 정신병자의 짓입니다. 따라서 '언뜻' 무차별적이란 것은 정신병자의 행위는 현실의 시점, 즉 다소나마 건전한 심리가 세상을 보는 시점에서 판단했을 때에만 동기가 없는 것처럼 여겨지기 때문입니다. 정신병자들에게도 동기는 있습니다. 그러나 그들은 뒤틀린 현실관과 사실의 왜곡으로부터 출발합니다.

제 의견은 저에게 입수 가능한 데이터의 분석을 기초로 한 것입니다만, '고양이'……. 그 만화가는 너무했어요! 극히 건전한 동물에 대한 용서치 못할 중상입니다! '고양이'는 일관된 망상상태, 편집증에 걸려 있습니다."

경감은 실망한 모습으로 말했다. "과연, 우리들 사이에서도 최근 범인은 미친 사람이라는 주장이 나왔지요."

카자리스 박사는 어깨를 으쓱하면서 말했다. "미친 사람은 일반적으로도, 또 법률 용어로도 쓰입니다. 법률상 미친 사람이 아니더라도 실제로 정신병에 걸린 사람은 많이 있습니다. 우리는 의학적 용어를 쓰는 편이 좋다고 생각합니다."

"그러면 정신병자라고 하기로 합시다. 우리는 정신병원도 자주 조사해 봅니다만, 아무런 소득이 없었어요."

"모든 정신병자가 병원에 수용되어 있는 건 아니겠지요, 퀸 경감님. 실은 그게 문젭니다. 어쩌면, 예를 들어 '고양이'가 정신분열 타입의 편집증 환자라고 한다면 보통 사람의 눈에는 그의 겉모습이나 행동이 우리하고 마찬가지로 정상적으로 보일지도 모릅니다. 그는 오랫동안, 아무런 의심도 받지 않으면서 엄청난 피해를 줄지도 모릅니다." 정신과 의사는 차갑게 말했다.

"당신들의 이야기를 듣고 있으면 늘 따분해집니다."

경감은 넌덜머리가 난다는 듯 말했다.

"아버지, 참고가 될 말씀이에요. 계속해 주십시오, 박사님."

엘러리가 말했다.

"난 다른 특별한 각도에서 볼 것을 제안하고 싶을 따름입니다. 그는 치료를 받고 있을지도 모르거니와, 최근까지 개업의사에게 다녔을지도 모릅니다. 범인이 누구든 그는 땅에 발을 붙이고 있는 인간임에는 분명합니다. 7건 모두 맨해튼에서 일어났습니다. 때문에 이구역 안에서부터 수사를 시작하는 게 좋다고 봅니다. 모든 정신과 의사의 협력을 얻어서. 주의할 점을 알려드린다면, 각 의사는 현재 및 과거 환자의 기록을 조사해 가능성이 있는 사람을 추려낼 수 있어야 합니다. 그런 가능성이 있는 사람을 전문가가 면접해 의학적인 단서를 찾아내고 그것과 병행해 여러분도 여태까지의 방법으로 조사를 하십시오. 완전한 실패로 끝날지도 모르고, 또 엄청난 작업임에는 틀림없습니다만……."

"힘이 드는 건 괜찮습니다만, 문제는 전문가 쪽입니다."

퀸 경감은 중얼거리듯이 말했다.

"저는 기꺼이 돕겠습니다. 제 아내가 한 말을 들으셨겠지요. 요즘

제 환자는 많지 않습니다……." 박사는 얼굴을 찡그렸다. "머지않아 은퇴할 생각이었지요. 때문에 제겐 그다지 부담이 되지 않습니다."

"그거 고마운 일입니다, 카자리스 박사님. 그건 저희가 아직 손을 대지 않은 방면으로 길을 여는 것이 됩니다. 엘러리, 어떻게 생각하느냐?" 경감은 수염을 쓰다듬었다.

엘러리는 바로 대답했다. "맞습니다. 건설적인 제안이고, 그걸로 곧장 범인이 찾아질지도 모릅니다."

"다소 의혹을 가지고 계셨던 것 같군요." 카자리스 박사는 미소 지었다. 그의 커다란 손이 테이블을 탁탁 두드리고 있었다.

"그럴지도 모릅니다."

"저의 분석에 동의하시지 않는 겁니까?"

"전부는 아닙니다."

정신과 의사는 테이블 두드리기를 멈췄다.

"저는 이 범죄가 무차별적이라는 것이 납득이 가질 않습니다."

"제가 갖지 않은 정보를 가졌기 때문이겠지요."

"그렇지 않습니다. 제 의견은 같은 데이터에 기초한 것입니다. 이 범죄에는 하나의 패턴이 있습니다."

"패턴?" 카자리스는 눈을 크게 떴다.

"몇몇 공통되는 요소가 있습니다."

"이번 사건을 포함해서냐?" 경감이 쉰 목소리로 말했다.

"그래요, 아버지."

카자리스 박사는 다시 테이블을 탁탁 두드리기 시작했다. "방법이 똑같다는 건 아니겠지요. 끈이라든가, 교살 같은……."

"아뇨, 일곱 명의 피해자에게 공통된 요소가 있다는 것입니다. 범인한테 어떤 종류의 계획이 있는 것 같긴 한데, 그게 무엇에서 유래된 건지, 어떤 성질의 것인지, 무엇을 목표로 하는 것인지…

…."

엘러리의 눈은 초점이 흐려졌다.

카자리스 박사는 의사의 눈으로 엘러리를 관찰했다.

"재미있군요. 당신이 옳다면 퀸 씨, 내가 틀린 것이 되겠군요."

"둘 다 맞는지도 모릅니다. 저는 그런 느낌이 듭니다. '광기라 해도 어딘가 맥이 통하는 데가 있다'^(햄릿 제2막의 대사)는 것이죠."

두 사람은 한 목소리로 웃었다.

"아버지, 저는 카자리스 박사님의 제안에 따를 것을 강력히 권합니다, 지금 바로요."

"우리는 모든 규칙을 깨게 되겠구나."

엘러리의 아버지는 신음하듯 말했다.

"박사님, 모든 책임을 맡아 주시지 않으시겠습니까?"

"제가요? 정신병 방면으로 말입니까?"

"그렇습니다."

카자리스 박사는 손가락 운동을 멈췄다. 그러나 당장이라도 다시 움직이기 시작할 것만 같았다.

"이것은 본업의 일과 마찬가지로 엄청난 일이 될 것입니다. 정신과의 모든 의사들의 협력이 없으면 불가능합니다. 당신이 그 방면 조사의 지휘를 맡아 주신다면, 그리고 당신 같은 명성과 직업상의 커넥션으로 우리로서는 도저히 흉내도 내지 못할 완전한 조사가 이뤄질 것이 확실합니다. 사실상……." 경감은 뭔가 생각하면서 말했다. "이건 다른 이유로 볼 때도 나쁘지 않은 얘기라고 생각합니다. 시장은 이미 제 아들을 특별수사관에 임명했습니다. 우리 경찰은 공식적인 입장에서 수사하고 있지요. 당신이 의학적 조사를 담당해 주신다면 세 방면에서 공격이 가능하게 됩니다. 어쩌면, 어쩌면 뭔가를 파헤쳐 내게 될지도 모릅니다." 경감은 틀니를 보이면서 말했다.

그러더니 그는 느닷없이 말했다. "저는 경찰 본부장의 확인도 받아야만 합니다. 하지만 시장이나 경찰 본부장도 틀림없이 크게 환영할 겁니다. 오케이 사인이 나면 박사님께 수고를 부탁드려도 되겠습니까?"

　정신과 의사는 어쩔 수 없다는 듯 두 손을 들었다. "제가 언젠가 본 영화 대사가 있는데, 그게 뭐였더라? '스스로 뿌린 씨다!' 좋습니다, 경감님. 이미 탄 배입니다. 그럼 순서는?"

　"오늘은 어디에 계실 건가요?"

　"데라와 잭에 따라서 달라지겠지요. 여기나 제 집일 겁니다, 경감님. 오늘 아침은 몇 시간 잠을 자도록 시도할 생각입니다."

　"시도를 해요? 저라면 문제도 되지 않을 텐데."

　엘러리는 일어나면서 기지개를 켰다.

　"잠드는 건 제겐 늘 문젭니다. 만성적인 불면증이니까요." 박사는 빙긋 웃으며 말했다. "치매나 진행성 마비, 그 밖의 병의 징후의 하나입니다. 하지만 제 환자에게는 말하지 말아 주십시오, 늘 수면제를 복용하고 있습니다."

　"오늘 오후에 전화하겠습니다, 카자리스 박사님."

　카자리스는 경감을 향해 고개를 끄덕이고는 방에서 나갔다.

　퀸 부자는 잠자코 있었다. 테라스를 조사하던 수사관들은 차츰 모습을 감추기 시작하고 있었다. 베리 형사부장이 해가 비쳐드는 테라스를 가로질러 걸어왔다.

　"어떻게 생각하냐?" 경감이 갑작스럽게 물었다.

　"어떻게 생각하다니, 뭘 말예요, 아버지?"

　"카자리스 말야."

　"아아, 매우 성실한 시민이죠."

　"음, 그렇지."

베리 형사부장이 말했다. "틀렸어요. 아무것도 남아 있질 않아요, 경감님. 범인이 펜트하우스의 엘리베이터를 사용한 건 확실합니다."

"다만 한 가지, 그 손가락 운동을 그만두면 좋겠어. 초조해진다고. 아, 베리인가? 이제 그만하고 잠깐 눈을 붙이도록 하지."

경감은 중얼거렸다.

"신문 기자들은 어떻게 할까요?"

"아마 카자리스 박사를 에워싸고 있을 거야. 바로 가서 박사님을 구출해 드려. 기자들에겐 내가 곧 가겠다고 말해 주게. 내가 늘 하는 방법대로 연기를 피워 주지."

형사부장은 고개를 끄덕이고는 하품을 하면서 무거운 발걸음으로 나갔다.

"아버진 어떻게 하실 거예요?"

"난 우선 본부로 가야겠다. 너는 집으로 갈 거냐?"

"무사히 도망쳐 나갈 수 있으면요."

"홀 옆의 창고에서 기다려라. 내가 그들을 거실로 몰고 올 테니까 그 사이에 빠져나가면 돼."

두 사람은 약간 어색하게 헤어졌다.

엘러리가 눈을 떴을 때 그의 아버지는 침대 가장자리에 걸터앉아 그의 얼굴을 들여다보고 있었다.

"아버지, 몇 시예요?"

"5시 넘었다."

엘러리는 기지개를 켰다. "지금 오셨어요?

"응."

"뭐 새로운 일이라도?"

"지금 상황에선 아무것도 없어. 끈에도 단서가 없고 지금까지의 여섯 건과 완전히 똑같아.”

“상황은 어때요? 안전한가요?”

“그렇지는 않다고 봐야겠지.” 퀸 경감은 마치 한기라도 느낀 것처럼 두 팔로 자신을 감쌌다. “이번엔 성가시게 되었어. 경찰본부와 시청 전화는 계속 울려대고 있어. 신문은 차츰 본색을 드러내고 공격을 시작하고 있고, 너의 임명 효과도 리처드슨의 사건으로 날아가 버렸어. 카자리스 건을 의논하려고 아침에 내가 경찰 본부장과 시장실로 들어갔더니 시장은 내게 키스라도 할 것 같더구나. 그러더니 그 자리에서 카자리스에게 전화를 걸었어. 그가 전화에 대고 곧장 한 말은 ‘카자리스 박사님, 기자 회견은 언제 엽니까?’라는 질문이었지.”

“카자리스는 기자 회견을 하겠대요?”

“지금 하고 있어. 그리고 오늘 밤에 방송된다.”

“시장은 저에게 분명 실망했겠군요.” 엘러리는 웃었다. “자, 한숨 돌리고 주무세요. 그렇지 않으면 의사의 신세를 지게 될걸요.”

경감은 움직이지 않았다.

“아직 뭐가 있으세요?”

노인은 왼쪽 다리를 들고 천천히 구두끈을 풀기 시작했다. “엘러리, 경찰본부에서 꺼림칙한 소문이 돌고 있어. 이런 걸 묻고 싶진 않다만 앞으로 계속해서 턱을 얻어맞는 게 몇 라운드인지 알고 싶다.”

“뭘 묻고 싶어서 그러세요?”

그는 다른 한쪽의 구두끈도 풀기 시작했다. “네가 뭘 찾아냈는지 얘기해 달라는 거야. 아무한테도 누설하지 않으마.” 그는 구두에 대고 설명했다. “아니면 이런 식으로 말할까? 만약 내 바지가 지금 타들어가고 있는 중이라면 난 도대체 어디에 앉아 있는 거냐?”

그것은 불만으로 여겨졌고, 정당한 이유를 가지고 내민 일종의 독립선언이었다.

엘러리는 우울한 표정이었다.

그는 담배와 재떨이를 들고 누워서 가슴 위에 재떨이를 올려놓았다.

"알았어요. 아버지 입장에서 보면 저는 아무것도 나눠주려 하지 않는 불성실한 놈으로 보이시겠지요. 아버지 입장에서 생각하면 그럴지도 모릅니다. 하지만 제가 말하지 않는 게 아버지나 저, 시장, 경찰 본부장에게 조금이라도 도움이 되는지 어떤지를 생각하지 않을 수 없었어요.

첫째, 아치볼드 더들리 어바네시는 44살이었어요. 바이얼릿 스미스는 42살. 라이언 오라일리는 40살. 모니카 매켈은 37살. 시몬느 필립스는 35살. 비어트리스 윌킨스는 32살. 레노아 리처드슨은 25살이었습니다. 44, 42, 40, 37, 35, 32, 25죠."

경감은 엘러리를 쳐다보고 있었다.

"각 피해자는 그 전의 피해자보다도 젊습니다. 카자리스 박사가 일곱 번째의 희생자가 될 리가 없다는 확신을 가지게 된 것은 바로 그 때문이에요. 박사는 어떤 피해자보다도 나이가 많습니다. 일곱 번째의 피해자는 여섯 번째의 피해자의 나이 32보다도 젊어야만 했죠……. 만약 연령의 하강 패턴이 있다고 하면 말이죠. 그리고 일곱 번째의 피해자, 즉 리처드슨의 딸은 25살이었어요. 제가 생각했던 대롭니다. 연령의 하강 패턴이 정말로 있어요. 숫자의 나열은 불규칙하지만 차츰 보다 젊어지고 있지요."

오른쪽 구두를 들고 있는 노인의 손에 힘이 들어갔다.

"그건 눈치 채지 못했는걸. 아무도 깨닫지 못했어."

"그건 겨우 혼란 속의 한 점 불빛이에요. 서툴게 맞춰본 퍼즐에 불과하죠. 자세히 들여다보면 쉽게 알 수 있어요. 하지만 그건 뭘 의미할까요? 뭔가 의미가 있음이 분명하지만 그게 어떤 걸까요? 어떤 까닭으로 일어난 일이지만, 그게 어떤 이유인지? 우연의 일치라고는 할 수 없을 겁니다. 7건이나 되니까요. 하지만 오래 생각하면 할수록 그것은 점점 중요하지 않은 것처럼 보입니다. 어째서 굳이 애를 써가며 나이순으로, 그것도 서로 전혀 관계가 없는 사람을 죽여 가는 것일까, 납득할 만한 이유가 생각나지 않는 거예요. 전 모르겠어요."

"참으로 어려운 문제야." 그의 아버지가 중얼거렸다.

"오늘 밤에 공표해도 돼요. 25살이나 그 이상의 뉴욕 사람들은 걱정할 필요가 없다, '고양이'의 희생자가 차츰 젊어지고 있으며, 이미 25살 아래로……."

경감은 여리디 여리게 말했다. "소용없어. 길버트와 설리번의 오페라도 아닐 테고, 세상에선 널 미쳤다고 생각할걸. 만약 제정신이라고 생각한다면 모든 걱정을 젊은 연령층에게 뒤집어씌우게 될 거야."

엘러리는 끄덕였다.

"그렇겠죠, 그래서 저 혼자만 속에 담아뒀던 거예요."

그는 담배를 비벼 끄고 나서 머리를 침대로 가져가 천장을 바라보았다.

"둘째, 7명의 피해자 가운데 2명은 남자고, 5명은 여잡니다. 이 마지막 사건까지 피해자는 서른둘이거나 그 이상이었어요. 결혼의 최저 승낙 연령을 훨씬 지난, 그렇죠?"

"뭘 지났다고?"

"그러니까 우리는 결혼제도의 사회에 살고 있다는 거예요. 우리들 문화의 모든 길은 미국의 가정으로 통하고 있지만, 이 가정은 독신 생활의 성채로 만들어진 것은 아니에요. 이 점에 관해 증거가 필요하다면 '독신자 아파트'라는 말이 지니는 감미로운 여운을 생각해 보면 충분합니다. 여자들은 처녀 시절에는 남편감을 물색하는 일에 열중하고, 그 뒤에는 남편을 달아나지 못하게 하는 데 열심이죠. 남자들은 소년 시절에는 줄곧 아버지를 부러워하며 살아갑니다. 그 결과, 성장을 기다리지 못하고 어머니보다 뒤떨어진 여자와 결혼을 해요. 미국 남성이 여성들의 유방에 집착하는 건 왜라고 생각하세요? 제가 말하고 싶은 건……."

"빨리 말해다오!"

"무작위로 미국의 성인 7명……. 모두 25살 이상이고, 그 가운데 6명이 32살 이상을 고른다고 한다면 그 가운데 기혼자가 한 사람밖에 없다는 것이 있을 수 있겠어요?"

"오라일리." 경감은 놀란 목소리로 말했다. "놀랍군, 오라일리 한 명 뿐이야."

"이런 견해도 가능해요. 2명의 남자 가운데 어바네시는 독신이고 오라일리는 아내가 있었죠. 그러니까 남자는 반반이에요. 하지만 5명의 여자는 모두 독신이었어요! 이건 생각해 보면 주목할 만한 문제예요. 42살에서 25살의 5명의 여자 가운데 격렬한 미국 남성 획득경쟁에 성공한 사람은 한 명도 없죠. 연령 하강의 경우와 마찬가지로 우연의 일치라고는 생각되지 않아요. 그렇다면 '고양이'는 일부러, 적어도 여성 피해자 가운데서는 미혼자만을 고른 게 됩니다. 왜일까요? 가르쳐 주세요."

퀸 경감은 손톱을 깨물었다. "내가 생각할 수 있는 건, 접근하기 위해 결혼이라는 미끼를 내보인다는 것뿐이야. 하지만……."

"하지만 그걸로는 설명이 되지 않아요. 그런 색마가 나타났다는 사실은 없거니와 그런 소문도 없어요.

물론 저는 뉴욕의 부인들에게 '고양이'의 포옹을 두려워해야만 하는 사람들은 처녀나 결혼을 싫어하는 사람, 혹은 동성애자라는 기쁜 소식을 큰소리로 전할 수도 있습니다. 하지만……."

"계속해." 그의 아버지는 고함치듯이 말했다.

"셋째, 어바네시는 파란 끈으로 교살되었어요. 바이얼릿 스미스는 연어 속살색의 끈. 오라일리는 파랑. 모니카 매켈은 연어 속살색. 시몬느 필립스는 연어 속살색. 비어트리스 윌킨스는 연어 속살색. 레노아 리처드슨도 연어 속살색이죠. 이것에 관한 보고도 있습니다."

경감은 중얼거렸다. "난 잊어버렸어."

"남자들에게 사용한 색과 여자들에게 사용한 색은 다른 색이에요. 확연하게 구분되어 있어요. 왜일까요?"

조금 지나 경감은 주저하면서 말했다.

"엘러리, 얼마 전에 넌 네 번째 문제를 얘기했었지······."

"예, 그랬었죠. 피해자는 모두 전화를 기다리고 있었어요."

아버지는 눈을 문질렀다.

"어떤 의미에선 이 문제의 평범성이 오히려 흥미를 자아냅니다. 적어도 제겐 말예요. 7명의 피해자, 7개의 전화. 가난하고 몸이 부자유한 시몬느조차도 가지고 있었죠. 그들은 모두 전화를 갖고 있었어요. 가입자가 다른 인물일 때, 그러니까 레노아 리처드슨이나 시몬느 필립스, 모니카 매켈의 경우에도 전화번호부에 그녀들의 이름이 따로 실려 있었어요. 체크했던 겁니다.

실제의 숫자는 모르지만 미국에는 인구 100명에 25대 가량의 전화가 있을 것으로 추정됩니다. 4명에 1대죠. 뉴욕 같은 대도시에선 비율이 한층 높을지도 몰라요. 뉴욕에선 3명에 1대쯤이겠지요. 하지만 '고양이'에게 습격을 당한 피해자가 1명도 아니고, 2명도 아니며, 4명도 아닌 7명으로 그들 모두는 전화를 갖고 있었어요.

먼저 할 수 있는 설명은, '고양이'는 전화번호부에서 피해자를 골라냈다는 겁니다. 제비뽑기 같은 거죠. 하지만 제비뽑기로는 7명의 희생자를 차례로 고르고, 그게 갈수록 나이가 젊어진다는 건 있을 수 없어요. '고양이'는 뭔가 다른 방법으로 추려내고 있는 겁니다.

그렇다 하더라도 피해자의 이름은 모두 맨해튼의 전화번호부에 실려 있습니다. 전화는 하나의 문제점이에요."

엘러리는 재떨이를 곁의 작은 테이블 위에 놓고 다리를 침대에서 내려 죽음을 애도하는 사람 같은 자세로 무릎을 꿇었다. "도저히 모르겠어요." 그는 신음하듯 말했다. "피해자 중 한 사람이라도 다른 데가 있으면, 한 피해자가 먼저 사람보다도 연상이라거나 여자 가운데 남편이 있다거나, 전에 결혼했던 사람이 있다거나 하는 그런 것이라도 있으면……. 그런 점들이 공통된다고 하기엔 각기 까닭이 있어요. 어쩌면," 엘러리는 갑자기 몸을 일으키고 말했다. "어쩌면 그런 공통점은 같은 이유에서 생겨난 건지도 몰라요. 일종의 공통분모죠. 로제타스톤(고대 이집트의 상형문자 해독의 열쇠가 되었던 비석), 모든 문이 열리는 마스터키예요. 어때요, 멋지지 않은가요?"

그러나 퀸 경감은 옷을 벗으면서 입속으로 중얼거리고 있었다. "그 나이가 차츰 어려진다는 점인데, 생각해 보면…… 어바네시하고 바이얼릿은 2살 차이야. 바이얼릿하고 오라일리도 2살 차이고, 오라일리하고 매켈의 누이는 3살 차이지. 그녀와 셀레스트의 언니는 2살 차이. 그녀와 비어트리스 윌킨스는 3살. 2와 3이야. 3 이상은 없어. 6건 모두 말야. 그렇지만……."

"그래요. 레노아 리처드슨의 경우 나이 차이가 그때까지 최대였던 3에서 7로 뛰어올랐죠……. 그것 때문에 전 어제 밤새 고민했어요."

경감은 웃통을 벗었다.

"내가 걱정하는 건, 다음은 누구냐 하는 거야." 그는 중얼댔다.

엘러리는 고개를 돌렸다.

"네가 아는 건 그게 다냐?"

"그것뿐입니다."

"난 자야겠다."

작은 체구의 웃통을 벗은 사내는 다리를 끌다시피 하며 나갔다.

5

퀸 경감은 늦도록 잠을 잤다. 그는 화요일 아침 9시 45분에, 때를 놓쳐 채찍을 맞은 말처럼 벌떡 일어났다. 그리고 엘러리와 커피를 마시고 있는 사람을 보자 느린 발걸음으로 아침 식사 테이블 곁에 섰다.

"누군가 했네. 좋은 아침이야, 매켈 군."

경감은 웃는 표정을 지었다.

"안녕하세요, 경감님. 도살장에 가십니까?" 지미 매켈은 말했다.

경감은 숨을 들이마셨다. "응. 나도 힘이 나는 모카를 한잔 마셔볼까?" 그는 의자를 당겨 앉았다. "좋은 아침, 엘러리."

"안녕히 주무셨어요, 좋은 아침이에요." 엘러리는 커피포트로 팔을 뻗으면서 멍한 말투로 말했다. "지미가 신문을 가져왔어요."

"아직도 신문을 읽는 사람이 있나?"

"카자리스의 인터뷰예요."

"그래?"

"붙임성은 있지만 중립적인 태도를 허물지 않았어요. 계통이 서 있는 지식인의 침착한 목소리죠. 아무것도 약속하지 않아요. 하지만 사람들은 반짝이는 눈에 이끌린 오실리스(이집트 신화의 저승신)의 손에 사건이 맡겨졌다는 느낌을 갖습니다. 시장은 제11 천국에 들어가기라도 한 것처럼 기뻐하겠지요."

"제7 천국이 아닙니까?" 지미 매켈이 말했다.

"이집트인의 우주관은 달라. 그리고 카자리스에겐 어딘가 파라오적인 데가 있어. '병사들이여, 이들 피라미드에서 4천 년의 역사가 너희들을 내려다보고 있다'."

"나폴레옹이군요."

"이집트 얘기야. 카자리스는 대중을 진정시키는 시럽이지. 사기를 진작시키는 데는 더할 나위 없이 훌륭해."

"그를 상대할 게 못 돼." 경감은 신문을 읽으면서 빙긋 웃으며 말했다. "어차피 대적하지 못해……. 야아, 이거 맛있는 커피인데. 자네 신문사를 그만두었나, 매켈? 어제 온 기자들 중에 자네는 안 보이던데."

"리처드슨 사건 말인가요? 어젠 노동자의 날이었어요, 제 날이죠. 일을 많이 하니까요."

지미는 그다지 말하고 싶지 않은 것처럼 보였다.

"쉬었는가?"

"일을 잘하는 사람은 놀기도 잘하는 건가. 그보다 임무 때문이었나, 지미?"

엘러리가 물었다.

"그렇습니다."

"셀레스트 필립스와 데이트를 한 게로군."

지미는 웃었다. "어제뿐만이 아닙니다. 줄창 즐거운 나날이 계속되었어요, 좋은 임무를 맡겨주셨더군요. 당신이 사회부장이었더라면 좋았을 것을."

"당신들 두 사람은 잘 되어가고 있나보군."

"뭐, 그런 셈이죠. 서로 참아낼 수 있을 정도로."

"좋은 아가씨야." 경감은 끄덕였다. "엘러리, 한잔 더 마시고 싶은데."

119

"그 애긴가, 지미?"

"제가 아주 좋아하는 화제죠."

"자, 모두 한잔 더." 엘러리는 붙임성 있게 커피를 따랐다.

지미는 말했다. "두 분 요술사께서 뭘 계획하고 있는지 모르지만, 난 그 아가씨가 매우 훌륭한 처녀란 사실을 보고할 수 있게 되어 기쁩니다. 동료들 가운데서 저는 우상 파괴자 매켈로 알려져 있습니다. 특히 여성 우상 파괴 말입니다. 농담은 이쯤 하고, 저는 저열한 인간이 된 듯한 느낌이 듭니다." 그는 컵을 만지작거렸다.

"품위 있게 남을 조사하는 건 불가능해. 자네가 조사한 상대방의 좋은 점을 들어볼까?" 엘러리는 말했다.

"그녀에겐 용모와 두뇌, 그리고 개성과 근성, 야심과……."

"야심?"

"셀레스트는 대학으로 돌아가기를 바라고 있습니다. 그녀는 시몬느의 치다꺼리를 하기 위해 대학 1년을 마치고 중퇴해야만 했어요. 시몬느의 어머니가 돌아가셨을 때……."

"시몬느의 어머니? 자네 말로는 시몬느의 어머니는 셀레스트의 어머니가 아니었던 것처럼 들리는군." 엘러리는 눈살을 찌푸렸다.

"몰랐습니까?"

"뭘?"

"셀레스트는 필립스 부인의 딸이 아니란 것 말입니다."

"그 두 사람은 자매지간이 아니었나?" 경감의 컵이 소리를 냈다.

지미는 퀸 부자의 얼굴을 번갈아 쳐다보았다. 그는 의자를 뒤로 뺐다. "난 이런 일을 좋아하는 건지 어떤지 모르겠네요. 아냐, 사실은 싫어요."

"대체 어떻게 된 거야, 지미?"

"알고 있으면서!"

"몰라. 난 자네에게 셀레스트를 자네의 능력껏 가능한 조사를 해 달라고 부탁했어. 만약 그녀에 관해 뭔가 새로운 사실이……."

"그녀에 관해서?"

"그녀에 관해서라고 했지. 우리가 몰랐던 새로운 사실이야. 자넨 우리의 신뢰를 저버리지 않은 게 돼."

"이제 쓸데없는 짓은 그만두는 게 어떠십니까, 탐정님?"

"지미, 앉게."

"난 목적을 알고 싶은 겁니다!"

"그렇게 발끈할 건 없어. 그런 식이라면 내게도 생각이……."

퀸 경감이 큰 목소리를 냈다.

지미는 급히 자리에 앉았다. "좋아요. 생각할 것 따윈 없어요. 시몬느는 셀레스트의 사촌인가 뭔가 그래요. 셀레스트의 친부모는 그녀가 갓난아기 때에 가스 스토브 폭발로 죽었어요. 뉴욕에서 단 한 사람의 친척이었던 필립스 부인이 그녀를 맡아 기른 거죠. 그뿐입니다. 필립스 부인이 죽자 당연히 셀레스트가 시몬느를 돌봤습니다. 그녀들은 늘 자기네가 친자매라고 생각했어요. 셀레스트의 발끝에도 미치지 못하는 진짜 자매를 난 얼마든지 알고 있다구요!"

"델포이의 신탁처럼 말하지 않아도 돼. 나도 알고 있어."

엘러리는 말했다.

"뭐라고요?"

"계속해, 지미."

"그녀는 어떻게 해서든 대학 교육을 받고 싶어했어요. 필립스 부인의 죽음으로 그걸 포기해야만 했을 때, 그녀는 반쯤 죽은 듯한 기분이 들었습니다. 그 아가씨가 읽은 책이라니! 철학이나 심리학 등 온통 어려운 것들이에요. 셀레스트는 저보다도 학식이 풍부해요. 전 땀과 기름, 그리고 커닝으로 프린스턴 졸업장을 받았지만 말입니다. 시몬느가 죽었기 때문에 셀레스트는 자기 생활로 돌아가 다시 학교에 가고, 뭔가를 할 수 있어요. 그녀는 이번 주에 워싱턴 스퀘어 칼리지의 가을 학기에 입학 수속을 합니다. 영어와 철학을 전공해 문학사가 되어 취직할 예정이에요. 아마도 교사직이겠지요."

"야간 학교에 가서 그만한 일을 하려는 계획이라면 그건 굉장한 결심이군."

"야간 학교? 누가 야간 같은 말을 했습니까?"

"우린 아직 경제 경쟁의 세상에 살고 있어, 지미. 그도 아니면, 자네가 그녀에게서 그런 걱정을 없애줄 작정이었나?"

엘러리는 주의 깊게 말했다.

"에이!" 경감은 눈짓을 하면서 말했다. "에이 뭐! 그 문제는 무관하고 중요하지도 않아. 우리가 관여할 일이 아니야!"

지미는 테이블 가장자리를 꽉 붙들었다. "당신들은 비열한 착각을 ……."

"아니, 틀려 지미. 물론 정식 결혼을 말하는 거야."

"에이, 그러니까…… 내 일은 그냥 놔 둬 주세요."

그의 얼굴은 노기를 띠었고 신중해졌다.

"셀레스트는 낮에 모델로 일하니까 주간 대학에 갈 수가 없지 않은가, 지미?" 엘러리는 말했다.

"모델은 그만둔답니다."

"정말인가?" 경감이 말했다.

"뭐? 밤에 하는 일을 찾아낸 건가." 엘러리가 말했다.

"일은 전혀 하지 않는대요!"

"이거야, 원. 아까부터 자네 말을 모르겠어. 전혀 일을 하지 않는다고? 그럼 그녀는 뭘로 먹고 살지?" 엘러리는 슬픈 듯 말했다.

"시몬느의 재산으로!" 지미는 고함을 치는 듯한 목소리가 되어 있었다.

"재산?"

"어떤, 어떤 재산이지, 지미?" 경감이 물었다.

"됐나요?" 지미는 가슴을 쭉 내밀었다. "당신들이 내게 지저분한 일을 하라고 해서 나는 했습니다. 무슨 까닭인지 난 분명히 모르겠어요. 당신이 경찰의 높으신 분이라면 난 보잘것없는 심부름꾼 같은 건데, 그게 어떤 차이가 있다는 겁니까?"

"진실의 차이뿐이지."

"의미심장하게 들리지만 속임수가 아닌가요?"

퀸 경감은 위엄 있는 표정을 하고 있었다. "매켈, 난 이 사건에 많은 형사들을 써서 수사를 시키고 있거니와 나 자신도 사건에 목이 달려 있어. 하지만 시몬느 필립스가 성가신 일 말고 누군가에게 뭔가를 남겼다는 건 처음 들어. 셀레스트는 어째서 우리에게 말하지 않았던 걸까?"

"겨우 지난주에 발견했으니까요! 살인사건과는 무관하기 때문이라구요!"

"발견했다고? 어디서?" 엘러리가 낮은 목소리로 말했다

"셀레스트는 시몬느의 잡동사니들을 정리하고 있었죠. 그중엔 보석이나 뭐 그런 건 아니지만, 프랑스제 낡은 목제 탁상시계가 있었어요. 그 시겐 10년 동안이나 가지 않던 것이었는데 시몬느는 셀레스트에게 수선하라고도 않고 침대 위의 선반에 보관했어요. 지난주에 셀레스트가 그걸 꺼낼 때 손에서 미끄러지면서 그만 바닥에 떨어져 달걀처럼 깨져버렸죠. 그 안에 고무 밴드로 묶은 커다란 돈다발이 있었던 겁니다."

"돈이? 시몬느에게……."

"셀레스트도 의아하게 생각했습니다. 그 돈은 시몬느의 아버지가 남긴 거였습니다. 돈다발 속에 그의 자필 편지가 들어 있었거든요. 편지가 쓰인 날짜를 보고 알았습니다만, 시몬느의 아버지는 1929년 대공황으로 파산을 하고 자살하기 직전에 이미 1만 달러를 챙겨 두었습니다. 그리고 그 돈을 아내에게 남긴 거죠."

"셀레스트는 그것을 전혀 몰랐나?"

"필립스 부인도, 시몬느도 그녀에게는 한마디도 하지 않았답니다. 그 대부분, 그러니까 8천 6백 달러가 남아 있었죠. 셀레스트의 생각으로는 없어진 1천 4백 달러는 필립스 부인이 시몬느의 병이 아직은 나으리라는 희망을 가졌던 초기에 치료비로 쓴 것 같다고 합니다. 시몬느가 돈을 알고 있었던 건 분명합니다. 셀레스트가 시계 쪽으로 조금이라도 가까이 다가가면 발작을 일으켰다고 하니까요. 어쨌든 그 돈은 지금은 셀레스트의 것이니까, 그녀도 한동안은 어떻게든 살아가겠지요. 이게 불가사의한 이야기의 전부입니다." 지미는 턱을 쑥 내밀면서 말했다. "이 우화는 시몬느가 까다롭고 독한 여자라는 얘깁니다. 캘커타의 지하 감옥 (18세기에 다수의 영국인 포로가 갇히고 질식사했던 인도의 감옥) 같은 곳에서 셀레스트에게 간병을 하게 하고, 두 사람이 먹고 살기 위해 일을 시키면서 사실은 9천 달러 가까운 돈을 감추고 있었으니까요! 대체 무엇 때문에 돈을 갖고 있었던 걸까, 댄스 파티 때문인가? 왜 그러세요? 어째서 그런 무서운 표정을?"

"어떻게 생각하세요, 아버지?"

"어떻게 생각하다니, 무슨 동기가 있었겠지."

"동기?" 지미가 말했다.

"우리가 발견한 최초의 동기 말야."

경감은 우울한 표정을 하고 창가로 갔다.

지미 매켈은 웃기 시작했다. 그러나 이내 웃음을 거두었다.

"지난주에 나는 무슨 동기가 있지 않을까 생각했어요, 그녀가 여기에 왔을 때." 엘러리는 생각하면서 말했다.

"셀레스트가 말입니까?"

엘러리는 대답하지 않았다.

지미는 말했다. "과연 마치 H.G. 웰스의 소설처럼요, 먼 우주에서 미지의 가스가 지구의 대기권으로 흘러들어 온 세상 사람들의 머리가 이상해진다, 위대한 엘러리 퀸도 포함해서. 됐습니까, 퀸 씨?" 그는 외쳤다. "그녀는 당신이 시몬느를 살해한 범인을 잡는 것을 돕기 위해 온 거라구요!"

"그 시몬느는 언니가 아니라, 오랫동안 그녀를 노예처럼 혹사시켜 왔던 게 분명해졌어."

"공기가 필요해요, 향기로운, 진정한 공기가."

"나는 판정을 하고 있는 게 아니야, 지미. 하지만 역으로 자넨 그렇지 않다고 단정할 수 있을까?"

"단언하고말고요! 그 아가씬 청순합니다. 오늘 아침에 이 시베리아의 카스바에 들어와 오염되기 전의 나와 똑같이. 그리고 당신의 목적은 '고양이', 7건의 연쇄 교살범을 찾아내는 거겠지요!"

퀸 경감은 테이블 옆으로 돌아왔다. 그는 분명 자신과 싸워서 이긴 것 같았다. 아니면 졌는지도 모른다. "엘러리, 문제삼지 않아도 돼. 그 아가씨는……."

"아직 결단이 내려지지 않는 사람이 있어요." 지미가 외쳤다.

엘러리는 식어 버린 커피를 보고 있었다. "지미, 자네 대량살인의 ABC 이론에 대해 들어본 적 있나?"

"무슨 이론이라구요?"

"X가 D를 죽이고 싶어하지. X의 동기는 언뜻 알 수가 없어. 하지만 그가 보통의 방법으로 D를 죽이면 경찰 수사로 결국에는 D를 죽인 동기를 지닌 유일한 인물, 혹은 가장 의혹이 짙은 인물은 X라는 걸 알고 말지. X의 문제는 어떻게 하면 동기가 드러나지 않도록 D를 죽이고 목적을 달성할 것인가 하는 거야. X는 이것을 완수할 하나의 방법은 D의 살인을 다른 살인사건의 연막으로 뭉뚱그리는 거라고 생각하지. 일부러 같은 수법을 써서 서로간에 관계가 있는 일련의 범죄로 가장을 하는 거야. 따라서 X는 먼저 A와 B와 C를……. 전혀 죄가 없는, 그하고는 아무런 관련이 없는 사람들을 죽여. 그런 다음에 D를 죽이지.

이 방법의 목적은 D 살해를 일련 범죄의 사슬고리의 하나에 지나지 않는 것처럼 보이게 하는 거야. 경찰은 D를 살해할 동기를 지닌 자를 찾지 않고 A와 B, C와 D를 죽일 동기가 있는 사람을 찾으려고 하지. 하지만 X는 A나 B, 또 C를 죽일 동기가 전혀 없기 때문에 D에 대한 동기도 간과되거나 무시하게 돼. 적어도 그 이론은 그렇게 되지."

"1회의 간단한 강의만 듣고 탐정이 될 수 있는 방법. 연쇄살인 사건에선 가장 마지막 동기를 지닌 놈이 범인이다. 수강료는 마약 주사 대금만으로도 충분하고." 지미 매켈은 말했다.

엘러리는 화를 내지도 않고 말했다. "그리 간단치 않아. X는 훨씬 머리가 좋아. 자신이 의심을 받을 살인으로 끝내 버리면 애써 연쇄살인의 하나로 보이려 했던 사건을 도리어 두드러지게 만들지. 그래서 X는 목적인 D의 살해에 이어서 관계가 없는 E와, F, G, 그리고 필요하다면 H와 I, J를 죽이지. 그는 자신의 동기를 모르게 하는 데 성공했다고 느낄 때까지 무관한 사람들을 계속 죽이는 거야."

지미는 빙긋 웃었다. "학문적인 무성한 말들을 제치고 이제야 겨우 알았어요, 떼었다 붙였다 할 수 있는 몸을 지닌 23살의 암고릴라, 인간의 형상을 한 악마가 어바네시와 스미스, 오라일리와 비어트리스 윌킨스와 레노아 리처드슨을 목 졸라 죽이고, 그 사이에 몸이 부자유한 사촌 시몬느를 샌드위치처럼 끼워 넣는다. 퀸 씨, 당신은 최근에 의사에게 건강 진단을 받은 적이 있습니까?"

엘러리는 인내를 가지고 말했다. "셀레스트는 5년이라는 시간을 시몬느에게 바쳤어. 그녀는 언제까지 자신을 희생해야 하는가를 생각했겠지. 10년일까? 20년? 시몬느는 언제까지나 살았을지도 몰라. 그렇지만 셀레스트가 그녀를 매우 잘 보살폈던 건 분명해. 그 예로 검시 보고를 보아도 욕창은 없었거든. 시몬느 같은 경우에 그것을 방지하려면 끊임없이 주의해 줄 필요가 있었을 텐데 말야.

하지만 셀레스트는 어떻게 해서든 자신의 삶을 갖고 싶었지. 시몬느라는 존재로 인해 묶여 있는, 기쁨도 자유도 없는 환경에서 도망치고 싶어했지. 아직 젊고 예쁘고, 정열적인 셀레스트에게 시몬느와의 삶은 감정적으로 도저히 견딜 수가 없었어. 게다가 셀레스트는 어느 밤…… 이건 지난주가 아니라 5월쯤에 시몬느가 줄곧 감춰왔던 그 재산을 발견하지. 그게 손에 들어오면 셀레스트는 꽤 한참 동안을 편안하게 살아갈 수가 있었어. 그것을 손에 넣는데, 그리고 이용하는 데는 단 하나의 장애물이 있는데 그것이 사촌 시몬느야. 그녀는 부자유한 환자를……."

"그래서 그녀가 시몬느를 죽였다는 거로군요, 다른 6명을 동행자로 삼고." 지미는 코웃음을 쳤다.

"우리는 혼란된 동기와 성격을 지닌 인물을 가정한 건데……."

"난 아까 했던 말을 취소하겠어. 당신은 건강 진단을 할 필요도 없어. 곧장 정신병원에 가야만 해."

"지미, 난 셀레스트가 시몬느와 다른 사람들을 죽였다고는 하지 않았어. 그럴 의혹이 농후하다는 말조차도 하지 않았지. 하나의 가능성으로서, 알고 있는 사실을 꿰어 맞춰 본 거야. 이미 7명이 살해

됐고 앞으로 얼마나 많은 사람들이 희생될지도 모르는 상황인데 자네는 셀레스트를 무시하라는 건가? 그녀가 젊고 매력적이라는 이유만으로?"

"분명히 매력적입니다. 만약 셀레스트에 관한 당신의 '가정'이 옳다면 그녀는 미친 사람입니다."

"유명한 정신과 의사 에드워드 카자리스 박사와의 어제 인터뷰 기사를 읽어보는 게 좋겠어. 박사는 상당히 판별하기 힘든 타입의 정말로 그 미친 사람을 찾고 있었어. 박사가 한 말에 설득력이 있는 것 같아."

"나도 그런 타입의 미친 사람이지. 하지만 멀쩡한 척 능청도 떨지. 가겠어!" 지미는 커다란 이를 드러내며 말했다. 그는 아침 식사 테이블이 수영장 끝에 있기라도 한 것처럼 몸을 털었다.

엘러리는 일어나서 재빨리 옆으로 다가갔다. 지미 매켈은 미지근한 커피 잔에 코를 박고 방울을 일으켰다.

"바보짓 좀 하지 마, 지미. 괜찮아?"

"그냥 놔둬, 이 중상모략꾼!" 지미는 팔을 내두르면서 외쳤다.

"이봐, 총각. 자넨 엘러리의 책을 너무 많이 읽었어."

경감이 지미의 팔을 붙들었다.

지미는 경감의 손을 뿌리쳤다. 그는 분노로 새파래져 있었다. "스파이는 누군가 다른 사람을 시켜. 난 이제 그만둘 거야. 그뿐만이 아니라 셀레스트에게도 사실을 말하겠어. 그래, 날 속여서 쓸데없는 짓을 시켰다고 말야! 그녀가 매켈이 다가가기만 해도 구역질을 하더라도 어쩔 수 없지."

"그렇게는 하지 말아 줘, 지미."

"어째서 안 된다는 거요?"

"우리의 계약이야."

"그럼 그 서류를 보여줘. 뭘 샀지, 메피스토펠레스^(독일의 파우스트 전설과 이 전설을 소재로 한 괴테의 작품에 등장하는 악마)? 내 영혼인가?"

"자네에게 억지로 시킨 게 아니야, 지미. 자네는 내게 와서 써달라고 했어. 난 분명한 조건하에 그것을 받아들였고, 기억하고 있겠지, 지미?"

지미는 쏘아보았다.

"만약 만에 하나의 가능성이라도 있다면 잠자코 있어 줘."

"나한테 바라는 게 어떤 건지 당신이 알아?"

"약속을 지키는 것이지."

"난 그녀를 사랑해."

"호오, 그건 정말 별론데." 엘러리는 말했다.

경감은 외쳤다. "그렇게 빨리?"

지미는 웃었다. "당신이 젊었을 시절엔 시간을 재기라도 했나보죠, 경감님?"

"지미, 자넨 아직 내 질문에 대답하지 않았어."

그때 현관문의 벨이 울렸다.

퀸 부자는 곧장 얼굴을 마주 보았다.

"누구세요?" 경감이 커다란 목소리로 물었다.

"셀레스트 필립스예요."

황새가 춤추며 내려오는 것처럼 문에 먼저 다다른 사람은 제임스 가이머 매켈이었다.

"지미. 당신 말하지 않았잖아요, 당신이……."

그의 긴 두 팔이 그녀를 안았다.

"지미." 그녀는 웃으면서 버둥거렸다.

"당신에겐 제일 마지막으로 알리려고. 난 당신을 사랑해."

지미는 외치듯 말했다.

"지미, 무슨 소리예요!"

그는 거칠게 그녀의 입술에 키스를 하더니 날 듯이 계단을 내려갔다.

"이쪽으로 오시죠, 셀레스트 씨." 엘러리가 말했다.

셀레스트는 새빨개져 있었다. 그녀는 콤팩트를 더듬어 찾으면서 들어왔다. 그녀의 립스틱이 뭉개져 있었다. 셀레스트는 그것을 거울에 비춰보고 있었다.

"까닭을 모르겠어요. 취했나요, 지미는? 이런 시각에." 그녀는 웃었다. 그러나 당황했고, 엘러리가 보기에 약간 겁을 내는 것처럼 보였다.

"자기가 무슨 행동을 하는지 잘 아는 것처럼 보이던데. 넌 어땠어, 엘러리?" 경감이 말했다.

"경범죄란 생각을 했죠."

"괜찮아요. 하지만 정말 이유를 알 수 없어요."

셀레스트는 립스틱을 고치고 웃으면서 말했다.

오늘 아침 그녀의 복장은 지난번처럼 세련된 것은 아니었지만 새 드레스였다. 자기 것일 거라고 엘러리는 생각했다. 시몬느의 돈으로 산 것이다.

"보통 상태가 아니에요. 제임스가 차차 기회나면 자세하게 얘기하겠지요."

"앉으십시오, 미스 필립스." 경감이 말했다.

"감사합니다. 그런데 무슨 일이 있었나요? 나갈 때 지미를 보니 이성을 잃은 것 같던데요."

"나도 어떤 아가씨에게 처음으로 사랑한다는 고백을 하고 비슷한 실수를 한 적이 있어요. 나중에 정신을 차리고 보니 아버지의 소중한 예복용 모자를 완전히 짜부라뜨렸더군요. 그런데 엘러리, 오늘 아침에 미스 필립스와 만나기로 했었느냐?"

"아뇨."

"당신은 뭔가 보고할 게 있으면 오라고 하지 않았나요, 퀸 씨. 어째서 내게 지미 매켈에 관해 조사하라고 명령하셨죠?"

그녀의 검은 눈은 불안한 것 같았다.

"우리의 계약을 기억합니까, 셀레스트 씨?"

그녀는 매니큐어를 바른 자신의 손톱을 보았다.

"엘러리, 그런 건 괜찮지 않느냐? 키스는 모든 계약을 말소시키지. 미스 필립스, 별달리 이상하게 생각할 건 없어요. 지미 매켈은 신문기자입니다. '고양이' 사건의 내부로 파고들어 다른 기자를 앞지르기 위해 생각해낸 수단일지도 모릅니다. 우리는 지미의 관심이, 그가 말하는 것처럼 개인적인지 어떤지 확인하고 싶었습니다. 그에게 거짓은 없다고 생각합니까?" 경감이 부드럽게 말했다.

"정말로 정직한 분이에요. 만약 그 점이 걱정이라면……."

"아니, 그거면 됐습니다." 경감은 빙긋 웃었다.

"하지만 셀레스트 씨, 모처럼 오셨으니 모두 말해 주십시오."

엘러리가 말했다.

"지미가 지난주에 직접 말했던 것 말고는 추가로 말씀드릴 건 없어요. 그는 아버지와 내내 사이가 좋지 않아서 군대에서 돌아온 이후로 서로 거의 말도 하지 않았대요. 지미가 자립을 하겠다고 강하게 주장을 했기 때문이죠. 그는 정말로 아버지에게 1주일에 18달러의 하숙비를 지불하고 있었어요. 지미는 변호사의 수속이 모두 끝나면 그것을 75달러로 올리겠다고 했어요." 셀레스트는 키득대며 웃었다.

"변호사요?"

"그의 할아버지의 재산 건이죠."

"그의 할아버지. 잠깐. 그렇다면……." 경감은 말했다.

"매켈 부인의 아버지예요, 경감님. 대단한 부자였는데 지미가 13살 때 돌아가셨어요. 지미와 누나는 외할아버지의 손자이고, 그는 두 사람을 위해 많은 재산을 신탁해 남겼지요. 그 재산에서 나오는 수입은 손자가 각각 30살이 될 때부터 지불되도록 되어 있죠. 모니카는 이미 7년 동안 지불을 받았지만 지미는 아직 5년을 기다려야만 해요. 하지만 이젠 지미가 모니카분까지 모두 받게 되었죠. 할아버지의 유언에는 두 손자 중 어느 쪽이 죽으면 기본재산과 수익 모두를 남은 사람에게 한꺼번에 주라고 되어 있기 때문이에요. 재산은 몇백만이나 되는 엄청난 것이어서 지미는 싫어하고 있어요. 그게 그의 것이 된 사정이에요. 모니카의 죽음으로 인해……"

엘러리는 아버지의 얼굴을 보고 있었다.

"어째서 이렇게 중대한 걸 빠뜨리셨어요?"

"몰라. 매켈 집안 사람들은 신탁된 재산이 있다는 얘긴 한마디도 하지 않았거든. 물론, 우리도 결국엔 발견했겠지만 말야."

"뭘 발견했다는 거죠?" 셀레스트가 안달하면서 물었다.

그러나 두 사람 다 대답하지 않았다.

조금 지나 그녀는 일어섰다. "결국, 당신들은……."

"모니카의 죽음은, 기자 월급으로 힘들게 살아가고 있는 동생에게 재산을 가져다 줬어요. 셀레스트 씨, 지긋지긋하지만 우리의 직업상 용어로는 그걸 동기라고 한답니다." 엘러리는 말했다.

"동기요?"

분노로 그녀의 안색이 변했다. 그것은 폭발물의 중심에서 최초의 작은 에너지의 방출이 일어난 것처럼 마음속 깊은 바닥에서 시작된 변화였다. 그리고 그것은 이윽고 터져 나와 셀레스트는 덤벼들었다.

그녀의 손톱이 찌르는 것을 느끼면서도 엘러리는 멍청한 생각을 하고 있었다. 고양이 같다……

"그를 옭아매기 위해 날 이용한 거로군요!"

엘러리는 손톱을 세운 손을 잡고, 아버지가 서둘러 등뒤로 제지하러 왔으나 그녀는 계속 외쳐댔다.

"지미가 그런 일을 하리라고 생각하다니! 도저히 용서 못해! 그에게 말해 버리겠어!"

흐느껴 울면서 그녀는 몸을 뿌리치고 뛰어나갔다.

그들은, 정면 입구의 문이 벌컥 열리면서 셀레스트 필립스가 뛰어나가고, 지미 매켈이 지하의 부엌문에서 모습을 나타내는 것을 보았다. 그가 무슨 말을 했는지 그녀는 획 돌아서 밑을 보았다. 그로부터 그녀는 갈색 사암 계단을 뛰어내려가 그의 팔로 뛰어들었다. 그녀는 울면서 격한 기세로 떠들어댔다. 그게 끝나자 그는 매우 침착한 말투로 무슨 말을 했고, 그녀는 자기 입으로 손을 가져갔다.

택시가 머뭇거리면서 다가왔다. 지미가 차 문을 열었고 셀레스트는 안으로 들어갔다. 그는 셀레스트의 뒤를 이어 올라탔고 택시는 사라졌다.

"실험의 끝이야. 그게 아니면 시작이려나."

엘러리는 한숨을 쉬었다.

퀸 경감은 불만스런 표정으로 말했다. "네가 매켈에게 말한 ABC와 D와 X라는 그 바보 같은 이론을 믿는 게냐?"

"있을 수 있는 일입니다."

"그 7건의 살인 가운데, 오직 하나에만 관계가 있는 누군가가 동기를 숨기기 위해서 다른 6건의 살인도 했다는 거냐?"

"있을 수 있는 일이죠."

"그건 알아! 그걸 믿느냐 어떠냐를 묻고 있어."

"그럼, 7건의 살인 가운데 단 하나에만 관계가 있는 누군가가 한 게 아니라고 단정할 수는 있어요?"

경감은 어깨를 으쓱했다.

엘러리는 피로 얼룩진 손수건을 소파 위에 던졌다.

"셀레스트와 지미에 관한 한, 그들이 제게 접근한 방식은 논리적으로 말해서 의혹을 긍정하는 것입니다. 각자가 상대에게 불리한 정보를 밝혀냈다는 사실은 감정을 싣지 않고 있는 그대로 보면, 의문의 범위를 점점 넓힐 뿐이에요. 그런데도 제 생각은, 저는 어느 쪽도 '고양이'인 것 같지는 않아요. 거기엔 논리를 초월한 요소가 있습니다. 어쩌면 제가 무뎌진 탓인지도 모르죠. 있을 수 있는 일이라고 생각하세요?"

"확신이 없구나."

"아버지는요?"

"다음엔 날 신문할 작정이냐!"

"어쩌면 저 자신을요."

경감은 눈살을 찌푸리면서 모자로 손을 뻗었다.

"난 본부로 가야겠다."

6

카자리스의 조사는 곧바로 얕은 여울로 올라앉았다.

카자리스 박사의 애초 계획으로 정신병리학적인 조사는 뉴욕의 모든 전문가들을 모은 어업원정대, 소위 종합사령부에 소속된 대규모의 선대(船隊) 같은 것이 될 터였다. 그러나 원정 계획을 다시 검토할 필요가 있음이 분명해졌다. 각각의 전문가들은 모두 선장이 되기를 원했으며, 자신의 그물과 낚싯줄과 어장의 비밀을 한국인 어부 같은 열성으로 지켰다. 그들은 어획물을 자기 재산으로 간주했고, 다른 어부에게는 손도 대지 못하게 했다.

그들의 명예를 위해 말한다면, 그들의 신중함은 주로 도덕적인 이유 때문이었다. 의사와 환자 사이의 고백은 그 자체가 신성한 것이며 다른 의사에게조차도 발설해서는 안 되었다. 카자리스 박사는 진찰기록 공표라는 새로운 방법의 채용을 제안함으로써 최초의 장애물을 넘었다. 정신과 의사들은 저마다 자신의 파일을 조사해 가장 넓은 범위에서 가능성이 있는 사람을 추려내 옮겨 적었는데, 그럴 때 환자의 이니셜만 남기고 신상을 나타내는 일체의 기술을 변경하는 방식이었다. 이 제안은 받아들여졌다. 그렇게 해서 진찰기록이 도착하고 카자리스 박사를 중심으로 한 5명으로 구성된 중앙위원회가 작업에 들어갔다. 위원회는 하나하나의 사례를 조사하고 협의한 결과, 가능성이 없다고 판단되는 것은 제외시켰다. 이 방법에 의해 많은 사람들이 대상에서 제외되어 프라이버시를 침범받지 않았다.

그러나 이 구상도 여기서 위태롭게 되었다.

남은 환자의 기록을 어떻게 다룰 것인가? 익명이 유지되는 것은 여기까지였다. 이후부터는 이름을 밝혀야 했기 때문이다.

조사는 암초에 걸려 거의 좌절 직전에 이르렀다.

치료상의 이유로 카자리스 박사의 계획에 포함된 타입과 계급의 용의자를 경찰이 매일 검거하는 범죄자와 같은 취급을 할 수는 없다. 진찰실에서의 비밀을 지키는 문제가 해결되었다고 가정하더라도 그렇다.

퀸 경감은 철저한 수사의 임무를 받은 3백 명 이상의 형사들을 지휘통제하고 있었다. 6월 초부터 매일 아침 배달된 용의자에는 마약상습자, 알코올 중독환자, 상습적 성 범죄자, 교도소 혹은 병원에 수용된 적이 있는 범죄 성향을 지닌 정신병자뿐만 아니라 부랑자, 빈집털이 등 갖가지 종류의 '수상쩍은 인물'이 포함되어 있었다. 그 카테고리는 석달 동안에 사건의 내적 압력이 될 만큼 놀랍도록 부풀어올라 있었다. 무더운 나날이 계속되는 가운데 경찰의 좌절감이 높아짐에 따라 시민의 권리는 축소되기 십상이었다. 온갖 방면에서 항의의 폭풍이 일어났다. 재판소에는 인신보호영장 청구가 쇄도했다. 시민은 울부짖고 정치가는 노발대발했으며 판사는 크게 나무랐다. 그러나 조사는 그런 것들을 개의치 않고 진행되었다.

카자리스 박사의 동료들은 환자를 경찰의 처치에 맡기는 것엔 내켜 하지 않았다. 이런 폭풍 같은, 과열된 분위기 속에서 어떻게 환자를 당국에 인도하는 일이 가능하냐고 그들은 말했다. 환자의 대부분은 보통의 신문을 받는 것조차 위험하다. 그들은 정신적, 감정적 장애 때문에 치료를 받는다. 몇 개월, 혹은 몇 년이나 계속된 치료의 성과가 용의자와 '고양이'와의 관계를 밝히는 데만 급급한 무신경한 형사에게 한 시간 취조를 받는 것으로 모조리 사라져 버릴지도 모른다.

곤란은 다른 데에도 있었다. 환자의 대부분은 교양 있는 가정 출신들이었다. 사회적으로 알려진, 혹은 유명한 집안 사람이 많았다. 예술과 과학에 관계된 사람이 많았고, 연극이나 실업, 금융계, 정계의 사람마저도 있었다. 어떤 명분으로도 그런 사람들을 도박장이나 공원을 방황하는 사람처럼 경찰에 연행할 수는 없다고 정신과 의사들은 말했다. 어떤 방식으로 신문할 것인가? 질문은 어디까지 허용되는가? 어떤 질문을 피해야만 하는가, 그리고 누가 그것을 결정하는가? 그리고 누가, 언제, 어디서 신문을 해야만 하는가?

그런 모든 것을 결정하는 것은 불가능하다고 그들은 말했다.

대다수가 만족할 만한 계획을 만드는 데만 1주일의 태반이 소모되었다. 한 가지 방식만으로는 안 된다는 것을 인식하면서부터 해결책이 구체화되었다. 말하자면 각 환자마다 개별적 계획이 필요했다.

그래서 원인과 목적을 눈치채지 못하도록 주의 깊게 작성된 중요한 질문 리스트가 퀸 경감의 협력 아래 카자리스 박사와 그의 위원회에 의해 작성되었다. 그리고 계획에 참여한 각 의사에게 이 비밀 질문 리스트가 배부되었다. 각 의사들은 그의 용의자 리스트에 실려 있고 다른 의사에게 인계하는 것이 치료상 위험하다고 판단되는 사람에 대해서는 자신의 진료실에서 그가 직접 질문을 하기로 했다. 의사들은 이들 면접 보고를 위원회에 제출하는 데 동의했다. 주치의가 다른 의사에게 맡겨도 안전하다고 판단한 환자들은 위원회가 직접 위원회 가운데 누군가의 진료실에서 면접을 하기로 했다. 경찰은 의학적 조사의 마지막 단계에서 반드시 필요하지 않은 한은 환자와 접촉하지 않을 터였다. 접촉하는 경우에도 사실을 밝혀내려는 열성적인 노력보다도 환자의 보호가 강조되었다. 그리고 가능하다면 조사는 직접 용의자를 향하는 게 아니라, 주위에서 진행해 나갈 것이 요구되었다.

경찰의 입장에서 그것은 좋지 않은, 애가 타는 계획이었다. 하지만 초조한 기색을 보이기 시작한 카자리스 박사는 경찰 본부장과 퀸 경감에게 이 계획이 인정되지 않는다면 조사를 포기할 수밖에 없다고 했다. 경감은 어쩔 수 없다는 듯 두 손을 들었고, 그의 상사는 정중한 태도로 자신은 좀더 매력적인 이야기를 기대했었다고 말했다.

시장도 같은 생각인 것처럼 보였다. 시청의 어색한 회견에서 카자리스 박사는 그의 입장을 양보하지 않았다. 그는 기자회견을 거부하고, 정신병리학적 조사에 관계된 모든 사람은 기자회견에 응해선 안 된다고 주장했다.

"시장님, 나는 전문적인 의견을 말씀드렸습니다. 만약 한 사람이라도 환자의 이름이 신문에 새나오면 즉각 모든 것이 헝클어지고 맙니다."

시장은 슬픈 듯한 어조로 대답했다.

"알겠습니다, 알겠어요, 카자리스 박사. 확실히 제 생각이 짧았습니다. 행운을 빕니다. 조사를 계속해 주시지 않겠습니까?"

그러나 박사가 돌아간 뒤에 시장은 개인 비서를 향해 씁쓸하게 말했다. "이번에도 그 엘러리 퀸 때하고 똑같아. 그런데 버디, 그 사람은 뭘 어쩌고 있는 거야?"

시장 직속의 특별수사관은 거리에 나와 있었다. 지난 며칠 엘러리는 밖에 나와서——많은 경찰 본부 사람들이 그의 모습을 발견했다——이상한 시간에 아치볼드 더들리 어바네시가 살해당한 이스트 19번지 길의 건물 맞은편 보도를 어슬렁거리거나 지금은 UN 직원인 과테말라인 부부가 살고 있는 어바네시의 방 밖의 홀에 쭈그려 앉아 있었다. 그는 글래머시 파크와 유니온 스퀘어를 방황했다. 그리고 바이얼릿 스미스가 죽은 웨스트 44번지 건물의 1층에 있는 이탈리아 식당에서 잠자코 피자를 먹거나, 꼭대기 층의 홀 난간에 기대어 아파트 안에서 들려오는 피아노 소리에 귀를 기울였다. 그 아파트의 문에는 압정으로 커다란 게시문이 붙어 있었다.

영감이 솟았다——그렇다!!!
낡은 폐습을 일삼는 자, 시골뜨기, 수다쟁이,
배관공, 몰래 엿보는 자
사절!!

작곡가 작업중!!

그는 다시 오라일리의 사체가 발견된 첼시의 아파트 계단 밑을 들여다보고, 쉐리던 스퀘어 지하철 역의 모니카 매켈이 살해된 플랫폼의 벤치에 앉아보고, 이스트 102번지의 모 빌딩 안마당의 건조대 밑을 어슬렁거렸다. 그러나 시몬느 필립스로부터 해방된 셀레스트의 모습은 그 어디에도 없었다. 그는 나아가 흑인 어린이들이 떼지어 놀고 있는 웨스트 128번지 집 정면의 놋쇠 난간이 있는 계단 앞에 서보고, 갈색과 노란색 사람들 사이에 섞여 레녹스 거리를 센트럴 파크 110번지 입구까지 서성였으며, 입구에서 그리 멀지 않은 공원의 벤치, 혹은 비어트리스 윌킨스가 살해된 장소 가까이에 있는 바위에 걸터앉았다. 이스트 84번지를 5번 거리에서 매디슨 거리를 향해 걸으면서 파크레스터 아파트의 들창이 있는 입구 앞을 지나고, 그런 다음 다시 매디슨 가를 되돌아서 똑같은 블록을 어슬렁거렸다. 파크레스터의 전용 엘리베이터에서 거주자가 피서를 간 펜트하우스까지 올라가, 거기서 난간 벽 너머로 레노아 리처드슨이 목이 졸려 《영원한 앰버》를 꼭 쥐고 있던 방에 달려 있는 테라스를 염치 없이 들여다보기도 했다.

엘러리는 이런 외출을 할 때에는 거의 아무하고도 말을 하지 않았다. 외출은 낮일 때도 있고 밤일 때도 있었다. 현장을 쌍방의 상황에서 봐두길 원했기 때문인 것 같았다.

그는 7건의 현장을 몇 번이나 갔었다. 어떤 때 엘러리는 그를 모르는 형사에게 붙들려 퀸 경감이 달려와 신분을 증명해 줄 때까지 가까운 파출소에서 수상한 사람으로 몇 시간이나 구류돼 있기도 했다.

뭘 하고 있었느냐는 질문에 시장 직속의 특별 수사관은 뭐라고 대답해야 할지 항상 망설여졌다. 그것을 말로 표현하기는 힘들었다. 공포의 대상을 어떻게 구체적으로 나타낼 수 있겠는가? 하물며 범인의 모습을 그려 보이는 것은 더한층 곤란했다. 상대는 거리를 바람처럼 조용하게, 먼지 하나 일으키지 않고 걷는다. 발자국 없는 길을 바람에 코를 쿵쿵대면서 희망을 가지고 추적할 수밖에는 없다.

그 주에, 이젠 익숙해진 물음표 형상을 한 여덟 번째의 고양이 꼬리가 뉴욕 사람들의 눈길을 붙들었다.

엘러리는 북쪽을 향해 파크 거리를 걷고 있었다. 그것은 레노아 리처드슨 살인사건이 일어난 뒤로 처음 맞는 토요일 밤으로, 그는 허공 속을 헤매고 있는 것 같았다.

그는 환락의 밤거리를 뒤로 하고 있었다. 70번지를 지나자 정연한 석조 건물이 이어졌으며, 군데군데 금테를 두른 모습의 문지기가 서 있었다.

엘러리는 79번지의, 카자리스가 사는 진한 청색 차양이 달린 건물 앞에서 멈춰 섰다. 거리에서 곧장 진료실로 향하는 입구가 있는 카자리스의 1층 아파트는 불이 켜 있었으나 블라인드가 내려져 있었다. 엘러리는 카자리스 박사와 그의 동료인 정신과 의사들이 저 안에서 일하고 있을까 하고 생각했다. 약을 조합하거나 커다란 냄비를 휘젓고 있으리라. 진실은 어둠 속에 숨어 버린다. 그들의 마법으로는 '고양이'는 결코 발견되지 않으리라. 왜 그런지는 모르지만 그는 그렇게 생각했다.

그는 계속 걸었다. 조금 지나서야 84번지 길을 돌고 있음을 깨달았다.

그러나 그는 그때까지의 텅빈 마음을 헝클어뜨리지 않고 파크레스터 아파트를 지나쳤다.

84번지 길과 5번 거리 모퉁이에서 엘러리는 멈춰 섰다. 아직 초저녁이고 그리 덥지도 않았으나 5번 거리는 기묘하게도 인적이 드물었다. 토요일 밤에 팔짱을 끼고 걷는 사람들은 다 어디로 간 것일까? 자동차의 왕래조차도 드문 것처럼 보였다. 지나가는 버스에 타고 있는 승객들도 별로 없었다.

5번 거리의 맞은편에 메트로폴리탄 미술관이 웃음 짓는 노부인처럼 어둠 속에서 참을성 있게 서 있었다.

그는 푸른 신호등을 보고 길을 건너 미술관 옆을 따라 북쪽을 향해 걷기 시작했다. 미술관 뒤는 시커멓게 가라앉은 공원이다.

그는 사람들이 밝은 지역으로는 나오지 않으려고 조심하는 모양이라고 생각했다. 아아, 기쁨을 빼앗긴 밤, 지옥의 모습이여. 이제 부드러운 어둠은 없다, 특히 이곳에는. 이 정글에는 두 번이나 들짐승이 덮쳤던 것이다.

팔뚝에 뭔가 닿는 것이 있어서 그는 하마터면 비명을 지를 뻔했다.

"형사부장!"

"2킬로미터를 미행하고 나서야 겨우 당신인 줄 알았습니다."

베리 형사부장은 그와 보조를 맞추면서 말했다.

"오늘 밤은 야근인가?"

"아닙니다."

"그럼, 이런 데서 뭘 하고 있지?"

"예에…… 그냥 걸어다닐 뿐입니다. 요즘 혼자 지내고 있어서요."

덩치 큰 형사부장은 무뚝뚝하게 말했다.

"가족은 어쩌고, 베리?"

"아내와 아이를 한 달가량 친정에 가 있게 했습니다."

"신시내티에? 바바라 앤은?"

"아뇨, 학교 문제라면 바바라는 괜찮습니다. 그 아인 금세 따라갈 것입니다. 아내를 닮아 머리가 좋거든요."

베리 형사부장은 토론이라도 하는 것처럼 말했다.

"그래." 엘러리는 말했다. 그리고 그들은 잠자코, 천천히 걸어갔다.

꽤 한참 지난 뒤에 형사부장이 말했다. "제가 방해가 되지 않으십니까?"

"아니."

"네, 몰래 걷고 계시는 것 같아서." 형사부장은 웃었다.

"'고양이'의 루트를 조사하고 있었을 뿐이야. 열 몇 번째지. 거꾸로 하고 있어. 레노아 리처드슨에서 비어트리스 윌킨스로, 일곱 번째에서 여섯 번째로, 이스트 84번지에서 할렘으로, 풍요로운 자로부터 혜택받지 못한 사람으로 말야. 1마일가량 되는데, '고양이'는 달(月)을 디딤돌 삼아 이리저리 튀어오르지. 불을 빌려 주지 않겠나?"

두 사람은 가로등 밑에 발길을 멈췄고 형사부장이 성냥을 그었다.

"'고양이'의 루트라면⋯⋯. 선생님, 저도 이 사건에 관해 한참 생각했습니다." 형사부장은 말했다.

"고맙군, 베리."

그들은 96번지 길을 건넜다.

"전 벌써 포기했습니다. 이건 토마스 베리 개인의 생각입니다만, 이 회전목마를 타고 어딘가에 다다른다는 따위의 생각은 포기했지요. 제 생각으론 '고양이'가 덮친 건 엉뚱한 일이 계기가 되었을 거라는 생각이 듭니다. 신참 경찰이 몸을 굽혀 자질구레한 물건을 펼쳐놓고 있는 술 취한 사람에게 다가가면 그게 새로운 희생자의 목에 끈을 감고 있는 '고양이'였다는 거죠. 하지만, 그렇더라도 추리를 계속하지 않을 수 없겠지요."

"음, 맞아." 엘러리는 말했다.

"선생님께서 어떤 생각인지 모르거니와 물론, 이건 여기서만의 얘깁니다만, 며칠 전 밤에 저는 아이의 지리 교과서에서 복사한 맨해튼과 부근 지도를 보고 7건의 살인사건 장소에 표시를 해보았습니다. 재미삼아 한 것이죠." 형사부장은 목소리를 낮추었다. "그런데 거기서 뭔가를 포착한 듯한 느낌이 들었습니다."

"뭐였는데?" 엘러리가 물었다. 그때 한 쌍의 남녀가 지나갔다. 남자는 무슨 말을 하면서 공원을 가리켰고, 여자는 고개를 가로젓고는 빠른 걸음으로 걸어갔다. 형사부장은 갑자기 멈췄다. 그러나 엘러리는 말했다.

"아무것도 아니야, 베리. 토요일 밤의 데이트인데 의견이 맞지 않은 거겠지."

"그렇겠지요. 음탕한 생각만 하죠, 남자란 것들은."

형사부장은 까닭을 알았다는 듯 말했다.

그러나 그들은 남자와 여자가 남쪽으로 가는 버스에 타는 것을 지켜볼 때까지 움직이지 않았다.

"뭔가 포착했다고 말했지, 베리."

"아, 그랬지요. 지도의 일곱 군데에 진한 점을 찍었습니다. 첫 번째 장소는 어바네시, 이스트 19번지, 여기에는 1이라는 숫자를 썼습니다. 두 번째 장소는 바이얼릿 스미스, 타임스 스퀘어에서 조금 떨어진 웨스트 44번지, 여기에는 2라는 번호를 붙였지요. 나머지도 똑같은 방법으로요."

"〈엑스트라〉의 만화가랑 닮았군."

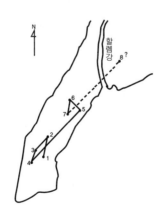

"7개의 점에 번호를 붙인 다음 저는 그 선을 이었습니다. 1에서 2로, 2에서 3으로요. 그랬더니 어떻게 되었을 것 같으세요?"

"어떻게 되었는데?"

"일종의 디자인이 생겨난 것입니다."

"그래? 아냐, 기다려, 베리. 공원에 가더라도 오늘 밤엔 아무것도 없어. 시내를 걷자고." 그들은 99번지 길을 가로질러 어둡고 고요한 거리를 지나 동쪽으로 향했다. "디자인이라고 했나?"

"보십시오."

베리 형사부장은 주머니에서 접힌 트레이싱 페이퍼를 꺼내어 99번지와 매디슨 거리 모퉁이에서 그것을 펼쳐 보였다.

"일종의 이중 원형운동입니다, 선생님. 1에서 2는 곧장 북쪽으로 올라가고, 2에서 3은 급한 각도로 서쪽으로 기울어져 내려가며, 나아가 남서의 4로 향합니다. 그런 다음 다시 급한 각도로 위로 올라가죠. 다음은 어떻게 될까요? 이번엔 긴 선으로 1과 2 사이의 선을 가로지릅니다. 위로 갔다가 내려가고 다시 위쪽으로 가죠. 이거 보세요! 다시 반복하고 있어요! 물론, 완전히 똑같은 각도는 아니지만, 꽤 비슷한 점이 재미있지 않습니까? 5에서 6도 위쪽으로 북서로 가고, 그런 다음 급각도로 7로 내려간다……."

형사부장은 말을 끊었다.

"전 이렇게 생각합니다. 만약 이 배후에 일종의 계획이 있어서 마찬가지의 원형운동을 계속한다면, 어떻게 될까요?" 형사부장은 점선을 가리켰다. "제8의 사건이 일어날 대강의 장소를 예측할 수가 있습니다! 저는 다음 사건은 반드시 브롱크스에서 일어날 거라고 생각합니다."

그는 트레이싱 페이퍼를 정성껏 접어서 주머니에 넣었다. 그들은 다시 동쪽으로 걷기 시작했다. "아마도 그랜드 거리가 시작되는 곳

어디겠지요, 양키 스타디움이나 그 근처입니다." 조금 있다가 형사부장은 물었다. "어떻게 생각하세요?"

엘러리는 보도를 보면서 얼굴을 찌푸리고 말했다. "《뱀 사냥》 (이상한 나라의 엘리스를 지은 루이스 캐럴의 작품)에 이런 글귀가 있어. 그게 늘 내 머리에서 떠나질 않아."

그는 육지의 그림자조차 보이지 않는다
커다란 바다 지도를 샀다.
선원들은 자신이 이해할 수 있는
지도임을 알고 크게 기뻐했다.

"무슨 소린지 모르겠습니다." 베리 형사부장은 엘러리의 얼굴을 쳐다보면서 말했다.

"우리는 모두 마음에 드는 지도를 갖고 있다는 얘기야. 나도 얼마 전, 매우 애착을 느꼈던 것을 가졌었지. 그것은 간격 그래프였어. 살인과 살인 사이의 날수 간격이지. 그 결과는 커다란 물음표가 보기 흉하게 쓰러져 있는 듯한 것이었어. 그것은 겸허함을 가르쳐주더군. 난 그것을 태워 버렸지. 자네에게도 그렇게 할 것을 권하고 싶군."

형사부장은 가끔 뭔가 중얼거리면서 큰 보폭으로 걷기만 할 뿐이었다.

"어이, 여기가 어디라고 생각해?" 엘러리가 말했다.

짐짓 점잔을 빼고 있던 형사부장은 거리의 표지판을 올려다보고 깜짝 놀랐다.

"범죄 현장으로 돌아가다니 탐정 같군. 일종의 수평 인력에 끌려서 말야."

"농담 마십쇼. 당신은 어디로 가는지 알고 있었겠지요."

"무의식적으로 알고 있었는지는 몰라. 운을 테스트해 볼까?"

"어차피 제대로 된 건 없어요." 형사부장이 반박하듯 말했다. 그들은 102번지 길의 시끌벅적한 인파로 뛰어들었다.

"나의 여성 이레귤러는 뭘 하고 있는지 모르겠군."

"아, 그 얘긴 들었습니다. 매우 현명한 방법이더군요."

"그리 현명하지도 않아. 협력의 최단기록이야. 잠깐, 베리."

엘러리는 담배를 꺼내기 위해 멈춰 섰다. 형사부장은 이번엔 눈치 빠르게 성냥을 그으면서 말했다. "어딥니까?"

"우리 집 뒤 출입구야. 하마터면 그냥 지나칠 뻔했어."

성냥불이 바람에 꺼지자 베리 형사부장이 일부러 커다란 목소리로 말했다. "에그, 이쪽으로 갑시다." 그들은 돌차기에 푹 빠진 아이들을 피해 건물로 다가갔다. 몸집이 커다란 사내가 싱긋 웃었다. "뭐야, 피고트인가." 그는 출입구 가까이에서 다시 성냥개비를 꺼내 그었고 엘러리는 몸을 숙였다.

"아아, 안녕하십니까?" 어디선지 형사의 목소리가 났다. "두 분의 아마추어 탐정이 한 블록 저편에서 다가오는 것을 보았습죠."

"오면 안 되나? 오늘 밤은 무슨 일인가, 피고트?" 베리 형사부장은 힐문하듯 말했다. "예에, 한 대 피우겠습니다." 그는 엘러리에게서 담배를 받아들었다.

"조심하세요! 놈이 옵니다."

엘러리와 형사부장은 형사가 있는 출입구로 뛰어들었다. 키가 큰 사내가 조금 앞의 거리 반대편에 있는 건물의 어두운 입구에서 나타났다. 사내는 아이들을 밀어젖히고 걸었다.

"오늘 밤 줄곧 저 사람을 따라붙었습니다." 형사는 말했다.

"누구의 명령이지, 피고트?"

"당신의 아버집니다."

"언제부터 했나?"

"1주일 됐습니다. 헤스하고 제가 놈을 담당하고 있습니다."

"경감님에게서 듣지 못하셨나요?"

"이번 주엔 거의 얼굴을 마주하지 못했어."

"그리 대수로운 일은 아닙니다." 형사는 말했다. "단지 납세자를 만족시킬 분이라고 경감님은 말씀하셨죠."

"놈은 뭘 하는데?"

"걷거나, 내내 쭈그려 앉아 있거나 합니다."

"종종 여기에 오는가?"

"예, 어젯밤까지는요."

"오늘 밤엔 저 입구에서 뭘 하고 있었는데?"

"거리 맞은편 아가씨의 집 입구를 지켜보고 있었습니다."

엘러리는 고개를 끄덕였다. 그가 말했다. "그녀는 있기는 있나?"

"우리는 모두 반시간쯤 전에 여기에 왔습니다. 오늘 밤은 그녀가 42번지의 도서관에 있었죠. 참고도서실이에요. 그래서 우리도 그곳으로 갔습니다. 그 뒤로 녀석이 그녀를 여기까지 따라왔고 저는 그를 따라왔죠. 그래서 모두 여기 모인 겁니다."

"그가 안으로 들어갔나?"

"아뇨."

"그녀에게 근접하거나 말을 걸지는 않았고?"

"그녀는 녀석이 미행하고 있다는 사실을 눈치채지 못했습니다. 험프리 보거트의 영화 같아요. 존슨이 그녀를 미행하고 있었습니다. 우리가 온 뒤로 그는 맞은편의 뒤뜰을 돌고 있습니다."

"마치 소풍 온 것 같군." 그러더니 형사부장이 급히 말했다. "피고트, 저기로 가."

키가 큰 사내가 곧장 그들이 있는 문께로 왔다.

"여어. 안녕하십니까?" 엘러리가 썩 나서며 말했다.

"여러분의 품을 덜어드릴까 해서요." 지미 매켈은 긴장해서 일어나 엘러리에서 베리 형사부장에게로 시선을 옮겼다가 다시 엘러리에게로 돌아왔다. 두 사람이 서 있는 등 뒤의 문에 인기척은 없었다. "무슨 생각입니까?"

"생각이냐?" 엘러리는 곰곰이 생각하면서 말했다.

"두 명의 탐정이 문으로 숨어드는 것을 보고 있었어요. 뭘 하고 있지요? 셀레스트 필립스를 감시하는 겁니까?"

"난 아냐. 자네는, 형사부장?" 엘러리는 말했다.

"그런 일은 하지 않습니다." 형사부장은 말했다.

"수상한데. 내가 뭘 하고 있는지 어째서 묻지 않나요?"

지미 매켈은 두 사람에게서 눈을 떼지 않았다.

"그럼, 묻지. 여기서 뭘 하고 있었나?"

지미는 담배를 한 개비 더듬어 꺼내더니 손톱으로 톡톡 두들기고 깃대를 꽂듯이 입술 사이에 꽂았다. 그러나 그의 행동엔 붙임성이 있었다. "당신과 똑같은 일이요. 다만 당신과는 다른 이유에서지요. 이 동네에서 사람의 목을 사냥하는 놈이 있다는 말을 들었어요. 셀레스트는 그리스도교 국가에서 가장 아름다운 머리를 받치고 있는 목을 소유하고 있으니까요." 그는 담배에 불을 붙였다.

"그녀를 호위하는 건가? 가능성이 없는 말에 내기를 거는 것과 같아." 형사부장이 말했다.

"난 2백 대 1의 매켈로 통해요." 지미는 성냥을 던졌다. 그것이 베리의 귓가를 스쳤다. "그럼 다시 만납시다. 인연이 있으면 말이죠." 그는 물러갔다.

"지미, 기다려."

"뭡니까?"

"함께 그녀를 만나지 않겠어?"

지미는 천천히 되돌아서 왔다. "무슨 볼일로?"

"당신들 두 사람하고 이야기를 나누고 싶었어."

"무엇 때문에?"

"두 사람한테 설명해 두고 싶어."

"나한테 설명할 필요는 없어요, 내 코가 다 맡아내지요."

"진지한 얘기야."

"저도 진지합니다, 정말로 알고 있으니까."

"무리도 아니야, 화를 내는 건……."

"누가 화를 낸다는 겁니까? 7건의 살인을 의심받을 정도의 대수롭지 않은 일로 뭘 그러냐는 겁니까? 친구 사이에서 말이죠." 그는 갑자기 다가들었다. 베리 형사부장이 멈칫 몸을 움직였다. 지미는 입술을 비죽 내밀었다. "그건 메디치 집안 이래 가장 뱃속 시커멓고, 표리부동한 얘기였어. 나를 셀레스트에게 달려들게 하고, 셀레스트를 내게 붙인 것 말야. 바로 그때 한 방 먹였어야 하는 건데."

형사부장이 말했다. "너……."

"그 더러운 손을 치워."

"괜찮아, 베리." 엘러리는 깊이 생각하느라 무뚝뚝한 표정을 짓고 있었다. "하지만 지미, 난 테스트를 할 필요가 있었어."

"테스트도 테스트 나름이지."

"음, 방법은 좋지 않았지. 하지만 당신들은 꽤 상황이 좋을 때에 찾아왔어. 난 가능성을 덮어둘 수가 없었거든, 자네들 가운데 누군가가……."

"'고양이'라는 건가?" 지미는 웃었다.

"우리가 맞서고 있는 건 정상적인 상대가 아니야."

"내가 이상하게 보여? 셀레스트가 그렇게 보이냐고?"

"내 눈에는 그렇게 보이지 않아. 하지만 난 정신과 의사의 안목을 갖고 있진 않아. 게다가, 가령 정신분열 같은 건 청년기의 병이기도 하니까." 엘러리는 빙긋 웃었다.

"미친 매켈이란 말인가? 지난 전쟁에선 훨씬 가혹한 별명을 얻었었지."

"지미, 난 정말로 그렇다고 생각했던 건 아니야. 지금도 그렇게 생각하지 않아."

"하지만 언제나 수학적인 가능성은 있는 법."

"어쨌거나 셀레스트를 만나러 가세."

"싫다고 한다면 여기 있는 유인원 찰리가 날 꼬집겠지?"

지미는 움직이지 않고 말했다.

"아픈 데를 꼬집어 주고말고." 베리 형사부장이 말했다.

"생각했던 대로야. 우린 서로 궁합이 맞질 않아." 지미는 씁쓸하게 말했다. 그는 돌차기를 하는 아이들 사이를 뚫고 큰걸음으로 사라졌고, 아이들은 그의 뒤에다가 저주를 퍼부었다.

"내버려 둬, 베리."

조금 지나자 피고트 형사가 말했다. "내 밥이 사라졌군. 그럼 이만, 선배님." 그들이 뒤돌아 보았을 때 피고트의 모습은 사라지고 없었다.

"그는 셀레스트를 '고양이'에게서 구하기 위해 망을 보고 있었던 걸 거야." 엘러리는 길을 가로지르면서 말했다.

"뭐가 목적인지 알 수 없지요."

"아냐, 지미는 진심이야. 적어도 스스로는 그렇게 생각하고 있어."

"그 사람, 머리가 어떻게 된 거 아닙니까?"

"그렇지 않아. 하지만 중병에 걸려 있어. 우리의 친구 카자리스 박사라면 혼란성 치매라고 하려나. 다른 말로 하면 사랑의 병이지."

엘러리는 웃었다.

형사부장은 불만스런 소리를 냈다. 그들은 원래의 아파트 앞에 멈춰 섰다. 형사부장은 아무렇지도 않게 주위를 둘러보았다. "제가 무슨 생각을 했는지 아십니까, 선생님?"

"그 맨해튼 지도를 만든 자넨데, 짐작이 가질 않는군."

"그렇게 말씀하지 마십쇼. 하지만 당신은 그에게 어떤 생각을 심어 주었다고 생각합니다."

형사부장은 말했다.

"설명해 봐."

"매켈은 어쩌면 셀레스트가 '고양이'가 아닐까 생각했는지도 모릅니다."

엘러리는 처음 보기라도 하듯이 덩치 큰 사내를 올려다보았다.

"내가 무슨 생각을 하는 것 같은가, 베리?"

"뭔데요?"

"자네의 견해가 옳다는 거야." 그러더니 약간 불쾌한 표정으로 그는 말했다. "들어가세."

별 장식이 없는 홀은 약간 어둡고 코를 찌르는 냄새가 났다. 엘러리와 베리가 안으로 들어가자 붙어있던 소년과 소녀가 흠칫 놀라 떨어졌다. 두 사람은 계단 옆 어두운 곳에서 서로 껴안고 있었던 것이다.

"고마워, 재미있었어." 소녀는 계단을 올라가면서 말했다. 소년은 싱글싱글 웃었다. "나도 그래, 캐릴."

그는 두 사람에게 윙크를 하더니 고개를 숙이고 밖으로 나갔다.

안쪽 문은 벌컥 열린 채였고 밤하늘에 높이 걸어놓은 빨랫줄이 보였다.

"피고트는 존슨이 저기에 있다고 했습니다."

계단 밑에서 소리가 났다. "이제 없어요, 여기 접는 의자를 찾아냈거든요."

"아니, 존슨 아닌가? 무슨 일이지?"

형사부장은 돌아보지도 않고 말했다.

"그 두 조숙한 아이들한테 놀랐거든요, CP(셀레스트 필립스)의 집에 가시는 겁니까?"

"혹시 자는 것은 아닐까?" 엘러리는 어둠 속을 향해 물었다.

"그녀의 집 문 밑에서 빛이 새 나오고 있어요, 퀸 선생님."

"저 문입니다." 형사부장이 말했다.

"그녀는 혼자인가, 존슨?"

"예." 어디서 하품을 하는 소리가 났다.

엘러리는 다가가 문을 노크했다. 베리 형사부장은 한쪽으로 비켜서 몸을 숨겼다.

잠깐 사이를 두었다가 엘러리는 다시 한 번 노크를 했다.

"누구세요?" 겁에 질린 목소리였다.

"엘러리 퀸입니다. 열어주십시오, 셀레스트 씨."

조심스레 빗장과 체인을 푸는 소리가 들려왔다.

"무슨 일이세요?"

상자 모양의 불빛 속에 그녀는 성난 모습으로 서 있었다. 커다란 책을 가슴에 움켜쥐고 있었다. 그것은 경의를 담아 페이지를 넘기는 책인 것 같았다.

《영문학 개론 제1학년》

102번지의 토요일 밤. 성 히드(7~8세기 영국의 성직자, 역사가, 다수의 저서가 있음)와 베오울프(영국 고대의 서사시), 허크루트(16~17세기 영국의 지리학자)의 《탐험 항해》와 씨름하고 있었던 것이다. 어려운 단어가 2단으로 빼곡하게 들어차 있고, 기다란 각주가 붙은 것을.

그녀가 가로막고 버티어 서 있었으므로 방안은 보이지 않았다. 그는 그녀의 방을 사진으로밖엔 본 적이 없었다.

셀레스트는 주름이 있는 넉넉한 검정 스커트에 흰색 맞춤 블라우스를 입고 있었다. 머리칼은 독서를 하면서 손가락으로 만지작거리기라도 했는지 헝클어져 있었다. 검지손가락에는 푸른 잉크가 묻어 있었다. 그는 그녀의 얼굴을 보고 약간 놀랐다. 양볼에 보라색 기미가 퍼져 있고, 피부에 좁쌀 같은 것이 생겨나 끝이 솟아올라 있었다.

"들어가도 되겠습니까?" 엘러리는 미소를 띠며 말했다.

"안 돼요. 무슨 볼일이세요?"

"이 근방에선, 선생님, 모두들 조심하고 있어요."

베리 형사부장이 말했다.

셀레스트는 재빨리 밖을 내다보았다.

"저 사람은 본 기억이 있어요."

베리 형사부장은 몸을 단정히 했다.

"당신은 충분히 가혹한 사람이죠."

"셀레스트……."

"그게 아니라면 체포하러 오셨나요? 그런 것도 서슴지 않을 사람이더군요. 지미 매켈과 제가 공범이라는 거겠지요. 우리가 하나가 되어서 그 사람들을 목 졸라 죽였다, 둘이서 실크 끈의 양쪽 끝을 잡아당겨서 말이에요."

"셀레스트, 내 말을……."

"당신이 모든 것을 망쳐 버렸어요, 모든 것을."

그의 코앞에서 문이 쾅 닫혔다. 그들은 거칠게 자물쇠를 걸고 빗장과 체인을 지르는 소리를 들었다.

"끈의 양쪽 끝을 잡아당겼다? 그리 이상한 생각이 아닐지도 모릅니다. 누군가 그런 생각을 해봤을까요? 둘이라는 것을?"

베리 형사부장은 뭔가 생각하면서 말했다.

엘러리는 중얼거렸다. "두 사람이 싸운 모양이군."

존슨이 쾌활한 목소리로 말했다.

"그렇습니다, 어젯밤이죠. 끔찍했어요. 남자는 그녀가 자신을 '고양이'라고 의심한다고 했고, 여자는 자신이 '고양이'로 의심받고 있다고 반박했습니다. 둘 다 미친 사람처럼 그걸 부정했죠. 저는 뒤뜰에 있었는데 싸움이 차츰 격렬해져서 혹시 사람들이 모여들지 않을까 걱정이 되어 몸을 숨겨야만 했습니다. 결국 여자가 큰소리로 울부짖기 시작하자 그가 상스러운 욕설을 퍼붓더니 경첩이 부서져라 거칠게 문을 닫고는 뛰쳐나가버렸어요."

"달콤한 사랑싸움인가." 엘러리가 물었다.

형사부장은 대답했다. "연극인 것 같진 않았어요. 어쩌면 우리들의 존재를 눈치챈 건지도 모르죠. 아니, 선생님, 어디로 가십니까?"

엘러리는 힘없는 목소리로 말했다. "집이야."

그 다음 1주일 동안 엘러리는 제자리걸음을 하는 듯한 기분이 들었다. 흥미를 끌 만한 일은 무엇 하나 일어나지 않았다. 그는 지미 매켈과 셀레스트 필립스에 관한 보고를 읽었다. 그들은 화해를 했다가 다시 싸우고, 그러고는 다시 화해했다. 다른 보고는 거의 들어오지 않았다. 어느 날 아침, 엘러리는 용의자를 확인하기 위해 경찰 본부에 들렀다. 기분 전환으로 삼기에는 음침했고, 아무것도 얻는 바가 없었지만 일종의 의무를 다한 듯한 만족감을 맛보았다. 그는 그곳에 다시는 가지 않았다. 경찰 본부가 있는 센터 스트리트 근처에는 접근하지 않기로 했고, 시장도 그의 존재를 잊은 것처럼 보였다. 이것은 엘러리에게는 무엇보다도 고마운 일이었다. 그는 아버지와도 거의 얼굴을 마주치지 않고, 카자리스 박사의 조사 진행에 관해서도 일부러 질문을 피하고 있었다……. 그리고 〈엑스트라〉 1면에 난 '고양이'의 여덟 번째 꼬리는 물음표인 채였다.

신문마저도 제자리걸음을 하고 있었다.

그것은 기묘한 일이었다. 미국의 저널리즘에서 현 상태에 머문다는 것은 제자리에 서 있는 것이 아니다. 뒷걸음질이다. 어떤 기사가 1면에 머물고 있는 것은 그것이 발전해 가는 동안인 것이다. 발전이 멈추면 6면으로 옮겨지고, 점차 망각의 과정을 거치다가 결국은 지면에서 사라진다. 그러나 '고양이' 기사는 태연히 이 룰을 깨뜨렸다. 전진도 하지 않았지만 뒤로 물러서지도 않았다. 그것은 아예 1면에 닻을 내리고 있었다. 뉴스거리가 없어도 뉴스였던 것이다.

어떤 의미에서는 아무 일도 일어나지 않은 때가 일어난 때보다도, 즉 '고양이'가 숨은 장소에서 잠을 자고 있을 때가 움막을 나와 새로운 희생자를 습격할 때보다도 뉴스가 되었다. '고양이'가 활동을 멈춘다는 것은 놀라운 일이었다. 그것은 두렵고도 악몽 같은 서스펜스였다. 그것은 불길이 한꺼번에 타오를 때까지의 워밍업인 것 같았다. 제퍼슨이 말했던 것처럼 신문이 '유해한 가스와 연기를 퍼뜨리는 존재'라 하더라도 뉴욕의 신문은 시류라는 물리적인 힘에 따를 수밖에 다른 도리가 없었다.

대중의 불안이 훨씬 두드러졌던 것은 이런 사건과 사건 사이의 공백 때문이었다. 대중에게 기다린다는 것은 사건 그 자체보다도 나빴다. '고양이'의 살인이 일어날 때마다 사람들은 심한 흥분상태에 있긴 했지만 2, 3일은 오히려 안도를 했다. 그들도, 그들의 가족도 다시 살아난 것이다. 그러나 그들의 공포가 뿌리째 뽑힌 것은 아니었다. 진정된 것에 지나지 않았다. 잠깐의 안심은 서서히 사라지고, 불안이 다시 고개를 쳐든다. 밤마다 걱정과 불안에 견디질 못하고, 날수를 세고 다음 희생자는 누구일까 하며 두려움에 떤다.

각 개인의 공포에 대해 그런 것은 확률로서는 제로에 가깝다고 말해도 효과가 없었다. 복권의 심리적인 법칙이 사람들을 지배했다. 유일한 차이는 이 내기의 대가는 돈이 아니라 죽음이라는 사실이었다. 이 복권은 모든 뉴욕 주민에게 무료로 배부된 셈이다. 복권 소유자들 모두는 마음속으로 다음 추첨에서는 자신이 뽑히지나 않을까 걱정했다.

이렇게 한 주가 지나갔다.

엘러리는 주말이 온 것을 감사했다. 토요일까지는 참을 수 없는 기분이었다. 그 터무니없는 휴지기를 그리는 그래프가 아직도 그의 머리에서 떠나지 않았다. 첫 번째 피해자와 두 번째 피해자 사이는 19일. 제2와 제3의 피해자 간격은 26일. 제3과 제4의 간격은 22일. 제4와 제5는 10일. 제5와 제6인 시몬느 필립스와 비어트리스 윌킨스의 사이는 어찌된 일인지 6일로 줄었다. 그러고 나서 제6과 제7의 간격은 다시 늘어나 11일이다. 이것은 곡선의 새로운 상승의 시작이 될 것인가? 수평이 되려는 것일까? 카자리스 부인의 조카가 교살된 지 벌써 12일이 지났다.

오리무중의 상황 속에서 매 순간마다 새로운 공포가 생겨났다.

엘러리는 그 주 토요일을 경찰의 무선 전화를 추적하면서 보냈다. 그가 시장의 임명에 따라 부여받은 막연한 권력을 사용한 것은 이것이 처음이었다. 그에게는 그것이 과연 잘 통할지 어떨지조차도 알지 못했다. 그러나 무선이 달린 경찰차를 보내라고 요구하면 아무런 표시도 되어 있지 않은 7인승 검정 리무진――평상복의 운전기사와 형사가 타고 있는――이 즉각 달려왔다. 엘러리는 줄곧 뒷좌석에 몸을 던지다시피 앉아서 쉴새없이 바뀌는 '불가해한 사건'의 다양한 설명에 귀를 기울였다. 운전기사와 형사 모두 베리 형사부장과 마찬가지로 덩치가 컸고, 둘 다 지칠 줄 모르는 허파를 지니고 있었다.

엘러리는 그 길고 지루한 하루 동안에 가끔 아버진 어쩌고 있을까를 생각했다. 퀸 경감이 어디 있는지 아는 사람은 없는 것 같았다. 그는 엘러리가 일어나기 전에 집을 나갔지만 본부에는 모습을 나타내지 않았고, 전화 연락도 없었다.

차는 사이렌을 울려대면서 버탈리 공원에서 할렘 강으로, 리버사이드 드라이브에서 1번 거리로 내달렸다. 그들은 선 팬 힐에서 벌어지는 10대들의 거리 난투극을 중지시키거나, 가짜 처방전을 내밀었다가 요크빌의 세심한 약국 주인에게 들킨 코카인 중독환자를 체포하거나 했다. 또한 노상 강도나 교통 사고, 폭행 사건의 현장에도 갔다. 채텀 광장 근처의 구경꾼이 모여든 싸움판, 빈민가 아파트에서 일어난 강간 미수, 3번 거리 전당포에서 강도를 한 차의 수색 명령을 받기도 했다. 또한 그들은 오래된 살인사건으로 수배 중이던 점잖은 갱스터가 리틀 이탈리아에서 무저항 상태로 체포되는 것과, 리투아니아인 요리사가 갑자기 발광해 리틀 헝가리의 레스토랑에서 뛰쳐나오는 것을 목격했다. 자살이 4건 있었다. 이렇게 짧은 시간에 4건은 평균보다 많다고 형사는 설명했지만, 이상 기온으로 더운 탓도 있으리라. 그중 하나는 볼링 그린 지하철역 구내에서 브루클린의 나이든 남자가 들어오는 급행 전동차 앞으로 몸을 던진 것이다. 다음은 헤럴드 스퀘어의 호텔에 묵고 있던 여자가 창문 밖으로 뛰어내린 자살로, 매사추세츠 주 치코피 폴즈에서 사랑의 도피로 온 여자임이 판명되었다. 그다음은 리빙턴의 싸구려 아파트에서 가스레인지 코크를 열고 여자와 아기가 죽어 있었다. 네 번째 자살자는 알코올 중독환자로 손목을 자르고 죽었다. 살인 소식도 2건 있었다. 첫 번째는 정오 조금 전에 할렘의 당구장에서 일어난 나이프 살상 사건이다. 두 번째는 6시 30분에 웨스트 50번지에서 일어난 것으로 광고 대리점의 중역인 남편이 아내를 멍키스패너로 때려서 죽였다. 그 다음의 사건에는 다른 한 명의 남자, 브로드웨이 배우가 얽혀 있어서 형사들은 흥미가 일어나 좀 더 현장에 있고 싶어하는 것 같았으나 엘러리는 손을 흔들며 다른 데로 가라고 명령했다.

교살 사건은 없었다. 끈을 사용한 것도, 사용하지 않은 것도.

"이걸로 하루가 끝났군요." 핸들을 쥐고 있는 형사가 자동차를 87번지 길로 진입시키면서 말했다. 미안해하는 듯한 말투였다.

"오늘 밤에도 순찰하는 게 어떻겠습니까? 토요일 밤엔 늘 사건이 많거든요, 퀸 씨. '고양이'도 오늘 밤쯤엔 나타날지 모릅니다."

차에서 내리는 엘러리에게 다른 한 명의 형사가 말했다.

"내 심장 좌심실의 움직임으로 안 건데, 오늘 밤은 나오지 않아. 어쨌든 상관없지. 언제든 신문에서 읽을 수 있을 테니까. 자네들, 우리 집에서 한잔 하지 않겠나?" 엘러리는 말했다.

"그럴까요?" 운전하던 형사가 말했다.

하지만 다른 형사가 말했다. "가끔은 부인께 빨리 돌아가 드려, 프랭크. 그리고 퀸 씨, 저는 멀리 로크빌 센터까지 가야만 합니다. 친절은 감사합니다."

방으로 들어선 엘러리는 아버지의 편지를 발견했다.

빨간 글씨로 오후 7시라고 쓰여 있었다.

엘러리.

5시부터 몇 번이나 전화했다. 이걸 쓰기 위해 급히 서둘러 돌아왔다. 귀가하거든 곧장 카자리스의 집으로 와 다오. 7시 30분부터 중요한 회의가 있단다.

7시 35분이다.

엘러리는 뛰어나갔다.

제복을 입은 가정부의 안내를 받아 카자리스 집의 거실로 들어선 그가 맨 처음으로 본 것은 뉴욕 시장이었다. 번뇌하는 표정을 한 시장은 안락의자에 기대어 굽이 높은 글라스를 두 손으로 만지작거리면서 엘러리 머리 위의 지그문트 프로이트의 흉상을 쏘아보고 있었다.

경찰 본부장은 옆에 앉아서 담배 연기를 바라보고 있었다.

카자리스 박사는 터키풍의 긴 의자에 앉아서 비단 쿠션으로 몸을 받치고 있었다. 그의 아내가 박사의 한 손을 쥐고 있었다.

창가에는 퀸 경감이 묵묵히 서 있었다.

방안 공기는 냉랭했다.

"설마 손을 들라고는 하지 않으시겠지요 ? " 엘러리가 말했다.

아무도 대답하지 않았다. 카자리스 부인이 일어나서 위스키 소다를 준비했다. 엘러리는 진심으로 고마워하며 글라스를 받아들었다.

"엘러리, 오늘은 어디에 갔었지 ? "

그러나 경감의 질문은 아무래도 상관없다는 투였다.

"무선 전화를 받아서 돌아다녔습니다. 오해하지 말아 주십시오, 시장님. 제가 일을 맡은 뒤로 처음입니다. 다음엔 저의 특별수사는 팔걸이의자에 앉혀 주겠습니까 ? 앞으로 있다면 말이지만. "

시장은 거의 혐오에 가까운 표정을 띠면서 힐끗 그를 보았다.

"앉게, 퀸. "

"아무도 내 질문에 대답하지 않았습니다. "

"그건 질문이 아니었어, 걱정의 표명이었지. 그리고 실제로 그 걱정대로입니다. " 카자리스 박사가 몸을 쿠션에 기대면서 말했다.

"앉게나, 퀸. " 시장이 또다시 강한 말투로 말했다.

"감사합니다, 시장님. 저는 아버지 옆에 있겠습니다. " 엘러리는 카자리스 박사의 몰골에 깜짝 놀랐다. 박사의 연한 청색 눈은 충혈되었고, 피부에 깊게 생긴 주름이 엘러리는 홍수의 침식으로 생겨난 작은 골짜기 같다고 생각했다. 그를 덮고 있던 빙하는 붕괴되고 없었다. 그는 카자리스가 불면증이라고 했던 말을 떠올렸다.

"박사님, 무척 피곤해 뵈는군요."

"완전 녹초가 됐습니다."

카자리스 부인은 새된 목소리로 말했다.

"남편은 너무 지쳤어요. 내가 나빴어요. 어린애처럼 생각이 없었으니까요. 그 이후로 낮이나 밤이나……."

박사는 아내의 손을 강하게 쥐었다. "정신병적인 면에서의 접근은 완전한 실패입니다, 퀸 씨. 전혀 아무런 성과도 없었어요."

퀸 경감은 쌀쌀한 말투로 말했다. "이번 주에 난 카자리스 박사와 함께 일을 했는데 오늘로 중단하기로 했단다. 가능성이 있는 사람은 많이 있었고 우리는 그것을 힘껏 조사했지."

시장은 떨떠름한 표정으로 말했다. "비밀리에……. 누구 한 사람에게도 상처를 입히지 않았고 신문에는 한마디도 흘리지 않았지요."

카자리스 박사는 말했다. "어쨌든, 원만히 진행되었더라도 꽤 힘든 일이었습니다. 완전한 나의 착오였습니다. 그때는 훌륭한 생각인 것 같았습니다만."

"그때라니, 에드워드? 지금도 그렇지 않은가요?"

카자리스 부인은 의아한 표정으로 남편을 보았다.

"이젠 어쩔 도리가 없어."

"난 무슨 소린지 도통 모르겠어요."

시장이 말했다. "퀸, 자네 쪽도 1루까지 가지 못한 것 같군."

"저는 아직 한 번도 방망이를 휘두르지 않았습니다."

"그런가?"

엘러리는 이것으로 특별수사관도 끝장이겠다는 생각이 들었다.

"퀸 경감, 당신 생각은?"

"이건 매우 까다로운 사건입니다. 보통 살인사건의 수사였다면 용의자의 범위는 한정되어 있습니다. 남편, '친구', 드나드는 사람들, 라이벌, 적 등등이지요. 동기가 눈에 띄기 시작하고, 범위가 좁혀집니다. 범행 기회가 한층 그것을 좁힙니다. 우리는 인물에 관한 정보를 가지고 조사해 나갑니다. 제아무리 복잡한 사건이라도 늦든 이르든 우리는 범인을 체포합니다. 하지만 이번 사건은…… 어떻게 범위를 좁힐 것인가? 어디서부터 시작해야 할까? 피해자들 사이엔 아무런 연관도 없습니다. 용의자도 없고 단서도 없습니다. 어떤 살인사건도 결국은 막다른 길에 다다릅니다. '고양이'는 뉴욕시민의 누구라 하더라도 이상할 게 없습니다."

"경감, 아직도 그런 말을 하고 있는 거요? 몇 주일이 지났는데…….". 시장은 큰소리를 쳤다.

경감은 입술을 깨물었다.

"나는 지금 당장이라도 사표를 내겠습니다."

"안 돼, 안 돼, 경감. 지금 한 말은 나 혼잣말이었소." 시장은 힐끗 경찰 본부장을 쳐다봤다. "그런데 버니, 앞으로 어떤 수를 써야 할까?"

경찰 본부장은 기다란 담뱃재를 매우 조심스럽게 재떨이에 떨어냈다.

"잘 생각해 봐도 이렇다 할 방법은 없어. 우린 인간으로서 가능한 모든 방법을 써왔고, 현재에도 하고 있어. 경찰 본부장을 경질해도 괜찮아, 잭. 하지만 그걸로 〈엑스트라〉와 일부 사람을 제외한 많은 사람들을 만족시킬 수 있을지는 의심스럽군. 그렇다고 '고양이'가 잡힐 것 같지도 않고 말야."

시장은 초조한 듯 손을 흔들었다. "문제는, 우리는 과연 가능한 모든 방법을 동원했는가 하는 거야. 우리의 착오는 '고양이'는 뉴욕 사람인 걸로 아주 단정짓고 있지 않은가 하는 생각이 들어. 만약 베이욘 사람이라면 어떨까? 스탠퍼드나 욘커스 사람이라면? '고양이'는 뉴욕으로 통근하는 사람일 수도……."

"어쩌면 캘리포니아 사람일지도," 엘러리가 말했다.

"뭐? 뭐라고 했지?" 시장이 고함쳤다.

"캘리포니아 사람이거나 일리노이, 혹은 하와이 사람일지도 모른다고요!"

시장은 안달복달하면서 말했다. "퀸 군, 그런 말을 해봤자 어떻게도 되지 않아. 요컨대 말야, 버니. 뉴욕 시 말고도 수사를 확대해 보았나?"

"할 수 있는 한은 했어." 경찰 본부장이 대신 답변했다.

"뉴욕 시의 반경 50마일 이내 모든 지자체에 적어도 6주 전부터 범인을 수배하고 있습니다. 애초부터 정신병자에게 주의하라고 당부해 두었습니다만 지금으로선……." 경감이 말했다.

"잭, 달리 구체적인 이유가 없는 한, 맨해튼에 집중한다 해서 아무도 우리를 비난할 수는 없을 거야."

"난 애초부터 범인은 맨해튼 사람이라는 의견입니다. 제게는 '고양이'는 이 땅의 사람일 거라는 느낌이 듭니다." 경감은 덧붙였다.

경찰 본부장은 다소 비꼬는 어조로 말했다. "그리고, 잭, 우리의 권한은 시 경계 밖에는 미치지 않아서 말야. 그러니 앞으론 다른 경찰의 도움을 바랄 수밖엔 없어."

시장은 글라스를 소리내어 내려놓고 난로 쪽으로 갔다. 엘러리는 멍한 눈으로 스카치 글라스에 코를 문지르고, 경찰 본부장은 다시 자신의 담배 연기를 쳐다보고, 카자리스 박사와 퀸 경감은 방의 반대쪽에서 서로 얼굴을 마주 보고 졸음을 쫓아내려 하고 있었다. 그리고 카자리스 부인은 흐트러짐 없는 자세로 앉아 있었다.

시장이 갑자기 돌아보았다. "카자리스 박사, 당신의 정신병 조사를 뉴욕 주변의 전 지역으로 확대하는 건 불가능할까?"

"집중점은 맨해튼입니다."

"하지만 그 외에도 정신과 의사는 있지 않은가?"

"그건 그렇습니다."

"그 사람들을 협력하게 하면?"

"글쎄요……. 몇 개월이나 걸리겠지요. 그렇더라도 완전한 조사는 어려울 겁니다. 사건의 중심인 이 지역에서조차, 제 얼굴이 꽤 통하는 곳입니다만 정신과 의사의 65퍼센트에서 70퍼센트의 협력밖엔 얻지 못했더랬습니다. 만일 조사가 웨스트체스터, 롱아일랜드, 코네티컷, 뉴저지까지 미친다면……." 카자리스 박사는 고개를 가로저었다.

"저로서는, 이제 완전히 감당할 수가 없습니다. 제겐 그런 계획에 나설 체력도 시간도 없습니다."

카자리스 부인의 입술이 벌어졌다.

"그럼 하다못해 맨해튼 조사라도 계속해 줄 수 없을까, 카자리스 박사? 지금 협력을 거부하고 있는 30퍼센트나 35퍼센트의 의사 집단 속에 답이 묻혀 있을지도 모르지 않겠나? 그런 의사들을 계속 설득해 주게."

카자리스 박사의 손가락이 바쁘게 위아래로 움직였다.

"저도 그걸 바랐습니다만……."

"에드워드, 설마 그만두실 생각은 아니겠죠. 그건 안 돼요!"

"저런, 내가 어린애처럼 분별 없는 사내였었나?"

"그건 당신의 당치 않은 방법 때문이에요. 에드, 지금 완전히 그만둔다니 어떻게 그런 일이 가능하죠?"

"어떻게? 그건 간단해. 이런 일을 계획한 것부터 편집광적이었던 것 같아."

그녀는 뭔가 말했지만 너무 낮은 목소리로 말했기 때문에 카자리스 박사는 다시 물었다. "뭐, 뭐라고?"

"레노아가 불쌍하다구요!"

그녀는 일어섰다.

"그래." 카자리스 박사도 비틀거리면서 긴 의자에서 일어섰다. "당신은 오늘 밤 머리가 뒤죽박죽이 되어서……."

"오늘 밤이라구요? 어젠 제가 뒤죽박죽이 아니었다고 생각하나요? 그리고 그 전날도?" 그녀는 얼굴에 두 손을 갖다대고 흐느꼈다. "만일 레노아가 당신 누이의 자식이었다면…… 레노아를 나처럼 똑같이 귀여워했더라면……."

"아무래도, 우린 카자리스 부인의 호의에 너무 편하게 생각하고 그만 지나치게 폐를 끼친 것 같군요." 시장이 서둘러 말했다.

그녀는 눈물을 그치려고 노력했다. "미안합니다! 드릴 말씀이 없습니다. 에드워드, 말해 봐요, 부탁이에요, 난…… 좀……."

"어, 이렇게 하자고. 나를 24시간 동안 푹 자게 해 줘. 일어나면 커다란 스테이크를 부탁해. 그러면 다시 조사를 계속하겠어. 그러면 되겠지?"

그녀는 갑자기 박사에게 키스했다. 그런 다음 뭔가 중얼거리면서 서둘러 나갔다.

시장이 말했다.

"여러분, 우린 카자리스 부인에게 장미를 2, 3다발 바칠 의무가 있어요."

정신과 의사는 웃으면서 말했다. "저의 유일한 약점은, 여성의 눈물샘 방출 작용에는 저항하지 못한다는 겁니다."

엘러리는 말했다.

"그런데, 선생님. 괴로운 생각을 하게 될지도 모릅니다."

"무슨 말입니까, 퀸 씨?"

"6명 피해자의 나이를 조사해 보시면 알겠지만, 피해자가 차츰 어려지고 있습니다."

경찰 본부장의 담뱃재가 위태롭게 입에서 떨어질 것 같았다.

시장의 얼굴이 벽돌처럼 새빨개졌다.

"일곱 번째의 피해자인 당신 부인의 조카는 25살이었습니다. 만일 이 사건으로 어떤 예측이 가능하다면, 여덟 번째의 피해는 25살 이하가 됩니다. 당신이, 아니 우리가 성공하지 않으면 우린 곧 어린이 교살 사건을 수사하게 될지도 모릅니다." 엘러리는 글라스를 놓았다. "절 대신해 카자리스 부인께 안녕히 주무시라고 해주십시오."

7

9월 22일에서 23일에 걸친 이른바 '고양이 폭동'은 뉴욕에서는 약 15년 전의 할렘 난동 이후 가공할 만한 민중의 출현이었다. 그러나 이번 사건의 폭도 중엔 압도적으로 백인이 많았다. 지난달에 있었던 시장의 조기 기자회견을 변호하기라도 하듯 '인종적 측면'은 없었다. 유일한 인종적 공포는 모든 인류가 지닌 원시적 공포에 지나지 않았다.

폭동 심리 연구가들은 '고양이 폭동'에 많은 흥미를 가졌다. 만약 어떤 의미에서 메트로폴 홀에서 히스테리 발작을 일으켰던 그 여자가 필연적인 선도자, 즉 폭도들에 의해 앞으로 떠밀려져서 군중을 선동하기 시작하거나, 제일 먼저 도망치는 리더로서 역할을 다했다면, 또는 폭발을 점화하는 퓨즈 노릇을 했다고 한다면, 그 여자 역시 선동적인 시민행동대에 의해 불이 붙은 것뿐이라고 보았다. 그 행동대는 '나흘 동안'의 직전에 뉴욕 시 전체에서 출몰했고 따라서 그녀도 홀에 참석했던 것이다. 누가 그런 단체의 결성을 부추겼는지는 아무도 제대로 알지 못했다. 적어도 개인의 책임은 명확하지가 않았다.

결국 얼마 안 가 사라지고 만 '나흘 동안'이라는 이 운동(발단에서 정점까지 6일이 걸렸지만)은 9월 19일, 월요일 조간 마지막 판에 처음으로 보도되었다.

지난 주말에 로워 이스트 사이드에 '자율방범단'이라는 이름 아래 '마을협력협회'가 만들어졌다. 토요일 밤의 결성대회에선 '선언'의 형태로 일련의 결의문이 작성되었고, 다음 날 오후 '만장일치'로 승인되었다. 그 전문은 '대중의 안전을 위해' 정규 경찰력이 불충분하여 집단을 결성한다는 '선량한 미국 시민의 권리'를 제창했다. 일정 지역 내에 거주하는 자는 누구나 입회 자격이 주어졌다. 제2차 세계대전 참전 용사들은 특히 적극적으로 참가할 것이 요구되었다. 거리 순찰, 옥상 순찰, 골목 순찰과 같은 각종 순찰 부대가 창설되었다. 또한 각 가옥 및 빌딩마다 순시하는 별도의 순찰대도 생겨났다. 순찰 부대의 목적은 '뉴욕 시를 공포에 빠뜨리고 있는 범죄자에 대항하고 경계한다'는 것이었다. 그들은 살인범을 '고양이'라는 '세련된 단어'를 사용하는 데 대해 조직의 일부에서 반대가 있었다. 그러나 결의 초안 위원회가 '길 위나 그 근처에선 우리는 돼지(경찰 공무원)가 되어야만 한다'고 지적하자 그 단어의 사용은 인정되었다. 규율은 군대식이었다. 순찰 대원은 손전등을 들고 완장을 차며 '입수 가능한 방어용 무기'를 휴대하기로 되어 있었다. 어린이들에게는 오후 9시 이후의 외출이 금지되었다. 주택이나 빌딩 1층의 전등은 날이 샐 때까지 켜 두기로 집주인이나 상점 주인과 특별한 약속이 이루어졌다.

이를 전한 신문의 다른 기사 가운데에는 다른 세 조직이 동시에 결성되었다는 기사가 있었다. 이 조직들은 가두 자율방범단과도 아무런 관계가 없이 별개로 결성된 것 같았다. 하나는 머레이 힐 지역에서 생겨난 것으로 '머레이 힐 안전위원회'라 칭했다. 다음은 웨스트 72번지에서 웨스트 79번지 사이 지역에 걸친 것으로 '웨스트 앤드 미니트멘'이라는 이름이었다. 세 번째 것은 워싱턴 광장을 중심으로 한 '빌리지 홈 가드'였다.

세 단체는 문화적, 사회적, 경제적 성격이 다름에도 불구하고 내세운 목적이나 활동 방법은 자율방범단의 그것과 놀랄 만큼 매우 비슷했다.

그날 아침의 모 신문 사설은 '멀리 떨어져 있는 4개의 거주지역에서, 같은 주말에 같은 생각을 가졌다는 우연의 일치'에 관해 기술했고, '그것은 단순히 겉보기만의 우연의 일치인 것인가'라며 의심쩍어 했다. 야당 계열의 신문은 '전통적인 미국의 생활'이나 '미국의 가정을 지킬 권리' 운운하는 글귀를 사용하여 시장과 경찰 본부장을 공격했다. 좀더 책임 있는 신문이 이 운동에 대해 한탄했고, 그 가운데 하나는 '전통적으로 유머가 풍부한 뉴욕 시민은, 선의이긴 하지만 지나치게 흥분한 사람들을 웃어넘기고 제정신으로 돌아올 것이라고 확신'했다. 중요한 자유파 신문의 논설위원 맥스 스톤은 "이것은 뉴욕 길거리 위의 파시즘이다"라고 썼다.

월요일 오후 6시에는 뉴스캐스터들이 청취자를 향해 이렇게 보도했다. '오늘 아침, 자율방범단, 머레이 힐, 웨스트 앤드 애버뉴, 그리니치빌리지 단체의 결성이 보도된 뒤에 뉴욕 5개 구역 안의 도처에서 적어도 36개 이상의 행동위원회가 잇달아 탄생했습니다.'

석간 마지막 판은 이렇게 보도했다. '이 운동은 들불처럼 속속 확대되고 있다. 본지 마감시간까지 결성된 행동위원회 수는 1백 개를 돌파했다.'

'시민 행동대'라는 단어는 시 전체에 걸친 놀랄 만한 현상에 관해 쓴 화요일의 〈엑스트라〉 기사에서 처음으로 사용됐다. 그 기사에는 '지미 레기트'라는 필자이름이 들어가 있었다. '시민 행동대'라는 말은 윈첼과 라이언즈, 월슨, 설리번 등이 그들의 칼럼에서 시민 행동대(Citizens' Action Teams)의 이니셜을 이으면 cat이 된다고 지적하면서 정착했다. 그래서 CATS로 통하게 된 것이다.

월요일 밤에 시장실에서 개최된 긴급회의에서 경찰 본부장은 이런 것들을 근절하기 위해 강력한 조치를 취하는 데 찬성을 표한다며 다음과 같이 말했다. "우리는 그 누구든 간에 스스로 경찰관이라고 하는 사람들을 결코 보아 넘길 수 없다. 그것은 무정부상태야, 잭!"

그러나 시장은 고개를 가로저었다. "금지하는 법률을 내놓아봤자 불은 꺼지지 않아, 버니. 우리 힘으로는 이 운동을 저지하지 못해. 그것은 문제 밖이야. 우리가 반드시 해야 하는 것은 그것을 조절하는 것이라네."

화요일 아침의 기자회견에서 시장은 미소 띤 얼굴로 말했다.

"거듭 말씀드립니다만, 이번 '고양이' 사건은 터무니없이 과장되어 있습니다. 경찰은 하루 24시간을 수사에 임하고 있으니 시민 여러분께서는 당황해 하거나 부산을 떨 필요가 전혀 없습니다. 시민 단체는 당국의 조언과 원조를 받아 활동하는 것이 훨씬 공공의 이익에 부합된다고 생각합니다. 경찰 본부장과 휘하의 각 부서의 과장들은 금일 언제라도 각 단체의 대표와 만나서 전쟁시에 두드러진 활약을 했던 민방위단처럼 활동을 조직화하고, 각 단체 상호간의 조정을 돕도록 하겠습니다."

그러나 곤혹스럽게도 그들을 만나러 온 단체 대표는 단 한 사람도 없었다.

화요일 밤에 시장은 라디오 방송을 했다. 그는 가정방위 단체를 결성한 사람들의 선의와 성실성을 손톱만큼도 의심하지 않으나 모든 이성적인 사람들은 세계 최대 도시의 경찰력이, 비록 아무리 정직하고 좋은 의도에 기초한다 하더라도 법의 권위를 무시한 개별 시민의 손에 맡겨지는 것을 허용해서는 안 된다고 생각한다고 했다. "20세기도 중반에 이른 지금, 뉴욕 시가 서부 개척시대의 자율 방범단에 의지한대서야 말이 되지 않는다"는 말에 내포되어 있는 위험은 살인을 범하기 쉬운 정신이상자의 위협보다도 훨씬 크다는 것을 모든 사람들이 깨달아야 할 것이라고 말했다. "과거, 정부의 경찰제도가 확립되기까지는 무법자에 의한 강도나 살인으로부터 사회를 지키기 위해 시민의 야간 순찰이 분명히 필요했습니다. 그러나 훌륭한 방범활동을 하는 뉴욕 경찰이 존재하는 오늘날, 그런 순찰대의 존재 이유가 있을까요?" 공공 전체의 이익을 위해 대항 수단을 취해야만 한다면 유감스럽기 짝이 없고 그런 조치가 불필요하다고 시장은 말했다. 그는 이렇게 방송을 끝맺었다. "현재 활동 중인 이러한 성격의 단체, 그리고 지금 조직중인 단체들은 즉각 관할 경찰서에 연락해 지시를 받도록 요청하는 바입니다."

시장의 라디오를 통한 호소는 수요일 아침이 되자 그 효과면에서 실패했음이 명백해졌다. 얼토당토않은 소문이 항간에 퍼졌기 때문이다. 주 군대가 소집되었고, 시장이 백악관으로 날아가 직접 트루먼 대통령에게 도움을 요청했고, 경찰 본부장이 사임했으며 워싱턴 하이츠의 CAT 패트롤과 경찰이 충돌해 2명의 사망자와 9명의 부상자가 나왔다는 등의 뜬소문이 나돌았다. 시장은 선약을 모조리 취소하고 하루 종일 회의를 계속했다. 경찰 본부 간부 모두는 CAT 단체에 대해 즉각 해산하라, 그렇지 않으면 체포한다는 최후 통고를 내야만 한다는 의견이었다. 그러나 시장은 그런 대응을 거부했다. 혼란은 보고되지 않았으며 각 단체는 내부 규율을 지켜 본래의 활동 이외에는 움직이지 않도록 자제하고 있음이 확실하다고 그는 말했다. 게다가 조치를 취하기에는 너무나 많은 사람들이 운동에 참가하고 있었다.

"강경 조치를 취하면 충돌이 일어나고, 시 전체에 폭동이 일어날지도 모른다. 그러면 군대 출동이 필요해진다. 나는 모든 평화적인 수단을 동원해 뉴욕이 그런 상태에 빠지는 것을 막을 것이다."

수요일 오후 3시쯤, '뉴욕시민행동대 연합'의 '중앙위원회'가 목요일 밤의 '매머드 집회'를 위해 8번 거리의 드넓은 메트로폴 홀을 빌렸다는 보고가 들어왔다. 그 직후, 시장의 비서가 그 위원회의 대표가 찾아왔음을 알렸다.

그들은 어딘가 불안한 듯한, 그러나 완고한 표정을 지으며 줄지어 들어왔다. 시장과 회의 참석자들은 신기한 듯 그 대표들을 쳐다봤다. 그들은 뉴욕 시민의 견본들처럼 보였다. 빈틈이 없는, 혹은 어딘가 수상쩍은 사람은 한 사람도 없었다. 대표자는 기계공인 듯한 30대의 키 큰 남자로, 자신을 '제대 군인 제롬 K. 프랭크버너'라고 소개했다.

"시장님, 우리는 내일 밤 대집회에서 시장님의 말씀을 듣기 위해 초빙하러 왔습니다. 메트로폴 홀은 2만 명을 수용할 수 있거니와 라디오와 텔레비전 방송을 준비했으므로 뉴욕 시민 전체가 참가하게 됩니다. 이야말로 민주주의입니다. 미국적 방법이죠. 시장님, 당신께 말씀드리고 싶은 것은 '고양이'를 막기 위해 무엇을 해왔는지, 당신과 당신의 부하들이 향후 어떠한 계획을 갖고 있는가 하는 것입니다. 그 자리에서 지당하다고 사료되는 솔직한 말씀을 들려주신다면 금요일 아침까지 CAT를 해산하기로 약속드립니다. 와 주시겠습니까?"

시장은 "여기서 잠깐 기다려 주십시오"라고 말하고 부하들을 데리고 옆방으로 들어갔다.

"잭, 그건 안 돼!"

"어째서, 버니?"

"그들에게 골백번이나 거듭 말했던 것 이외에 또 무슨 할 말이 있지? 집회를 금지해야만 해. 만일 귀찮은 일이 생기면 지휘자를 처벌하는 거야."

"버니. 그들은 깡패가 아니야. 다수의 유권자를 대표하고 있지. 온건하게 대처하는 게 좋겠어."

여당의 유력자인 시장 고문의 한 사람이 말했다.

다른 사람들도 의견을 내놓았다. 어떤 사람은 경찰 본부장의 생각을 지지했고 또 어떤 사람은 당 간부 편을 들었다.

"자넨 의견을 내놓지 않았군, 퀸 경감. 자네 생각은 어떤가?"

갑자기 시장이 말했다.

"제가 보는 바로는, '고양이'가 그 집회에 나타나지 않는 것은 상당히 어려운 일이라고 생각합니다." 퀸 경감은 대답했다.

"과연 그렇겠지. 그것도 매우 유익한 생각이긴 한데, 난 그들에 의해 선출되었으므로 도망칠 수는 없어." 시장은 말했다.

그는 문을 열고 말했다. "출석하겠습니다, 여러분."

9월 22일 밤의 집회는 진지하고 책임 있는 분위기 속에 시작되었다. 메트로폴 홀은 오후 7시에는 가득 찼고, 회장에 들어오지 못한 군중만 해도 어느새 몇천 명에 이르렀다. 그러나 모범적인 질서가 유지되었고, 출동한 다수의 경찰관들은 거의 할 일이 없었다. 늘 그렇듯 눈치 빠른 장사꾼들이 판매원을 고용해 고양이의 머리가 달린 장난감과 골판지로 만든 커다란 CAT 배지를 팔았다. 언뜻 보면 만성절(萬聖節)용으로 만든 것처럼 보이는, 주황과 검정의 꺼림칙한 고양이 얼굴을 팔고 다니는 사람도 있었다. 그러나 사는 사람은 적었고, 경찰관은 상인들을 쫓아냈다. 아이들의 모습은 두드러지게 적었고, 엉뚱한 소란은 전혀 없었다. 홀에 들어온 사람들은 조용히, 혹은 속삭이는 듯한 작은 소리로 이야기를 했다. 홀 밖의 거리에 있는 군중은 참을성 있게 예의를 지켰다. 경력이 풍부한 교통 경찰에 따르면 이날의 군중은 너무나도 참을성이 강하며, 지나치게 예의가 바르다는 거였다. 그 가운데는 한두 명 술 취한 사람에 의한 주먹다짐이나, 공산당 데모대의 피켓라인이 섞여 있을 만도 한데 술주정뱅이는 단 한 명도 보이지 않았고, 사람들은 이상할 정도로 점잖고, 개중에 공산당원이 섞여 있었다 하더라도 그것은 한 시민으로서 참가한 것이었다.

교통과 간부는 인파를 보고 기마 경관과 무선장치가 달린 경찰차의 증원을 요청했다.

오후 8시에는 이 지역 전체를 둘러싸는 경계선이 조용하게 둘러쳐졌다. 남북 51번지에서 57번지 사이, 동서로 7번 거리에서 9번 거리 사이에는 많은 경찰관이 나와서 각 교차점을 차단했다. 자동차는 우회해야 했다. 보행자는 경계선을 통과해 지역 안으로 들어올 수 있었으나, 신분을 증명하고 일정의 질문에 답하기 전에는 그 지역에서 나가는 것이 허용되지 않았다.

지역 내의 곳곳을 몇백 명의 사복 형사들이 순회했다.

홀 안에도 몇백 명의 사복 형사가 있었다.

그 가운데 엘러리 퀸도 있었다.

단상에는 뉴욕시민행동대 연합의 중앙위원들이 앉아 있었다. 그들은 잡다한 단체로, 특별하게 눈에 띄는 얼굴은 없었다. 마치 법정의 배심원처럼, 모두들 진지하고 성실한, 그러나 멋쩍은 듯한 표정을 짓고 있었다. 시장과 그들 일행은 내빈석에 앉아 있었다. 시장은 살며시 에드워드 카자리스 박사에게 말했다. "이것은 그들이 우리를 감시하는 데 아주 좋은 기회거든요." 연단 양쪽에는 많은 미국 국기가 늘어서 있었다. 라디오와 마이크가 그 앞에 몇 개나 놓였다. 텔레비전 방송국의 담당자들은 준비를 마치고 대기했다.

그날 밤의 의장 대리 제롬 K. 프랭크버너가 개회 인사를 했다. 프랭크버너는 군복을 입고 있었다. 윗도리 가슴에는 몇 개의 훈장이 빛났고, 팔뚝에는 전투 경력의 표시인 소매장(章)이 달려 있었다. 군복 차림의 그는 위엄 있는 표정이었다. 그는 메모 없이 조용히 말했다.

"이것은 한 뉴욕 시민의 목소리입니다. 제 이름과 주소는 중요하지 않습니다. 저는 시 전체에 퍼져 있는 위협으로부터 우리 가족과 이웃을 지키기 위해 조직된 몇백의 뉴욕 지역 단체를 대표해서 말씀 드립니다. 우리들 대부분은 이번 전쟁에서 싸웠고, 우리들 모두는 법을 지키는 미국인입니다. 우리는 이기적인 단체의 대표가 아닙니다. 우리는 숨겨진 의도는 갖고 있지 않습니다. 우리들 가운데에는 사기꾼도, 강도도, 공산주의자도 없습니다. 우리는 민주당원이나 공화당원, 무소속 지지자, 또는 자유주의자나 사회주의자입니다. 우리는 개신교도나 가톨릭, 유대교도입니다. 우리는 백인이며, 흑인입니다. 우리는 사업가이며 사무직이고, 또 노동자이며 지적 노동자입니다. 우리는 2세 미국인이며, 4세 미국인입니다. 우리는 뉴욕 시민입니다.

저는 연설할 생각은 없습니다. 여기에 모이신 것은 제 얘기를 듣고자 함이 아닙니다. 저는 시장님께 두세 가지 질문을 하고 싶을 따름입니다.

시장님, 미친 사람 때문에 차례로 사람들이 살해당하고 있습니다. '고양이'가 나타난 지 거의 넉 달이 됩니다만, 아직 날뛰고 있습니다. 당신은 그를 잡을 수가 없습니다. 적어도 오늘까지는 잡지 못했습니다. 우리는 어떤 보호를 받고 있는 걸까요? 저는 경찰을

173

비난하고 있는 것이 아닙니다. 경찰관은 우리와 마찬가지로 근면하게 일하고 있습니다. 하지만 뉴욕 시민은 당신께 묻겠습니다. 우리의 경찰은 무엇을 해왔는가를."

하나의 소리가 홀 안으로 흘렀고 바깥의 다른 소리와 합쳐졌다. 그것은 매우 작은, 먼 천둥 같은 것이었으나 홀을 둘러싼 거리의 경관들은 불안한 듯 경찰봉을 움켜쥐고 태세를 취했고, 연설자 옆에 있는 단상의 시장과 경찰 본부장의 얼굴은 약간 창백해졌다.

프랭크버너의 목소리는 긴장감을 띠기 시작했다. "누가 뭐라 해도, 우리는 자율방범단 같은 방식에는 반대합니다. 하지만 시장님, 우리에게 다른 어떤 방법이 있겠습니까? 제 아내, 혹은 어머니가 오늘 밤 비단 끈에 목이 졸려 죽을지도 모르는데, 경찰은 장례식 말고는 손을 쓸 도리가 없을 때까지 와주지 않겠지요.

시장님, 당신을 오늘 밤 이 자리에 모신 것은 당신과 경찰 당국이 불안에 떨고 있는 우리를 어떻게 보호해 주실지, 그 계획을 듣기 위해서입니다. 여러분, 뉴욕 시장님을 소개합니다."

단상에 오른 시장은 오랜 시간에 걸쳐 말했다. 그는 진지하고 친근감 있는 말투로 자신의 커다란 매력과 뉴욕 시민에 관한 지식을 활용해가면서 말을 해나갔다. 그는 뉴욕 경찰 본부의 역사를 더듬고, 그 성장과 거대한 조직과 복잡성에 관해 연설했다. 그리고 법을 지키고 질서를 유지하는 1만 8천의 남녀 경찰관의 실적을 칭찬했다. 살인범의 체포와 유죄 판결에 관한 상당히 든든한 통계 숫자를 들었다. 그는 나아가 개척시대의 산물인 자율방범단의 법률적, 사회적 국면을 언급하고, 그것의 민주주의 제도에 대한 위협과 그것이 애초의 고매한 목적에서 폭도 지배로 타락하고, 가장 저열한 사람의 최악의 격정만을 만족시키기 위한 것이 되기 십상임을 설파했다. 그리고 폭력이 폭력을 낳고, 군대 개입이나 계엄령, 시민의 자유 억압에 길을 내주고, '파시즘과 전체주의로 가는 첫걸음'이 될 위험을 지적했다.

시장은 노골적인 어조로 말했다. "그리고 이러한 모든 것들은, 7백5십만 명의 도시의 건초더미에 숨어 있는 단 한 명의 살인마를 우리가 일시적으로 발견하지 못하고 있기 때문인 것입니다."

그러나 시장의 연설은 알기 쉽고, 분별이 넘치며, 설득력이 있음에도 불구하고 어떤 작은 징후나 반응을 끌어내지 못했다. 청중은 전혀 아무런 징후도 보이지 않았던 것이다. 단지 가만히 앉아서, 혹은 서서 귀를 기울일 따름이었다. 집단적으로 한숨을 쉬고, 미동도 하지 않는 존재. 그들은 뭔가를 기다리고 있었다, 그런 상태에서 헤어날 말을.

시장은 그것을 간파했다. 그의 목소리는 긴장되었다.

시장과 함께 자리한 사람들도 그것을 알았다. 그들은 단상에서 일부러 편안한 모습을 보였고, 청중의 눈과 텔레비전 카메라를 의식하며 서로 속삭임을 주고받았다.

시장은 약간 당돌하게 경찰 본부장에 대해 '고양이'의 체포를 위해 이미 실시되고 있는 특별 조치와 앞으로의 계획에 관한 설명을 요구했다.

경찰 본부장이 연단에 다가섰을 때, 엘러리 퀸은 사람들의 표정에 주의하면서 청중 가운데서 일어나 중앙의 통로를 통해 보도진석 쪽으로 향했다.

그는 경찰 본부장이 말을 시작한 지 얼마 안 되어서 지미 매켈을 발견했다.

매켈은 의자 위에서 몸을 꼬듯 하면서 세 줄 뒤의 아가씨를 바라보고 있었다. 여자는 새침하게 경찰 본부장의 얼굴을 보고 있었다.

셀레스트 필립스였다.

엘러리는 어떤 생각과 직감으로 그곳에 멈춰 섰는지 스스로도 알수 없었다. 단지 아는 얼굴을 발견한 때문인지도 몰랐다.

그는 셀레스트의 줄 끝 통로에 쭈그리고 앉았다.

그는 마음에 걸렸다. 메트로폴 홀의 공기에는 그를 불안하게 하는 뭔가가 있었다. 그는 다른 사람들도 마찬가지로 불안에 싸여 있음을 깨달았다. 일종의 집단 자가중독이었다. 군중은 그 자체가 뿜어내는 유독물을 빨아들이고 있었다.

이윽고 그는 그것이 무엇인가를 알았다.

공포였다.

군중은 그 자체의 공포를 호흡하고 있었다. 그것은 사람들에게서 눈에 보이지 않는 입자가 되어 방출되고, 공기를 오염시켰다.

믿을 수 없을 만큼의 참을성과 온순함, 기대감처럼 보였던 것은 공포 말고는 아무것도 아니었다.

그들은 연단의 남자 목소리에 귀를 기울이고 있지 않았다.

그들은 내부에 있는 공포의 소리에 귀를 기울이고 있었던 것이다.

"'고양이'!"

경찰 본부장이 잠자코 메모 용지를 넘길 때였다.

그는 당황해서 눈을 들었다.

시장과 카자리스 박사는 엉거주춤 엉덩이를 들었다.

2만 명의 얼굴이 일제히 뒤돌아보았다.

그것은 극한의 상황으로까지 긴장된 여자의 금속성 목소리였다. 오싹할 만한 비명 소리였다.

한 떼의 남자들이 팔을 휘두르면서 홀 뒤쪽에 서 있는 사람들을 가르며 나아갔다.

경찰 본부장은 말했다. "저 여자를 조용히……."

"'고양이'야!"

작은 한마디의 소용돌이가 일어나기 시작했다. 그리고 또 하나, 그리고 또 하나가. 한 남자가 일어섰다. 이어서 여자가, 부부가, 그리고 한 떼의 사람들이 일어섰다, 모두 고개를 길게 잡아 뽑으면서.

"여러분, 자리에 앉아 주십시오. 단순한 히스테……."

"'고양이'야!"

"침착해 주십시오! 부디, 침착해 주십시오!" 시장이 연단의 경찰 본부장 옆으로 달려와 말했다.

사람들은 옆의 통로를 뛰쳐나가고 있었다.

홀 뒤쪽에서는 난투극이 벌어졌다.

"'고양이'다!"

2층의 어딘가에서 남자의 목소리가 외쳤다. 그 목소리는 목이 졸린 것처럼 갈라졌다.

"여러분, 앉아 주십시오! 경찰관!"

제복을 입은 경찰들이 홀의 여기저기에서 나타났다.

뒤쪽의 소란은 이제 더욱 부풀어올라서 중앙의 통로로 퍼졌고, 좌석 쪽으로 번지고 있었다.

"'고양이'!"

열 명쯤의 여자들이 비명을 지르기 시작했다.

"'고양이'가 왔다!"

돌처럼, 그것은 청중의 커다란 거울에 세차게 부딪쳤다. 청중은 몸을 떨었고 군중 사이에 틈이 생겨났다. 작게 벌어진 틈새는 차츰 넓어졌다. 사람들이 앉거나 서 있거나 했던 장소에 틈새가 생겨났고 순식간에 그것은 커졌으며, 모든 방향으로 퍼져 나갔다. 남자들은 주먹을 휘두르면서 좌석 위로 올라갔다. 사람들이 쓰러졌다. 경찰관들의 모습은 보이지 않게 되었다. 여기저기의 비명이 합류했고 녹아들었다. 메트로폴 홀은 사람의 목소리를 지우는 커다란 폭포가 되었다.

단상에선 시장과 프랭크버너, 그리고 경찰 본부장이 서로 상대를 밀어 제치면서 확성기의 마이크를 향해 고함을 치고 있었다. 그들의 목소리는 뒤섞였다. 그러나 그것은 작았고, 군중의 커다란 소요에 삼켜지고 말았다.

통로는 사람들이 웅성대고, 주먹질하고, 넘어지고, 팔다리를 접질리면서 출구로 몰려들었다.

머리 위에서는 발코니의 난간이 부서져 한 남자가 1층으로 떨어졌다. 군중은 인파에 휩쓸려 2층에서 계단을 내려왔다. 발이 미끄러져 인파 속으로 모습을 감추는 사람도 있었다. 2층의 비상구에는 수많은 사람들이 비명을 지르며 카펫을 짓뭉개면서 앞다퉈 몰려들었다.

발버둥을 치던 군중이 갑자기 출구를 발견하고는 한꺼번에 거리로, 조용하던 몇천 명의 군중 속으로 쏟아져 나왔다. 군중은 순식간에 광란의 소용돌이로 변했고, 메트로폴 홀 주위는 커다란 프라이팬이 되고 말았다. 프라이팬의 내용물은 경찰의 경계선을 넘어서, 경찰관도, 말도, 무기도 녹였으며, 교차점을 넘고 남으로, 북으로, 브로드웨이와 9번 거리로 흘러 나왔다. 마치 가는 길에 모든 것을 태워버리는 용암 같았다.

엘러리는 소 떼와 같은 폭동이 시작되었을 때, 사람의 벽에 부딪쳐 떠밀리면서 서 있는 셀레스트를 손으로 가리키고 있던 지미 매켈을 언뜻 보고, 그는 지미의 이름을 불렀다. 그는 간신히 좌석으로 기어올라가 그곳에 발 디딜 곳을 찾았다. 그는 지미가 인파에

쓸리면서 천천히 세 줄 뒤의 두려워 떨고 있는 여자 곁으로 더듬어 가서 그녀의 허리를 껴안는 것을 보았다. 이윽고 두 사람은 군중에 뒤섞였고 엘러리는 그들을 시야에서 놓쳤다.

그는 그 뒤로는 넘어지지 않기 위해 온힘을 기울여야 했다.

꽤 한참 지나서 그는 자기 아버지가 시장과 경찰 본부장을 도와서 구조 작업을 지휘하고 있음을 알았다. 그들은 두세 마디 말을 나눌 시간의 여유밖에 없었다. 두 사람 다 모자를 잃어버리고 피를 흘리며, 옷은 너덜너덜해져 있었다. 경감의 윗도리에 남아 있는 것은 오른쪽 소매뿐이었다. 매켈이나 셀레스트, 카자리스 박사도 보이지 않는다고 경감은 말했다. 그는 줄곧 규칙적으로 늘어선, 점차 길어지는 사망자들의 줄을 보았다. 곧 경감은 호출을 받아 가버렸고, 엘러리는 부상자를 돕기 위해 메트로폴 홀로 되돌아갔다. 그는 경찰, 소방관, 구급차의 의사, 적십자 직원, 지역 유지들로 급히 구성된 구조대의 일원이었다. 요란하게 계속 울려대는 사이렌이 부상자의 신음소리를 지웠다.

뉴스가 차츰 들어옴에 따라서 그 밖에도 가공할 사건이 있었음이 드러났다. 군중은 달아나는 도중에 8번 거리와 브로드웨이 사이의 골목에서 실수로 몇몇 상점의 창을 부쉈다. 약탈이 시작되어 깡패와 부랑자, 건달이 선두에 섰다. 그것을 막으려는 사람은 구타를 당했다. 상점 주인은 폭행을 당했고, 심지어 나이프로 찔리기도 했다. 약탈은 오랫동안 계속되었고, 나아가 점차 커질 것 같았다. 각 극장의 흥행이 끝나 브로드웨이로 관객을 토해내면서 혼란은 한층 격화되었다. 호텔은 문을 닫았다. 그러나 경찰 순찰차가 군중 속으로 파고들고, 기마 경관이 폭도들을 겨냥해 돌격하자 차츰 사람들은 흩어졌다. 몇백 상점의 창이 부서졌고, 상품을 도난당했다. 그 피해는 멀리 사우스 42번지까지 미쳤다. 종합병원은 부상자를 복도에 눕혔다. 타임스 스퀘어 부근에는 여럿의 적십자 구호소가 설치되었다. 구급차는 멀리 북쪽의 포담 병원에서도 달려왔다. 근처에 있는 린디, 투츠, 쇼어, 잭 뎀프시 등등의 레스토랑은 구호활동을 하는 사람들에게 커피나 샌드위치를 제공했다.

오전 4시 45분에 에버츠 존스라는 변호사가 보도진에게 다음과 같은 성명을 건넸다.

나는 오늘 밤 불행한 집회의 의장 제롬 프랭크버너 및 대 뉴욕 시의 이른바 CAT 중앙위원회의 위임을 받아 모든 참가조직을 즉각 해산하고 조직된 순찰 활동을 정지할 것을 선언합니다.

프랭크버너 씨와 위원회는 선의이긴 하지만 신중함이 결여된 운동에 참가한 모든 시민을 대신해 어젯밤의 메트로폴 홀 사건에 커다란 슬픔과 유감의 뜻을 표하는 바입니다.

기자들이 개인 자격의 성명을 요구하자 프랭크버너는 고개를 저었다. "그저 멍할 뿐이어서 아무 말도 할 수가 없습니다. 누구라도 그렇겠지요? 우리는 완전히 잘못되어 있었습니다. 시장이 말한 대로였어요."

새벽녘에야 '고양이' 폭동은 진압되었고 '나흘 동안'은 그해 연감에 피로 물든 한 구절이 되었다.

나중에 시장은 그날 밤 소요의 통계를 말없이 기자들에게 배포했다.

사망자

여자	19
남자	14

어린이	6
계	39

중상

여자	68
남자	34
어린이	13
계	115

경상, 좌골, 찰과상 기타

여자	189
남자	152
어린이	10
계	351

약탈, 불법 집회, 폭력 선동 등의 죄로 체포된 자 127(미성년자 포함)

물적 손해 4,500,000달러

쇠를 자르는 목소리로 정신적 공황과 그에 이은 폭동을 유발했던 여자는 밝혀 죽었다고 시장은 말했다. 그녀의 이름은 미세스 메이벨 레곤츠, 48살의 미망인으로 자녀는 없었다. 그녀의 시신은, 오전 2시 38분에 웨스트 65거리 421번지에 사는 증기 파이프 배관공인 스티븐 초람코스키라는 동생에 의해 확인되었다. 청중으로 레곤츠 부인의 바로 옆에 서 있었던 사람들은 자기들이 기억하는 한, 그녀는 누구에게도 공격을 당하거나 희롱을 당하거나 하지 않았다고 증언했다. 그러나 청중은 바늘 하나 꽂을 틈도 없을 정도로 빽빽이 서 있었기 때문에 옆에 있던 사람이 어떤 반동을 받아 팔꿈치로 건드린 것이 정신적 공황 상태가 한창 고조되어 있던 그녀의 공포를 폭발시킨 것인지도 모른다.

레곤츠 부인은 신경쇠약 병력이 있었다. 그것이 처음 나타난 것은 남편이 물밑 터널 공사 중에 기압 급변으로 인한 케이슨 병으로 사망한 뒤였다.

그녀가 '고양이'였을 가능성은 전혀 없었다.

시장은 이번 소요는 뉴욕 사상 최악의 것 중 하나이며, 아마도 1863년의 남부 폭동 이후 최대라는 기자들의 의견에 동의했다.

어느 사이엔지 엘러리는 희뿌연 어둠 속의 록펠러 광장 벤치에 앉아 있었다. 광장에는 프로메테우스 말고는 아무도 없었다. 엘러리는 머리가 띵했으나 뉴욕의 새벽 찬 공기가 손의 상처와 얼굴을 기분 좋게 자극해 그의 아득해지는 의식을 일깨웠다.

프로메테우스는 한 계단 밑의, 질퍽한 정원 구석에서 말을 걸었다. 엘러리는 그와 함께 있는 것에 다소나마 안도감을 느꼈다.

이 금색의 거인이 말을 건넸다.

"넌 어째서 이런 일이 일어난 것일까 이상하게 생각하겠지. 너희가 '고양이'라 부르는 인간의 형상을 한 짐승이, 그의 이름을 외치기만 했는데도 몇만의 사람들의 정신을 이상하게 만들고, 겁에 질린 동물처럼 죽음으로 내몰 수가 있었는가 하고 말야.

난 너무 나이가 들었기 때문에 어디서 왔는지도 생각이 나질 않아. 다만 거기엔 여자가 없었다는 것인데 이걸 난 아무래도 믿을 수가 없어. 난 인간에게 불을 선물할 필요가 있다고 생각했던 것만은 기억하고 있지. 난 실제로 그렇게 했어. 난 문명의 창시자야. 때문에 이번의 불쾌한 사건에 관해서도 한마디 할 자격이 있다고 생각해.

확실한 것은, 어젯밤 사건이 '고양이'와는 아무런 관련도 없다는 것이야.

요즘 세상은 오랜 옛날, 종교가 막 태어나던 즈음의 일들을 떠올리게 하지. 현대 사회는 재미날 정도로 원시 사회와 닮았어. 예를 들어 민주주의 정부에도 원시 사회와 마찬가지로 권력의 집중이 있지. 상층부와 연관이 있다고 자청하는 너희들 중 일부는 지배계급으로 기어오르려는 자도 있는 모양이지만 말야. 너흰 오랜 옛날과 마찬가지로 흔한 이름이나 평범한 혈통에 신비스런 잠꼬대를 붙여놓고 위인이나 걸출한 인물들을 만들어내지. 성(性)의 문제로는 너희 여자들도 옛날과 똑같이 지나치게 존경한 나머지 그럴듯한 신성한 요람 속에 가둬두고 중요한 문제는 남자의 손에 쥐어주고 말지. 너흰 다이어트나 비타민을 숭배해 원시시대의 음식물 금기로 거꾸로 돌아가기까지 하고 있어."

프로메테우스는 엘러리가 와들와들 떨고 있는 새벽의 찬 공기도 아랑곳 없다는 듯이 말을 계속했다.

"하지만 가장 흥미를 끄는 유사점은 너희 주위에 대한 반응 양식이지. 개인이 아닌 군중들의 사고 단위야. 그리고 어젯밤의 불행한 사건으로 실증된 것처럼 군중의 사고력은 매우 낮은 차원의 것이야. 너흰 무지로 가득 찼어. 무지는 심각한 공포를 낳지. 너흰 거의 모든 것을 두려워하고 있지만, 가장 두려운 것은 현재의 문제와 직접 마주치는 것이야. 때문에 곧장 전통이 된 높은 마법의 벽 속으로 모여들어서 지도자들이 신비를 제멋대로 조작하는 것을 허용하고 말지. 지도자는 너희와 미지의 공포 사이에 있는 존재거든.

하지만 때로는 권력의 사제들이 너희의 신뢰를 배반할 때가 있지. 그러면 너흰 갑작스레 미지의 것과 직접 대면해야만 하게 돼. 너희가

구제와 행운을 갖다 달라며 의지하는 지도자, 생과 사의 불가사의로부터 너희를 지켜줄 자는 이제 너희와 가공할 암흑 사이에 서 있지 않아. 주위를 둘러싸고 있던 마법의 벽은 허물어졌고, 너희는 나락의 가장자리에 남겨져 오도가도 못하고 있어.

그런 상태에서 단 하나의 히스테릭한 목소리가, 단 하나의 아둔한 비명소리가 몇 만이나 되는 사람들을 벌벌 떨게 하고 도망치게 했다 하더라도 아무것도 이상할 게 없지 않은가?"

엘러리는 몸의 통증과 이른 아침의 빛 때문에 벤치 위에서 눈을 떴다. 광장에는 많은 사람들이 있고, 옆으로는 자동차들이 달리고 있었다. 누군가가 심한 소음을 일으키는 것 같은 기분이 들어서 그는 벌떡 일어났다.

서쪽에서 비명소리가 들렸던 것이다. 목이 잠긴, 우쭐대는 듯한 목소리였다.

소년들의 소리가 건물 골목으로 울려 퍼졌다.

엘러리는 절룩거리면서 계단을 올라가, 길을 가로질러 내키지 않는 발걸음으로 6번 거리 쪽으로 향했다.

그는 서두를 건 없다고 생각했다. 소년들이 CAT의 사망기사를 팔고 있었다.

"다수의 사망자, 다수의 부상자, 막대한 손해. 상세한 보도를 읽어보세요."

'아니, 됐어. 그보다도 뜨거운 커피가 낫겠어.'

엘러리는 터벅터벅 걸으면서 아무런 생각도 하지 않으려 애를 썼다.

그러나 무엇인가가 속에서 거품처럼 끓어올라 왔다.

CAT의 사망기사. Cat(고양이)의 사망기사라……. 이거 재미있는데. '고양이'의 사망 기사. 7명으로 끝인가?

'해가 기울면 희망의 그림자가 길어진다.'

엘러리는 웃었다.

그게 아니면 다른 유명한 사람이 말했던 것처럼 침대에 눕는 편이 좋을 것인가.

퀸, 넌 끝장이야. 하지만 넌 죽은 사람 가운데서 일어서야만 한다. '고양이'를 쫓기 위해.

다음엔 무엇이 일어날까?

넌 뭘 하지?

어디를 뒤지나?

어떻게 찾지?

뮤직홀 앞의 아침 해 그림자 속에서 소년이 눈알을 굴리면서 바쁘게 입을 움직이고 있었다.

대목을 만났군! 줄어드는 신문더미를 보면서 엘러리는 생각했다.

옆을 지나쳐 커피를 마시기 위해 6번 거리를 가로지르려 했을 때, 비명 한마디가 그의 주의를 끌었고, 신문더미 제일 위의 뭔가가 날아와서 머리를 찔렀다.

"〈엑스트라〉."

그는 좌우로 사람들에게 부딪치면서 그 자리에 서 있었다.

친숙한 '고양이'가 실려 있고, 여덟 번째의 꼬리가 달려 있었으나 물음표는 아니었다.

8

여자의 이름은 스텔라 페트루키였다. 그녀는 워싱턴 광장에서 남쪽으로 반 마일 못 되는 톰슨 길에서 가족과 함께 살고 있었다. 나이는 22살, 이탈리아계의 가톨릭 신자였다.

스텔라 페트루키는 매디슨 거리와 47번지 길에 있는 법률사무소에서 속기사로 5년간 일해 왔다.

그녀의 아버지는 45년 전에 미국으로 건너왔다. 그는 풀턴 시장에서 생선 도매업을 하고 있었다. 출신지는 이탈리아의 리보르노였다. 스텔라의 어머니도 토스카나 출신이었다.

스텔라는 7남매 중 여섯 번째였다. 3명의 오빠 가운데 하나는 신부이고, 나머지 둘은 아버지 조지 페트루키를 돕고 있었다. 3명의 여자 형제 가운데 맏이는 갈멜 수도원의 수녀이고, 다른 한 명은 이탈리아 치즈와 올리브유 수입업자와 결혼했으며, 세 번째는 헌터 대학의 학생이었다. 페트루키의 자녀들은 장남인 신부 외에는 모두 뉴욕에서 태어났다.

사람들은 처음엔 스텔라를 메트로폴 홀 부근에서 일어난 그저 그런 사건의 일부이며, 거리를 청소할 때 미처 눈에 띄지 않은 것이라고 여겼다. 그러나 여자의 목에 감긴 실크 끈이 '고양이'의 희생자임을 나타냈다. 헝클어진 검은 머리칼을 쥐고 그녀의 머리를 들어올렸을 때에야, 목이 보이면서 교살되었음을 알아차릴 수 있었다.

시장이 잠깐 기자들에게 참사의 통계 수치를 발표하고 있을 때, 순찰중인 2명의 경찰이 메트로폴 홀에서 한 블록 반 떨어진 곳에서 그녀의 사체를 발견했다. 시체는 두 가게 사이의 콘크리트 바닥 위에 누워 있었다. 8번 거리의 보도에서 10피트 들어간 지점이었다.

검시관은 그녀가 교살된 것은 자정 조금 전이라고 했다.

시신 확인은 페트루키 신부와 결혼한 언니 테레사 바스칼로네가 했다. 조지 페트루키 부부는 딸의 죽음을 듣고 기절해 버렸던 것이다.

웨스트 4번지의 여인숙에 산다는 32살의 남자, 하워드 위재커가 혹독한 신문을 받았다.

위재커는 키가 매우 크고 마른, 검은 머리칼의 사내로 눈과 눈 사이가 좁고 눈동자는 새카맣고 피부가 거칠고 광대뼈가 튀어나와 있었다. 그는 실제 나이보다 훨씬 겉늙어 보였다.

직업은 '아직 빛을 보지 못한 시인'이라고 그는 말했다. 추궁을 하자 떨떠름하게 그리니치빌리지의 카페테리아 웨이터 노릇을 해서 '간신히 먹고 산다'고 인정했다.

위재커는 16개월 전부터 스텔라 페트루키를 알고 지냈다고 말했다. 그들은 지난해 봄에 카페테리아에서 만났다. 그녀는 새벽 2시 무렵 어떤 청년과 함께 데이트 나왔다가 들른 것이었다. '손으로 인어 모양이 그려진 넥타이를 맨 브롱크스 토박이' 청년은 위재커의 중서부 사투리를 비웃었다. 그래서 위재커는 그들 사이의 카운터에서 구운 사과를 집어들어 그것을 그 건방진 입에 쑤셔 넣어 버렸다.

"그 뒤로부터 스텔라는 거의 매일 밤마다 가게에 오게 되었고, 우린 상당히 친해졌다."

그는 완강하게 그녀와의 성관계를 부정했다. 그 점을 끈질기게 추궁하자 그는 흉포해져서 달래야만 했다. '그 여자는 때묻지 않은 아름다운 심성을 가지고 있었다'고 그는 외쳤다.

"성관계 같은 건 문제 밖이야!"

위재커는 주저하면서 자신의 성장 과정을 이야기했다. 그는 네브래스카 주 비어트리스에서 태어났다. 농사를 짓는 집안 출신이었다. 조상은 스코틀랜드인으로 증조부가 1829년에 캠벨파(드사이플 교회파) 사람들과 함께 켄터키에서 이주했다. 가족에는 포니족의 피가 섞여 있으며, 보헤미안과 덴마크인의 피도 다소 들어가 있었다.

"난 잡종 미국인이다. 다해서 열 가지나 섞여 있지."

고향에 있을 때 하워드 위재커는 드사이플 교회에 다녔다고 했다.

그는 네브래스카 대학을 졸업했다.

전쟁 초기에 그는 해군에 입대했다.

"마지막은 태평양이었다. 바로 앞에 뛰어든 가미가제 폭풍으로 바다 속으로 날아간 적이 있었지. 지금도 가끔 귀울림 현상이 있는데 그건 나의 시에 훌륭한 효과를 부여했다."

전쟁 뒤에는 비어트리스가 너무 좁고 답답해서 뉴욕으로 나왔다.

"나를 네브래스카 주 케이지 군이 낳은 천재적인 시인이라고 여기는 형, 더긴이 돈을 주었다."

2년 전에 나온 뒤로 발표한 작품은 〈산호초 옥수수〉라는 시뿐이었다. 그것은 1947년 봄에 그리니치빌리지의 신문 〈빌리저〉에 게재되었다. 위재커는 그것을 증명하기 위해 손때가 묻은 종이조각을 보였다.

"하지만 이젠 형 더긴도 내가 존 나이하트 (미국의 시인, 네브 라스카 대학 교수)가 되지 못하리란 걸 깨달았다. 난 빌리지의 동료 시인들에게 대단한 격려를 받았다, 물론 스텔라에게서도. 우린 새벽 3시에 카페테리아에서 시를 낭독했다. 나는 검소하고 성실하게 살고 있다. 스텔라 페트루키의 죽음은 내 가슴에 커다란 구멍을 남겼다. 그녀는 머리는 좋지 않지만 사랑스러운 여자였다."

그는 그녀에게서 돈을 받았음을 거칠게 화를 내며 부정했다.

9월 22일 밤의 사건에 관해 위재커는 목요일 밤은 자기가 비번이라서 법률사무소 밖에서 스텔라를 만나 메트로폴 홀 집회에 그녀를 데리고 가기로 했다. 그는 이렇게 설명했다.

"얼마 전부터 고양이 시가 내 가슴속에 생겨나고 있었다. 내게는 그 집회에 참석하는 것이 중요했다. 스텔라는 물론 매주 목요일 밤을 함께 지내는 것을 즐거움으로 삼고 있었다."

그들은 회견장을 향해 걷다가 도중에 8번 거리의 스파게티 가게에 들렀다.

"그곳은 스텔라 아버지의 사촌이 하는 가게였다. 나는 주인인 이그나치오 페리크안키 씨와 시민행동대 이야기를 했지만 둘 다 스텔라

가 그 문제로 심하게 겁에 질려 있는 것을 보고 깜짝 놀랐다. 이그
나치오는 스텔라가 그런 상황이라면 가는 걸 보류하는 게 좋겠다고
권하기에 난 혼자서 가겠다고 했다. 그러나 스텔라는 자기도 가겠
다, 사람들이 살인사건에 관해 뭔가를 하기 위해 모이지 않겠느냐
고 했다. 그녀는 자기가 아는 모든 사람들이 무사하기를 밤마다 성
모 마리아께 빌고 있다고 했다. "

그들은 메트로폴 홀에 들어갈 수가 있었고, 1층의 꽤 앞에 자리를
잡았다.

"대혼란이 시작되었을 때 스텔라와 나는 서로 떨어지지 않으려고
했지만, 인파의 소용돌이 속에서 헤어지고 말았다. 내가 마지막으
로 스텔라를 본 것은 나를 향해 뭔가 소리를 치면서 미친 사람들
속으로 밀려가는 모습이었다. 무슨 말을 하는지 난 들을 수가 없었
다. 단지 그뿐, 그녀의 모습은 보이지 않게 되었다. "

위재커는 운이 좋아서 한쪽 주머니가 찢어지고 몇 대 얻어맞았을
뿐이었다.

"나는 몇몇 사람들과 함께 홀 맞은편의 집 입구로 피했다. 소요가
가라앉은 뒤에 나는 스텔라를 찾기 시작했다. 홀에 수용된 사망자
와 부상자 속에 그녀가 없어서 8번 거리와 골목, 브로드웨이를 뒤
지기 시작했다. 밤새도록 걸어다녔다. "

위재커에게 페트루키 집으로 전화하지 않은 까닭을 물었다. 가족들
은 스텔라가 돌아오지 않자 심하게 걱정되어 새벽까지 잠들지 못하고
있었다. 그들은 그녀가 위재커와 만날 약속을 한 것을 몰랐던 것이다.

"그들은 나를 몰랐다. 그게 전화를 하지 않은 이유다. 스텔라는 그
러는 편이 좋겠다고 했다. 양친은 엄격한 가톨릭 신자로 딸이 비가
톨릭 신자와 나다니는 것을 알면 크게 시끄러워질 뿐이라고 그녀는
말했다. 하지만 그녀는 아버지의 사촌인 이그나치오에게는 우리 사

이를 감추지 않았다. 페리크안키 씨는 반가톨릭으로 페트루키 집안 사람과는 전혀 상종을 하지 않고 지내왔기 때문이다."

오전 7시 30분에 위재커는 메트로폴 홀로 그녀를 찾으러 다시 갔다. 그런데도 스텔라가 보이지 않자 '종교적 문제를 떠나' 페트루키 집으로 전화를 걸 작정이었다.

스텔라에 대해 잠깐 묻기만 했는데 그는 경찰에 체포되었다.

"나는 그 골목 입구를 그날 밤에 열 차례 이상 지나다닌 것 같다. 하지만 어두웠다. 스텔라가 그곳에 쓰러져 있는 것을 어떻게 알았겠는가?"

위재커는 '신문을 계속 받기 위해' 구류되었다.

리처드 퀸 경감은 기자단을 향해 말했다. "아니, 그는 아무런 용의점도 갖고 있지 않습니다. 하지만 그의 말이나 그 밖의 다른 것들을 확인하려는 것입니다."

기자단은 '그 밖의 다른 것'을 최근 사건과, 스텔라 페트루키 친구의 흉포한 눈빛과 태도, 말투를 가리키는 것으로 해석했다.

폭행, 혹은 폭행 미수의 의학적 증거는 없었다.

스텔라의 핸드백이 없어졌다. 그러나 나중에 홀의 쓰레기 속에서 내용물이 손대지 않은 채로 발견되었다. 목에 늘어뜨려져 있던 가느다란 금목걸이에도 손을 대지 않았다.

교살에 사용한 끈은 언제나의 비단 끈이며, 연어 속살색으로 물들인 것이었다. 앞의 사건과 완전히 똑같이 목 부분에 이음매가 있었다. 감식반에서 끈을 조사했지만 단서는 없었다.

스텔라 페트루키가 메트로폴의 청중과 함께 거리로 밀려나온 뒤에 골목으로 피한 것은 확실한 것 같았다. 그러나 '고양이'가 골목에서 그녀를 기다리고 있었던 것인지, 함께 골목으로 도피한 것인지, 그녀를 따라서 그곳으로 갔는지는 알 수 없었다.

아마도 그녀는 실크 끈이 목에 감길 때까지는 아무런 의심도 하지 않았던 것 같다. '고양이'가 스텔라를 꾀어 골목으로 들어갔는지도 모른다. 그가 뒤를 따라와서 폭도로부터 그녀를 '지켜주겠다'고 말한 것은 아닐까.

늘 그렇듯 '고양이'는 아무런 흔적도 남기지 않았다.

엘러리가 지친 발걸음으로 계단을 올라가 퀸의 아파트에 도착한 것은 한낮이 지나서였다. 문은 잠겨 있지 않았다. 이상하게 여기면서 그는 안으로 들어갔다. 자신의 침실로 들어갔을 때 맨 먼저 그의 눈에 들어온 것은 등에 가로목이 달린 의자 좌석에 늘어뜨려진, 찢어진 나일론 스타킹이었다. 의자 등에는 흰 브래지어가 걸려 있었다.

그는 침대 위로 몸을 굽혀 그녀를 흔들었다.

눈이 번쩍 뜨였다.

"무사했군요."

셀레스트는 진저리를 쳤다.

"다시는 그러지 말아요! 순간 '고양이'인 줄 알았잖아요."

"지미는?"

"지미도 무사해요."

엘러리는 어느 사이엔지 카펫 가장자리에 앉아 있었다. 목줄기가 다시 욱신욱신 쑤셔왔다. 그는 목줄기를 어루만지면서 말했다. "난 이런 상황을 자주 꿈꾼 적이 있지."

"어떤 상황이죠? 아, 아파." 그녀는 이불 밑으로 긴 다리를 뻗고는 신음했다.

엘러리는 말했다. "그래. 피터 아노^(뉴요커의 만화가)의 그림에 이것하고 똑같은 게 있어."

"어떤 건데요? 아직 오늘인가요?" 셀레스트는 졸린 듯 말했다.

191

그녀의 검은 머리칼이 그의 베개 위에서 아름다운 시가 물결치는 것처럼 움직였다. 엘러리는 설명했다. "하지만 피로는, 아름다운 시의 적이지."

"뭐라고요? 당신 몰골도 말이 아니군요, 괜찮으세요?"

"잘 수만 있다면 금세 괜찮아질 거요."

셀레스트는 이불을 제치고 급히 몸을 일으켰다. "미안해요! 저는 눈이 뜨이질 않아서 저…… 전 당신의 옷장을 흩뜨리고 싶지는 않았지만……."

"부끄러워할 것은 없어. 벌거벗은 처녀를 내쫓기야 하겠어?"

세찬 목소리가 날아왔다.

"지미!" 셀레스트가 기뻐 소리쳤다.

지미는 침실 입구에 서서 한 손으로 커다랗고 기묘한 종이 봉지를 안고 있었다.

"여어, 불사신 매켈이로군." 엘러리는 말했다.

"당신도 무사했군요, 엘러리 씨."

두 사람은 서로 얼굴을 마주 보고 빙긋 웃었다. 지미는 엘러리가 가장 아끼는 스포츠 재킷을 입고, 엘러리의 제일 새것인 넥타이를 매고 있었다. 재킷은 지미에겐 너무 작았다.

지미는 설명했다. "내 것은 다 찢어져 버렸거든요. 기분이 어때, 셀레스트?"

"9월 아침의 미국 재향군인대회 같아. 두 분 다 옆방으로 가주지 않겠어요?"

거실로 들어가자 지미는 눈살을 찌푸렸다. "녹초가 되신 것 같군. 페트루키라든가 하는 여자 건은 어떻게 되었수?"

"벌써 알고 있었나?"

"오늘 아침 라디오로 들었지요." 지미는 봉지를 내려놓았다.

"뭐가 들어 있지, 그 봉지에는?"

"딱딱한 빵하고 페미컨 (말린 쇠고기에 과실·지방을 섞
어 빵처럼 굳게 한 휴대 식량). 이 집 냉장고는 텅 비어 있어서 말야. 뭘 좀 먹었소?"

"아니."

"우리도 아직. 어이, 셀레스트! 화장 같은 건 할 필요없어. 빨리 아침이나 먹자구!" 지미는 외쳤다.

셀레스트의 웃음소리가 엘러리의 목욕탕에서 들려왔다.

"두 사람 다 꽤나 분위기가 좋군."

엘러리는 손으로 팔걸이의자를 더듬으면서 말했다.

지미는 웃었다. "이상한 일이에요. 어젯밤 같은 난리에 휩쓸리다보니 갑자기 모든 것이 원만하게 정리됐어요. 바보였지요. 난 태평양에서 모든 것을 본 줄 알았는데 틀렸던 거예요. 전쟁은 분명 서로를 죽이지만 조직적이죠. 군복을 입고, 총을 들고, 중대한 명령을 받아서, 누군가가 먹을 것을 만들어 주고, 죽이거나 죽음을 당하거나 하지요. 모든 것은 그런 식으로 돌아가요. 하지만 어젯밤은…… 처참한 전쟁 같았어요. 인간은 모든 것을 헐벗고 빼앗기고 완전한 벌거숭이가 되었지요. 부족이 분해되었어. 한 패인 식인종은 모두 적이었어요. 역시 살아 있다는 건 좋군요."

"아니, 셀레스트." 엘러리는 말했다.

그녀의 옷은 너덜너덜해져 있었다. 솔로 먼지를 털고 찢어진 곳은 핀으로 쭈글쭈글 고정을 했지만 용암이 흘러나온 뒤처럼 주름투성이였다. 맨다리에 스타킹은 손에 들고 있었다.

"헌 나일론 스타킹은 갖고 계시지 않겠죠, 퀸 씨?"

"아니, 아버지가 계시니까." 엘러리는 진지한 표정으로 말했다.

"아 참, 그렇지! 당신들께 곧 뭔가를 만들어 드리겠어요."

셀레스트는 봉지를 들고 주방으로 들어갔다.

"지독하군. 퀸 씨, 그녀는 저 차림으로 변명도 하지 않았어요. 정말 지독해요." 지미는 흔들리고 있는 문을 쳐다보면서 말했다.

"당신들은 어젯밤에 어떻게 함께 있을 수 있었지?"

엘러리는 눈을 감고 말했다.

"우릴 그렇게 보지 마슈, 엘러리 씨. 사실은 함께가 아니었어요."

지미는 펼치면 더 넓어지는 판자가 붙은 테이블을 준비하기 시작했다.

"그래?" 엘러리는 눈을 뜨고 말했다.

"그녀의 곁으로 가자마자 헤어지고 말았지요. 나도 그랬지만 셀레스트는 어떻게 밖으로 나왔는지 기억하지 못해요. 우린 밤새도록 서로를 찾아 헤맸어요. 새벽 5시 무렵에 그녀를 찾았지요. 종합병원 돌계단에 앉아서 엉엉 울어대고 있더군요."

엘러리는 눈을 감았다.

"베이컨은 어떻게 하는 게 좋으세요, 퀸 씨?"

셀레스트가 주방에서 말을 건넸다.

지미가 말했다. "들렸어?"

엘러리는 입속으로 뭔가 중얼거렸다.

"반쯤 굽는 게 좋을 거야! 어디까지 얘기했더라?" 지미가 말했다.

"마지막 말은 '엉엉 울어대고 있었다'였어."

"눈이 퉁퉁 부어 있었죠, 가련하게도. 어쨌든 우린 철야 영업을 하는 가게에서 커피를 마시고 그때부터 당신을 찾아 나섰지요. 그래서 여기로 온 거예요. 이곳에는 아무도 없었지만 난 셀레스트에게 말했지요. '그는 화내지 않을 거야.' 그러고는 비상계단을 올라왔어요. 퀸 씨, 당신은 탐정치고는 창문 관리가 꽤나 조심스럽지 못하더군."

"그런 다음엔?" 지미가 입을 다물자 엘러리는 재촉을 했다.

"내가 잘 설명할 수 있을지 모르겠군. 여기 온 이유를 말이에요. 셀레스트와 나는 오늘 아침 만난 뒤로 스무 마디 이상은 하지 않았지만 둘 다 비로소 당신의 입장을 이해할 것 같았지요. 그래서 우리는 어처구니없는 얼간이였음을 당신한테 말하고 싶었는데, 어떻게 해야 좋을지 모르겠소." 지미는 숟가락의 위치를 똑바르게 고쳤다. "이 사건은 엄청난 일이었어요." 그는 숟가락을 향해 말했다. "또한 전쟁이었지, 다른 형태의. 개인 따원 문제가 되지 않아요. 인간의 존엄성이 완전히 떠밀려 버렸거든요. 그걸 지키려면 진흙탕 속에 팔꿈치를 괴고 일어서야만 했는데 우린 어젯밤까지도 그걸 몰랐던 것이지요. 엘러리 씨."

"저도요." 셀레스트가 한 손에 토스트를, 다른 손에 버터를 묻힌 나이프를 들고 주방 입구에 서 있었다. 엘러리는 생각했다. 피고트와 존슨은 어젯밤에 두 사람을 놓친 모양이로군, 그런 게 틀림없어. "당신이 옳았어요, 퀸 씨. 어젯밤의 난리통을 보고 당신이 옳았음을 알았어요."

"뭐가 옳다는 건가, 셀레스트?"

"지미랑 나를 의심하셨던 것 말예요. 지미와 나, 그리고 모든 사람을요."

"우리가 듣고 싶었던 것은 '돌아 오라, 모든 것을 용서한다'는 말이었던 것 같아요." 지미는 빙긋 웃으며 말했다. 그러나 그는 곧장 나이프와 포크 등을 다시 똑바로 고쳐놓기 시작했다.

"그래서 여기서 기다리고 있었나?"

"뉴스를 듣고 당신이 돌아오지 않는 이유를 알았어요. 난 셀레스트를 당신의 침대에 눕혔어요. 그녀는 곧 쓰러질 것 같았거든요. 그리고 난 이곳 소파에서 잤지요. 그건 그렇고, 페트루키라는 여자와 다른 사건과의 연관성을 찾아냈는지 ? ”

“아니. ”

“네브래스카 출신의 시인은 어떤 인물인가요 ? 이름이 뭐래요 ? ”

“위재커라고 하던가 ? ” 엘러리는 어깨를 으쓱했다. “카자리스 박사는 그에게 흥미를 갖고 있지. 경찰도 자세히 조사하고 있고. ”

“난 신문사에서 주는 월급으로 먹고 살고 있어요. 분명히 말합시다. 우리가 돌아올 것을 바랐나요 ? ”

지미는 딸깍하고 숟가락을 놓았다.

“자네가 해주길 바라는 건 아무것도 없어, 지미. ”

“저한테는요 ? ” 셀레스트가 절규하듯 말했다.

“당신한테도. ”

“우리가 돌아오기를 바라지 않았군요. ”

“그건 아니야. 하지만 자네들이 해줄 일은 없어. ” 엘러리는 일어나서 주머니의 담배를 찾았다. 그러나 그는 손을 툭 밑으로 떨어뜨렸다. “난 어떻게 해야 좋을지 모르겠어. 그게 진실이야. 완전히 길을 잃고 헤매고 있어. ”

지미와 셀레스트는 곧장 얼굴을 마주 보았다. 지미가 말했다.

“당신은 너무 지쳤어. 필요한 건 푹 자는 것뿐이지. 셀레스트 ! 커피야 ! ”

엘러리는 큰소리에 눈을 떴다.

그는 스탠드의 스위치를 켰다.

8시 12분이다.

요란한 목소리였다. 엘러리는 침대에서 기어 나와 가운과 슬리퍼를 걸치고 서둘러 거실로 갔다.

목소리는 라디오에서 난 것이었다. 그의 아버지가 팔걸이의자에 앉아 허공을 쳐다보고 있었다. 지미와 셀레스트는 소파 위에서 신문더미 속에 웅크리고 있었다.

"둘 다 아직 있었나?"

지미는 뭔지 중얼댔다. 그는 기다란 턱을 가슴에 문지르며, 셀레스트의 당겨 올려진 맨다리를 위로하듯 어루만지고 있었다.

경감은 홀쭉하게 살이 빠지고 초조한 표정이었다.

"아버지."

"말하거라."

라디오 아나운서가 말했다. "……오늘 밤에 들어온 보고에 따르면, 지하철 브루클린 맨해튼 선의 카날 길에서 일어난 3번 레일의 정전사고로 인해 승객이 공황상태에 빠지면서 46명이 다쳐 병원에서 치료를 받았습니다. 그랜드 센트럴 터미널과 펜실베이니아 역에서 오는 열차는 예정보다 1시간 반에서 2시간 지연되고 있습니다. 시의 중심부에서 시작되는 공원 도로는 북쪽은 그리니치와 화이트플레인스에 이르기까지 자동차가 두 줄로 빼곡이 늘어서 있습니다. 홀랜드 터널, 링컨 터널 및 조지 워싱턴 다리 등 맨해튼에서 나가는 출구 일대 넓은 지역의 교통도 정체되고 있습니다. 낫소 군 당국의 발표로는 롱아일랜드의 주요 공원도로의 교통은 무질서 상태라고 합니다. 뉴저지 경찰, 코네티컷 경찰 및 북부 뉴욕 주 경찰은……."

엘러리는 라디오를 딸깍 껐다.

그는 거칠게 물었다. "어떻게 된 거지? 전쟁인가?" 그러더니 그는 화염으로 물든 하늘을 기대하기라도 하는 듯 창밖으로 시선을 보냈다.

"뉴욕이 말레이가 된 겁니다." 지미가 웃으면서 말했다.

"아모크(광포해져서 사람을 죽이는 정신착란. 말레이 사람에게 많다고 함)입니다. 심리학 책을 다시 쓸 필요가 있겠군." 그는 일어섰으나 셀레스트가 제지했다.

197

"소요인가? 패닉 상태인가?"

"어젯밤의 메트로폴 홀 사건은 겨우 시작에 불과했어, 엘러리." 경감은 뭔가 메스꺼움, 혹은 분노 같은 것과 싸우고 있었다. "급소를 맞아 일종의 연쇄반응이 시작된 거야. 아니면 패닉과 폭동에 페트루키 사건이 추가된 탓인가? 타이밍이 나빴어. 어쨌든 시 전체에 파급되고 있어. 하루 온종일 계속 확대되고 있단 말야."

"모두 도망치고 있어요. 너나 나나 할 것 없이."

셀레스트가 말했다.

"어디로 도망치지?"

"아무도 모르는 것 같아요. 그냥 도망칠 뿐."

지미 매켈이 말했다. "흑사병이 다시 도래했어요, 몰랐습니까? 우리는 중세로 돌아간 거라고요. 뉴욕은 이제 서반구의 오염지역인 겁니다. 엘러리 씨. 2주일만 지나면 메이시 백화점 지하에서 하이에나 사냥이 가능하겠죠(하이에나는 썩은 시체에 모여든다)."

"쓸데없는 소리하지 마, 매켈." 노인이 의자 등에 기댄 채로 고개를 이쪽으로 향했다. "매우 불온한 상황이야, 엘러리. 약탈, 강도…… 특히 심한 것은 5번 거리, 렉싱턴 부근의 86번지, 125번지, 어퍼 브로드웨이, 그리고 다운타운의 메이든 레인 부근이야. 게다가 교통사고는 몇백 건이나 일어나고 있어. 이런 일은 지금까지 없었어, 뉴욕에선 단 한 번도."

엘러리는 창가로 다가갔다. 거리에는 인적이 없었다. 어딘가에서 소방차의 요란한 소리가 났다. 남서쪽 하늘이 붉어지고 있었다.

"그들의 말로는……." 셀레스트가 말을 꺼냈다.

지미가 다시 웃었다. "그들이라니 그들이 누구지? 그게 바로 문제야. 그 때문에 오늘날, 난 내가 조직화된 의견 전달기관의 톱니바퀴 중 하나인 게 자랑스러워. 동지여, 우리는 이번엔 성공이라네!" 그는 바닥에 떨어져 있는 신문을 걷어찼다. "책임 있는 저널리즘이여 ! 그리고 축복받아 마땅한 라디오여……. "

"지미. " 셀레스트가 타이르듯이 말했다.

"왜냐하면 리프 할아버지(워싱턴 어빙의 소설 주인공, 리프 반 윙클. 산속에서 20년 동안 잠을 자다가 눈을 떴을 때는 세상이 달라져 있었다)에게도 뉴스를 들려줘야만 하잖아? 그는 역사가 진행되는 동안 잠을 자고 있었으니까 말야, 미스 필립스. 시 전체가 교통이 차단되어 있다는 건 알고 있나요, 엘러리 씨? 사실입니다. 사실일까? 모든 학교가 무기한 휴교하는 건? 아이들은 기뻐 날뛰겠지. 뉴욕의 아이들이 도심에서 떨어진 캠프장에 소개된 것은 알고 있나요? 라가디아, 뉴아크, 아이돌와일드 등 공항의 비행이 전면 금지된 것은? '고양이'가 굉장히 진한 초록색의 치즈로 만들어졌다는 것은? "

엘러리는 잠자코 있었다.

지미 매켈은 말했다. "그리고 시장이 '고양이'를 무서워해 FBI가 경찰 본부를 점령하고, 주식거래소가 내일 완전히 폐쇄된다는 소문도 돌고 있어. 하기야 거래소는 내일이 토요일이니까 사실이긴 하겠네. " 지미는 몸을 일으켰다. "난 오후에 경찰 본부에 가보았는데, 완전히 미치광이 병원이야. 너나없이 소문을 부정하느라 바쁘고, 새로 들어오는 소문을 단단히 믿고 있어. 여기로 돌아오는 도중에 아버지와 어머니가 무사한가 궁금해서 집 쪽으로 돌아서 왔는데, 이게 웬일? 파크 거리의 문지기가 히스테리를 일으키는 걸 보았지. 이 세상도 이제 완전한 종말이야. " 그는 눈을 빛내면서 손으로 코를 두드렸다. "이런 때 같으면 인류의 일원이 된 것을 하느님께 취소해 달라고 부탁이라도 드리고 싶군. 자, 모두 진탕 취합시다. "

"그런데 '고양이'의 뉴스는요? " 엘러리는 아버지에게 물었다.

"없어. "

"위재커는요? "

"카자리스와 정신과 의사들이 하루 종일 조사했어. 아직도 계속되고 있을 거야. 하지만 수확은 전혀 없어. 그가 사는 웨스트 4번지의 싸구려 아파트에서도 아무것도 발견되지 않았어."

"나 혼자서 마셔야만 하나?" 지미가 위스키를 따르면서 말했다. "당신은 안 되겠지, 셀레스트?"

"경감님, 앞으로 어떻게 되는 거죠?"

"몰라. 게다가 미스 필립스, 난 이제 어떻게 되어도 상관없어." 경감은 일어섰다. "엘러리, 본부에서 전화가 오거든 벌써 잠자리에 들었다고 말해 주렴."

노인은 발을 끌다시피 하면서 나갔다.

"'고양이'에게 건배. 놈의 오장육부가 썩어 문드러져 버리기를!"
지미가 글라스를 들어올리면서 말했다.

"지미, 더 마실 생각이라면." 셀레스트가 말했다. "난 돌아가겠어요. 어쨌든 돌아간다구요."

"괜찮겠지. 우리 집으로 말야."

"당신 집에?"

"그 지저분한 가난뱅이 소굴에서 혼자 사는 건 안 돼. 게다가 이젠 우리 아버질 만나 이야기를 하는 게 좋겠어. 어머닌 물론 크게 기뻐하겠지."

"고마워요, 지미. 하지만 그건 아무래도 무리예요."
셀레스트의 얼굴이 분홍빛으로 물들었다.

"퀸의 침대에선 잘 수 있어도, 내 침대에선 안 된다는 건가? 어째서지?"

그녀는 웃었지만 화를 내고 있었다. "나의 일생 동안 가장 무섭고, 멋졌던 지난 24시간을 엉망으로 만들지 말아 줘요."

"엉망으로? 프롤레타리아인 척 하는군!"

"당신의 부모님께 거리에서 주운 가난뱅이 여자로 보이고 싶지 않아요."

"당신은, 역시 내숭덩어리야."

"지미." 엘러리가 난로 옆에서 돌아보았다. "'고양이'가 걱정되나?"

"그거야 늘 그렇지만 이번엔 토끼 셀레스트가 걱정돼요. 물어뜯는 종류거든."

"어쨌거나 '고양이'는 걱정할 필요없어. 셀레스트는 안전해."

셀레스트는 어리둥절한 표정을 지었다.

지미는 말했다. "그런 어리석은!"

"그 점에선 자네도 안전해." 엘러리는 피해자의 나이가 차츰 젊어지고 있는 패턴에 관해 설명했다. 그게 끝나자 그는 두 사람을 지켜보면서 파이프에 담배를 채우고 불을 붙였다. 두 사람은 그 동안 선 채로, 마치 그가 요술쟁이라도 되는 것처럼 빤히 바라보고 있었다.

"아무도 그걸 생각하지 못했어. 어느 누구도." 지미는 중얼거렸다.

"하지만, 그게 어쨌다는 거죠?" 셀레스트가 외쳤다.

"몰라. 그러나 스텔라 페트루키는 22살이었어. 당신도 지미도 그보다 위니까 '고양이'는 이제 당신들 연령 그룹을 지나쳐 버렸어."

분명히 일단 안심이 되긴 하지만 어째서 자신은 실망했을까를 그는 생각했다.

"엘러리 씨, 그걸 기사화해도 되겠습니까?" 지미의 표정이 흐려졌다. "잊었군. '노블레스 오블리제'(noblesse oblige. 특권에는 의무와 책임이 따른다는 의미)라는 말도 있는데."

"제 생각으로는, 모두에게 알려야만 한다고 봐요, 퀸 씨. 특히 지금은 모두가 두려워 떨고 있으니까요." 셀레스트가 반항하듯 말했다.

엘러리는 그녀를 쳐다봤다. "잠깐 기다려 줘."

그는 서재로 들어갔다.

돌아오더니 그는 말했다. "시장도 당신과 같은 의견이더군, 셀레스트. 사태는 중대해…… 난 오늘 밤 10시에 기자회견을 하고, 10시 반에 시장과 함께 방송에 나가야 돼, 시청에서. 그 뒤에 기사화해 주게, 지미."

"고맙소, 동지. 피해자의 나이가 어려지는 데 대해서죠?"

"그렇지. 셀레스트가 말한 것처럼 그렇게 되면 공포는 얼마쯤이라도 진정될 거야."

"아직 걱정되는 말투로군요."

"어떤 의미에선 훨씬 두려운 문제라서 그래. 자신의 위험이냐, 자기 자식의 위험이냐의 차이야." 엘러리는 말했다.

"압니다, 그 뜻은. 곧 돌아오겠습니다, 엘러리 씨. 가지, 셀레스트." 그는 그녀의 팔을 잡았다.

"택시를 잡아 주기만 하면 돼요."

"고집이 세군."

"102번지도 파크 거리와 마찬가지로 안전해요."

"타협을 하면 어떨까, 호텔에서 머무는 걸로?"

"지미, 퀸 씨에게 폐가 돼요. 바쁘실 텐데."

"잠깐 기다려 줘요, 엘러리 씨. 함께 본부로 갈 거니까."

지미는 계속 설득을 하면서 셀레스트와 나갔다.

엘러리는 조심스럽게 문을 닫았다. 그러고는 라디오 옆으로 돌아와서 스위치를 켜고 황공한 자세로 의자 가장자리에 걸터앉았다.

그러나 뉴스캐스터의 첫 단어를 듣자마자 벌떡 일어나 라디오를 끄고 서둘러 침실로 갔다.

나중에 들은 것이지만 9월 23일, 금요일 밤의 시장 직속 특별수사관의 기자회견과 라디오 방송은 뉴욕 시민의 탈출에 브레이크를 걸어, 몇 시간 만에 공황 상태를 완전히 끝나게 했다. 분명히 그날 밤, 위기는 멋지게 벗어났고 다시 절정에 이르는 일은 없었다. 하지만 그 기간 시민의 복잡한 심리적 움직임을 지켜보던 소수의 사람들이 깨달 은 것은 공황과 마찬가지로 바람직하지 않은 뭔가가 그것을 대신하게 되었다는 것이었다.

다음날쯤부터 사람들이 조금씩 시내로 돌아옴에 따라서 그들이 이 미 '고양이' 사건에 관심을 갖고 있지 않은 것 같다는 사실이 분명해 졌다. 약 넉 달 동안, 시청과 경찰 본부, 각 경찰서로 직접 밀려들었 던 사람들 수가 급격히 줄었고, 노도처럼 쇄도하던 전화 문의도 잔물 결로 바뀌었다. 선거에 의해 뽑힌 공무원들은 유권자들의 쉴 새 없는 포격에 노출되어 있었는데, 무슨 까닭인지 포위가 풀렸음을 깨달았 다. 구의원들은 그들의 클럽 하우스가 처음으로 텅 빈 것을 보고 안 도했다. 신문의 투고란을 통해 계속해서 절규하던 여론도 희미한 속 삭임으로 바뀌었다.

그보다도 한층 주목할 만한 가치가 있는 현상이 나타났다.

9월 25일 일요일은 뉴욕 시의 모든 종파 교회 출석자가 격감했다. 목사들은 이 타락을 한탄했으나, 속세의 평론가들은 거의 모두가 '최 근의 사건'을 생각하면 비난할 수 없는 악이라는 의견이었다. 공황 상태는 이미 뉴욕 시 역사의 각주쯤으로까지 축소되어 있었다. 완전 히 극적인 변화였다. 이들 평론가들에 따르면 여름 동안, 교회의 출 석자가 이상하게 많았던 것은 '고양이'가 일으킨 공포와, 당장의 정신 적 안정을 위해서였다. 그리고 갑작스런 대규모의 변절은 공황상태가 끝났음을 나타낼 뿐이며, 진자(振子)가 반대쪽 끝으로 흔들렸을 뿐 이었다. 교회 출석률은 곧 자연의 리듬으로 돌아갈 것이라고 그들은 예측했다.

책임 있는 지위에 있는 사람들은 서로가, 시 그 자체도 '정상으로 돌아와' 잘됐다고 서로 기뻐했다. 시의 젊은 사람들을 위협으로부터 지킬 필요가 있음이 확인되어 특별 대책이 세워졌지만 관청 쪽에선 최악의 사태는 끝났다고 모든 사람들이 느끼고 있는 것 같았다.

마치 '고양이'가 잡히기라도 한 것 같았다.

그러나 심리적인 안도감으로 아직 눈이 어두워지지 않은 사람들의 눈에는 그것과는 반대의 징후가 보였다.

9월 24일 토요일부터 시작된 1주일에 〈버라이어티〉나 브로드웨이의 칼럼니스트들은 나이트클럽이나 극장 관객의 놀랄 만한 증가를 보도하기 시작했다. 그 증가는 계절적인 변화 때문으로는 생각되지 않았다. 너무나도 갑작스런 현상이었다. 여름 내내 만원인 적이 없었던 극장에선 일시적으로 해고했던 안내원을 다시 부르거나, '지금은 입석뿐입니다'라는 팻말을 내걸면서 즐거운 비명을 올렸다. 한숨을 쉬며 탄식하던 클럽에서는 가득 찬 댄스 플로어에서 놀란 눈을 떼지 못했다. 유명한 클럽에선 다시 오만하게 손님들을 문전에서 쫓아내게까지 되었다. 브로드웨이의 술집이나 음식점은 갑작스레 활기를 띠었다. 꽃집도, 과자점도, 담뱃가게도 손님이 넘쳤다. 술집은 매상이 3배가 껑충 뛰었고, 암표상과 호객꾼, 포주들의 얼굴에 웃음이 되돌아왔다. 경마장의 선술집은 각종 내기의 홍수로 눈을 비볐다. 경기장과 스타디움은 수입과 관객 수 모두 신기록을 세웠다. 당구장과 볼링장은 임시 종업원을 고용했다. 브로드웨이와 42번지, 6번 거리의 사격장에는 손님이 벌떼같이 모여들었다.

쇼 비즈니스와 그 관련 사업은 하룻밤 새에 벼락경기 때의 번영처럼 축복받기 시작한 듯 보였다. 해가 진 뒤부터 새벽 3시까지의 타임스 스퀘어는 인파로 북적거려서 걸을 수도 없을 지경이었다. 택시 운전기사는 다시 전쟁이 일어난 것 같다고 했다.

이 현상은 맨해튼의 번화가에만 한정되어 일어나지 않았다. 브루클린의 다운타운과 브롱크스의 포담 길과 5개 구 이외의 환락가도 역시 번창했다.

또한 그 주에 광고회사 간부들은 라디오 청취율의 중간보고를 보고 당혹했다. 가을부터 겨울에 걸친 방송 시즌을 맞아 대다수 인기가 있는 라디오 프로가 다시 시작되고, 청취율이 두드러지게 상승하는 시기인데 어찌된 일인지 뉴욕 시의 중간보고는 떨어져 있었다. 모든 네트워크가 같은 경향을 보이고 있었다. 독립된 로컬 방송국이 펄스사와 BMB사에게 급히 특별조사를 시켜보니, 프로그램에 대한 반응과 청취자수 모두가 최저선을 깼음을 알았다. 모든 조사 가운데 무엇보다 충격적이었던 것은 청취율이었다. 그것은 지금까지 없었을 정도로 낮았다.

텔레비전 조사도 마찬가지로 하락세를 보였다.

뉴욕 사람들은 라디오와 텔레비전에서 떠나 버렸던 것이다.

광고회사 경리부장과 방송사의 부사장들은 대개 마조히스틱한 그들의 고객을 향한 변명을 준비하느라 바빴다. 그들 어느 누구도 생각이 미치지 못했던 것 같은데 실상은 이랬다. 집에 사람이 없거나, 있더라도 정신적으로 없는 것과 마찬가지여서 라디오나 텔레비전 스위치를 켜지 않았던 것이다.

경찰은 만취자나 경범죄의 갑작스런 증가에 고개를 저었다. 도박장 단속에선 막대한 판돈이 압수되었고, 보통은 돈을 소홀히 하지 않을 듯한 유형의 순진한 손님이 체포되었다. 마리화나와 마약 사건도 급증해 당국을 놀라게 했다. 풍속 범죄 단속반은 매춘의 급격한 만연과 증가를 억제하기 위해 일제 검거를 하지 않으면 안 되었다. 노상강도, 자동차 도난, 강도, 폭행, 성범죄 등이 현저하게 늘었다. 특히 미성년 비행의 증가는 놀랄 정도였다.

그리고 특히 주목되었던 것은 시의 곳곳에서 교살된 도둑고양이의 사체가 또다시 보이게 된 일이었다.

언뜻 뉴욕 사람들의 '고양이' 사건에 대한 관심의 저하로 비쳤지만, 사려 있는 몇몇 사람들의 눈을 속일 수는 없었다. 공포는 사라지지 않았다. 폭동의 분위기가 아직 남아 있었으며, 군중 심리는 여전히 공황 단계에 있었다. 그것은 새로운 형태와 방향을 취한 것뿐이었다. 사람들은 이제 육체적인 것보다도 심리적인 차원으로 현실 도피를 하고 있었다. 그리고 여전히 도망치고 있었다.

10월 2일 일요일에 많은 목사들이 창세기 19장 24절에서 25절을 텍스트로 사용한 것은 의외의 일이 아니었다. 그날, 소돔과 고모라(둘 다 주민의 죄악으로 인해 하늘에서 내린 불에 타 멸망되었다고 전해지는 고대의 마을)를 인용한 것은 합당한 일이었으며, 거듭 신의 벌을 경고했다. 도덕을 파괴하는 모든 성분들이 하나의 도가니 안에 들어 있으며, 그것은 거품을 일으키고 끓어오르려 하고 있었다. 단지 유감인 것은 이 교훈이 가장 유익하리라고 여겨지는 사람들이 다른 장소에서 너무나도 반갑지 않은 방법으로 그들의 악덕을 속죄하고 있다는 점이었다.

운명의 장난질에 의해 '고양이'의 아홉 번째 목숨(고양이는 아홉 생명이 있다는 격언으로 좀처럼 죽지 않는다는 뜻)이 결정적인 것이 되었다. 왜냐하면 아홉 번째 살인이 사건 해결의 실마리가 되었던 것이다.

사체가 발견된 것은 '고양이 폭동'으로부터 정확히 1주일 뒤인 9월 29일에서 30일에 걸친 밤 1시 몇 분이 지난 시간대이며, 장소는 스텔라 페트루키 사건 현장에서 2마일이 채 되지 않는 곳이었다. 사체는 77번지 센트럴 파크 웨스트 거리에 있는 미국 자연사박물관 돌계단의 어둠 속에서 길게 누워 있었다. 순찰중이던 경찰이 재빠르게 그것을 발견했다.

사인은 교살이었다. 사용된 끈은 실크 끈이며, 아치볼드 더들리 어바네시와 라이언 오라일리의 경우와 똑같이 파랑색이었다.

손을 대지 않은 지갑 속의 운전면허증에 따르면 피해자의 이름은 도널드 카츠, 스물 한 살로, 주소는 웨스트 81번지. 그 장소로 가보니 센트럴 파크 웨스트와 콜럼버스 거리 사이의 아파트임을 알 수 있었다. 아버지는 치과의사이며 암스테르담 거리의 셔먼 스퀘어 근처 웨스트 71번지에서 개업하고 있었다. 그들은 유대교 신자였다. 피해자에게는 브롱크스에 거주하는 진 이머슨 부인이라는 누나가 있었다. 도널드는 대학의 공개강좌로 라디오와 텔레비전 기술을 공부하고 있었다. 그는 머리가 좋고 공상적인 청년이었던 것 같지만, 매사 쉽게 빠져들었다가 금세 식어 버리는 성격이었다. 아는 사람은 많았지만 각별히 친한 친구는 별로 없었다.

아버지인 모빈 카츠 의사는 사체를 보고 아들임을 정식으로 확인했다.

그의 아들이 그날 밤에 함께 외출했던 여자를 경찰이 안 것은 카츠 의사에게서였다. 그 여자는 브루클린의 배로 파크에 사는 19살의 나딘 캐틀러로, 뉴욕 미술학원 학생이었다. 브루클린의 형사가 정황을 듣기 위해 그날 밤 안으로 그녀를 찾아내 맨해튼으로 연행했다.

사체를 보고 기절한 그녀와 제대로 이야기가 가능해질 때까지는 한참 시간이 걸렸다.

나딘 캐틀러의 말로는 도널드 카츠와는 2년쯤 전부터 아는 사이였다고 한다.

"우리는 팔레스타인 집회에서 알았어요."

두 사람은 1년 전부터 '모종의 양해'를 했으며 1주일에 서너 차례 만나고 있었다.

"우리에겐 공통된 것은 거의 없었어요. 도널드가 흥미를 가졌던 것은 과학이나 기술이고, 저는 미술이에요. 그는 정치 방면으로 미숙

207

해서 전쟁으로부터도 아무런 교훈도 얻지 못했어요. 우리는 팔레스타인에 관해서조차도 의견이 달랐습니다. 어떻게 서로 사랑하게 되었는지 모르겠어요. "

미스 캐틀러의 진술에 따르면 전날 밤 도널드 카츠는 그녀의 수업이 끝나기를 기다려 미술학원으로 마중을 나왔다. 두 사람은 57번지에서 7번 거리를 따라 남쪽으로 걸어서 '램 폰 상점'에서 저녁 식사로 볶음 국수를 먹었다.

"우리는 돈 계산 때문에 싸웠어요. 도널드는 이 세상은 남자의 세계라는 어린애 같은 생각을 갖고 있었어요. 여자는 집안에 틀어박혀서 아기를 낳고, 바쁜 하루를 보내고 귀가한 남편의 피로를 풀어줘야만 한다는 생각이었어요. 제가 이번엔 내가 돈을 낼 차례라고 했더니 그는 심하게 화를 냈어요. 결국 사람들 앞에서 싸우는 게 싫어서 어쩔 수 없이 그가 내게 했어요. "

그 뒤로 두 사람은 52번지의 '투엔티 원'과 '레옹과 에디'의 맞은편에 있는 '야'라는 작은 러시아 나이트클럽으로 춤추러 갔다.

"우리는 그 클럽을 너무 좋아해서 자주 갔어요. 클럽 사람들도 우리를 알고 있었고, 우리는 마리아나 로냐, 티나, 그 밖의 사람들을 퍼스트 네임으로 불렀어요. 하지만 어젯밤은 사람이 많아서 조금 있다가 우리는 클럽을 나왔어요. 도널드는 보드카를 넉 잔 마셨고, 자쿠스카(zakuska, 러시아의 전채요리)에는 전혀 손을 대지 않았어요. 그래서 밖에 나왔을 때 그는 기분이 좋았습니다. 그는 다른 클럽에 가고 싶어했지만 제가 별로 내키지 않아서 함께 5번 거리를 북쪽으로 천천히 되돌아갔지요. 5번 거리와 59번지 모퉁이까지 왔을 때, 도널드는 센트럴 파크 안으로 들어가고 싶어했어요. 그는 굉장히…… 기분이 들떠 있었죠. 취기가 아직 깨지 않은 상태였어요. 하지만 공원 안은 너무 어둡고, 게다가 '고양이'가……. "

여기서 나딘 캐틀러는 왈칵 울음을 터뜨렸다.

이야기를 계속할 수 있게 되자 그녀는 말했다.

"저는 제가 무척이나 겁에 질렸음을 깨달았어요. 왠지는 모르겠어요. 우리는 자주 '고양이' 사건을 얘기했지만, 둘 다 내가 살해당하는 건 아닐까 하는 불안감을 가진 적은 없었어요. 그건 사실입니다. 우리는 아무래도 그 일을 진심으로, 진지하게 생각할 수가 없었어요. 도널드는 늘 '고양이'는 유대인을 혐오한다고 말했었어요. 세계에서 유대인이 가장 많이 사는 도시에서 유대인을 단 한 명도 죽이지 않은 때문이라는 것이었어요. 그러더니 그는 자신의 모순된 말을 깨닫고 웃으면서, 유대인이 살해당하지 않은 사실로 보아 '고양이'는 아마도 유대인일 거라고 했어요. 우리 사이의 그런 농담을 저는 조금도 재미있다고 생각하지 않았습니다. 하지만 도널드는 무슨 말을 해도 남을 화나게 하는 일은 없었어요. 정말로요. 그는……."

그녀는 이야기를 주제로 되돌리라는 주의를 받았다.

"우리는 공원으로 들어가지 않고 센트럴 파크 사우스 거리의 건물 쪽을 걸었어요. 도중에 도널드는 약간 취기가 깬 것 같았어요. 우리는 지난주의 페트루키 사건과 '고양이 폭동', 그리고 뉴욕시민의 탈출에 관해 서로 이야기했어요. 그리고 막상 일이 닥치면 이성을 잃는 것은 이상하게도 언제나 나이든 사람들이며, 이성을 잃어야 할 젊은 사람들이 오히려 냉정하다는 점에 의견이 일치했습니다……. 그리고서 콜럼버스 서클까지 왔을 때 우린 다시 말다툼을 했어요."

도널드는 그녀를 집까지 데려다 주겠다고 했다.

"평일 밤에 데이트를 할 때는 저는 혼자서 브루클린으로 돌아간다는 분명한 약속을 몇 달 전부터 했는데도 말입니다. 저는 진짜로

화가 났어요. 그의 어머니는 그가 늦게 돌아오는 것을 좋아하지 않았어요. 데려다 주지 않는다는 약속 때문에 저는 자주 그를 만났던 겁니다. 하지만 그때 데려다 주게 내버려두었더라면 이런 일은……."

나딘 캐틀러는 다시 울었다. 카츠 박사는 그녀에게 자책할 것은 없다, '고양이'의 희생이 된 것은 도널드의 운명이었다, 아무것도 그것을 바꾸지는 못한다고 그녀를 위로했다. 여자는 그의 팔에 매달렸다.

그녀의 말에서 그 이상 참고가 될 것은 없었다. 그녀는 청년이 브루클린까지 따라오는 것을 거절하고 택시를 잡아타고 곧장 집으로 가라고 강하게 권했다. "속이 좀 좋지 않은 것 같았고, 게다가 그가 그런 상태로 혼자서 길에 있는 게 걱정되었기 때문입니다. 그런데 그게 차츰 그를 화나게 했어요. 그는 제게…… 키스조차 해주지 않았어요. 제가 지하철 계단을 내려가면서 본 그의 모습이 마지막이 되었습니다. 그는 위쪽에서 택시 운전기사인 듯한 사람과 이야기하면서 서 있었어요. 시각은 10시 반쯤이었지요."

그 운전기사를 찾아냈다. 틀림없이 그는 젊은 커플의 말다툼을 기억하고 있었다.

"여자가 훌쩍 계단을 내려갔을 때 저는 문을 열고 젊은이에게 이렇게 말했습니다. '요 다음 번엔 잘될 거야, 카사노바 씨. 자, 집까지 데려다 주지'라고요. 하지만 그는 잔뜩 골이 나 있었어요. '당신 갈 길이나 가시지. 난 걸어가겠어'라고 그는 내게 말했습니다. 그는 광장을 가로질러 센트럴 파크 웨스트 거리로 나가 북쪽으로 갔습니다. 발걸음은 꽤나 비틀거리고 있었지요."

도널드 카츠가 걸어서 집으로 돌아가려 했던 것은 분명한 것 같았다. 그는 콜럼버스 서클에서 센트럴 파크 웨스트 거리 서쪽을 북쪽으로 향해 77번지까지 1마일가량을 걸어서 갔다. 거기서 그의 집까지는 네 블록이 채 되지 않았다. 도중에 '고양이'가 줄곧 그의 뒤를 따라붙었던 것은 분명한 것 같다. 틀림없이 처음부터 두 사람을 따라다녔으리라. 그렇다고는 해도 '램 폰 상점'이나 '야'라는 정보에는 아무런 단서도 없으며, 택시 운전기사도 도널드 카츠가 사라질 때 거동이 수상한 자를 본 기억은 없었다. '고양이'가 덮칠 기회를 엿보면서 동정을 살폈던 것은 의심할 여지가 없다. 그 기회는 77번지에서 찾아왔다. 도널드가 발견된 박물관 돌계단에 토사물이 있으며, 그것은 도널드의 윗도리에도 묻어 있었다. 그는 박물관 앞을 지날 때 마신 술로 인해 구역질이 났고, 속이 메스꺼워 어두운 돌계단에 걸터앉은 것이 분명했다.

그래서 '고양이'는 옆에서 그에게 다가가 그의 등뒤로 돌아갔다.

그는 격렬하게 반항했다.

사망 시각은 오후 11시에서 12시 사이라고 검시관은 말했다.

비명소리나 고함소리를 들은 사람은 없었다.

사체와 의복, 교살에 사용한 끈, 그리고 현장의 철저한 조사가 이루어졌지만 이렇다 할 단서는 찾지 못했다.

"늘 그랬던 것처럼, '고양이'는 아무런 단서도 남기지 않았어."

퀸 경감은 새벽빛 속에서 말했다.

하지만 그것은 남겨져 있었다.

중대한 사실이 30일 아침에 웨스트 81번지 카츠의 집인 아파트에서 어슴푸레하게 그 모습을 드러냈다.

형사들이 가족들에게서 사정을 듣고 언제나처럼 지금까지 8건의 사건의 피해자와 도널드 카츠와의 연관성을 찾고자 애를 쓰고 있을 때였다.

그 자리에 있었던 것은 청년의 어머니와 아버지, 그리고 딸과 그의 남편 필버트 이머슨이었다. 카츠 부인은 다갈색의 눈을 지닌 여자로 눈물 때문에 화장이 지워져 있었다. 어머니 같은 강한 기질을 지니지 않은, 오동통하고 젊은 이머슨 부인은 사정을 듣는 동안 줄곧 흐느껴 울고 있었다. 이머슨 부인의 약간의 이야기를 통해 엘러리는 그녀와 동생의 사이가 좋지 않았음을 알았다. 카츠 박사는 구석에 혼자서 앉아 있었다. 3주일 반 전에 정확히 자칼리 리처드슨이 센트럴 파크 맞은편의 아파트에 앉아 있었던 것처럼. 그는 아들을 잃었다. 이제 아들이라 부를 사람은 달리 없다. 도널드의 매형인, 스마트한 회색 양복을 입은 붉은 수염에 머리가 벗겨진 젊은 남자는 남의 눈에 띄는 것을 피하는지 다른 사람들로부터 떨어져 서 있었다. 그의 얼굴은 금방 면도를 했는지 살집이 좋은 볼은 땀띠약 파우더 밑으로 땀이 배어 있었다.

엘러리는 기계적인 질문과 슬픔에 빠진 반응에는 거의 주의를 기울이지 않았다. 요즘 그는 기분이 맑지 않았고, 특히 그날 밤은 퍽이나 우울했다. 이번 사건에서도 지금까지와 똑같이 아무런 단서도 나오지 않을 게 분명하다고 그는 생각했다. 그리스도교도가 아니라 유대교도이며, 그 전의 사건으로부터 17일이라거나 11일, 6일이 아니라 7일의 간격이라는 패턴의 상이성은 약간 있지만 전체적으로는 같았다. 교살에 사용된 실크 끈이 남자일 경우 파랑이며, 여자는 연어 속살색이라는 점, 피해자가 미혼이라는 점(라이언 오라일리 사건은 유일하게 아직도 이해가 가지 않는 예외였다), 피해자의 이름이 전화번호부에 실려 있다는 점을 엘러리는 즉각 확인했다. 그리고 아홉 번째의 피해자는 여덟 번째보다 젊으며, 여덟 번째는 일곱 번째보다 젊다는 식으로 차츰 연령이 젊어진다는 점 등도 같았다.

"……아뇨, 그는 그런 이름의 사람은 절대로 몰랐습니다."

카츠 부인은 말하고 있었다. 퀸 경감은 고집스러울 정도로 하워드 위재커에게 연연하고 있었다. 정신과 의사들이 그를 조사한 결과 아무런 수확이 없었다고 하는데도, "물론 그 위재커라는 사람이 도널드가 군대에 있을 때 만난 사람이라고 한다면 얘기가 다르지만."

"전쟁중에 말인가요?" 경감이 물었다.

"네."

"아드님은 전쟁에 나갔었습니까, 부인? 나이가 어리지 않았나요?"

"아뇨, 18살 생일에 입대했어요. 그땐 아직 전쟁이 계속되고 있었죠."

경감이 놀라는 표정을 지었다. "독일은 1945년, 정확히 5월에 항복했습니다. 일본은 8월인가 9월입니다. 1945년에는 도널드 씨는 아직 17살이지 않았나요?"

"자기 자식의 나이를 잘못 알 리는 없어요!"

카츠 의사가 구석에서 몸을 움직였다.

"펠, 그 운전면허증 때문일 거야."

퀸 부자는 둘 다 몸을 앞으로 조금 내밀었다.

"카츠 씨, 아드님의 면허증에는, 1928년 3월 10일생으로 되어 있습니다." 퀸 경감이 말했다.

"그건 잘못된 것입니다, 퀸 경감. 아들은 면허증 신청을 할 때 태어난 해를 잘못 적었고, 그걸 고치지 않고 내버려 두었던 것입니다."

"그렇다면," 엘러리가 말했다. 그는 자신이 헛기침을 하고 있음을 깨달았다. "그렇다면 카츠 씨, 도널드 씨는 21살이 아니었단 말씀이군요?"

"도널드는 22살이었습니다. 1927년 3월 10일생입니다."

"22살." 엘러리는 말했다.

"22살? 엘러리. 스텔라 페트루키는……."

경감의 목소리도 갈라져 있었다.

어바네시는 44, 바이얼릿 스미스는 42, 라이언 오라일리는 40, 모니카 매켈은 37, 시몬느 필립스는 35, 비어트리스 월킨스는 32, 레노아 리처드슨은 25, 스텔라 페트루키는 22, 도널드 카츠는……22였다.

나이가 차츰 낮아지던 패턴이 처음으로 허물어졌다.

아니, 정말로 허물어진 것일까?

"분명히, 지금까지는 나이가 년 단위로 낮아져 왔습니다. 하지만 만약 조사해 보면……." 엘러리는 홀에서 열기를 담아 말했다.

"카츠 청년은 스텔라 페트루키보다 어릴지도 모른다는 게냐?"

아버지가 입속으로 말했다.

"개월 수로 따지면 말입니다. 페트루키가 만약 1927년 1월에 태어났다면 도널드 카츠가 2개월 어린 게 되죠."

"만일 스텔라 페트루키가 1927년 5월생이라면 도널드 카츠가 2개월 위라는 게 되고."

"그 경우는 생각하고 싶지 않습니다. 그렇게 되면……. 그녀가 태어난 것은 몇 월이죠?"

"몰라!"

"그녀의 정확한 생년월일을 기록한 보고를 본 기억이 없어요."

"잠깐 기다려!"

경감은 모습을 감췄다.

엘러리는 자신이 담배를 조각조각 부수고 있음을 알았다. 엄청난 일이다. 중요한 의미가 있는 문제였다. 그는 알고 있었다.

거기에 비밀이 감춰져 있었다.

그러나 어떤 비밀이란 말인가?

그는 기다리면서 흥분을 억누르려 애를 썼다. 어디선가 차분한 어조의 경감 목소리가 들려왔다. 알렉산더 그레이엄 벨(전화발명자)의 영혼에 신의 축복 있으라! 어떤 비밀이?

만일 도널드 카츠가 스텔라 페트루키보다 일찍 태어났다──하다 못해 하루라도──는 사실을 알게 된다면? 만약의 얘기지만, 어떻 게 되는 걸까? 대체 어떻게?

"엘러리."

"언제죠?"

"1927년 3월 10일이야."

"네?"

"페트루키 신부가 여동생 스텔라는 1927년 3월 10일에 태어났다고 하더라."

"같은 날에?"

두 사람은 서로 얼굴을 마주 보았다.

나중에야 그들은 자기들의 행동은 반사작용이었다고 생각하게 되 었다. 그것이 보람이 있는 것인지 어떤지는 알 수 없었다. 그들의 조 사는 일종의 조건반사이며, 새로운 불가해한 사실의 자극에 대해 탐 정 본능이 반응해 순수하게, 습관적으로 신경을 움직이게 한 것이었 다. 태어난 날이 똑같다는 현상을 생각하는 것이 쓸데없는 일이라는 건 너무나도 명백했다. 그런 설명 대신에, 또한 합리적인 가설을 세 우는 대신에 퀸 부자는 근본적 사실로 돌아갔다. 그 사실이 무엇을 의미하는지는 아무래도 좋았다. 우선 그것이 사실이냐 아니냐였다.

"즉각 조사해 보죠." 엘러리는 아버지에게 말했다.

경감은 고개를 끄덕였고, 두 사람은 웨스트 81번지의 거리로 나가 경감의 차에 같이 타고 베리 형사부장의 운전으로 시 보건국의 인구 기록 통계부 맨해튼 지부를 향했다.

다운타운으로 가는 차 안에서 두 사람은 한마디도 하지 않았다.

엘러리는 머리가 욱신욱신했다. 수많은 톱니바퀴가 서로 맞물리려 하지만 잘 되지 않았다. 그것은 애타는 일이었다. 모든 것은 지극히 간단한 것인데, 하는 느낌을 털어낼 수가 없었던 때문이다. 몇몇 사실에는 리드미컬한 유사점이 있는데, 그의 지각 기관의 얼토당토않은 고장으로 인해 톱니바퀴가 서로 맞물리지 못하는 거라고 그는 생각했다.

문득 그는 머리의 스위치를 멈추고, 멍하니 목적지까지 갔다.

퀸 경감은 기록원에게 말했다. "출생증명서 원본을, 아니, 증명서 번호는 몰라. 하지만 이름은 여자 스텔라 페트루키와, 남자 도널드 카츠. 우리의 자료로는 둘 다 생년월일이 1927년 3월 10일로 되어 있어. 여기 이름을 써왔네."

"경감님, 둘 다 틀림없이 맨해튼 출생 맞습니까?"

"그렇다네."

기록원은 흥미가 당기는 듯한 표정으로 돌아왔다. "두 사람은 똑같은 날에 태어났을 뿐만 아니라……."

"1927년 3월 10일이지? 둘 다?"

"그렇습니다."

"기다려 주세요, 아버지. 같은 날에 태어났을 뿐만 아니라 뭡니까?"

"같은 의사가 받았습니다."

엘러리는 눈이 번쩍 뜨였다.

"같은 의사가 2명을 받았다고?" 아버지는 말했다.

"그 2장의 증명서를 보여주시오."

엘러리의 목소리가 다시 갈라졌다.

부자는 서명을 살폈다. 같은 필적이다. 양쪽 증명서의 서명은……

의학박사 에드워드 카자리스

경감은 상대방에게 목소리가 들리지 않도록 수화기를 한쪽 손으로 막으면서 말했다. "얘야, 그렇게 흥분할 것 없다. 당황하면 안 돼. 아직 아무것도 알아낸 게 아니야. 우린 단지 의문을 가진 것뿐이야. 침착해야만 해."

"어떻게 침착할 수가 있겠어요. 그 리스트는 어딨죠?"

"지금 조사하는 중이야. 그들이 조사해 주고 있어."

"카자리스, 카자리스……. 있다! 에드워드 카자리스. 내가 말했던 대로 같은 인물이에요!"

"그가 신생아를 받았단 말이냐? 그는 분명……."

"처음 의사가 되었을 무렵엔 산부인과를 했었어요. 그의 의사로서의 경력에 아무래도 이상한 데가 있다고 생각했었어요."

"1927년. 1927년에도 여전히 산부인과를 했단 말이냐?"

"훨씬 나중까지예요! 어라, 여기……."

"아, 찰린인가!"

엘러리는 의사 명부를 밑으로 내려놓았다. 아버지는 귀를 기울이면서 쓰기 시작했다. 그는 쓰고 또 썼다. 마치 영원히 끝나지 않을 것 같았다.

마침내 그는 펜을 놓았다.

"모두 쓰셨어요?"

"엘러리, 설마 이 전부가……."

"출생증명서 원본을 내주십시오."

엘러리는 경감이 쓴 메모를 기록원에게 건네면서 말했다.

"이 리스트에 있는 것을 모두."

"생년월일…… 모두 맨해튼 출생입니까?"

기록원은 리스트의 끝까지 훑어보았다.

"대부분은요, 전부일지도 모릅니다. 그래, 전부인 것 같아. 틀림없어." 엘러리는 말했다.

"어떻게 '틀림없다'라는 말을 할 수 있지? '틀림없다'라는 건 무슨 뜻이지? 몇 명인가가 그렇다는 건 알겠지만······."

아버지는 외쳤다.

"틀림없어요, 전부 맨해튼 출생이에요, 한 명도 남김없이. 두고 보십시오."

기록원이 사라졌다.

부자는 두 마리의 개처럼 뱅글뱅글 돌아다녔다.

벽에 걸린 시계의 바늘이 가만히 때를 가르며 나아갔다.

경감은 한번 중얼거리듯 말했다.

"이놈은 혹 어쩌면······ 엉, 어쩌면 말야······."

엘러리는 험악한 표정으로 돌아보았다.

"나는 '혹 어쩌면' 같은 건 알고 싶지 않아요. '가능성'을 생각하는 건 이제 됐다구요. 처음의 것을 처음으로, 그게 제 모토예요. 지금 막 생각난 것이지만 말예요. 한 번에 하나씩, 한 가지씩 차례대로, A의 다음은 B, B다음은 C. 1더하기 1은 2. 그게 제 산수의 한계예요. 거기다가 2를 더해야만 할 때까지는······."

"알았어, 알았다니까."

경감은 그렇게 말하고는 중얼중얼 혼잣말을 했다.

이윽고 기록원이 돌아왔다.

그의 표정에는 곤혹과 호기심, 그리고 불안이 뒤섞여 있었다.

엘러리는 사무실의 문에 기댔다.

"천천히 읽어 주십시오, 한 명씩. 먼저 어바네시부터. 아치볼드 더 들리 어바네시······."

"1905년 5월 24일 출생." 호적담당자는 말했다. 그리고 계속했다. "에드워드 카자리스 의학박사."

"재미있어. 재미있잖아!" 엘러리는 말했다. "스미스, 바이얼릿 스미스."

"1907년 2월 13일 출생. 에드워드 카자리스 의학박사." 기록원은 말했다.

"라이언 오라일리. 라이언 오라일리도 그곳에 실려 있겠죠?"

"모두 있습니다, 퀸 씨. 도대체……. 1908년 12월 23일 출생. 에드워드 카자리스 박사."

"그럼 모니카 매켈은?"

"1912년 7월 2일. 에드워드 카자리스 박사. 퀸 씨……."

"시몬느 필립스."

"1913년 10월 11일. 카자리스."

"'카자리스'라고 되어 있나요?"

"물론 아닙니다. 에드워드 카자리스 박사입니다. 그런데 퀸 경감님, 어째서 이렇게 계속해서 읽어야만 하는 겁니까. 아까도 모두 있다고 말했는데……." 기록원은 퉁명스럽게 말했다.

"시키는 대로 계속 해." 경감은 말했다. "그는 오랫동안 손뜨개로 잇고 있었어."

"비어트리스 윌킨스." 엘러리는 말했다. "저는 특히 비어트리스 윌킨스에게 흥미가 있어요. 하지만 그보다도 좀더 일찍 깨우쳤어야만 했어요. 탄생은 죽음과 함께 모든 인간이 경험하는 것이죠. 그 두 가지는 늘 신의 테이블 밑에서 장난을 치고 있습니다. 어째서 그걸 즉각 알아차리지 못했던 걸까요? 비어트리스 윌킨스."

"1917년 4월 7일, 같은 의사."

엘러리는 고개를 끄덕였다. 그는 미소를 짓고 있었다. 기분 나쁜 미소였다. "같은 의사인가요? 흑인 아기인데 같은 의사라니 말야. 히포크라테스 같은 명의로군, 카자리스는. 틀림없이 격주로 수요일마다 그는 산부인과 병원의 신이었던 게야. 너희 임신한 여자들이여, 피부색이나 신조에 상관없이 모두 내게로 오라. 사례는 지불할 수 있는 만큼의 액수로 충분하나니. 다음, 레노아 리처드슨은?"

"1924년 1월 29일. 에드워드 카자리스 의학박사."

"그는 부자 환자야. 고맙네. 그걸로 리스트가 끝난 것 같군. 이 서류는 뉴욕 시 보건국의 중요 서류겠지요?"

"그렇습니다."

"만일 이게 분실이라도 된다면 내가 여기로 델린저 권총을 들고 와서 당신을 쏘아 죽인다, 그러면 오늘 일은 아무에게도 입 밖에 내지 못하겠지요, 단 한마디도 못해요, 알겠나요?"

"이거 놀라운데요, 그 말씨와 태도는……"

기록원은 버럭 화를 내며 말했다.

"내가 시장 직속의 특별수사관이란 걸 당신은 몰랐나요? 나한텐 절대적인 권한이 부여되어 있어. 이곳 사무실의 전화를 2, 3분간 사용할 수 있을까요? 둘이서만." 엘러리는 말했다.

기록원은 문을 쾅 닫고 나갔다.

그러나 곧 문이 열리고 기록원이 방으로 되돌아왔다. 그는 문을 살며시 닫더니 비밀을 털어놓는 듯한 말투로 말했다.

"자기 손으로 이 세상에 내보낸 사람들을 죽이는 의사라니, 완전 미치광이로밖엔 생각되지 않는군요. 대체 어째서 그런 사람을 조사 일원으로 참가시킨 겁니까?"

그러더니 기록원은 거친 발걸음으로 나갔다.

"이 일은, 간단하게는 되지 않을 거야." 경감은 말했다.

"예."

"증거가 전혀 없으니까 말야."

엘러리는 기록원의 책상 위에서 엄지손톱을 물어뜯었다.

"그를 밤낮으로 감시해야만 할 거야. 24시간 가운데 24시간을 말야. 하루 종일, 시시각각으로 그가 뭘 하는지를 알 필요가 있어."

엘러리는 여전히 손톱을 물어뜯었다.

"열 번째의 희생자를 내선 안 돼." 경감은 마치 세계적으로 중요한, 극비의 심원한 문제를 설명하는 듯한 말투로 말했다. 그러더니 그는 웃었다. "그 〈엑스트라〉 만화가는 모르겠지만 그가 그려 넣던 꼬리는 이제 종자가 끊겼어. 거기로 전화를 걸어 봐라, 엘러리."

"아버지."

"뭐냐?"

"그 아파트를 몇 시간에 걸쳐 수색할 필요가 있습니다."

엘러리는 담배를 꺼냈다.

"영장 없이 말이냐?"

"그가 알게 하는 게 좋겠어요?"

경감은 얼굴을 찌푸렸다.

"가정부가 방해이긴 한데, 그 문제는 어렵지 않을 겁니다. 그녀가 쉬는 날짜를 선택하기만 하면요. 아니, 오늘은 금요일인데, 그녀는 아마도 다음주 중반까지 휴가를 얻진 않겠지요. 그렇게 오래는 기다릴 수 없어요. 그 집에서 먹고 자는 가정부인가요?"

"몰라."

"가능하다면 주말에 수색을 하고 싶군요. 그들은 교회에 다니나요?"

"내가 알고 있을 턱이 없지 않느냐. 그 담배는 피우지 못해, 엘러리. 불이 꺼졌어. 수화기를 건네다오."

엘러리가 수화기를 건넸다. "누구한테 그를 감시하게 하죠?"

"헤스하고 맥, 골드버그야."

"그럼 되겠죠."

"경찰 본부를 대줘."

"하지만 전 아직 이 문젠 알리고 싶지 않아요. 본부에는 되도록 비밀로 해주세요."

아버지는 놀라서 그의 얼굴을 빤히 쳐다보았다.

"실제로는 아직 아무것도 알아낸 게 아니니까요, 아버지."

"뭐라고?"

엘러리는 앉아 있던 책상 앞에서 일어섰다.

"빨리 집으로 돌아가세요."

"넌 이제 돌아갈 거냐?"

그러나 엘러리는 다시 문을 닫고 있었다.

퀸 경감은 입구에서 말을 건넸다.

"엘러리."

"예."

"수배는 전부 끝났고……." 그는 입을 다물었다.

셀레스트와 지미가 소파에 앉아 있었다.

"여어." 경감이 말했다.

"우리 모두 아버지를 기다리고 있었어요."

아버지는 엘러리를 보았다.

"아뇨, 그 얘긴 아직 하지 않았어요."

"무슨 얘기를요?" 지미가 물었다.

셀레스트가 말을 시작했다. "우린 카즈라는 청년을 알고 있어요. 그렇지만……."

"그게 아니면 '고양이'가 또 나타난 건가요?"

"아니, 난 준비가 되어 있어. 자네들은?"

엘러리는 두 사람을 탐색하듯이 보았다.

"무슨 준비인가요?"

"일을 시작할 준비야, 셀레스트."

지미는 일어섰다.

"지미, 앉아. 이번엔 진짜야." 지미는 앉았다.

셀레스트는 창백해졌다.

"우린 뭔가를 쫓고 있어. 그게 뭔지는 아직 정확히는 몰라. 하지만 '고양이'의 활동이 시작된 이래 처음으로 단서다운 것을 잡았다고 말할 수 있을 것 같아." 엘러리는 말했다.

"내가 할 일은?" 지미가 물었다.

"엘러리." 경감이 말했다.

"아니, 아버지, 이러는 편이 안전해요. 깊이 생각한 겁니다."

"내가 할 일이 뭡니까?" 지미가 다시 물었다.

"에드워드 카자리스에 관한 완전한 자료를 모아 줘."

"카자리스?"

"카자리스 박사라고요? 그렇다면……."

셀레스트가 이상하다는 듯한 표정을 지었다.

엘러리는 그녀를 보았다.

"미안합니다!"

"카자리스에 관한 자료란 말이죠? 그런 다음엔?"

지미가 말했다.

"넘겨짚지 마. 아까도 말했다시피 확실한 건 아직 모르니까. 지미, 내가 원하는 건 그의 생활의 자세한 스케치야. 하찮을 정도로 상세한 것까지도 필요해. 단순한 개인기록 같은 게 아니야. 그런 거라면 나도 할 수 있어. 일선 신문기자로서 자넨 내가 알고자 하는 것을 의혹을 불러일으키지 않고 조사해 내는데 가장 적합한 위치에 있어."

"알았어요." 지미는 말했다.

"이 일에 대해서는 아무한테도 단 한 마디도 흘려선 안 돼. 〈엑스트라〉의 자네 동료들에게도, 절대로. 언제 시작할 수 있지?"

"지금 당장이라도."

"얼마나 걸릴까?"

"글쎄요. 그리 오래는 걸리지 않겠죠."

"상당한 정도의 자료를, 그렇지, 내일 밤까지 갖고 올 수 있겠나?"

"해 보죠." 지미는 일어섰다.

"그런데 카자리스에겐 다가가지 말도록."

"오케이."

"그하고 매우 친한 관계에 있는 사람한테도야. 그에 관해 묻고 돌아다니는 사람이 있다는 사실이 그의 귀에 들어가면 안 돼."

"알았어요." 지미는 곧장 돌아가려 하지 않았다.

"뭐지?" 엘러리는 물었다.

"셀레스트가 할 일은?"

엘러리는 미소 지었다.

"됐습니다, 괜찮아요. 그럼……"

지미는 얼굴을 붉히면서 말했다.

"지미, 셀레스트에겐 아직 할 일은 없어. 하지만 셀레스트, 당신은 짐을 가지러 집에 갔다와야겠지. 여기서 지내는 거야."

"뭐?" 경감과 지미가 함께 반문했다.

"하긴 뭐 아버지가 반대하지 않을 때 얘기지만."

"아…… 아니, 반대 같은 건 하지 않아. 환영이야, 미스 필립스. 하지만, 나는 좀 쉬어야 해서 지금 곧 침대를 확보해 두는 게 좋을 것 같은데, 엘러리. 만약 전화가 오거든 어떤 전화든지 꼭 깨워다오." 그는 서둘러 침실로 들어갔다.

"여기서 지낸다고요?" 지미가 말했다.

"그래."

"무슨 얘기인지 모르지만, 무슨 꿍꿍이가 있는 건 아닌지 모르겠네."

"퀸 씨." 셀레스트는 머뭇거렸다.

"곰곰이 생각해 보니까, 이건 매우 델리케이트한 상황이야. 모든 문제의 불씨가 될지 몰라." 지미는 말했다.

"셀레스트, 분명 당신이 필요하게 될 거야. 그리고 그때가 되면 시간의 여유도 없을 거고. 그런데도 그게 언제일지 예측할 수 없어. 만약에 너무 늦은 밤이어서 당신이 내 곁에 없다면……."

엘러리는 눈살을 찌푸렸다.

"아니, 이런 상황에 내가 두 손을 들어 찬성할 수는 없지."

지미는 말했다.

"조용히! 저도 생각 좀 하게 해 주세요." 셀레스트가 외쳤다.

"또 한 가지 당신한테 말해 두어야만 할 것은 매우 위험할지도 모른다는 거야."

지미가 말했다. "그래서, 이것저것 생각해 보면, 그다지 훌륭한 아이디어 같지 않아. 당신은 어때?"

셀레스트는 그를 무시했다.

"분명 위험한 일이야! 게다가 참으로 비도덕적이지. 남들이 뭐라고 하겠어?"

"이봐, 잠자코 있어 주면 안 될까, 지미. 셀레스트, 만약 내 계획이 잘 되어간다면 당신은 위험에 노출될 거야. 도망칠 거라면 지금뿐이야. 만약 달아날 생각이 있다면 말야." 엘러리는 말했다.

셀레스트는 일어섰다. "언제 이사할까요?"

엘러리는 빙긋 웃었다. "일요일 밤에라도."

"알겠어요."

"내 방을 쓰면 돼. 난 서재에서 자겠어."

"그럼, 두 분의 행복을 빌겠어." 지미는 씁쓸하게 말했다.

그는 지미가 셀레스트를 거칠게 택시에 밀어 넣고는 몹시 화를 내면서 사라지는 것을 지켜보았다.

엘러리는 거실 안을 왔다갔다하기 시작했다.

그는 흥분이 진정되지 않았다.

문득 그는 팔걸이의자에 앉았다.

탯줄을 끊은 손.

끈을 묶은 손.

끝은 시작에서 생겨난다.

편집증 환자의 순환적 광기.

손끝에 생사여탈의 권한을 쥔 신.

있을 수 있는 일일까?

엘러리는 자신이 광활한 평화의 가장자리에 있는 느낌이었다.

그러나 기다리지 않으면 안 되었다.

어딘가부터 여력을 이끌어내야만 했다.

9

토요일 정오가 조금 지나 퀸 경감은 다음날의 준비가 완전히 끝났다고 전화로 집에 알렸다.

"시간은 어느 정도 있습니까 ? "

"수색엔 충분해. "

"가정부는요 ? "

"집에 없을 거야. "

"어떤 방법을 쓰셨나요 ? "

"시장이야, 내가 시장에게 카자리스 부부를 일요일 점심식사에 초대하라고 부탁했어. " 퀸 경감은 말했다.

엘러리는 외쳤다. "그러려면 그 얘길 하셨겠군요 ? "

"그렇지 않아. 그냥 텔레파시로 통했어. 우리의 친구를 내일 식사 후 브랜디를 마시자마자 곧바로 돌려 보내선 안 될 필요가 있음을 그가 눈치챈 것 같아. 점심 식사는 2시 반부터이고, 그 뒤에 거물급 손님들이 찾아와. 시장에게 일단 카자리스가 도착하면 천천히 잡아두라고 말해 두었어. "

"순서는요 ? "

"카자리스가 시장의 집 현관에 도착한 다음에 우리한테 전화를 할 거야. 그걸 신호로 우리는 아파트로 달려가 뒤쪽 뜰에서 지하실로 들어가 부엌문을 통해 안으로 들어가지. 베리가 내일 아침까지 맞는 열쇠를 준비해 둘 거야. 가정부는 늦게까지 돌아오지 않을 거고, 격주로 일요일이 휴가인데, 때마침 내일이 쉬는 날이거든. 건물 청소부 등은 걱정할 것 없어. 아무에게도 눈에 띄지 않고 드나들 수 있으니까. 지미 매켈에게서 연락은 있었느냐 ? "

"9시쯤 오기로 했어요. "

그날 밤에 나타난 지미는 수염이 거뭇하게 자라고 와이셔츠가 지저분한 데다가 어디서 한잔 걸친 것 같았다.

지미는 말했다. "수염과 와이셔츠는 이대로도 상관없어. 곧장 술을 얻어 마실 수 있다면 말야. "

엘러리는 술병과 탄산수와 글라스를 지미의 곁에 놓았다. 그러고는 지미가 헛기침을 하고 보고를 시작할 때까지 적어도 10초는 기다렸다.

지미는 입을 열었다. "포담 대학의 지진계가 미쳐버린 모양이야. 두 분의 스핑크스에겐 어디서부터 대답해야 할지 모르겠네?"

"어디서부터든지."

지미는 전등 불빛으로 빛나는 글라스를 쳐다보면서 말했다. "그래서 에드워드 카자리스 얘기는 고르지가 않고 약간 굴곡이 있다고 할까? 그의 가족사와 소년시절에 대해서는 두세 가지 말고는 잘 알아낼 수가 없어서 말야. 일찍부터 집을 나온 모양인데……."

"오하이오 출생이라고 하던데?" 경감이 말했다. 그는 아이리시 위스키를 신중하게 세 개의 글라스에 따랐다.

지미 매켈은 고개를 끄덕이며 말했다. "1882년, 오하이오 주 아이언튼 출생. 아버지는 어딘가의 노동자로……."

"철 공장이야." 경감이 말했다.

"누가 보고를 하고 있는 겁니까? 저는 테스트를 당하고 있는 건가요?" 지미가 말했다.

"띄엄띄엄 두세 가지 사실을 아는 것뿐이야."

경감은 글라스를 전등 불빛에 비추면서 말했다.

"계속하게, 매켈."

"어쨌거나 카자리스의 아버지는 프랑스인과 인디언의 전쟁 뒤에 오하이오에 정착한 프랑스 병사의 자손이었는데 어머니의 혈통은 모르겠어요." 지미는 말을 마치고 도전하듯 노신사를 쳐다보았다. 그러나 상대는 아무런 말도 없이 위스키를 마실 뿐이었으므로 지미는 하던 얘기를 계속했다.

"카자리스는 의식주가 모두 궁핍한 집안의 14형제 중 거의 마지막

한 명이었어. 그 형제의 대부분은 어린시절에 사망했지. 살아남은 사람과 그의 자녀들은 미국 중서부의 여기저기에 흩어져 있어. 내가 조사한 바로는 당신들의 에디는 형제 가운데에서 유일하게 성공한 사람이었어요."

"가족 가운데 범죄자는 없던가?" 엘러리가 물었다.

지미는 술을 다시 한잔 따르면서 말했다. "우리의 빛나는 전통을 지닌 서민을 모욕하지 마시길. 그게 아니면 사회학을 복습하는 겁니까? 범죄자는 발견되지 않았어요." 그는 갑자기 말했다. "뭐가 알고 싶은 겁니까?"

"계속하게, 지미."

"그런데 에드워드는 머리가 비상하게 좋은 소년이었던가 봅니다. 천재라 할 정도는 아니지만 조숙하고, 게다가 야심만만했죠. 가난하지만 정직하고, 밤늦게까지 공부했으며 몸이 가루가 되도록 일했는데 오하이오 남부의 귀금속업계의 거물이 그에게 완전히 푹 빠져서 그의 후견인이 되었어요. 그는 완전 허레이쇼 앨저 ^(19세기 미국 소설가. 가난한 소년이 각고의 노력 끝에 성공하는 입지전을 썼음)의 소설 주인공하고 똑같았죠, 어느 시기까지는."

"그건 무슨 뜻이지?"

"제 생각으로는 에드워드 소년은 비열한 놈이었습니다. 부자 속물보다 아니꼬운 게 있다면 그건 가난뱅이 속물이니까. 윌리엄 왈디머 게켈이라는 엄청난 부호가 그를 지저분한 환경에서 주워 올려 깨끗하게 씻어서 말끔한 옷을 입혀 주고, 미시간의 훌륭한 예비학교에 입학까지 시켜 주었는데……. 그런데 카자리스가 아이언튼으로 돌아갔다는 기록은 단 한 번도 없어요, 잠깐 들른 적조차도. 그는 애비도 에미도 버리고, 테시도 스티브도, 그리고 그 밖의 5만이나 되는 형제와 자매도 버렸어요. 그리고 게켈이 기대를 잔뜩 걸고

의학 공부를 하라면서 그를 뉴욕으로 유학을 보낸 뒤에 그는 게켈
도 버렸지요. 어쩌면 게켈 쪽에서 관계를 끊은 건지도 모르지만.
어쨌든 두 사람의 관계는 거기서 끊어졌어요. 카자리스는 1903년
에 콜롬비아 대학에서 의학박사 학위를 따냈지요."

엘러리는 중얼거렸다. "1903년, 21살 때야. 14남매의 한 명으로서
산과(産科)에 흥미를 가졌었지."

"이상한 일이지요." 지미는 빙긋 웃었다.

"그리 이상할 것 없어. 산과 전공에 관한 무슨 정보라도?"

엘러리의 목소리는 냉랭했다.

지미 매켈은 호기심이 솟는 듯한 표정으로 고개를 끄덕였다.

"말해 줘."

지미는 지저분한 봉투 속으로 눈길을 보냈다.

"당시 의학교는 아직 통일되어 있지 않았던 모양으로 어떤 학교에
선 2년 과정, 다른 학교에선 4년, 이런 형편이어서 산과나 부인과
의 인턴 제도나 실습기간 제도 같은 것은 전혀 없었어요. 여기 적
혀 있듯이 극소수의 사람이 산과나 부인과를 전문적으로 공부했고,
그 학생들이 주로 견습 수업을 거쳐 전문의가 되었지요. 카자리스
는 콜롬비아 대학을 우등으로 졸업할 때, 라클랜드라는 뉴욕의 의
사를 붙들었지."

"존 F.겠지?" 경감이 말했다.

지미는 고개를 끄덕였다. "네, 존 F.요. 이스트 20번지 근처에서
살았어요. 라클랜드는 산과와 부인과만 보았는데 카자리스를 약 1년
반 고용할 정도의 수입이 있었던 모양이에요. 그 뒤로 1905년에 카
자리스는 전문의로서 개업했지요."

"정확히는 1905년 언제지?"

"2월. 그 달에 라클랜드가 암으로 죽고, 카자리스가 그 뒤를 이었

지요."

그렇다면 아치볼드 더들리 어바네시의 어머니는 라클랜드 선생의 환자였던 것을 젊은 의사 카자리스가 이어받은 모양이라고 엘러리는 생각하고 납득했다. 1905년 무렵만 해도 목사의 아내가 23살의 의사에게 진찰 받는 것은 특별한 경우 외에는 없었기 때문이다.

지미는 계속했다. "몇 년 뒤에, 카자리스는 미국 동부에서도 유수의 전문의 가운데 한 명이 되었어요. 내 추측으로는, 그는 점차 기반을 구축하고, 의사의 전문 분야가 확립된 1911년이나 12년 사이에 뉴욕에서 가장 뛰어난 개업의의 한 사람이 되었지요. 그는 부를 거머쥐긴 했어도 수전노는 아니었던 모양으로 늘 자기 직업의 창조적인 면에 보다 많은 흥미를 가지고 두세 가지의 새로운 기술을 개발하고, 많은 임상적 연구를 했지요. 그의 학문적 업적에 대한 자료가 여기 많이 있지만……."

"그건 됐어. 다른 것은?"

"그의 군 경력이 있어요."

"제1차 세계대전 때의 것이겠지?"

"그렇습니다."

"입대한 것은?"

"1917년 여름."

"흥미가 있는데요, 아버지. 비어트리스 윌킨스가 태어난 게 그해 4월 7일로, 의회가 독일에게 선전포고를 한 다음날이에요. 카자리스가 군복을 입기 전에 받아낸 마지막 아기의 한 명이었던 게 틀림없습니다."

경감은 아무 말도 하지 않았다. "군대 경력은?"

"매우 훌륭합니다. 위생 부대의 대위로 들어가 나올 때는 대령이었어요. 전선에선 외과의로……."

"부상한 적은?"

"없어요. 하지만 전쟁 뒤인 18년에서 19년 초에 걸쳐 프랑스의 휴양지에서 몇 개월을 보냈습니다. '피로와 전쟁 신경증'의 치료를 위해서."

엘러리는 아버지 쪽을 쳐다봤으나 경감은 묵묵히 위스키를 따를 뿐이었다.

지미는 자기의 봉투로 눈을 떨어뜨렸다. "그의 병은 대단한 건 아니었나봅니다. 그는 완전히 건강을 회복해 프랑스에서 미국으로 귀환했습니다. 그리고 제대했는데……."

"1919년이었지."

"자기의 전공으로 돌아갔어요. 1920년 말까지 그는 다시 개업의로서의 지위를 확고히 하고 번창했죠."

"여전히 산부인과가 전문이었나?"

"그렇습니다. 당시는 남자의 한창때인 30대 후반으로, 그로부터 5, 6년 뒤에 그는 전성기를 맞이합니다." 지미는 다른 봉투를 끄집어냈다. "에, 그러니까, 그렇지, 1926년입니다. 1926년에 그는 리처드슨 부인을 통해 그녀의 동생인 현재의 카자리스 부인을 만나 결혼합니다. 그녀는 밴고어(메인 주의 도시)의 메리글 집안 출신이었죠. 그 가문은 유서가 깊고 도도하고 까다로운 뉴잉글랜드의 전통적 집안이었는데 그녀는 예외였던지 상냥하고 드레스덴 도자기처럼 아름다웠다고 합니다. 당시 카자리스는 44살이고, 신부는 19살 젊은 나이였는데, 분명히 그는 드레스덴 도자기 같은 데가 마음에 들었을 겁니다. 그건 화려한 로맨스였던 모양이에요. 두 사람은 메인 주에서 화려한 결혼식을 올렸고 파리, 비엔나, 로마로 기나긴 신혼여행을 했습니다.

내가 조사한 바로는 카자리스 부부의 결혼생활이 행복하지 않았음을 나타내는 증거는 전혀 발견되지 않았어요. 이건 참고만 하시길.

여자만을 상대로 하는 직업임에도 불구하고 그는 스캔들을 일으킨 적이 한 번도 없으며, 카자리스 부인에게도 남편이 오직 한 명의 남자였어요.

하지만 두 사람은 불행에 휘말렸어요. 카자리스 부인은 1927년에 첫째 아기를, 1930년에 두 번째를 낳았지만……."

"둘 다 분만실에서 죽었겠지. 카자리스를 만난 날, 그에게서 직접 들었지." 엘러리는 고개를 끄덕이면서 말했다.

"그는 심한 충격을 받았던 모양입니다. 두 번 다 아내의 임신 동안, 그는 무척 열심히 보살폈고, 자기 손으로 아기를 받았는데…… 뭐라고요?"

"카자리스가 부인의 산과 의사였다는 건가?"

"그렇습니다." 지미는 아버지와 아들 양쪽을 번갈아 쳐다봤다. 퀸 경감은 지금은 창가에 서서 등에 두른 자기의 손을 잡아당기고 있었다.

"도덕에 반하는 일 아닌가? 의사가 자기 아내의 출산에 입회하는 것 말야." 경감은 대수롭지 않다는 말투로 물었다.

"당치도 않습니다. 의사들이 보통 그렇게 하지 않는 건 아내의 진통의 고통에 마음이 심란해지기 때문에 그렇죠. 그들은, 메모가 어디 있더라? '중요한 목표를 놓치지 않고, 의사로서의 냉정한 태도'를 계속할 자신이 없어서입니다. 하지만 그렇게 하는 의사도 많이 있어요. 미친 듯이 날뛰던 1920년대의 에드워드 카자리스 박사도 그중의 한 사람이었습니다."

"누가 뭐래도 그 분야에서 그는 대가였으니까." 경감은 엘러리가 그걸 문제삼고 있기라도 한 듯 그를 향해 말했다.

"전형적인 타입이죠. 극도로 자기중심적인 인간 말입니다. 그래서 정신과 의사가 된 건가?" 지미는 말했다.

"그런 말은 정신과의사에게 실례야. 죽은 두 아기에 관한 자료는?" 엘러리는 웃었다.

"알아낸 것은 둘 다 사내아기였다는 것과, 두 번째 이후로 카자리스 부인은 아기를 낳을 수 없게 되었다는 것뿐입니다. 둘 다 거꾸로 나왔다고 하더군요."

"계속하게."

경감이 원래의 장소로 돌아와 술병을 잡고 자리에 앉았다.

"1930년에 두 번째 아기가 죽고 나서 몇 개월 뒤에 카자리스는 신경쇠약에 걸렸어요."

"신경쇠약?" 경감이 말했다.

"그렇습니다. 그는 일 중독자였어요. 48살로 병은 과로가 원인으로 추측되었죠. 그때까지 그는 산부인과 개업의를 25년 이상이나 계속해 재산도 모았기 때문에 그 일을 그만두고 카자리스 부인과 여행에 나섰어요. 세계일주 여행이었지요. 파나마 운하를 거쳐 시애틀로 갔고, 거기서 태평양 횡단 코스였는데 두 사람이 유럽에 도착했을 무렵 카자리스는 회복한 것처럼 보였어요. 하지만 실은 그렇지 않았죠. 두 사람이 비엔나에 있는 동안에, 그러니까 1931년 초인데 그의 병세가 다시 도졌어요."

"다시 도졌다고? 다시 신경쇠약인가?"

엘러리는 날카로운 말투로 말했다.

"'재차 악화되었다'고 쓰여 있습니다. 신경쇠약이거나 우울증 같은 그런 병의 재발이겠죠. 어쨌든 그는 비엔나에 있었기 때문에 베라 셀리그먼에게 치료를 받았는데……."

"베라 셀리그먼이 누구지?" 퀸 경감이 물었다.

"베라 셀리그먼이 누구냐고요? 그 유명한 베라 셀리그먼을……. 옛날엔 프로이트였어요. 지금은 융, 그리고 베라 셀리그먼이에요. 융과 마찬가지로 그 노학자는 건재합니다." 엘러리가 말했다.

"그렇습니다, 아직도 활약하고 있죠. 셀리그먼은 1938년, 모국 오스트리아가 독일에 병합되기 직전에 탈출해 런던에서 그 병합 광경을 구경했습니다. 그러나 그는 베를린의 총통 관저의 그 조촐한 화장(1945년 5월 히틀러는 총통 관저에서 자살했고, 시신은 불태워졌다) 뒤에 비엔나로 돌아왔는데, 틀림없이 아직 그곳에 있을 겁니다. 지금은 여든을 넘겼지만, 1931년은 그의 전성기였어요. 그런데 셀리그먼은 카자리스에게 대단한 흥미를 가졌던 모양입니다. 무슨 병이었든 간에 그걸 치료해 주었고, 카자리스가 정신과 의사가 되고자 하는 야심을 키워주었으니까요."

"그가 셀리그먼에 대해 공부를 했던가?"

"그렇죠, 4년 동안. 공부한 기간은 평균보다 1년 짧았다고 합니다. 카자리스는 취리히에도 한동안 체류했습니다. 그리고 1935년에 카자리스 부부는 미국으로 돌아왔어요. 그는 1년 이상을 병원에서 경험을 쌓은 뒤 1937년 초, 그러니까 55살일 때였죠. 뉴욕에서 정신과 의사로서 개업했습니다. 나머진 아시는 바와 같습니다."

지미는 얼마 남지 않은 글라스에 술을 따랐다.

"그게 전부인가, 지미?"

"그렇습니다. 아니," 지미는 허둥지둥 마지막 봉투를 꺼냈다. "또 한 가지 흥미를 끄는 게 있습니다. 1년쯤 전에, 그러니까 작년 10월에 카자리스는 다시 병이 났습니다."

"병이 났다고?"

"임상적인 건 묻지 말아 주십시오. 그런 기록은 읽을 수가 없었으니까요. 아마도 과로에서 온 것 같아요. 그는 경주마처럼 전력 질주를 해왔고, 조금도 쉬지 않았어요. 게다가, 물론 66살이라는 나이 탓도 있죠. 별것은 아니었지만 걱정이 되었던지 조금씩 일을 줄이기 시작했어요. 지난 1년 동안, 새로운 환자는 한 명도 받아들이지 않았다고 들었어요. 그는 지금까지의 환자를 정리하기로 하고, 오래 걸리는 환자는 되도록 다른 의사에게 인계했어요. 곧 은퇴하겠다는 얘깁니다." 지미는 지저분한 봉투 다발을 테이블 위로 내던졌다. "보고는 이상 끝."

봉투는 그대로 있었다.

"고마워, 지미." 엘러리는 기묘하게, 일단락 짓는 듯한 말투로 말했다.

"당신이 바라던 대롭니까?"

"그래, 바라던 대로?"

"기대했던 대로냐는 의미죠."

엘러리는 신중하게 말했다. "매우 흥미 있는 보고야."

지미는 글라스를 내려놓았다.

"당신들 주술사는 둘이서만 있고 싶겠죠?"

부자는 둘 다 대답하지 않았다.

지미는 모자를 집어들면서 말했다. "미리 말씀드립니다만 매켈 집안 사람은 눈치가 없다는 말 같은 건 하지 말아 주세요."

"잘 해냈어, 매켈. 수고했네. 잘 가게." 경감은 말했다.

"다시 연락해 줘, 지미."

"내일 밤에 셀레스트와 함께 와도 될까요?"

"물론이지."

"감사해요! 참, 그렇지! 하나 더."

지미는 출구에서 발길을 멈췄다.

"그게 뭐지?"

"그에게 수갑을 채울 땐 알려 줘야 해요."

문이 닫히자 엘러리는 벌떡 일어섰다.

그의 아버지는 다시 잔에 술을 따랐다. "자, 마셔라."

그러나 엘러리는 중얼거릴 뿐이었다. "제1차 세계대전으로 생긴 전쟁 공포증이든, 이따금 일어나는 신경쇠약이든, 또는 중년에 접어 들면서 갑자기 정신의학에 흥미를 느끼고 무언가를 보충해 보려는 노력이 틀림없다면……. 말이 돼! 분명 말이 되는 소리야."

"마시라니깐."

아버지가 재촉했다.

"그리고 완전히 자기중심적인 패턴이 있어요. 50살의 남자가 정신 의학 공부를 시작해 55살에 정신과 의사로 개업하고, 더구나 그걸 로 성공하는 건 드문 일입니다. 엄청난 에너지임에 틀림없어요.

젊은 시절의 경력을 보세요. 뭔가를 증명하려는 남자. 누구에게 일까요? 자신에게? 사회에? 목적을 달성하는 데 방해가 되는 건 모두 배제하는 사람. 가까이에 있는 것은 무엇이든 이용하고, 그게 그다지 도움이 되지 않게 되면 팽개치는 사람. 그는 직업상의 윤리 는 언제나 지켰어요. 하지만 가장 좁은 의미에 있어서였죠. 그런 게 틀림없습니다. 그리고 자기 나이의 반도 되지 않는 여자와 결혼 했어요. 그것도 보통 가문의 여자가 아니라 메인 주의 메이글 집안 의 딸이었기 때문이죠.

그리고 두 번의 불행한 출산, 그리고…… 죄책감. 틀림없이 죄책 감입니다. 그 직후의 신경쇠약. 피로에 시달렸다는 건 분명하지만, 그게 육체 쪽은 아니에요. 양심입니다."

"추측이 지나친 것 아니냐?" 퀸 경감이 말했다.

"우리의 단서는 슬라이드로 볼 수 있는 게 아니니까요. 좀더 자세 히 알고 싶어요!"

"충분히 알고 있지 않느냐?"

"정신적인 갈등이 시작되면, 그때부터는 시간 문제예요. 정신적인 뒤틀림이 차츰 확대되죠. 성가신 메커니즘이야 어찌 되든, 전체적인 정신작용이 병들고 부패하죠. 편집광의 가능성을 지닌 것에 지나지 않는 한 사람의 인격이 어느 시점인가에서 반전되어 진짜 편집광이 된 겁니다. 혹 어쩌면……."

"어쩌면, 뭐냐?" 입을 다문 엘러리에게 아버지가 물었다.

"어쩌면 두 번 출산의 어느 쪽인가의 아기의 사인은 교살이 아닐까요."

"뭐라고?"

"탯줄이에요. 목 언저리에 탯줄을 감아서."

노인은 그를 쳐다봤다.

갑자기 그는 튕겨 오르듯이 벌떡 일어섰다. "이제 그만 자자."

그들이 어바네시, 세일러 앤이라고 쓰인 하얀 색인 카드를 찾아낸 것은 1905~10의 라벨을 붙인 파일의 서랍을 연 뒤로 20초도 채 지나지 않아서였다. 그것은 파일의 11매째의 카드였다. 거기에는 어바네시, 아치볼드 더들리, 남, 1905년 5월 24일 오전 10시 26분 출생이라고 쓰인 파란색 카드가 클립으로 고정되어 있었다.

거기에는 호두나무로 된 2개의 고풍스런 파일 캐비닛이 있었으며, 모두 3개의 서랍이 달려 있었다. 어느 것에도 자물쇠나 걸쇠 같은 것은 없었다. 그러나 캐비닛이 있는 창고방에는 자물쇠가 채워져 있었다. 그것을 어렵지 않게 연 것은 베리 형사부장의 솜씨 덕분이었다. 그것은 카자리스 가문의 귀중품과 장식품이 잔뜩 들어 있는 커다란 방이었다. 캐비닛 옆에는 산과와 외과 기구가 든 유리 케이스와 오래써서 낡은 의사 가방도 놓여 있었다.

그의 정신병 환자 기록은 안쪽 진료실의 현대적인 철제 캐비닛 속에 보관되어 있었다. 거기에는 자물쇠가 채워져 있었다.

그러나 퀸 부자는 대부분의 시간을 곰팡이가 슨 창고방에서 보냈다.

어바네시 부인의 카드에는 임신의 정상적인 경과가 기록되어 있었다. 아치볼드 더들리의 것에는 출산과 유아의 발육에 관한 데이터가 기록되어 있었다. 카자리스 박사가 그 기간에 습관적으로 소아과 진료도 수행했음은 명백했다.

98매째의 카드에 그는 스미스, 유렐리라고 적힌 것을 발견했다. 거기에는 스미스, 바이얼릿, 여, 1907년 2월 13일 오후 6시 50분 출생이라고 적힌 분홍색 카드가 클립으로 고정되어 있었다.

스미스의 카드로부터 164매째에 오라일리, 모라 B와, 오라일리, 라이언, 남, 1908년 12월 23일 오전 6시 36분 출생이라 적힌 카드가 발견되었다. 라이언 오라일리의 카드는 파랑색이었다.

한 시간도 되지 않아서 그들은 '고양이'의 피해자 9명 모두의 카드를 찾아냈다. 그것은 어려운 일이 아니었다. 카드는 서랍 속에 날짜 순으로 정리되어 있었으며, 모든 서랍에는 몇 년에서 몇 년까지라고 쓴 라벨이 붙어 있었다. 그래서 서랍 속의 카드를 한 장 한 장 조사해 나가기만 하면 되었다.

엘러리는 베리 형사부장에게 맨해튼의 전화번호부를 가져오라고 했다. 그는 오랜 시간에 걸쳐 그것을 조사했다.

엘러리는 불평했다. "바보스러울 정도로 단순해요, 열쇠를 손에 넣기만 하면요. '고양이'의 피해자 사이에 서로 관계는 없는 것 같은데도 어째서 나이가 차츰 어려지는지 우리는 이해할 수가 없었어요, 하지만 분명히, 카자리스는 그의 기록을 날짜순으로 쫓아갔을 뿐이에요, 그는 개업 당초로 거슬러 올라가 거기서부터 차례로 진행해 나간 것이죠."

경감은 감개가 무량한 듯 말했다. "44년 동안에 많은 것이 변했어.

그가 돌봐준 환자는 차례로 죽고, 또 그가 이 세상 밖으로 내보낸 아기들은 자라나 이 지방에서 살거나 다른 지방으로 이사해 갔지. 그는 의사로서 그들의 누구와도, 적어도 19년 동안 접촉하지 않았지. 여기 카드의 대부분은 지금은 멸종된 도도새 같은 것에 지나지 않을지도 몰라.”

　“맞습니다. 그에게 품을 들여 찾아볼 의지나 용의가 없는 한, 카드 전체의 환자를 추적하는 것은 무리였어요. 그래서 어떻게든 가장 간단하게 추적할 수 있는 카드에만 집중하게 된 거죠. 그는 맨해튼에서 개업하고 있어서 맨해튼 전화번호부로 조사하는 것이 가장 손쉽고 빠른 방법이었을 거예요. 그가 파일의 첫 번째 카드부터 시작한 것은 분명한 것 같습니다. 그것은 1905년 3월에 마거릿 서코피가 낳은 남자 아기 실번 서코피입니다만, 그의 이름은 현재의 맨해튼 전화번호부에는 없어요. 그래서 그는 두 번째 카드를 조사했죠. 역시 전화번호부에 실려 있지 않았어요. 최초의 10명의 이름을 모조리 조사해 보았지만 하나도 없었습니다. 카드 가운데서 최초로 전화번호부에 이름이 실려 있는 사람은 어바네시였어요. 그렇게 해서 어바네시가 첫 번째 희생자가 된 거죠. 어바네시와 바이얼릿 스미스 사이의 97매의 카드를 일일이 조사하지는 않았지만 충분한 수의 발췌 조사를 한바, 바이얼릿 스미스가 정확히 먼저와 동일한 이유로 ‘고양이’의 희생자가 되었음을 확인했습니다. 그녀의 카드는 109호였음에도 불구하고 그가 전화번호부에서 뽑아내 작성한 리스트에는 불행하게도 제2호가 되었습니다. 나머지 피해자들도 모두 같은 방법으로 선택된 것이라고 저는 단언할 수 있습니다.”

　“조사해 보자.”

　“그리고 피해자 모두가 한 사람을 제외하고는 미혼이라는 이해되지 않는 문제가 있었습니다. 카자리스가 그들을 고른 방법은 알고 보면 어린아이라도 풀 수 있는 간단한 문젭니다. 9명의 피해자 가운데 6명이 여자고 3명은 남자였습니다. 남자 3명 가운데 1명이 기혼이고 2명은 독신이었죠. 하지만 도널드 카츠는 아직 어렸으므로 그것은 납득할 수 있는 일이죠. 하지만 6명의 여자 가운데 결혼한 사람은 단 1명도 없었어요. 어째서 늘 여자 피해자는 미혼이었던 걸까요? 그 이유는 여자는 결혼하면 이름이 바뀌기 때문입니다! 카자리스가 전화번호부에서 뽑아낼 수 있었던 여자들은 그녀들의 이름이 그의 기록 카드에 나와 있는 그대로의 사람이었기 때문이에요.

　모든 사건을 통해 나타나는 기묘한 끈의 색에 관한 것인데, 이것은 가장 알기 쉬운 단서였습니다. 남자에게는 파랑 끈을, 여자에게는 연어 속살색……. 저는 이 연어 속살색에 지나치게 연연한 것 같습니다. 하지만 연어 속살색은 분홍색의 일종이고, 분홍과 파랑은 옛날부터 아기의 색이었어요."

"약간 센티멘털하군. 시시해." 아버지는 중얼거렸다.

"센티멘털하다고요? 천만에요. 지옥의 색처럼 무서운 의미를 지니고 있어요. 그것은 카자리스가 마음속 밑바닥에선 아직도 유아로 간주하고 있음을 나타냅니다. 그는 어바네시를 파랑 끈으로 졸라 죽일 때, 갓난 남자 아기를 묶는 것으로 여겼어요……. 끈을 사용해 유아를 지옥의 벽촌(림보, 천국에도 지옥에도 가지 못하는, 세례를 받지 않은 유아의 영혼 등이 머무는 곳)으로 돌려보내기 위해서죠. 탯줄 끈의 상징성은 애초부터 나타나 있었어요. 그것은 분만의 잔혹한 색깔이에요."

아파트 어딘가에서 서랍을 여는 느릿한 소리가 들려왔다.

"베리 형사부장, 그 끈이 몇 개쯤 여기에 있었더라면."

경감은 말했다.

엘러리는 말을 계속했다.

"그리고 피해자의 여섯 번째와 일곱 번째 피해자인 비어트리스 윌킨스와 레노아 리처드슨의 나이 차이가 벌어져 이해가 가지 않았지요. 그때까지는 피해자의 나이 차가 3살 이상이 된 적은 없었는데 갑자기 7살이 되었죠."

"전쟁 때문인가……."

"하지만 그는 1919년, 또는 20년까지는 개업의로 돌아와 있었고, 레노아 리처드슨은 24년생이에요."

"그 사이에 태어난 사람의 소식을 알 수 없게 된 건지도 모르지."

"아니에요. 가령, 여기 있는 1921년생의 해럴드 '매스피언이라는 남자는 전화번호부에 나와 있어요. 또 한 사람 1922년 1월에 태어난 벤자민 토드릭도 그래요. 그 밖에도 1924년 이전에 태어난 사람을 적어도 5명은 찾아냈지만 실제로는 훨씬 많다는 건 확실합니다. 그런데도 그는 그 사람들을 지나쳐서 25세인 레노아 리처드슨을 덮쳤어요. 왜일까요? 그렇다면 비어트리스 윌킨스 사건과 레노아 리처드슨 사건 사이에 뭔가 일어난 걸까요?"

"뭐라고?"

"하찮다고 여기실지도 모르지만 이 두 살인 사이에 시장이 '고양이' 살인사건의 조사를 위해 특별수사관을 임명했어요."

경감은 경멸하듯이 눈썹을 움직거렸다.

"아니에요, 생각해 보세요. 그때는 엄청 활발하게 보도되었죠. 제 이름과 임무가 센세이셔널하게 방송되었고, 여기저기에 실렸어요. 저를 임명한 것이 '고양이'에게 영향을 미치지 않은 것은 아닙니다. 그는 이런 생각지도 못한 상황으로 인해 자신의 살인 행각이 과연 안전하게 계속될 수 있을까를 자문한 것이 분명해요. 신문이 하나에서 열까지 써냈던 것을 기억하고 계시겠죠. 그들은 제가 다루었던 이전의 사건을 들춰내고, 극적인 해결을 추켜세우는 등 슈퍼맨

취급을 했어요, '고양이'가 그 이전에 저에 관해 자세히 알고 있었는지 어쨌는지는 논외로 하고, 그는 그 이후에 쓰인 모든 읽을거리, 방송된 모든 것을 들은 게 분명합니다."

"그러니까, 네 이름을 듣고 벌벌 떨었다는 얘기냐?"

퀸 경감은 빙글빙글 웃었다.

엘러리는 되받았다. "그보다도 도리어 결투 신청을 기꺼이 받아들인 거라고 해야겠죠. 우리의 상대는 특수한 광인임을 잊지 마세요. 인간의 심리와 성격에 관해 연구하고, 동시에 자신의 위대함에 대해 굉장한 망상을 품은 중증의 편집광 환자입니다. 그런 인간이기 때문에 제가 수사에 참여하는 것을 도전으로 간주한 거라고 생각합니다. 그것은 윌킨스에서 리처드슨으로 7년이나 건너뛴 것으로도 증명됩니다."

"어째서지?"

"그 리처드슨의 딸이 카자리스와의 관계에서 두드러진 사실은 무엇이죠?"

"자기 아내의 조카딸이었지."

"때문에 카자리스는 죽이려고 마음만 먹으면 얼마든지 죽일 수 있는 희생자를 일부러 제외시키고 자기 조카를 선택한 겁니다. 그렇게 하면 자연스러운 형태로 사건의 관계자가 될 거라고 생각했기 때문이죠. 현장에서 반드시 저하고 얼굴을 마주칠 수 있게 되고, 그와 같은 상황 속에서 자신이 수사진의 일원으로서 조사에 참여하는 것이 용이하리란 사실을 내다본 겁니다. 어째서 카자리스 부인은 남편이 수사에 협력하도록 강하게 그에게 권했던 걸까요? 그것은 그가 '고양이'에 관한 그의 '이론'을 그녀와 자주 '토론'했기 때문입니다! 카자리스는 이미 레노아 살해 이전부터 레노아에 대한 아내의 애착을 이용해 주의 깊게 준비를 해왔던 거죠. 만일 카자리스 부인이 그 문제를 꺼내지 않았다면 그는 스스로 수사에 대한 협력을 요청했겠지요. 하지만 그녀는 그 애길 꺼냈습니다. 그의 계산대로."

경감은 으르렁대듯 말했다. "과연, 그는 내부로 잠입해 들어와 우리의 사정을 아는 입장에 서 있었던 게야."

"자기 자신의 능력에 득의의 미소를 짓는 입장에 말이죠." 엘러리는 어깨를 으쓱했다. "앞에서도 말했던 것처럼, 저의 느낌도 둔했어요. '고양이' 쪽에서 그런 움직임을 보일 가능성이 있다는 것은 훨씬 전부터 알고 있었어요. 셀레스트와 지미를 의심했던 것은 혹시 그런 동기가 있는 게 아닐까 생각했기 때문이었어요. 아무리 해도 그런 의혹을 내팽개칠 수가 없었어요. 그러는 동안 내내 카자리스는……."

"끈은 없습니다."

퀸 부자는 벌떡 일어났다.

그러나 방 입구에 서 있었던 것은 베리 형사부장이었다.

"베리, 곧 그들이 돌아올 거야. 진료실의 철제 파일은?"

경감은 단호한 말투로 말했다.

"경찰서에서 빌 디벤더를 불러 열게 해야지 힘들겠습니다. 전 못해요, 흔적을 남기지 않고 여는 것은."

"앞으로 어느 정도 시간이 있나?"

경감은 사슬을 잡아당겨 몸시계를 꺼냈다.

그러나 엘러리는 입을 한일자로 꽉 다물고 있었다.

"오늘 우리에게 남겨진 시간만으로는 충분한 수색이 무리일 겁니다. 우선은 끈을 여기에 보관하고 있는지 어떤지 모릅니다. 부인이나 가정부에게 들킬 염려도 있으니까요."

베리 형사부장이 흥분해서 끼어들었다. "저도 그렇게 생각합니다. 경감님에게 말했습니다. 기억하십니까? 경감님, 놈은 어딘가 로커

같은 곳에 끈을 감춰 놓고 있는 것 같다고요. "

"베리, 물론 자넨 분명 그렇게 말했어. 하지만 이 아파트 어디에 있을지도 몰라. 우리는 그 끈을 찾아내야만 해, 엘러리. 얼마 전에 지방 검사가 나한테 만일 똑같은 타입의 파랑과 분홍 끈을 찾아내 그것을 어떤 개인과 관련지을 수가 있다면 그 증거만으로도 재판으로 끌고 가겠다고 말했거든. "

엘러리가 갑자기 말했다. "그보다도, 훨씬 더 확실한 증거를 지방 검사에게 내보일 수가 있습니다. "

"어떻게? "

엘러리는 호두나무 재질의 파일 캐비닛 하나에 손을 댔다.

"우리가 카자리스의 입장이 되어 생각해보는 것만으로도 충분합니다. 그의 작업은 분명히 아직 끝나지 않았어요. 페트루키와 카츠의 카드는 아직 1927년 3월 10일까지밖엔 나가 있지 않은데, 그의 산과 의사로서의 기록은 그로부터 3년 넘은 뒤까지 계속되어 있으니까요. "

"무슨 말인지 모르겠습니다. "

형사부장이 불만스런 표정으로 말했다.

그러나 경감은 이미 1927~30의 라벨을 붙인 서랍을 조사하기 시작하고 있었다.

도널드 카츠의 출생 카드 다음은 분홍으로된 '루터스, 로젤'이라는 이름이었다.

전화번호부에는 루터스라는 성은 나와 있지 않았다.

다음 카드는 파랑이었다. '핑클스톤, 더몬'

그 이름도 전화번호부에 실려 있지 않았다.

분홍. '헤가위트, 아델레이드'

"계속해 주세요, 아버지."

경감은 다음 카드를 꺼냈다. "콜린스, 버클리 M."

"콜린스는 많이 있는데…… 버클리 M.은 없는데."

"어머니의 카드에 적힌 그녀의 세례명은……."

"필요없습니다. 그의 희생자는 모두 본인의 이름으로 전화번호부에
나와 있어요. 아기의 이름이 전화번호부에 실려 있지 않고, 부모의
이름이 나와 있는 게 둘 있습니다. 그것 말고도 그런 것이 많이 있
는 것이 틀림없어요. 하지만 그는 그런 사람들을 제외시켰어요. 그
이유는 그가 해야만 할 조사의 양이 늘고, 그만큼 위험이 많아지기
때문인 것 같습니다. 적어도 지금까지는 그는 곧바로 소식을 알 수
있는 사람만을 골랐어요. 다음 카드는?"

"플로린스, 콘스탄스."

"없습니다."

그로부터 59번째에 경감은 말했다. "소머즈 메릴린."

"철자는?"

"S-o-a-m-e-s"

"S-o-a…… 소머즈, 있다! 소머즈, 메릴린!"

"어디 보자."

소머즈라는 성은 이것뿐이었다. 주소는 이스트 29번지 486이었다.

"1번가에서 조금 들어간 곳이야. 베르뷰 병원이 코앞이야."

경감은 중얼거렸다.

"어머니와 아버지의 이름은? 하얀 카드 쪽이에요."

"에드너 L.하고 프랭크 P.야. 아버지의 직업은 '우체국 직원'이라고
되어 있군."

"메릴린 소머즈와 그녀의 가족에 관해 긴급히 본부에 물어봐 주세
요, 우리가 여기서 기다리는 동안에."

"너무 늦었어……. 우선 시장에게 전화해서 그가 카자리스를 붙들고 있는지를 확인해 보지. 전화는 어디 있나, 베리?"

"진료실에 2대가 있습니다."

"집 안에는 없나?"

"현관 옆의 전화실에 있습니다."

경감은 나갔다.

그가 돌아오자 엘러리는 말했다. "저쪽에서 걸어오진 않겠죠?"

경감은 성을 내며 말했다. "엘러리, 날 바보로 아는 게냐? 걸려온 전화를 우리가 받으면 모든 것은 산산조각이 나 버리잖아! 30분이 지나면 내 쪽에서 걸기로 되어 있어. 베리, 전화가 울려도 받으면 안 되네."

"제가 바보인 줄 아십니까?"

그들은 기다렸다.

베리 형사부장은 현관을 왔다갔다 했다.

경감은 몇 번이나 몸시계를 끄집어냈다.

엘러리는 분홍 카드를 집어들었다.

'소머즈, 메릴린, 여, 1928년 1월 2일 오전 7시 13분 출생'

맨해튼 인구에 여자 1명의 증가. 죽음의 손에 의해 씌어진 출생기록이다.

초기 진통 : 정상

분만시의 태아 체위 : 왼쪽 뒷머리 가로위치

진통 기간 : 10시간

신생아의 상황 : 정상

마취약 : 모르핀 스코포라민

처치 : 겸자(분만시 쓰이는 가위 모양의 집게)

예방 : 클레데 점안

임신기간 : 40주

호흡 : 자연

의식 회복 처치 : 없음

신생아의 상해 : 없음

선천적 이상 : 없음

약물 처치 : 없음

신생아 체중 : 6파운드 9온스

신생아 신장 : 49센티미터

다음은 출생부터 10일째까지의 기록이다. '신생아의 행동…… 추가 또는 보충유의 타입…… 주목할 만한 장해…… 소화, 호흡, 혈액순환, 비뇨생식기, 신경조직, 피부, 배꼽……'

철두철미한 의사다. 죽음은 언제나 철두철미했다. 소화, 혈액순환, 배꼽. 특히 배꼽. 모체의 조직이 태아의 본체의 조직과 연결되는 곳. 이는 해부학상 및 동물학상의 정의다. 포유동물의 태아와 태반을 이어주는 제대(臍帶)가 배꼽에 부착되어 있다……. 워튼의 젤리 상태 조직…… 외배엽 상피세포……. 실크 끈에 관한 것은 아무것도 적혀 있지 않다.

그러나 그것은 21년 뒤에 나타나기로 되어 있다.

카드는 여자는 핑크, 남자는 파랑이다.

정연하다. 출산에 관한 뜻모를 과학적 용어들.

그것은 색이 바랜 잉크로 카드에 적혀 있었다. 독립한, 묶은, 빨간, 꼼지락거리는 생물의 탄생에 관한 신의 서언(序言)이다.

그리고 신은 직접 부여해 놓고, 빼앗는다.

경감이 수화기를 놓았을 때, 그의 얼굴은 약간 창백해져 있었다. "어머니의 이름은 에드너, 옛 성은 라파티. 아버지는 프랭크 페르만 소머즈. 직업은 우체국 사무원. 딸 메릴린은 프리랜서 속기사로 21살이야."

오늘이나, 내일, 아니면 다음 주나 다음 달에 맨해튼 이스트 29번지 486에 사는 21살의 속기사 메릴린 소머즈는 그녀를 이 세상으로 내보낸 손에 의해 에드워드 카자리스 박사의 파일에서 뽑혀져 나오리라. 그리고 그는 연어 속살색의 실크 끈을 그녀의 목에 감을 준비를 시작하겠지.

그러고 나서 그는 끈을 손에 들고 사냥감을 찾아 외출한다. 얼마 안 가 〈뉴욕 엑스트라〉의 만화가는 잔뜩 긴장해 '고양이'에게 열 번째의 꼬리를 그리고, 물음표 모양을 한 열한 번 째 꼬리를 그려 넣겠지.

"하지만 이번엔 우리가 기다리고 있어. 마지막 순간까지 기다렸다가 그가 끈을 들고 실제로 덮치는 순간에 붙잡는 거야. '고양이'의 라벨이 벗겨지지 않도록 확실하게 그에게 달라붙으려면 그 방법밖엔 없어." 그날 밤 엘러리는 자기 집 거실에서 말했다.

셀레스트와 지미 두 사람은 겁에 질린 표정이었다.

퀸 경감은 팔걸이의자에 앉아서 셀레스트를 물끄러미 지켜보고 있었다.

엘러리는 말했다. "우리는 모든 수단을 동원하고 있어. 카자리스를 금요일부터 줄곧 46시간 동안 미행하고 있어. 메릴린 소머즈는 오늘 저녁부터야. 카자리스의 행동에 관해서는 1시간마다 본부의 특별실로 보고가 들어오지. 거기엔 베리 형사부장과 다른 한 사람이 있어. 그들 두 경찰은 전화로 카자리스가 의심스런 행동을 했다는 보고가 들어오는 순간, 우리의 전용 전화로 이쪽에 알리도록 명령해 놓았지.

메릴린 소머즈는 이런 사실을 전혀 몰라. 그녀의 가족들도 모르지. 알리면 그들을 불안하게 할 뿐이고, 또 그들의 행동이 카자리스에게 의혹을 불러일으킬지도 모르거든. 그리 되면 우리는 처음부터 다시 시작해야만 하게 돼. 어쩌면 그가 갑자기 무서운 생각이 들어서 영원히 그만둬 버리거나, 매우 오랫동안 손을 대지 않을지도 몰라. 우리는 더 이상 기다릴 수는 없어. 실패는 허용되지 않아.

여자의 행동에 관해서도 1시간마다 보고가 들어오고 있어. 준비는 거의 완벽하지."

"거의라고요?" 지미가 말했다.

그 말은 그 자리에 있던 사람들 사이에 이상하게 불안한 공기를 감돌게 했다.

엘러리는 말했다. "셀레스트, 당신은 예비군이 되어 줘야겠어. 가장 중요하고, 가장 위험한 일이기 때문이야. 지미 대신이지. 만약 카자리스가 다음에 노리는 자가 남자임을 알았다면 지미를 쓸 계획이었어. 여자라면…… 당신이고."

"그건 무슨 일입니까?" 지미는 경계하면서 물었다.

"나의 애초의 계획은 카자리스의 파일이 나타내는 다음 번 희생자의 대타를 자네들의 누군가에게 맡길 참이었거든."

팔로 다리를 감싸듯 하고 앉아 있던 매켈은 벌떡 일어나 엘러리를 쏘아보았다.

"거절하겠소. 이 아가씨를 도살장의 소로 만들다니, 당치도 않아. 내가 허락하지 않아, 내가, 이 매켈이!"

"엘러리, 이래서 나는 이 사람을 불온인물로 감금해야만 된다고 말해왔던 거야." 경감이 물어뜯을 것처럼 말했다. "앉게, 매켈."

"서 있겠어요, 안 되나요?"

엘러리는 한숨을 쉬었다.

셀레스트가 말했다. "지미, 당신의 생각은 고마워요. 하지만 난 퀸 씨가 어떤 생각을 하더라도 도망치지 않을 거예요. 자, 앉아요. 침착하세요."

지미는 소리쳤다. "안 돼! 당신에게 목을 묶이게 내줄 수는 없어! 거기 계시는 명탐정께서도 실수할 때가 있단 말이야. 게다가 그는 지금까지 인간다움을 보인 적이 있었나? 난 그에 대해 모든 걸 알고 있어. 그는 다만 컨트롤 타워에 버티고 앉아서 쬐끄만 다이얼을 만지작거리며 돌리고 있을 뿐이야. '과대망상'이 지나친 거라고! 그가 당신 목을 카자리스의 끈 속으로 내민다면 그하고 카자리스가 다를 게 뭐야? 둘 다 똑같은 편집광이 아니냐고! 무엇보다 이 계획 자체가 등신 머저리 같잖아. 카자리스를 속여서 당신이 다른 처녀라고 착각하게 할 수 있을까? 당신은 누구지? 변장의 달인 마타 하리 ^{(독일의 유명}_(한 스파이)라도 되나?"

"내 얘긴 아직 끝나지 않았어, 지미. 그것은 애초의 계획이었다고 했지? 곰곰이 생각해 보니 너무 위험해서 그만두었어."

엘러리는 참을성 있게 말했다.

"헤에!" 지미는 말했다.

"셀레스트 때문이 아냐. 그녀는 메릴린 소머즈와 마찬가지로 안전하게 지켜질 거야. 계략으로서는 위험하다는 거지. 그의 목표는 메릴린이야. 그는 그녀를 찾아내겠지, 다른 희생자를 찾아낸 것과 똑같이 말야. 역시 메릴린을 쓰는 게 가장 안전해."

"셀레스트를 '고양이'의 미끼로 삼지 않는 이유마저도 비인간적이군!"

"그러면 제 임무는 뭐죠, 퀸 씨? 지미는 잠자코 있어 봐요."

"아까도 말했다시피 카자리스는 희생자에 관한 일종의 예비조사를 한다고 믿을 만한 충분한 이유가 있어. 그런데 메릴린이 아파트를 나올 때는 언제든지 우리의 호위가 따라붙을 거야. 하지만 형사를 따라 붙게 하는 것은 밖에서만 가능해. 그녀를 직접적인 공격으로부터는 지킬 수 있어. 그렇지만 그녀에게 걸려오는 전화에 대한 단서를 잡기는 어렵지 않겠어?

카자리스가 자기 집에서 메릴린이나 그녀의 가족과 접촉할 것을 예상해 그의 전화를 도청하는 것은 가능하지. 하지만 카자리스는 머리가 좋을 뿐만 아니라 지식도 풍부해서 지난 몇 년 동안 보도된 정부의 도청사건이나 일반에 알려진 기술과 기구에 대해 모를 리가 없어. 카자리스는 절대로 의혹을 일으키게 할 만한 위험을 저지르지 않을 거야. 게다가 그는 그런 목적을 위해 자기 집 전화를 쓸 만큼 아둔하지도 않거든. 그가 대담하면서도 동시에 신중하다는 것은 그의 수법을 보아도 알 수 있지. 때문에 만약 그가 전화로 접촉하려 한다면 그것은 어딘가의 공중전화일 것이 틀림없어. 그것에 대해서는 우리는 대비할 도리가 없어. 속수무책일 수밖에.

소머즈 집안의 전화를 도청하는 것도 가능하지만, 이 경우에도 가족에게 의혹을 품게 할 위험성이 있어. 앞으로 몇 주일 동안 소머즈 집안 사람들에게는 평소와 다름없이 행동하는 게 필요해.

어쩌면 카자리스는 전화를 전혀 사용하지 않고 편지로 접촉을 꾀할지도 몰라."

"지금까지의 사건에서 그가 편지로 접촉했다는 증거를 우리가 포착하지 않은 건 사실이야. 그러나 실제로 그가 그렇게 하지 않았다고 단언할 수도 없어. 게다가 지금까지 한 번도 한 적이 없다고 이번에도 하지 않는다는 보장은 없거든." 경감이 끼어 들었다.

"가명을 쓴 편지도 생각할 수 있어. 우리는 편지를 감시할 수도 있지만 실제로는 약간 무리지." 엘러리는 고개를 저었다.

"전화든, 편지든 간에 우리가 신뢰할 수 있는 누군가를 소머즈 집 안에 집어넣는 것이 가장 안전한 방법이야. 앞으로 2, 3주일 동안 누군가를 아침부터 밤까지 죽 가족과 함께 지내게 하는 거야."

"그게 바로 저로군요." 셀레스트가 말했다.

"누군지 알고 싶군." 소파에서 경감의 고통스러운 목소리가 들려왔다. "이것은 달리와 롬브로소(이탈리아 범죄학자), 그리고 삭스 로마(영국 작가. 《쿠만 쿠 박사》의 저자)가 만들어낸 악몽이 아닌지 모르겠네."

그러나 아무도 그에게 주의를 기울이지 않았다. 셀레스트는 미간을 모으고 있었다. "하지만 퀸 씨, 그가 저를 알아보지 않을까요? 왜냐하면 그는 그때……."

"시몬느를 살필 때 말인가?"

"게다가 나중에 제 사진이 신문에 나왔기 때문에……."

"그가 시몬느에게 주의를 집중하고 있어서 당신에겐 그다지 주의하지 않았을 거야, 셀레스트. 그리고 각 신문에 난 당신 사진을 파일로 살펴봤지만 어느 것이나 전혀 닮지 않았어. 하지만 그라면 당신을 알아볼 수도 있겠지, 틀림없이. 하지만 그건 그가 당신을 보았을 때 얘기야, 셀레스트. 그 점은 걱정 않아도 돼." 엘러리는 미소 지었다. "그에겐 절대로 눈에 띄지 않게 하겠어. 완전히 집 안에서만 하는 일이고, 당신은 결코 밖으로 나오는 일이 없거든. 엄격하게 컨트롤된 상태 말고는."

엘러리는 힐끗 아버지를 보았다. 경감은 일어섰다.

"미스 필립스, 당신에게 미리 말해두겠는데, 나는 처음에는 이 계획에 절대 반대였어. 훈련을 쌓은 형사의 일이기 때문이지."

퀸 경감은 말했다.

"하지만이라고 할 거죠?" 지미 매켈이 쓴 벌레라도 씹은 듯 얼굴을 찡그리고 말했다.

"하지만, 두 가지 사실 때문에 엘러리의 방식에 따르기로 했어. 하나는 당신이 몸이 마비된 환자를 몇 년 동안이나 보살핀 경험이 있다는 점이야. 또 하나는 소머즈 집안의 한 아이가——자녀는 메릴린을 포함해 4명이다——7살 난 남자아이가 한 달 전에 허리를 다쳐서 깁스를 한 채로 지난주에 퇴원했다는 거야.

우리가 받은 의사의 보고에 따르면 이 아이는 앞으로 몇 주일간 침대에 누워 있어야만 하고, 24시간 보살핌이 필요해. 정식 간호사는 필요치 않고 보조 간호사면 족해. 우리는 이미 사람을 통해 가족의 주치의인 마일런 울버슨 의사와 접촉했어. 그리고 울버슨 박사가 그 아이를 위해 시중들 사람을 찾고 있지만 아직껏 찾지 못한 것을 알았지." 경감은 어깨를 으쓱했다. "미스 필립스, 그 아이가 다친 것은 우리에겐 엄청난 행운이 될지도 몰라. 당신이 허리가 아픈 환자를 시중드는 간호사 역할을 할 자신이 있다면 말야."

"자신 있어요!"

"밥 먹이고, 몸을 닦아주고, 놀이 상대가 되어주는 것만이 아니야. 마사지라든가 뭐 그런 것도 해야만 할 것 같아. 당신이 할 수 있을까, 셀레스트?" 엘러리는 말했다.

"나는 시몬느를 위해 그런 일들을 해왔어요. 시몬느의 의사선생님은 제가 보통 정식 간호사보다 능숙하다고 칭찬해 주셨어요."

퀸 부자는 얼굴을 마주 보았다. 경감은 손을 흔들어 신호했다.

엘러리는 빠른 말투로 말했다. "셀레스트, 내일 아침에, 당신은 울버슨 박사에게로 가게 될 거야. 그는 당신이 진짜 간호사가 아니란 걸 알아. 표면상의 이유와는 관계없는 극비의 목적 때문에 소머즈 집안에 들어갈 필요가 있다는 것도. 울버슨 박사는 좀처럼 허락하지 않았지만 우리는 시의 높으신 분께 부탁해서 소머즈 집안의 가족 전체를 위해서라고 직접 그를 설득했지. 그렇더라도 그는 당신을 가차없이 테스트하기로 되어 있어."

"잠든 상태의 환자를 움직이는 방법도, 피하주사를 놓는 방법도 알아야 해요. 여기에 합격하면 오케이 하실 거예요. 걱정없어요."

"당신의 매력을 약간만 발휘하는 것만으로 충분해. 나를 푹 빠지게한 그 매력을 말야." 지미가 안타까운 듯이 말했다.

"네, 보람이 있는 일이 될 거예요!"

"당신이라면 잘 해낼 거야. 그런데 진짜 이름은 쓰지 않는 게 좋겠어. 울버슨 박사에게도." 엘러리는 말했다.

매켈이 비아냥거리는 투로 말했다. "매켈로 하면 어떨까요? 실제로 말야, 이름을 매켈로 바꾸고 그 여탐정의 백일몽에 작별을 고하는건 어떨까요?"

"매켈, 농담은 그만 하게! 그렇지 않으면 현관 밖으로 차 버리겠네." 경감이 외쳤다.

"알았어요. 완전히 자기들 맘대로 다 하는 사람들이라니까⋯⋯."

지미는 투덜대면서 기분이 상한 게으름뱅이처럼 소파 위에서 몸을둥글게 말았다.

셀레스트는 그의 손을 잡았다. "우리 집안의 진짜 이름은 프랑스식으로 발음하면 마르탱이지만, 영어식 발음으론 마틴이에요."

"그게 좋겠군."

"⋯⋯그리고 시몬느의 어머니는 늘 저를 수잔느라고 불렀어요. 저의 미들 네임이죠. 시몬느도 때로는 수라고 부른걸요."

"수 마틴인가. 좋아, 그걸로 하자고. 테스트에 합격하면 울버슨 박사가 소머즈 부부에게 추천할 테고, 그러면 곧장 일에 착수하는 거야. 물론 시중드는 간호사의 통상적인 급여도 받을 수 있어. 얼마인지는 모르지만. 나중에 알아보도록 하지."

"알겠어요, 퀸 씨."

"미스 필립스, 잠깐 일어나 주겠나?"

셀레스트는 놀랐다. "네?"

경감은 그녀를 찬찬히 관찰했다.

그러더니 그녀의 주위를 돌았다.

"그럴 때, 남자라면 보통 휘파람을 불죠." 지미가 말했다.

경감은 애가 타서 말했다. "그게 문제야. 미스 필립스, 당신은 자신을 좀더 촌스럽게 보이는 게 좋겠어. 시중드는 간호사라는 막중한 직업을 경멸할 마음은 손톱만큼도 없지만, 만약 당신이 시중드는 간호사로 보인다면, 난 아마 올리비에 드 하비랜드로 보일 거야."

"알겠어요, 경감님." 셀레스트는 얼굴을 붉히면서 말했다.

"립스틱을 약간 바르는 것 말고는 화장하지 말 것. 립스틱도 눈에 띄는 건 안 돼."

"네."

"머리 모양은 간단하게 하고, 매니큐어를 지우고 손톱도 자르게. 그리고 옷 중에서 가장 소박한 것을 입어야 해. 좀더 나이 들어 보이게, 좀더 더, 지친 것처럼 보여야만 해."

"예." 셀레스트는 말했다.

"흰 가운을 갖고 있나?"

"아뇨."

"두세 장 마련해 두지. 하얀 신발도. 굽이 낮은 하얀 신발은?"

"한 켤레 갖고 있어요, 경감님."

"시중 드는 간호사용 가방도 필요해. 안에 든 도구와 함께 우리가 준비하겠어."

"부탁드립니다."

지미가 말을 꺼냈다. "진주 무늬 권총은? 그게 없다면 진정한 여탐정이라고 할 수 없거든."

모두에게 무시를 당한 그는 일어나서 술병 쪽으로 갔다.

엘러리가 말했다. "그런데, 그 탐정의 일 말인데. 소머즈 집안의 남자아이 간호 외에 당신은 언제나 눈과 귀에 신경을 집중시키고 있어야만 해. 메릴린 소머즈는 집에서 속기 작업을 해. 원고를 타이프로 정서하는 그런 일이야. 그래서 자기 명의의 전화를 갖고 있지. 메릴린이 집에서 일을 하는 것도 우리에겐 상황이 좋아. 당신이 그녀와 친해질 기회가 많으니까 말야. 그녀는 당신보다 2살 어릴 뿐이야. 지금까지 우리가 알아낸 바로는 진실하고, 괜찮은 아가씨지."

"아무렴, 그렇고말고. 여탐정 29B호에게 딱 어울리는군." 지미가 술병이 늘어선 장식장 옆에서 말했다. 그러나 그의 목소리에는 자랑스러움이 배어 나오기 시작하고 있었다.

"그녀는 별로 밖으로 놀러 나가지 않아. 책을 좋아하거든. 꼭 당신 같은 타입이야. 체구도 비슷하고. 가장 상황이 좋은 건 그녀가 아픈 동생을 무척이나 귀여워한다는 점이야. 당신들 두 사람에게 공통의 화제가 금세 생겨날 거야."

"소머즈한테 걸려오는 전화에 특별한 주의를 기울이지 않으면 안돼." 경감이 말했다.

"그렇지, 그때마다 이야기 내용을 알아내야 해. 특히 상대가 소머즈 가족이 모르는 사람일 때는."

"메릴린에게 걸려온 때나, 다른 가족에게 걸려온 때에도 말야."

"알겠습니다, 경감님."

"메릴린 앞으로 온 편지도 어떻게든 읽어야만 해. 가능하다면 가족 전체의 편지도. 어쨌든 그 집에서 일어나는 모든 일을 관찰하고, 그것을 자세히 보고해 줘. 날마다 빈틈없이 보고해 줘."

엘러리는 말했다.

"전화로 보고하는 건가요? 힘들지도 몰라요."

"긴급한 때 말고는 집 안의 전화를 사용해선 안 돼. 이스트 29번지와 1번 거리, 2번 거리 모퉁이 어디쯤에 만날 장소를 정하자구. 매일 밤, 장소를 바꿔가면서."

"나도 가겠어요." 지미가 말했다.

"매일 밤, 스탠리가 잠든 뒤의 일정 시간에…… 집에서 지내면서 집안 사정을 좀더 알게 되면 그 시간을 정해서 우리에게 알려 주는 거야……. 자넨 산책을 나가는 거지. 그걸 첫날 밤부터 습관을 들여. 그렇게 하면 자네가 매일 밤 없어져도 가족들이 이상하게 생각하지 않거든. 만일 약속 시간에 나올 수 없는 일이 일어나더라도 우린 자네가 빠져나올 때까지 약속 장소에서 기다릴 거야, 밤새도록."

"나도 그럴 거야." 지미가 말했다.

"뭐 묻고 싶은 것은?"

셀레스트는 생각했다. "생각나지 않아요."

엘러리는 약간 염치없다고 지미가 느낄 눈길로 그녀를 보았다. "셀레스트, 특히 말해 두겠는데, 당신의 임무는 아주 중대한 것이 될지도 몰라. 물론, 더 좋은 상황이 외부에서 일어나면 당신은 전혀 휘말리지 않고 끝나겠지. 우리는 모두 그러길 바라고 있어. 하지만 그렇게 되지 않을 경우, 당신은 우리의 트로이 목마야. 그때는 모든 것이 당신의 어깨에 달리게 될지도 몰라."

"있는 힘껏 하겠어요." 셀레스트는 작은 목소리로 말했다.

"그런데, 어떤 기분이 들지?"

"그냥…… 기쁠 따름이에요."

"내일 울버슨 박사를 만난 다음에 다시 좀더 자세한 상의를 하기로 하지. 예정대로 오늘 밤은 여기서 묵는 거야." 엘러리는 그녀의 어깨에 손을 올려놓았다.

지미 매켈이 으르렁대는 듯한 목소리로 말했다. "나도야."

10

셀레스트가 소머즈 집안에서 여자 야누스(로마 신화에 나오는 2 개의 얼굴을 지닌 신) 역을 연기하는 것에 일말의 불안감을 느낄 수도 있을 것이다. 만약 메릴린의 아버지가 뚱뚱보에 여자를 밝히고, 소머즈 부인이 잔소리꾼에 메릴린이 닮고닮은 여자이고, 다른 아이들이 모조리 불량아이기라도 한다면. 그러나 막상 집 안으로 들어가 보니 소머즈 집안의 가족들은 모두가 좋은 사람들이었다.

프랭크 페르만 소머즈는 목소리가 정말로 차분하고 작으며, 물기가 모조리 빠진 것처럼 여위었다. 그는 33번지와 8번 거리의 모퉁이에 있는 우체국의 고참 사무원으로, 마치 대통령 직속으로 그 지위에 임명되기라도 한 것처럼 엄숙한 태도로 업무에 임했다. 그러나 평소에는 재미있는 농담을 즐겼다. 그는 일이 끝나면 언제나 선물을 들고 귀가했다. 막대사탕이나 봉지에 든 양념땅콩, 아니면 풍선껌 등을. 그는 선물을 라다만토스(그리스 신화에 나오는 정의의 무사며 재판관) 같은 엄정함으로 3명의 아이들에게 나누어줬다. 또한 때로는 초록색의 얇은 종이로 포장한 장미봉오리 하나를 메릴린을 위해 사왔다. 어느 밤, 그는 아내를 위해 멋진 종이상자에 든 커다란 크림 케이크를 안고 돌아왔다. 소머즈 부인은 그의 헛된 씀씀이에 질렸다면서 자기는 절대로 먹지 않겠다고, 그런 사치스런 짓은 할 수 없다고 했다. 그러자 남편은 낮은 목소리로 살며시 그녀에게 무슨 말인가를 해서 아내의 얼굴을 붉어지게 했다. 그녀가 그 상자를 살며시 냉장고에 넣는 것을 셀레스트는 보았다. 메릴린의 말로는 크림이 든 케이크의 계절이 되면 그녀의 부모는 늘 '소근소근 이야기'를 한다는 것이었다. 다음날 아침, 셀레스트는 스탠리의 아침 식사로 우유를 꺼내려 냉장고를 열었을 때, 상자가 없어진 것을 알아챘다.

메릴린의 어머니는 타고난 건강한 체질의 여자였으나 중년이 되어 쇠약해져 있었다. 그녀는 평생을 노동과 절약으로 해가 뜨고 지는 삶을 살아왔으며, 편안히 몸을 쉴 여유 따위는 없었다. 더구나 지금은 고통스러운 갱년기였다.

"난 변화가 오는 때여서 월경은 멎었고, 정맥은 부풀었으며 다리도 아파요."

농담처럼 소머즈 부인은 셀레스트에게 하소연했다.

"그래도 내가 만든 딸기 파이는 부잣집 마님의 것보다 월등하답니다. 딸기를 살 돈이 있을 땐 말이에요."

그녀는 피로 때문에 가끔 누워서 쉬어야만 했지만, 하루에 몇 분 이상 침대에 누워 있지 못했다.

"에드너, 울버슨 선생님이 뭐라고 하셨는지 기억하고 있겠지?" 그녀의 남편은 늘 걱정스레 말했다.

"또 그 당신의 '울버슨 선생님'인가요? 1주일 치나 빨랫감이 밀렸는데 무슨 소리예요." 그녀는 콧방귀를 뀌었다.

소머즈 부인은 세탁에 관해서는 이상할 정도로 열심이었다. 메릴린에게는 결코 세탁물에 손대지 못하게 했다.

"요즘 아이들은 손으로 비벼서 빨 생각은 하지 않고 비누에 의존한다니까." 그녀는 경멸하는 듯이 말했다.

그러나 셀레스트를 향해 소머즈 부인은 언젠가 이렇게 말했다. "저 아이도 이제 곧 산더미 같은 빨래를 해야만 하게 될 테니까 말예요."

소머즈 부인의 오직 한 가지 취미는 라디오를 듣는 것이었다. 집안의 라디오는 작은 탁상용이 한 대 있을 뿐이며, 그것은 대개 부엌의 레인지 위의 잡동사니 선반의 한가운데에 놓여 있었다. 소머즈 부인은 한숨을 쉬면서 라디오를 스탠리의 베개맡에 놓았다. 스탠리는 날마다 정해진 시간에 2시간 이상 라디오를 들어서는 안 된다는 규칙을 셀레스트가 만들었을 때——그것은 그의 어머니가 좋아하는 시간과 겹치지 않도록 고려한 것이었다——소머즈 부인은 감사와 미안함이 뒤섞인 표정을 지었다. 그녀는 셀레스트에게 아서 갓프리(개그맨)의 프로와 〈스텔라 댈러스(엄마들 취향의 멜로드라마)〉, 〈빅 시스터(멜로드라마)〉, 〈더블 오어 나싱(퀴즈프로)〉을 놓친 적이 없다고 했다. 또한 그녀는 돈이 들어오면 프랭크가 텔레비전을 사다 줄 것이라고 말하고는 건조하게 덧붙였다. "적어도 프랭크는 그렇게 말했어요, 그는 늘 사는 복권이 언젠간 당첨될 거라고 믿고 있으니까요."

막내인 스탠리는 반짝이는 눈동자를 지닌, 마르고 몸집이 작은 소년으로 무서운 일만 상상하곤 했다. 셀레스트가 이 집에 처음 왔을 때 스탠리는 그녀를 의심해 거의 말을 하지 않았다. 그러나 첫째 날 밤에 그녀가 소년의 뼈만 남은 몸을 마사지하고 있을 때, 그는 갑자기 말했다.

"진짜 간호사예요?"

"으응, 그럼."

셀레스트는 두근거리는 가슴을 억누르며 웃음 지었다.

"간호사는 사람을 칼로 찔러요."

스탠리는 무뚝뚝한 표정으로 말했다.

"그런 엉터리를, 대체 누가 그러던?"

"땅꼬마 프란시스 엘리스가요, 나의 선생님이죠."

"스탠리, 그렇게…… 상냥하신 숙녀 선생님을 땅꼬마라니 어째서 그렇게 심한 별명으로 부르지?"

"교장 선생님이 그렇게 부르는걸요." 스탠리는 반박하듯 말했다.

"땅꼬마라고?"

"주변에 아무도 없을 때 교장 선생님은 미스 엘리스를 땅꼬마라고 불렀어요."

"스탠리 소머즈, 거짓말이겠지, 설마 그런……." 그러나 스탠리는 무서운 것처럼 눈을 크게 뜨고는 작은 머리를 돌려 주위를 보았다.

"조용히 자거라! 무슨 일이 있니?"

"미스 마틴, 좋은 걸 가르쳐 드릴까요?" 스탠리는 속삭였다.

셀레스트도 저도 모르게 작은 소리로 대답하고 있었다.

"뭔데, 스탠리? 뭐야?"

"내 피는 초록색이에요."

이 일 이후로 셀레스트는 스탠리의 말과 신탁, 고백을 크게 축소해서 듣기로 했다. 사실과 상상을 분간하느라 고생을 할 때도 종종 있었다.

스탠리는 '고양이'에 관해 놀랄 만큼 해박했다. 그는 심각한 표정으로 셀레스트에게 자신이 '고양이'라고 했다.

그녀의 환자와 메릴린 사이에는 다른 두 아이, 9살의 엘리노어와 13살의 빌리가 있었다. 엘리노어는 의젓하고 차분하며 덩치가 큰 아이였다. 못생긴 그녀의 생김새는 너무나도 솔직한 눈에 의해 가려졌다. 셀레스트는 곧장 그녀와 사이가 좋아졌다. 빌리는 중학생이었는데, 그는 자신의 현재 처지에 별반 불만을 갖고 있지 않았다. 손재주가 많은 아이로, 소머즈 부인에 따르면 그는 '쓰레기'를 가지고 엄마를 위해 다양한 것을 만들어내는 아이였다. 그러나 그의 아버지는 실망하는 것 같았다.

"빌리는 아무래도 학자가 되긴 글렀어. 공부에 흥미가 없어. 그 아이가 하는 것이라곤 방과후에 동네방네 차고를 뒤져 모터에 대해 알려는 것뿐이야. 조금 더 크면 취직해서 뭔가 기계 공부를 하게 될 때까지 기다리질 않을 것 같아. 우리 집에서 공부에 관심이 있는 건 딸들뿐이야."

빌리는 마침 키가 부쩍부쩍 자라는 시기여서, 소머즈의 말을 빌리면 '이카보드 쿠레인(어빙의 소설에 나오는 학교 교사)과 똑같다'는 것이었다. 프랭크 소머즈는 만만찮은 독서가로, 도서관에서 빌려온 책을 꽤 열심히 읽었다. 그는 젊은 시절부터 사 모은 헌책을 꽂아둔 빈약한 책장을 가지고 있었다. 스코트, 어빙, 제임스 쿠퍼(19세기 미국의 소설가), 엘리엇, 사카레 등의 책인데, 빌리의 말에 따르면 이들 작가들은 '곰팡내 나는' 사람들이었다. 빌리의 독서는 거의 전부가 만화에 한정되어 있으며, 그는 그런 책을 아버지가 이해하지 못할 복잡한 바터 시스템을 통해 대량으로 손에 넣고 있었다. 셀레스트는 빌리에게 호감을 가졌다. 너무 크게 자라는 손에도, 또 약간 비밀스런 목소리에도.

게다가 메릴린 또한 괜찮은 처녀였다. 셀레스트는 곧장 그녀가 너무나 좋아졌다. 그녀는 키가 컸으나 미인은 아니었다. 코가 조금 크고 광대뼈가 너무 튀어나와 있었다. 그러나 새카만 눈과 머리칼은 아름다우며 몸 동작이 날렵했다. 그녀는 비밀스런 슬픔을 갖고 있었다. 가족 부양이라는 아버지의 무거운 짐을 덜어주기 위해 생활비를 벌어야만 해서 고등학교 졸업 후, 그렇게 가고 싶어하던 상급학교에 진학할 수가 없었던 것이다. 그러나 메릴린은 불평꾼이 아니며, 겉으로는 만족하는 것처럼 보이기까지 했다. 그녀에게는 현실을 메워주는 그녀만의 또 하나의 삶이 있는 모양이라고 셀레스트는 상상했다. 그녀는 일을 통해 창조와 지성의 세계의 이상한, 포착하기 힘든 그림자와 접촉하고 있었기 때문이었다.

그녀는 셀레스트에게 말했다. "나는 원고를 정서하는 타이피스트로서 그다지 우수하다고는 할 수 없어요. 타이프하고 있는 문장의 내용에 나도 모르게 바보스러울 정도로 푹 빠지고 말거든요."

그럼에도 불구하고 그녀에게는 훌륭한 단골들이 있었다. 옛 고등학교 선생님을 통해 그녀는 젊은 극작가 그룹의 일을 받아다 하고 있었다. 그들의 작품은 질적인 면은 제쳐 두고라도 양이 많았다. 그녀의 단골 가운데는 《심리학적으로 본 세계 역사 개관》이라는 방대한 저서를 집필하는 콜롬비아 대학의 정교수도 있었다. 가장 큰 단골은 유명한 저널리스트 작가인데 소머즈 씨는 그가 딸을 단단히 신뢰한다고 자랑스럽게 말하면, "그래도 가끔은 혼나요" 하고 메릴린이 덧붙였다.

그녀의 수입은 들쭉날쭉했지만 어떻게 해서든 일을 계속해야만 했으므로 그녀의 미래는 밝다고는 할 수 없었다. 아버지의 자존심에 상처를 입히지 않으려고 그녀는 자신이 일하는 것은 '물가고를 이겨내기' 위해 일시적으로 하노라는 지어낸 애기를 늘 했다. 그러나 메릴린은 거기에서 도망칠 수 있는 것은 비록 실현된다 하더라도 훨씬 미래의 일일 것임을 안다고 셀레스트는 생각했다. 남자아이들은 성장해 결혼하고 집을 나가겠지만, 그녀는 엘리노어의 교육비를 부담해야만 한다는 문제가 있었다. 메릴린은 엘리노어를 어떻게든 대학에 보내고 싶어했다.

"저 아이는 정말 천재예요, 이제 겨우 9살인데 훌륭한 시를 쓰는걸요."

소머즈 부인은 몸이 약한 편이며, 프랭크 소머즈도 건강한 편은 아니었다. 메릴린은 자기의 운명을 깨닫고 각오하고 있었다. 그 때문에 그녀는 자신을 쫓아다니며 로맨틱한 구애를 했던 몇몇 남자들을 실망시켰다.

"적어도 그 가운데 한 사람은 진지하게 결혼을 생각했었지만."

메릴린은 웃으면서 그렇게 말했다.

그녀에게 가장 열심이던 구애자는 저널리스트 작가였다.

"먼저 사람들과는 달랐어요, 새로운 장(章)을 받을 때나——그의 원고는 타이프가 아니라 손으로 쓴 것이거든요——정서한 것을 갖

다줄 때 그의 집으로 가야만 했는데, 그때마다 그는 여행중에 손에
넣은 아프리카 토인의 곤봉을 들고 아파트 안에서 나를 쫓아다녔
죠. 그건 장난이긴 하지만 반은 진심이기도 했어요. 그러다가 나는
도망치기를 그만두고 그 막대기로 그를 마구 때려 주었죠. 일을 하
고 싶지 않을 때는 특히 그렇게 했어요."

그러나 얼마 안 있어 메릴린은 도망치기를 멈추고 막대로 그를 때
리는 것도 하지 않았던 것은 아닐까 하고 셀레스트는 생각했다. 그
경험이 메릴린에게 도움이 되리라는 생각을 하면서 셀레스트는 스스
로를 납득시켰다. 메릴린은 정열적인 아가씨였지만, 단호하게 순결을
지켜왔을 거라고 셀레스트는 믿었다. 이것은 자기 자신에게도 해당된
다고 셀레스트는 생각했다. 그러나 그녀는 여기서 이 문제에 관해 생
각하기를 그만두었다.

소머즈의 집은 엘리베이터가 없는 오래된 아파트에 2개의 침실을
포함한 5개의 방으로 되어 있었다. 침실은 3개가 필요해서 '거실'이
세 번째의 침실로 개조되어 딸들의 침실과 메릴린의 작업장 겸용으로
쓰이고 있었다.

소머즈 부인은 한숨을 쉬었다. "메릴린에게도 자기 방을 줘야 할
텐데, 그러질 못해서. 그래도 그건 불가능한 얘기예요."

방의 일부를 메릴린의 '사무실'로 구획하기 위해 빌리가 칸막이를
만들어 주었다. 기다란 금속 봉에 커튼을 쳐서. 그녀는 여기에 책상
과 타이프라이터, 문구류와 전화를 놓고 작으나마 독립된 방의 기분
을 냈다. 그런 구획이 필요한 이유는 또 하나, 엘리노어는 일찍 잠드
는데 메릴린이 자주 밤늦게까지 일을 해야만 하는 사정도 있었다.

전화가 있는 장소를 보고 셀레스트는 은밀하게 어떤 계획을 생각해
냈다. 그녀가 간호사로서 이 집에 왔을 때, 스탠리는 아들들의 방에
서 자기 침대에 누워 있었다. 빌리처럼 다 큰 남자와 같은 침실을 쓰

는 건 불편하다는 구실로——더구나 그녀는 밤중에도 환자의 바로 옆에 있어야만 한다——셀레스트는 스탠리를 거실에 있는 엘리노어의 침대로 옮기고, 엘리노어는 아들들의 방으로 옮겼다.

"정말로 당신의 일에 방해가 되지 않을지 모르겠네?"

셀레스트는 걱정스레 메릴린에게 물었다.

그녀는 이와 같은 모든 것이 양심에 가책을 받아 어쩔 줄을 몰랐다. 하지만 메릴린은 어떤 환경에서도 일을 할 수 있도록 훈련을 쌓았노라고 했다.

"스탠리 같은 아이와 함께 살아보면 잡음을 귀에 들여보내지 않는 방법을 저절로 터득하게 돼요. 그렇지 않으면 스스로 제 목을 자를 도리밖에 없어요." 메릴린이 아무렇지도 않게 말했다. '목'이라는 단어에 셀레스트는 오싹했다.

이 집에 온 지 사흘이 되던 날에 그녀는 자신이 풍만한 메릴린의 몸의 그 부분으로 눈이 가는 것을 무의식중에 피하고 있음을 알았다. 그것은 단단한 목이었다. 그날 이후 그것은 셀레스트에게, 모든 가족의 삶과, 밖에서 기다리고 있는 죽음을 결부짓는 일종의 심벌이 되었다. 그녀는 자신을 격려하며 그것을 똑바로 쳐다보려 했다.

엘리노어와 스탠리의 침대를 옮기는 일로 문제가 일어나면서 셀레스트는 뒤가 켕기는 느낌을 한층 강하게 느꼈다. 엘리노어와 빌리 정도의 나이가 되어 남매가 침실을 함께 쓰는 것은 '좋지 않다'고 소머즈 부인이 말했다. 그래서 빌리가 부모의 방으로 옮기고 소머즈 부인이 아들들의 방으로 가서 엘리노어와 함께 잤다.

"마치 혁명을 일으키고 만 듯한 기분이에요. 당신들의 생활을 이렇게 흩뜨려 놓다니." 셀레스트는 탄식했다. 그러자 소머즈 부인이 "어머나, 미스 마틴, 그런 일로 마음 쓰지 않아도 돼요. 우리 아이의 간호를 위해 와 주셔서 정말로 고맙게 생각하고 있으니까요"라고 했을 때, 셀레스트는 한층 냉혹한 배신자 스파이인 듯한 기분이 들었다. 거실에서 그녀가 쓸 침대는 이웃에서 빌린 구식 간이침대로, 고행하는 사람이 앉는 동굴 바닥처럼 딱딱했지만, 셀레스트는 그것을 떠올림으로써 작으나마 살아난 듯한 기분이 들었다. 이것이 그녀가 할 수 있는 최대한의 보상이었다. 가족 중에 다른 누군가의 침대와 바꾸자는 제의를 그녀는 화가 난 듯한 표정으로 거절했다.

"너무 괴로워요. 사람들이 너무 친절하게 대해줘서 마치 범죄자가 된 듯한 기분이 들어요." 셀레스트는 두 번째 날 밤에 1번 거리 골목에서 퀸 부자와 지미를 만나 호소했다.

"그래서 셀레스트는 이 일에 지나치게 소박하다고 내가 그랬던 겁니다." 지미가 빈정댔다. 그러나 어둠 속에서 그는 그녀의 손가락 끝에 입을 맞추고 있었다.

"지미, 정말로 좋은 사람들이에요. 게다가 모두가 내게 고마워하는 걸요. 만약 그들이 이런 사실을 안다면!"

"그리 되면 그들은 당신의 목에 양파를 밀어 넣을 거야. 목이라고 한다면……." 지미는 말했다.

그러나 엘러리가 말했다. "편지는 어떻지, 셀레스트?"

"메릴린은 아침에 일어나면 곧장 아래로 보러 가요. 소머즈 씨는 첫 번째 배달 전에 집을 나서고……."

"그건 알고 있어."

"메릴린은 책상 위의 철제 바구니 속에 그날의 편지를 넣어두죠. 그래서 읽기가 어렵진 않아요. 어제 메릴린과 스탠리가 잠든 깊은 밤 중에 읽을 수 있었어요. 낮에라도 기회는 있어요. 메릴린은 일 때문에 가끔 나가니까요." 셀레스트는 떨리는 목소리로 말했다.

"그것도 알고 있어." 경감이 씁쓸한 표정으로 말했다. 메릴린 소머즈의 갑작스런 외출, 그것도 때로는 야간의 외출로 인해 형사들은 조마조마해서 위궤양을 일으킬 정도였다.

"밖으로 나가지 않을 때라도 그녀는 늘 부엌에서 점심을 먹어요. 두꺼운 커튼 덕분에 스탠리가 깨어 있어도 그녀에게 온 편지를 읽을 수가 있죠."

"대단하군."

"기쁘군요, 그렇게 말씀해 주시니!" 셀레스트는 지미의 얇은 푸른색 넥타이 위로 자신도 모르게 눈물을 떨어뜨리고 말았다.

그러나 소머즈 집안의 아파트로 돌아왔을 때 그녀의 볼에는 붉은 기운이 돌고 있었다. 그래서 그녀는 산책을 했더니 기운이 난다고 메릴린에게 말했다. 사실이 그랬다.

그들이 만나는 시간은 셀레스트에 의해 10시에서 10시 15분 사이로 정해졌다. 스탠리가 잠드는 것이 9시 전일 때는 거의 없으며, 대개 9시 반까지는 안 잔다고 그녀는 말했다. "늘 침대에 누워 있기 때문에 밤이 되어도 별로 자고 싶어하지 않아요. 깊이 잠든 것을 확인한 뒤가 아니면 나오지 못해요. 게다가 저녁 식사의 뒷정리도 도와야 하니까……."

"미스 필립스, 그런 일은 웬만하면 하지 않는 게 좋아. 그들이 이상하게 생각할 수 있어. 간호사란 그런 일은……." 경감이 말했다.

셀레스트는 반박했다. "간호사에겐 인간적인 감정은 없는 건가요? 소머즈 부인은 몸이 약한데도 하루 온종일 악착스레 일을 해요. 설거지를 도와 조금이라도 일손을 덜게 할 수 있다면 전 그렇게 하겠어요. 제가 집안일에 손대는 것이 발각되면 스파이 조합에서 추방되기라도 하나요? 퀸 경감님, 걱정하실 것 없어요. 눈치챌 만한 일은 하지 않을 거예요. 실패하면 어떻게 되는지도 잘 알고 있어요."

경감은 문득 생각이 나서 말했을 뿐이라고 작은 소리로 말했다. 지미는 자기가 지었다면서 시를 줄줄 읊어댔으나, 그것은 엘리자베스 시대의 시하고 똑같았다.

이렇게 그들은 언제나 10시나 10시가 조금 지나서 만났다. 만날 장소는 날마다 바뀌었는데 그것은 전날 밤에 결정됐다. 적어도 셀레스트에게는 그것은 두려운 시간이 되었다. 그녀는 23시간 반 동안 일하고 식사를 하고, 스파이 노릇을 하며, 소머즈 집안의 가족들 사이에서 잠잤다. 나머지 30분 동안의 외출은 달나라로 여행가는 것만큼이나 용기가 필요했다. 지미를 만날 수 있어서 그녀는 얼마쯤 견딜 만했다. 퀸 부자의 추궁하는 듯한 근엄한 표정이 두려웠다. 미인을 발견했을 때 부는 듯한 지미의 낮은 휘파람 신호를 기다리면서 약속 장소를 향해 어두운 거리를 걸어갈 때 그녀는 용기 백배해야만 했다. 그리고 그녀는 집의 입구나 가게의 차양 밑, 골목길 등 약속한 장소에서 그들과 만났다. 그러면 차츰 마음이 편안해지긴 했지만, 단조로운 지난 24시간의 일을 보고하고, 소머즈 집에 배달된 우편물과 전화에 관한 질문에 답했다, 그러는 동안 줄곧 어둠 속에서 지미의 손에 의지하면서. 그런 다음 지미의 사랑이 담긴 눈빛을 등 뒤로 느끼면서 이제는 건전하고 사랑스러운 작은 세계로 여겨지게 된 소머즈 집으로 돌아왔다.

소머즈 부인이 만든 빵이 부풀어오르면서 풍겨나는 맛있는 냄새가 얼마나 자신의 어머니를 떠올리게 하는지, 또한 별일 아닌 것을 계기로 기억에 남아 있는 시몬느의 가장 아름다운 얼굴과 메릴린이 얼마나 많이 닮았는가를 그녀는 그들에게 이야기하려 하지 않았다.

그리고 또한 눈을 뜨고 있는 시간의 1분 1초가, 아니 잠든 때조차도 얼마나 두려운지, 피가 얼어붙을 정도로 무섭다는 사실도.

그들 어느 누구에게도 말할 수 없었다.

특히 지미에게는.

그들은 끊임없이 추측만 하고 있었다. 매일 밤 셀레스트를 만나는 것 말고는 아무것도 할 일이 없었던 것이다.

그들은 카자리스에 관한 보고를 몇 번이나 거듭 읽었지만 그저 화가 날 뿐이었다. 그의 행동은 그토록 저명한 정신과 의사 에드워드 카자리스 박사에 어울렸다. 죽음의 식욕에 혀를 날름대는 교활한 편집광다운 데라곤 조금도 없었다. 그는 지금도 여전히 위원회에 나와서 보고가 늦은 정신과 의사가 가끔 보내오는 개인의 병력을 검토하고 있었다. 퀸 부자가 출석하는 시장 소집 모임에까지 얼굴을 내밀었다. 이 모임에선 거짓을 간파해내는 재주가 뛰어난 자들이 카자리스를 면밀하게 관찰했다. 그러나 문제는 출석자 가운데 누가 제일가는 배우인가 하는 것이었다. 이 정신과 의사의 붙임성은 그들을 실망시켰다. 그는 또다시 자신의 위원회의 일은 시간 낭비에 지나지 않는다고 했다. 떨떠름해하는 동료 가운데 몇몇은 겨우 협력하게 되었지만 나머지는 완고해서 아무래도 가망이 없다는 것이었다. 그래서 퀸 경감은 카자리스 박사와 그의 동료들이 제출한 자료의 몇몇 용의자 가운데 '고양이'일 가능성이 있는 사람은 한 명도 없었다고 눙치는 표정으로 시장에게 보고했다.

"당신들의 수사는 전혀 진전이 없나요?" 카자리스가 경감에게 물었다. 경감이 고개를 끄덕이자 덩치가 커다란 사내는 웃음을 지었다. "틀림없이 뉴욕 사람이 아닌 모양이야." 엘러리는 박사에게 어울리지 않는 말이라고 생각했다.

그가 최근 쇠약해 보이는 것은 그들의 흥미를 당기게 했다. 그의 몸은 마르고 볼은 푹 꺼졌으며, 백발은 푸석푸석했다. 음침한 얼굴은 색이 칙칙했고, 깊은 주름이 패였으며 아래 눈꺼풀이 경련을 일으키고 있었다. 커다란 손이 주위의 물건을 손가락으로 두드리지 않을 때는 어딘가 쥘 것을 찾는 것처럼 주위를 계속 움직였다. 슬픈 듯한 표정으로 따라와 있던 카자리스 부인은, 남편은 시를 위해 일을 너무 해서 건강을 해쳤으며, 그가 조사를 계속하도록 강하게 밀어 부친 자신이 나빴다고 했다. 박사는 아내의 손을 가볍게 두드렸다. 자신은 적당히 하고 있으며 우려되는 것은 실패하는 것이라고 했다. 젊은 사람은 '실패를 뛰어 넘으며', 나이든 사람은 '그 밑으로 침잠한다'고도 했다.

"에드워드, 이제 일은 그만두세요."

그는 미소 지었다. 그리고 긴 휴식을 취할 생각을 하고 있노라고 했다. "그러나 그 전에, 문제에 '매듭'을 짓지 않으면……."

카자리스는 그들을 조롱하고 있는 것일까?

'매듭'이라는 비유가 그들의 마음에 걸렸다.

아니면 그는 감을 잡고 불안 내지는 발각의 공포가 높아져 살인을 계속하려는 충동을 억누르고 있는 것일까?

그는 미행자를 눈치챈 것인지도 모른다, 형사들은 절대로 그런 일은 없다고 믿고 있었지만.

그렇지만 그것은 있을 수 있는 일이었다.

아니면 그들이 아파트를 수색했을 때, 무슨 흔적을 남겼던 것일까? 그들은 조직적으로 움직였고, 만지거나 움직이게 하거나 할 물품 하나하나의 정확한 위치와 상태를 분명하게 머릿속에 새길 때까지는 무엇 하나도 만지거나 옮기거나 하지 않았다. 그리고 수색이 끝나 모든 것을 원래의 장소로 되돌려 놓았다.

그렇더라도 그는 또 어딘가 모양이 달라진 것을 눈치챈 것인지도 모른다. 만약 그가 올가미를 치고 있었다면? 창고방이나 서랍 하나에 그만이 알 수 있는 사소한 표시, 눈에 띄지 않는, 아주 작은 표시가 있었는지도 모른다. 어떤 타입의 정신병자는 그런 예방책을 강구하는지도 모른다, 교묘하게. 상대는 명석한 두뇌와 정신병이 뒤섞인

자다. 병의 어떤 과정에선 예지 능력을 지닐지도 모른다.

있을 수 있는 일이다.

카자리스 박사의 행동은 밝은 태양을 받으며 들판을 가로지르는 사람처럼 전혀 어두운 그림자를 지니지 않았다. 진료실에서 하루에 하나나 2명의 환자——주로 여자——를 본다. 다른 정신과 의사와 가끔 회합. 아파트에 틀어박혀 있는 날의 기나긴 밤. 카자리스 부인을 동반해 리처드슨 집안 방문이 한 번. 카네기홀의 콘서트에 한 번——이때 그는 눈을 크게 뜨고 두 주먹을 움켜쥐고 프랭크의 교향곡을 들었고, 그 다음 입을 오므리고 조용히 즐거운 듯 바하와 모차르트를 들었다. 동료 의사인 친구 부부의 파티에 한 차례.

최근 들어 그는 이스트 29번지와 1번 거리에 접근하는 듯한 위험은 한 번도 저지르지 않았다.

있을 수 있는 일이다.

정신을 부패시키는 병이다.

어떤 일이든지 일어날 수 있다.

도널드 카츠가 교살된 지 열흘째, '수 마틴'이 간호사 일을 시작한 지 엿새째가 될 즈음에 그들은 심한 불안에 휩싸여 있었다. 이제 그들은 거의 하루종일 경찰 본부의 보고실에 모여 있었다, 말없이. 그런 침묵을 참을 수 없게 되면 신경이 곤두서서 서로 으르렁대다가 이럴 바엔 침묵하는 편이 낫다고 생각했다.

카자리스가 한 수 위가 아닐까 하는 의혹이 퀸 경감의 얼굴을 한층 여위게 했다. 미친 사람에게 놀랄 만한 인내력이 있다는 건 잘 알려진 사실이다. 카자리스는 이렇게 생각하는 것은 아닐까. 만약 그가 충분히 오랫동안 아무것도 하지 않고 있으면 그들은 그가 일련의 살인 계획을 끝마쳤다는 결론을 늦든 빠르든 내릴 거라고. 그리 되면 그들은 형사들을 철수시키리라, 늦든 이르든.

카자리스가 기다리는 것은 그것일까?

물론 감시당한다는 사실을 그가 알아챘을 때의 얘기지만.

어쩌면 이 사건으로 언제까지나 감시가 풀리지 않을 것을 그가 예상하고 있다면, 그들이 피로로 인해 주의력이 산만해지기를 천천히 기다리는 것인지도 모른다. 그리고 그때가 오면…… 틈이 생겨난다. 그는 그때를 뚫고 빠져나가리라.

호주머니에 실크 끈을 감추고.

퀸 경감은 부하 형사들이 원망스러워할 정도로 그들을 다그치고 있었다.

엘러리는 머릿속에서 상상력을 좀더 대담하게 비약시키고 있었다. 만일 카자리스가 창고방 안에 진짜 올가미를 쳐놓고 있다면? 누군가가 낡은 파일을 조사했음을 정말로 그가 간파해 낸다면? 만약 그렇다면 그는 비밀의 베일이 모조리 벗겨졌음을 깨달았을 터였다. 희생자를 고르는 방식이 알려지고 말았다는 사실도.

이러한 경우에 저 정도로 두뇌가 날카로운 자라면 그들의 계획도 예상할 것이었다. 그는 엘러리가 지금 하고 있는 일, 즉 상대의 입장에 자신을 놓아보기만 하면 되는 것이다.

그렇다면, 그들이 도널드 카츠에서 메릴린 소머즈로 앞질러 가서 메릴린 소머즈의 신변에 올가미를 치고 있음을 카자리스는 통찰하겠지.

그럴 때, 자신이 카자리스라면 어떻게 할 것인가를 엘러리는 생각했다. 나라면, 메릴린 소머즈를 깨끗이 포기하고 다음 차례를 희생자로 겨냥하리라. 아니면 좀더 안전한 대책으로 다음 순서도 건너뛰고 그 다음을 노리겠지. 상대는 만일을 생각해서 다음 희생자의 신변도 마찬가지로 경계하고 있을지도 모른다. 우리는 거기까지는 하고 있지 않다…….

엘러리는 괴로웠다. 자신을 용서할 수가 없었다. 변명의 여지가 없다고 그는 스스로에게 계속 말했다. 카자리스의 카드에서 메릴린 소머즈 다음으로 희생될 인물, 그 다음, 나아가 그 다음을 찾아내 그들 모두를 호위할 예방책을 강구해야만 했던 것이다. 비록 파일의 마지막까지 조사해 뉴욕 시의 1백 명이나 되는 젊은이를 보호해야만 하는 일이 생기더라도 그랬다.

만약 이러한 전제가 맞는다면, 카자리스는 자신을 미행하는 형사들이 감시를 느슨히 하기를 지금 이 순간에도 기다리고 있는지도 모른다. 그리고 그 기회가 찾아오면 '고양이'는 살며시 빠져나와 열 번째 희생자——누구인지는 모르지만——의 목을 유유히 조르리라, 메릴린 소머즈를 호위하는 형사들을 비웃으면서.

엘러리는 그 문제로 상당히 마조히스틱해져 있었다.

그는 으르렁대듯 말했다. "우리가 기대할 수 있는 최선의 사태는 카자리스가 메릴린을 향해 행동을 하는 겁니다. 최악은 그가 이미 누군가 다른 인물에 대해 행동을 일으키고 있는 거죠. 만약 그렇다면 그것이 끝날 때까지 우리는 알 수 없겠지요. 카자리스의 꼬리 끝을 붙잡고 있을 수가 없는 한 말입니다. 우리는 그를 물고 늘어져야만 합니다! 감시를 몇 늘린다면?"

그러나 경감은 고개를 저었다. 인원이 늘면 늘수록 이쪽의 계획이 발각될 위험도 커진다. 어찌됐건 카자리스가 뭔가 눈치를 챘다고 믿을 만한 근거는 아직 없다. 문제는 그들이 너무 신경질적이 되고 있다는 것이다.

"신경질적이라고요? 누가요?"

"바로 너야! 그리고 나도다! 다만 네가 그 복잡한 머리 체조를 시작할 때까지는 난 그렇지 않았어!"

"아버지, 제가 두려워하는 그런 일은 일어나지 않는다고 말씀해 주세요."

"그렇다면 다시 그 카드를 조사하면 될 게 아니냐."

어떨까, 엘러리는 중얼거렸다. 지금 쥐고 있는 정보만으로 헤나가는 편이 낫다. 쓸데없는 짓을 했다간 긁어 부스럼이 된다. 방심하지 말고 대기할 도리밖엔 없다. 시간이 대답해 주리라.

지미 매켈은 으르렁대듯이 말했다. "독창적인 문구를 만들어내는 덴 명수라니까. 하지만 내 생각엔 당신들은 자기중심적이야. 그녀의 신변에 무슨 일이 일어날지를 걱정해 주는 사람은 없나요?"

그 한마디에 그들은 셀레스트를 만나러 갈 시간임이 생각났다.

서로 몸을 부딪쳐가면서 그들은 문밖으로 나왔다.

10월 19일, 수요일 밤은 무정한 밤이었다. 세 남자는 2번 거리 가까이의 이스트 29번지 남쪽에 있는 두 건물 사이의 골목 입구에 서 있었다. 눅눅한 서풍이 몸을 가를 것처럼 차가워서 그들은 춤이라도 추듯 움직이면서 기다리고 있었다.

10시 15분.

셀레스트가 예정된 시간보다 늦은 것은 처음이었다.

세 사람은 서로 소리쳐가면서 바람을 계속해서 저주했다. 지미는 골목에서 고개를 내밀어 내다보고는 "자, 빨리, 빨리, 셀레스트!"라고 경주마를 재촉하기라도 하듯 작은 소리로 뇌까렸다.

저쪽 1번 거리에 보이는 베르뷰 병원의 불빛도 마음에 위로가 되는 못했다.

그날의 카자리스에 관한 보고는 긴장할 만한 것은 아니었다. 그는 아파트에서 한 발짝도 나오지 않았다. 오후에 2명의 환자——둘 다 젊은 여자——가 찾아왔다. 오후 6시 30분에 데라와 재컬리 리처드슨 부부가 걸어서 찾아왔다. 퀸 부자가 본부를 나서기 전인 오후 9시에 받은 마지막 보고에 따르면 두 사람은 아직 돌아가지 않은 상태였다. 틀림없이 저녁 식사에 부른 것이리라.

"괜찮아, 지미. 카자리스는 꼼짝 않고 집에 있어. 아무것도 걱정할 것 없어. 그녀는 볼일이 있어서 나오지 않을 뿐이야……."

엘러리는 몇 번이나 말했다.

"저건 셀레스트가 아닐까?"

그녀는 뛰지 않으려고 노력하고 있었으나 허사였다. 걸음이 차츰 빨라져서 마침내는 뛰기 시작했고, 그러다가 갑자기 천천히 걷고, 그러고는 이내 뛰기 시작했다. 검은 코트가 새의 날개처럼 펄럭였다.

10시 35분이었다.

"무슨 일이 있는가봐."

"뭘까?"

"늦었으니까 서두르는 건 당연하지."

지미가 신호인 휘파람을 불었다. 입술이 건조해서 소리가 제대로 나오질 않았다. "셀레스트……."

"지미." 그녀는 눈물을 참고 있었다.

"무슨 일이야?" 엘러리는 두 팔로 그녀를 안았다.

"그에게서 전화가……."

바람은 이미 멈췄고 그녀의 말소리는 골목을 날카롭게 흘러갔다. 지미는 엘러리를 어깨로 밀치고 그녀를 안았다. 셀레스트는 떨고 있었다.

"무서워할 것 없어. 떨지 마."

그녀는 울기 시작했다.

그들은 기다렸다. 지미는 그녀의 머리를 쓰다듬었다.

마침내 그녀가 울음을 그쳤다.

퀸 경감이 곧장 말했다. "언제지?"

"10시 조금 넘어서요. 제가 막 나서려던 참이었어요. 현관에서 문을 열려고 손을 댄 순간 전화벨소리가 들렸어요. 메릴린은 빌리, 엘리노어, 부모와 함께 식당에 있었고 제가 거실에서 가장 가까이에 있었죠. 나는 달려 가서 수화기를 들었어요. 그것은, 그의 목소리란 걸 알았어요. 그가 기자회견을 하던 날 라디오에서 목소리를 들었거든요. 낮고 음악적이고, 그러면서 날카로운 데가 있는 소리였어요."

"카자리스······. 에드워드 카자리스 박사의 목소리였다는 건가, 미스 필립스?" 경감은 마치 그 말을 전혀 믿을 수 없으며, 자신의 의혹을 확인하는 것이 무엇보다도 중요하다고 여기는 듯한 말투였다.

"틀림없다니까요!"

"그럴까? 라디오에서 들은 것만으로 말이지?"

그러나 경감은 셀레스트에게 다가갔다.

"그가 뭐라고 했지? 한 마디 한 마디 정확하게!" 엘러리가 물었다.

"내가 여보세요, 하고 했더니 상대방도 여보세요, 하고 대답했어요. 그러더니 그는 소머즈 집의 전화번호를 말하고 거기가 그 번호인지를 묻기에 그렇다고 했어요. 그랬더니 '당신은 프리랜서 속기사 메릴린 소머즈 씨입니까'라고 했어요. 분명히 그의 목소리였어요. 아니라고 대답했더니 '미스 소머즈는 계십니까? 미즈 소머즈겠지요? 미세스가 아니라. 그녀는 에드너와 프랭크 소머즈의 따님인 것 같은데'라고 했어요. 제가 그렇다고 하니까 그는 '바꿔 주시겠습니까?'라고 했어요. 그때는 메릴린이 거실에 와 있었기 때문에 저는 그녀에게 전화를 건네고 속치마를 고치는 척하면서 옆에 서 있었어요."

"확인하고 있는 거야." 경감이 중얼거렸다.

"그래서? 셀레스트?"

"숨을 쉴 여유를 주세요." 지미가 화난 목소리로 말했다.

"메릴린이 한두 번 그렇다고 대답하는 게 들렸고, 그러고는 그녀가 말했어요. '지금은 좀 바쁩니다만 그런 얘기라면 월요일까지 사이에 만나기로 하죠. 성함을 다시 한 번 말씀해 주세요.' 상대가 이름을 말하자 메릴린은 '죄송합니다만 스펠링을'이라고 말했고 상대의 말을 반복했어요."

"그게 뭐였지?"

"폴 노스트럼. N-o-s-t-r-u-m이에요."

"노스트럼_(속임수 특효약이 라는 뜻이 있음)?" 엘러리는 웃었다.

"그래서 메릴린은 알겠다, 내일 원고를 가지러 가겠다고 하면서 어디로 가면 좋겠느냐고 물었어요. 그가 뭔가 대답하자 그녀는 말했어요. '저는 키가 크고 검은 머리색에 둥근 코, 흰색과 검정의 커다란 체크무늬 코트를 입고 나갈 테니 쉽게 알아보실 거예요. 그리고 작은 모자를 쓰겠어요. 당신은?' 그가 뭐라고 대답하자 그녀는 말했어요. '그렇습니까. 그럼 당신이 절 찾으세요, 노스트럼 씨. 꼭 나가겠어요. 그럼 안녕히.' 그리고 그녀는 전화를 끊었어요."

엘러리는 그녀의 몸을 흔들었다. "장소랑 시간은 알아내지 못했어?"

지미는 엘러리를 흔들었다. "너무 재촉하지 말라고 했는데!"

"기다려, 기다려. 미스 필립스, 달리 알아낸 건 없나?"

경감이 두 사람을 옆으로 밀쳤다.

"있어요, 경감님. 메릴린이 전화를 끊었을 때 저는 되도록 아무렇지도 않은 척하면서 '메릴린, 새로운 고객이야?'라고 물었어요. 그러자 그녀는 '그래요. 하지만 어떻게 날 알았을까. 단골 작가 누군가가 소개해 준 게 틀림없어요'라고 말했습니다. '노스트럼'은 시카고의 작가로 새로운 작품을 출판사에 보이기 위해서 왔다, 마지막 몇 장을 고쳐 쓸 필요가 있어서 급히 그것을 다시 타이프했으면 한다고 했대요. 그는 호텔 방을 얻을 수가 없어서 '친구'의 집에 있는데, 그래서 내일 5시 반에 원고를 받으러 애스터 극장 로비까지 나와 달라고 했대요."

"애스터 극장 로비! 드넓은 뉴욕의 하고 많은 곳 중에 가장 번잡한 장소에서, 가장 북적대는 시간이라니."

엘러리는 믿어지지 않는 표정이었다.

"미스 필립스, 애스터 극장이 틀림없겠지?"

"메릴린은 그렇게 말했어요."

모두가 침묵했다.

마침내 엘러리가 어깨를 으쓱하며 말했다. "아무리 생각해도 소용없어."

지미가 말했다. "그거야 시간이 대답해 주지 않겠어요? 그런데 우리의 히로인의 운명은 어떻게 되는 겁니까? 셀레스트는 쥐덫에 든 채로인가요? 아니면 체크 코트를 입히고 파슬리를 뿌려서 내일 애스터 극장으로 데리고 나가는 겁니까?"

"바보같이." 셀레스트는 그의 팔에 머리를 기댔다.

"셀레스트는 지금의 장소에 있을 거야. 이건 그의 게임의 서막에 지나지 않아. 우리는 그의 움직임에 따라서 활동하지."

경감은 고개를 끄덕였다. "전화가 걸려온 것은 몇 시라고 했지?" 그는 셀레스트에게 물었다.

"10시 5분쯤이었어요, 퀸 경감님."

"소머즈 집으로 돌아가."

엘러리가 그녀의 손을 꼭 쥐었다. "셀레스트, 전화 옆을 떠나면 안 돼. 만약 내일 '폴 노스트럼', 혹은 다른 인물에게서 메릴린과 만날 시간이나 장소를 바꾼다는 전화가 오면 그때는 내가 말했던 긴급 경우야. 곧장 본부로 전화해."

"알겠어요."

"내선 2X로. 우리한테 직접 연결되는 비밀번호야. 부탁해." 경감은 세련되지 못하게 그녀의 팔을 툭툭 두드렸다.

"나도 부탁해. 키스해 줘." 지미가 작은 소리로 말했다.

그녀가 바람에 실려 거리를 걸어가고, 486번지 입구에서 모습이 사라질 때까지 그들은 미동도 않고 배웅을 했다.

그리고 그들은 순찰차가 주차하고 있는 3번 거리로 뛰어갔다.

베리 형사부장의 말에 따르면 골드버그 형사가 오후 10시 보고에서 리처드슨 부부는 카자리스 부부와 함께 9시 26분에 카자리스의 아파트를 나갔다고 알려왔다. 두 쌍의 커플은 파크 거리를 천천히 북쪽으로 걸어갔다. 골드버그와 한 조인 영 형사의 말로는 카자리스는 기분이 좋았으며 자주 웃었다는 거였다. 네 사람은 84번지에서 서쪽으로 꺾어져 매디슨 거리를 가로질러, 파크레스터 앞에서 멈춰 섰다. 여기서 두 커플은 헤어졌다. 카자리스 부부는 매디슨 거리로 되돌아가 북쪽으로 꺾어져, 86번지의 약국에 들렀다. 그들은 카운터를 향해 앉아서 뜨거운 코코아를 주문했다. 그것이 10시 2분 전이었다. 10시에는 골드버그가 맞은편 커피점으로 가서 전화로 정시 보고를 했다.

엘러리는 벽의 시계를 힐끗 보았다. "11시 10분이야. 11시 보고는, 형사부장?"

"기다려 주십시오. 골디에게서 10시 20분에 다시 전화가 있었습니다. 특별보고예요." 베리 형사부장은 말했다.

형사부장은 변죽을 울리는 척 입을 다물었다. 그들이 흥분해 놀라움의 괴성을 지를 것을 기대한 것 같았다.

그러나 엘러리와 지미 매켈은 책상에 마주 앉아 메모에 뭔가를 적고 있었다. 그리고 경감은 "뭐지?"라고 말했을 뿐이었다.

"골드버그의 말로는 그가 10시에 커피점의 전화를 끊자마자 영이 길 저편에서 신호를 해왔어요. 골디가 돌아와 보니 카자리스 부인이 카운터를 향해 앉아 있었어요. 휑하니 혼자서. 카자리스의 모습이 보이지 않아서 골디는 황급히 영에게, '놈은 어디 있지? 놈은 어디야?'라고 물었습니다. 영이 가리킨 가게 안을 보니 전화부스에서 카자리스가 전화를 걸고 있는 게 보였답니다. 영의 말로는 골디가 가게를 나오자마자 카자리스는 급히 뭔가 생각난 것처럼 손목시계를 보았다고 합니다. 그것은 매우 과장된, 일부러 보이려는 몸짓이며, 카자리스가 아내를 속이기 위해 연극을 하는 것 같았다고 영은 말했어요. 그는 변명인 듯한 말을 두세 마디 하더니 자리에서 일어나 안쪽으로 갔습니다. 그러더니 전화번호부를 뒤져 번호를 찾아내고, 전화부스 안으로 들어가 전화를 걸었습니다. 들어간 시각은 10시 4분입니다."

"10시 4분. 10시 4분이라고?" 엘러리는 말했다.

"그렇습니다." 형사부장은 말했다. "카자리스는 부스 안에 10분가량 있다가 부인이 있는 곳으로 돌아왔고 남은 핫코코아를 다 마신 다음 두 사람은 가게를 나갔습니다.

그들은 택시를 잡았고 카자리스가 운전기사에게 집 주소를 말했습니다. 영은 다른 택시로 두 사람을 쫓았고, 골디는 약국 안으로 들어갔습니다. 그는 카자리스가 번호를 찾던 전화번호부가 스탠드 위에 펼쳐진 채로 있는 것을 알고, 카자리스 다음에 아무도 그것을 사용하지 않았으므로 조사해 보려고 했습니다. 그것은 맨해튼 전화번호부이며, 펼쳐져 있던 페이지의 이름은……" 베리는 거드름을 피우며 뜸을 들였다. "…… S-O였습니다."

"S-O라고, 엘러리, 들었느냐? S-O다." 퀸 경감은 말했다. 웃는 그의 틀니가 보였다.

지미가 송곳니 그림을 그리면서 말했다. "놀랐는데. 친절한 노신사께서 이렇게나 브론토사우루스(brontosaurus. 쥐라기 후기 초식 공룡)하고 똑같이 보이다니 말야."

그러나 경감은 부드럽게 말했다. "자, 계속해 줘, 베리."

"그뿐입니다. 골드버그는 서둘러 특별보고를 할 필요가 있다고 판단하고 영을 쫓아가 파크 거리로 되돌아오기 전에 곧바로 전화를 했다고 합니다." 베리 형사부장은 엄숙한 말투로 대답했다.

"적절한 조치였어. 그리고 11시 보고는?" 경감은 말했다.

"카자리스 부부는 곧장 집으로 돌아갔고 11시 10분 전에 전등이 꺼졌습니다. 다만, 박사는 부인이 잠들어 버린 뒤에 살며시 빠져나올 작정인지도 모릅니다."

"오늘 밤엔 나오지 않아, 형사부장, 오늘 밤은. 내일 5시 반, 애스터 극장이야." 엘러리는 미소를 지으며 말했다.

그들은 그가 44번지 길 입구에서 애스터 극장 로비로 들어가는 것을 보았다. 시계는 5시 5분이었다. 그들은 1시간이나 전부터 잔뜩 긴장하고 있었다. 헤스 형사가 그의 바로 뒤에서 미행하고 있었다.

카자리스는 진한 회색 옷과 약간 낡은 검은색의 얇은 코트를 입고 때묻은 회색 모자를 쓰고 있었다. 그는 몇몇 사람들과 일행인 척하는 표정을 지으며 그 사람들과 함께 들어왔는데, 로비 안쪽의 좌우로 나뉘는 통로 옆에서 그들에게서 이탈했다. 그러고는 매점에서 〈뉴욕 포스트〉를 사서 선 채로 1면을 몇 분 동안 훑어보더니, 로비를 어슬렁어슬렁 돌아다니기 시작했다. 긴 시간을 두었다가 한번에 몇 피트씩 이동하면서.

"그녀가 아직 왔는지 어떤지 확인하고 있는 거야." 경감이 말했다.

그들은 2층 가운데의 발코니에 깊이 몸을 숨기고 있었다.

카자리스는 로비를 계속 돌았다. 로비는 혼잡해서 그를 놓치지 않으려면 무진 애를 써야 했다. 그러나 헤스는 로비 중앙에 자리를 잡고 있었으므로 거의 움직이지 않아도 되었다. 그러면 놓칠 리가 없다고 그들은 마음놓고 있었다.

로비에는 그 밖에 본부의 형사 6명이 배치되어 있었다.

카자리스는 로비를 다 돌았는지 브로드웨이 쪽 입구 가까이에 서서 얘기를 하거나 웃고 있는 5명의 남녀 곁으로 다가갔다. 그는 불이 붙지 않은 담배를 들고 있었다.

바깥 돌계단 언저리에 지르기트 형사의 넓은 등과 날씬한 허리 라인이 가끔 그들에게 보였다. 흑인인 그는 본부의 우수한 형사 중 하나였다. 퀸 경감은 특히 그를 헤스와 함께 오늘의 임무에 맡긴 것이었다. 평소 같으면 수수한 옷차림을 했을 지르기트였지만 오늘 임무를 위해 세련된 옷을 입고 있어서 중요한 데이트 상대를 기다리는 브로드웨이족처럼 보였다.

5시 25분에 메릴린 소머즈가 나타났다.

그녀는 숨을 헐떡이면서 급히 로비로 들어와서 꽃가게 옆에 발길을 멈추고 주위를 둘러보았다. 그녀는 커다란 체크무늬 코트를 입고 작은 모직 모자를 쓰고 있었다. 그리고 인조 가죽 서류가방을 들고 있었다.

존슨 형사가 들어와서 그녀의 곁을 지나쳐 인파 속으로 들어갔다. 그러나 그는 그녀에게서 15피트 이상은 떨어지지 않았다. 피고트 형사는 브로드웨이 쪽에서 꽃가게로 들어가 약간 시간을 들여 카네이션을 샀다. 그는 가게의 유리 칸막이를 통해서 메릴린과 카자리스를 완전하게 볼 수가 있었다. 조금 지나서 그는 로비로 천천히 돌아와 그녀의 바로 옆에 멈춰 서서 아는 사람을 찾는 것처럼 주위를 둘러보았다. 그녀는 그를 혹시 하는 표정으로 힐끗 쳐다보고, 당장이라도 말을 걸 것 같았다. 그러나 그의 시선이 그녀를 지나쳤을 때, 그녀는 입술을 깨물면서 다른 데로 눈길을 옮겼다.

카자리스는 곧장 그녀를 찾아냈다.

그는 벽에 기대어 아직 불을 붙이지 않은 담배를 손에 들고 신문을 읽기 시작했다.

퀸 부자가 서서 지켜보고 있는 장소에서 그가 신문 너머로 그녀의 얼굴로 시선을 쏟아 붓고 있음이 보였다.

메릴린은 카자리스가 서 있는 로비 반대쪽에서 한사람 한사람씩 차례로 찾기 시작했다. 그녀는 천천히 시선을 옮겨갔다. 그 이동이 반바퀴를 돌아 시선이 마침 카자리스에게 이르렀을 때, 카자리스는 신문을 내리고 곁의 일행 가운데 한 남자에게 작은 소리로 뭔가 말을 했다. 남자는 성냥을 꺼내 카자리스의 담배에 불을 붙여 주었다. 그 순간의 카자리스는 그들 일행인 것처럼 보였다.

메릴린의 시선은 그를 무시하고 지나쳐 다음으로 옮겨갔다.

그는 조금씩 뒤로 내려가 일행 속에서 그녀를 드러내놓고 관찰했다.

메릴린은 5시 45분까지 같은 장소에 있었다. 그런 다음 그곳을 떠나 로비를 돌아서 의자에 앉아 있는 남자들 사이를 찾고 다녔다. 몇 사람이 웃음을 지었고, 한 명은 그녀에게 뭔가 말을 건넸다. 그러나 그녀는 얼굴을 찌푸리고 계속 걸었다.

걷고 있는 그녀를 카자리스는 뒤쫓았다.

그러나 그는 그녀에게 다가가려고 하지는 않았다.

때때로 그는 멈춰 서서 가만히 있기도 했지만 눈만큼은 그녀를 쫓고 있었다.

그는 그녀를 완벽하게 기억해 두려는 것처럼 보였다. 그녀의 걸음걸이와 몸 동작, 꾸밈이 없는, 세밀한 프로필을.

그는 이제 얼굴에 홍조를 띠고 거친 숨을 쉬고 있었다, 심하게 흥분하기라도 한 것처럼.

6시 10분 전에 그녀는 로비를 완전히 한 바퀴 돌아서 원래의 꽃가게 옆으로 돌아왔다. 카자리스는 그녀의 곁을 지나쳐갔다. 그 순간 그는 가장 가까이 그녀에게 접근했다. 그녀에게 몸이 닿을 수 있을 정도로 가까웠다. 그리고 존슨과 피고트도 그에게 닿을 정도로 가까이에 있었다. 그녀는 그의 얼굴을 물끄러미 보았다. 그러나 이번엔 그가 다른 쪽을 보고 있었고, 어딘가에 볼일이 있기라도 한 것처럼 빠른 걸음으로 그녀의 곁을 지나갔다. 틀림없이 그는 자신의 외모에 관해 그녀에게 거짓 설명을 했거나, 아니면 전혀 설명하지 않은 것이었다.

그는 가장 가까운 문에서 발길을 멈췄다.

그곳은 지르기트 형사가 기다리고 있는 입구 바로 안쪽이었다. 지르기트는 모른 척 그에게 힐끗 눈길을 주었다가 돌계단을 내려갔다.

메릴린은 발로 바닥을 툭툭 차기 시작했다. 그녀가 뒤를 보지 않았으므로 카자리스는 거리낄 것 없이 그녀를 관찰할 수가 있었다.

6시가 되자 메릴린은 자세를 바르게 하더니 결심한 듯 안내 데스크를 향해 걸어갔다.

카자리스는 여전히 지금까지의 장소에서 움직이지 않고 있었다.

몇 초 뒤에 안내원이 부르기 시작했다.

"노스트럼 씨. 폴 노스트럼 씨."

즉각 카자리스는 돌계단을 내려가 보도를 가로질러 택시를 탔다. 차가 보도 경계석을 떠나 브로드웨이의 차 대열로 들어가자 헤스는 기다리던 다음 택시에 뛰어올랐다.

6시 10분에 메릴린 소머즈는 심하게 화가 난 표정으로 애스터 극장을 뒤로 했고, 42번지를 향해 브로드웨이를 큰 걸음으로 걸어갔다.

존슨과 피고트가 즉각 뒤를 따랐다.

셀레스트는 그날 밤에 보고했다. "메릴린은 화가 나서 몹시 시근거렸어요. 그녀가 돌아왔을 때 저는 정말로 안도가 되어 그녀의 손에 키스를 하고 싶을 정도였어요. 하지만 그녀는 바람을 맞은 분함 때문에 저한테는 신경을 쓰지 않더군요. 소머즈 씨는 작가란 것들은 변덕쟁이다, 분명히 나중에 사과의 뜻으로 꽃다발이라도 보낼 거라고 위로했어요. 그런데도 메릴린은 그런 아첨을 해봤자 넘어가지 않는다고 격렬한 말투로 말했고, 그는 아마 어딘가 바에서 술에 취해 있을 것이며, 만약 다시 전화를 하면 그를 만나서 뭐라고 해줘야만 직성이 풀리겠다고 씩씩거렸어요."

경감은 수염을 쓰다듬고 있었다. "그는 애스터 극장에서 대체 어디로 간 걸까?"

"자기 집이에요. 셀레스트, 메릴린은 어디에 있지? 다시 외출하진 않았겠지?" 엘러리도 불안한 것 같았다.

"그녀는 마음이 가라앉지 않는다면서 저녁 식사 뒤에 곧장 잠들어 버렸어요."

"난 형사들이 있는 곳을 돌면서 오늘 밤은 특별히 경계를 하도록 주의를 주는 게 좋을 것 같다." 경감이 중얼거렸다.

그들은 그가 황급히 사라지는 것을 배웅했다.

셀레스트는 겨우 지미의 팔에서 풀려났다. "그가 다시 전화를 할 것 같나요, 퀸 씨?"

"글쎄."

"그는 오늘 무슨 생각으로 그렇게 했던 걸까요?"

"이번엔 지금까지와 다른 수법을 써야만 했던 거야. 메릴린은 밖으로 일하러 나오지도 않고, 정해진 습관도 갖고 있지 않아. 아마 그는 그녀를 봐두기 위해 이 근처를 날마다 배회하는 것은 위험하다고 생각하고 그녀를 잘 관찰하기 위해 한바탕 연극을 한 걸 거야."

"그래, 그렇겠군요. 그는 메릴린을 본 적이 없겠군요."

"그녀의 장밋빛 엉덩이를 두들긴 이후론 말야." 지미가 말했다. "그런데 이 궁전 같은 빌딩 현관에서 5분 동안, 나의 미래의 아내와 둘이 있게 해주지 않겠습니까? 12시 종이 울려 내가 호박이 되어 버리기 전에, 요정 아저씨."

그러나 셀레스트는 말했다. "그는 이제 언제 연락을?"

"곧이야, 셀레스트. 내일 밤에라도." 엘러리는 다른 데 정신이 팔린 듯한 목소리로 말했다.

그들은 입을 다물었다.

"그럼……." 셀레스트가 조금 있다가 말했다.

지미가 몸을 움직였다.

"이제 돌아가겠어요."

"전화에 주의를 게을리하지 않도록 해. 그리고 메릴린 앞으로 온 우편물에 특히 정신을 차리고."

"네."

"부탁이니 5분 동안만 둘이서만 있게 해줘요!"

지미가 애원하듯이 말했다. 엘러리는 거리로 나갔다.

현관에서 지미와 셀레스트의 이야기가 끝나기도 전에 퀸 경감이 돌아왔다.

"아버지, 달라진 것이라도?"

"녀석들은 따분해 하고 있어."

조금 지나 세 남자는 본부로 돌아왔다. 골드버그 형사가 오후 11시에 보고한 최신 정보에 따르면 카자리스 부부는 고용한 운전기사가 운전하는 리무진을 타고 온 많은 손님을 대접하고 있다는 것이었다. 시끌벅적한 파티였다고 골드버그는 말했다. 그가 안뜰로 숨어들었을 때 크리스털 잔이 부딪는 소리와 함께 카자리스의 커다란 웃음소리가 들렸다. 골드버그는 말했다.

"그 의사의 웃음소리는, 마치 산타클로스 같았어요."

금요일, 토요일, 일요일.

그러나 아무 일도 일어나지 않았다.

퀸 부자는 서로 거의 입을 열지 않았다. 지미 매켈은 어느 사이엔가 자신이 중재인 겸 통역 노릇을 하고 있음을 깨달았다. 그는 때때로 양쪽에서 공격당하는 중재인에게 따라다니는 재난에 휘둘렸다. 그 자신도 쓴맛으로 가득 찬 얼굴 표정이 되어 가고 있었다.

베리 형사부장조차 정나미가 떨어졌다. 가끔 그의 입에서 나오는 것은 동물의 포효 소리 같은 한숨뿐이었다.

1시간에 한 번, 전화가 울렸다. 그때 그들은 벌떡 일어섰다.

그 보고는 다양했으나, 요점은 똑같았다.

아무것도 일어나지 않는 것이다. 그들은 일제히 보고실에 대해 혐오감을 품기 시작했다. 그러나 그보다도 강한 혐오감을 그들은 서로에 대해 품고 있었다.

그러나 10월 24일, 월요일에 '고양이'가 움직임을 보였다.

그 전갈은 늘 헤스와 짝을 이뤄 낮에 망을 보는 매케인에게서 왔다. 매케인은 정시 보고로부터 겨우 몇 분 뒤에 꽤나 흥분된 목소리로 자기들의 표적이 달아나려 한다고 전해왔다. 때마침 문지기가 카자리스의 아파트에서 몇 개의 수트케이스를 들고 나온 참이었다. 카자리스가 택시 운전기사에게 '펜실베이니아 역에서 열차에 탈 사람들이 있으니 기다리라'고 명령하는 것을 헤스가 들었다. 헤스는 다른 택시로 그들을 쫓아가기로 하고 매케인은 그 소식을 알리러 전화기가 있는 곳으로 달려갔다.

퀸 경감은 매케인에게 곧장 펜실베이니아 역으로 가서 헤스와 용의자를 찾아낸 다음 7번 거리에서 가장 가까운 31번지 입구에서 기다리라고 명령했다.

순찰차는 사이렌을 울리면서 업타운을 향해 달렸다.

엘러리가 화가 난 것처럼 말했다. "그런 일은 있을 수 없어. 난 믿지 않아. 속임수야."

그 밖에는 아무도 말하지 않았다.

운전기사는 명령을 듣고 23번지에서 사이렌을 껐다.

매케인은 그들을 기다리고 있었다. 그는 마침 헤스를 발견한 참이었다. 카자리스 박사와 부인은 플로리다행 기차의 개찰구에서 인파 속에 서 있었다. 리처드슨 부부도 함께였다. 개찰구는 아직 열려 있지 않았다. 헤스가 옆에 서 있었다.

그들은 살며시 역 안으로 들어갔다.

남쪽 대합실의 창으로 매케인이 카자리스와 리처드슨 일행과 가까이에 서 있는 헤스를 손으로 가리켰다.

퀸 경감이 말했다. "헤스하고 바꿔. 그리고 그를 이쪽으로 보내."

조금 지나 헤스가 급히 왔다.

엘러리는 카자리스에게서 눈을 떼지 않았다.

"어떻게 된 거야?" 경감이 물었다.

헤스는 걱정스러워 했다. "모르겠어요, 경감님. 보통 때와는 다른데, 그들이 인파에서 조금 떨어진 곳에 있어서 가까이 다가가 엿들을 수가 없어요. 부인이 뭔가 계속 불평하고, 그는 미소를 지으며 고개를 흔들었어요. 두 사람의 짐은 이제 안으로 운반되었습니다. 리처드슨 부부의 것도요."

"그럼, 그들도 가는 모양이군." 엘러리가 말했다.

"그런 것 같습니다."

그는 목요일에 입었던 볼품 없는 코트는 입고 있지 않았다. 새것인 듯한, 세련된 옷을 입고 함부르크 모자를 쓰고, 깃에는 국화를 꽂고 있었다.

"그가 완벽하게 도망을 친다면, 영웅으로 화폐에 초상이 새겨질 텐데." 지미 매켈이 말했다.

그러나 엘러리는 입속으로 "플로리다?"라고 했을 뿐이었다.

개찰구가 열리고 사람들이 안으로 들어가기 시작했다.

퀸 경감이 헤스의 팔을 붙들었다. "그를 쫓아서 안으로 들어가 옆에서 떨어지지 마. 매케인도 데려가서 무슨 일이 있거든 그를 보내게. 우린 개찰구에서 기다리겠네."

헤스는 황급히 사라졌다.

개찰구가 늦게 열렸다. 그 위의 게시판을 보니 열차가 떠나는 시간까지 앞으로 10분밖엔 남지 않았다.

"걱정 없어, 엘러리. 시간대로 발차하진 않아." 경감이 말했다. 매우 아버지다운 말투였다.

엘러리는 흥분해 있었다.

그들은 느릿한 발걸음으로 걸어가서 '필라델피아 급행 뉴아크 트레튼 필라델피아'라고 쓰인 개찰구 앞에 모여 있는 사람들에 섞였다. 플로리다행 열차로 가는 계단은 2개의 개찰구 앞에 있었다. 그들은 계속 계단과 커다란 시계에 시선을 보냈다.

"내가 말한 대로지?" 경감이 말했다.

"하지만 어째서 플로리다로 갑자기……?"

"목을 조르는 작전을 중지한 게로군?" 지미가 말했다.

"아냐."

"그걸 바라지 않나요?"

엘러리는 미간의 주름을 잔뜩 잡았다. "중지할 리가 없어. 그는 메릴린 소머즈를 포기한 것인지도 몰라. 아니면 목요일에 뭔가를 눈치챘는지도 모르지. 그도 아니면 그녀는 까다롭겠다고 생각했을까. 혹은 이것은 우리를 방심하게 하려는 속임수일지도 몰라. 그가 만일 뭔가 감을 잡았다면 말야. 어쨌든 그가 어느 정도까지 알고 있는 것인지 우린 알지 못해. 아무것도 모르지!······ 만약 그가 눈치채지 않았다면 누군가 다른 사람을 노리게 되겠지."

"플로리다에서 휴가를 보내고 있는 누군가를 말이지."

퀸 경감이 끄덕였다.

지미가 말했다. "뉴욕의 신문이 떠들썩하겠군. '마이애미인가 팜비치인가, 새러소타^(Sarasota. 플로리다 주 멕시코 만에 면한 도시)발, '고양이' 플로리다를 습격하다'라고 말야."

"생각 못할 일은 아니야. 하지만 난 아무래도 그런 것 같지 않아. 뭔가 다른 일이야. 뭔가 다른 속임수라고." 엘러리가 말했다.

"범죄 계획서라도 필요하다는 겁니까? 그가 가방 속에 그 실크 끈을 갖고 있는 것은 틀림없어요. 서둘러 붙잡아야만 합니다."

퀸 경감의 표정은 어두웠다. "아니, 그건 위험해. 그렇게는 할 수 없어. 만약 필요하다면 우리는 플로리다 경찰의 도움을 받아 일을 계속한다. 그들에게 그를 감시하게 하고, 뉴욕으로 돌아오면 잡지 않고 자유롭게 움직이게 두는 거야. 지금까지의 일을 다시 한 번 반복하는 거야."

"그건 곤란합니다. 셀레스트가 있으니까요. 난 그렇게는 기다릴 수 없습니다."

마침 그때, 매케인이 흥분해서 신호를 하면서 계단 입구에서 뛰어왔다. 열차 승무원은 자신의 몸시계를 보고 있었다.

"매케인……."

"저쪽으로 가요! 그가 되돌아와요!"

"뭐라고?"

"그는 가지 않습니다."

그들은 황급히 군중 속으로 섞여 들어갔다.

카자리스가 나타났다.

혼자다.

얼굴에 미소를 띠고 있었다.

그는 뭔가를 완수해낸 사람처럼 의기양양한 발걸음으로 택시 승차장이라 쓰인 곳을 향해 구내를 가로질러 걸어갔다.

헤스는 시각표를 보는 척하면서 뒷걸음질을 쳐 뒤를 쫓아갔다.

그는 걸어가면서 왼쪽 귀를 문질렀다. 매케인이 인파에서 빠져나와 그의 뒤를 어슬렁어슬렁 쫓기 시작했다.

그들이 본부의 보고실로 돌아오자 매케인에게서 전갈이 와 있었다. 카자리스는 택시로 곧장 집으로 돌아갔다는 것이었다.

이제야 겨우 그들은 지난 4주일 동안을 되돌아보고, 의심할 것도 없이 현실로 일어난 일들을 생각할 여유가 생겼다.

카자리스의 명석한 두뇌가 오히려 그의 원수가 되었다. 자기 아내의 조카딸을 죽여 정신병의 컨설턴트로 감쪽같이 '고양이' 사건 속으로 잠입해 들어올 수 있었다. 그러나 그럼으로써 카자리스는 스스로 자신을 피할 수 없는 궁지에 밀어 넣고 말았다. 그는 그 일로 얼마만한 시간을 허비하게 될 것인지를 예상하지 않았으며, 백주 대낮에 활동해야만 한다는 사실도 계산에 넣지 않았다. 레노아 리처드슨을 죽일 때까지는 남편을 믿는 순진한 아내를 속이기만 하면 되었다. 반쯤 은퇴한 상황이었기 때문에 거의 완전히 자유롭게, 더구나 변명할 것도 없이 비밀스레 행동할 수가 있었다. 그러나 이제 그는 부자유한 몸이 되었다. 그는 스스로를 이 사건의 책임 있는 입장에 놓고 말았다. 동료들인 정신과 의사 위원회와의 관계가 생겨났고, 동료들로부터는 그들의 환자에 관해 연락을 받았고, 건강 상태 때문에 카자리스 부인에게서 전보다도 혹독하게 행동을 감시당했다. 더구나 그리 만만히는 대하지 못할 리처드슨 부부와의 교제라는 문제도 있었다.

엘러리는 말했다. "그는 곤란한 상황 아래서 스텔라 페트루키와 도널드 카츠를 교살했다. 이 두 사건의 경우는 그에게 그때까지처럼 조건이 좋지 않았다. 적어도 카츠 사건에선 그는 그 전보다도 훨씬 커다란 위험을 감수해야 했고, 자신의 부재를 설명하기에 훨씬 많은 거짓말을 강구해내야만 했음이 분명하다. 특히 '고양이' 소동 뒤에 일어난 페트루키 사건 때, 그가 그것을 어떻게 해냈는지를 알고 싶다. 부인과 리처드슨 부부가 그가 대답하기 힘든 질문을 하기 시작했던 것은 당연히 생각할 수 있으니까.

그들 세 사람이 플로리다로 갔다는 사실은 중요하다.

역의 개찰구에서 카자리스 부인이 카자리스에게 '불평을 터뜨렸다'고 헤스가 말했다. 그것은 카자리스가 며칠인가 전에 처음으로 플로리다 여행 얘기를 꺼냈을 때 시작된 게 틀림없는 것 같다. 왜냐하면 그가 여행을 제안했거나, 아니면 누군가가 제안하도록 이야기를 이끌었을 것은 분명하기 때문이다.

나는 그가 처형을 통해 일을 꾸민 듯한 느낌이 든다. 리처드슨 부인은 그에게는 안성맞춤의 도구였다. 카자리스는 좀처럼 말을 들을 것 같지 않은 아내를 설득하려면 그녀를 이용하는 게 최고라고 생각했다. 데라에게는 '그런 사건'의 뒤이므로 환경을 바꿔 쉽게 하는 게

필요하다, 그녀는 동생이 없으면 아무것도 하지 못한다고 말하면서
······.

카자리스가 어떤 방법을 썼든지 간에 그는 리처드슨 부부를 여행 보내고, 아내를 동반하게 하는 데 성공했다. 그는 자신이 함께 가지 못하는 이유로 아직 환자가 남아 있다는 것과, 사건 조사를 끝마쳐야 한다는 시장과의 약속 두 가지를 들었음은 자명하다.

아내나 친척의 방해를 받지 않기 위해서라면 무엇이든 한다.

행동의 자유를 얻기 위해서라면 뭐든지 한다."

지미가 말했다. "아직 가정부가 있어요."

"그녀에겐 1주일 휴가를 주었어." 경감이 말했다.

엘러리는 고개를 끄덕이면서 말했다. "이제 방해꾼은 단 한 명도 없게 됐지. 그에겐 다시없는 기회와 행동의 자유가 주어졌어. '고양이'는 드디어 메릴린 소머즈라는 즐거운 먹이에 집중할 수 있게 됐지."

그 말이 맞았다. 카자리스는 메릴린 소머즈를 살해할 작업에 돌입했다. 마치 그녀의 목에 끈을 감는 것이 그의 심적인 편안함을 위해 더없이 중요한 일이며, 이젠 도저히 참아낼 수 없다는 듯이.

그는 그것에 너무 열중한 나머지 주의가 소홀해졌다. 그는 또다시 전에 입었던 낡은 코트를 입고 헌 펠트 모자를 썼다. 좀이 슨 회색 모직 머플러와 닳아빠진 구두가 보태졌지만, 그 밖에는 겉모습을 바꿀 궁리도 하지 않았으므로 어린애라도 그를 미행할 수가 있었다.

더구나 그는 대낮에 사냥감을 찾으러 나섰다.

분명히 그는 완전히 마음을 놓고 있었다.

그는 화요일 아침 일찍 아파트를 나왔다. 헤스와 매케인 두 형사가 골드버그 영 조와 교대한 직후였다. 그는 옆 출입구에서 살며시 길로

나와 마치 행선지가 서쪽인 것처럼 매디슨 거리를 향해 총총히 걸었다. 그러나 매디슨 거리에서 남쪽으로 방향을 바꿔 59번지까지 계속 걸어갔다. 그러더니 동남쪽 모퉁이에서 잠깐 주위를 둘러보았다. 그러고는 정차해 있던 택시에 올라탔다.

자동차는 동쪽을 향했다. 헤스와 매케인은 그를 놓칠 위험을 최소한으로 하기 위해 각기 다른 차로 뒤를 쫓았다.

렉싱턴 거리에서 카자리스의 자동차가 남쪽으로 꺾었을 때, 형사들은 긴장했다. 차는 남쪽으로 계속 전진하다가 도중에 다시 동쪽을 향했고, 1번 거리에 이르렀다.

차는 1번 거리를 28번지까지 똑바로 남쪽으로 달렸다.

28번지에서 카자리스의 차는 획 돌아서 베르뷰 병원 앞에 멈춰섰다.

카자리스는 차에서 내려 요금을 지불했다. 그로부터 병원 입구를 향해 힘차게 큰 보폭으로 걷기 시작했다.

택시는 사라졌다.

카자리스는 곧 발길을 멈추고 차를 지켜보았다. 차는 모퉁이를 돌아 서쪽으로 향했다.

그는 이제 왔던 길을 되돌아가 빠른 걸음으로 29번지 쪽을 향해 걸어갔다. 머플러로 입 언저리까지를 감추고, 모자를 그다지 이상하게 보이지 않을 정도로 눈 깊숙이 쓰고 있었다.

두 손은 코트 주머니에 찌르고 있었다.

29번지에서 그는 길을 건넜다.

그는 천천히 486번지 앞을 지나치면서 멈춰 서거나, 속도를 바꾸거나 하지 않고 입구를 관찰했다.

그는 건물을 한번 훑어보았다. 그것은 황갈색 벽돌로 지은 지저분한 4층 건물이었다.

그는 뒤를 한 번 잠깐 돌아보았다.

우편 배달부가 490번지 건물로 들어가는 참이었다.

카자리스는 거리를 천천히 계속 걸었고, 발을 멈추지 않고 모퉁이를 돌아 2번 거리로 나갔다.

그러나 곧 그가 다시 나타나 뭔가 물건을 잊어버리기라도 한 것처럼 빠른 걸음으로 되돌아왔다. 헤스는 건물 입구에 숨어 있었으나 위험한 곳이었다. 매케인은 거리 맞은편의 현관에 몸을 숨기고 노려보고 있었다. 메릴린 소머즈를 호위할 임무가 주어진 형사 가운데 적어도 한 명이 486번지 빌딩 안에 있다는 것을 그들은 알고 있었다. 틀림없이 1층 홀 안쪽 계단 뒤의 어두운 곳이리라. 다른 한 명은 거리의 매케인이 있는 쪽 어딘가에서 망을 보고 있을 터였다.

위험은 없었다.

전혀 없었다.

그런데도 그들은 손에 땀을 쥐고 있었다.

카자리스는 힐끗 안을 들여다보고 건물 앞을 큰 걸음으로 지나갔다. 우편 배달부는 현관 안에 있었고, 우편함에 편지를 던져 넣고 있었다.

카자리스는 490번지 앞에 멈춰 서서 집을 찾는 것처럼 번호를 보았다. 그러더니 안쪽 호주머니를 더듬어 봉투를 꺼내 입구 위쪽의 집 번호와 비교하면서 봉투를 세심하게 살폈다. 무슨 수금이라도 하러 온 것 같았다.

우편 배달부가 486번지에서 나와서 무거운 발걸음으로 길을 걸어 482번지 건물로 들어갔다.

카자리스는 그 길로 486번지 건물로 들어갔다.

그가 우편함을 한 차례 훑고 있는 것을 퀴글리 형사가 보았다.

카자리스는 소머즈 집의 우편함에서 잠깐 눈을 멈췄다. 종이에 소머즈의 이름자와 3B라는 방 번호가 쓰여 있었다. 함에는 우편물이 들어 있었다. 그는 함에 손을 대려고는 하지 않았다.

퀴글리는 제정신이 아니었다. 우편물은 매일 아침 같은 시간에 배달되며, 그로부터 10분 이내에 그것을 가지러 1층으로 내려오는 것이 메릴린 소머즈의 습관이었기 때문이다.

퀴글리는 권총 케이스로 손을 가져갔다.

돌연, 카자리스는 안쪽 문을 열고 복도로 들어갔다.

형사는 계단 뒤의 가장 어두운 곳에 몸을 웅크렸다.

덩치 큰 사내의 발소리가 들리고, 살찐 다리가 눈앞을 지나 보이지 않게 되었다. 퀴글리는 숨을 죽이고 있었다.

카자리스는 복도를 걸어가 안쪽 문을 열었다. 문은 조용히 닫혔다.

퀴글리는 몸의 위치를 바꿨다.

헤스는 뛰어들어와 그의 곁으로 다가왔다.

"안뜰에 있어."

"예비조사를 하는 거야. 퀴글리, 누군가 계단을 내려온다." 헤스는 속삭였다.

"그 여자야!"

그녀는 현관으로 가서 소머즈 집의 우편함을 열쇠로 열었다.

메릴린은 낡은 화장복 차림에 머리에는 컬 클립을 말고 있었다.

그녀는 우편물을 꺼내어 선 채로 편지를 훑어보았다.

안쪽 문이 열리는 소리가 났다.

카자리스다. 그는 그녀를 보았다.

나중에 두 형사는 그 순간, 그 자리에서 '고양이' 사건에 종지부가 찍히는 줄 알았다고 했다. 실로 딱 좋은 상황이었다. 현관에 있는 화장복 차림의 희생자는 앞으로 몇 초 뒤면 어두컴컴한 복도로 돌아올 것이고, 주위엔 아무도 없으며, 바깥 길에도 거의 인적은 없었다. 여차할 때는 안뜰로 도망칠 수 있었다.

그러나 두 사람의 기대는 어긋났다. 헤스는 말했다.

"첼시에서 오라일리를 죽일 때처럼, 놈은 그녀를 계단 밑으로 질질 끌고 올 거라고 생각했어요. 그곳엔 퀴글리하고 내가 숨어 있었죠. 놈은 뭔가 예감한 게 틀림없습니다."

그러나 엘러리는 고개를 저었다. "습관이야. 그리고 경계한 거야. 그는 언제나 작업을 밤에 해. 아마도 끈조차도 갖고 있지 않았을 거야."

"우리가 엑스레이 같은 눈이라도 가졌더라면 좋을 것을."

퀸 경감이 탄식했다.

그는 옅은 푸른 눈을 반짝이면서 복도 끝에 서 있었다.

현관에서는 메릴린이 편지를 읽고 있었다. 그녀의 평평한 코와 광대뼈, 그리고 턱이 바깥문의 유리에 달라붙은 것 같았다.

그녀는 그곳에 3분 동안 서 있었다.

카자리스는 움직이지 않았다.

마침내 그녀가 안쪽 문을 열고 계단을 올라갔다.

낡은 판자 바닥에서 소리가 났다.

그가 한숨을 쉬는 것이 헤스와 퀴글리에게 들렸다.

이윽고 카자리스는 복도를 걸어갔다.

낙담과 분노. 그의 처진 넓은 어깨와 꽉 움켜쥔 주먹으로 두 형사는 그것을 알 수 있었다.

그는 거리로 나갔다.

그는 어두워진 다음에 다시 돌아와서 거리 반대편의 건물 현관에서 486번지 입구를 지켜보았다.

9시 45분까지.

그러고 나서 그는 집으로 돌아갔다.

"어째서 그를 붙잡지 않은 겁니까? 그리 되면 이런 스릴러 연극에도 종지부가 찍히는 건데. 그의 주머니 속엔 끈이 들어있는 게 확실해요!" 지미 매퀠이 외쳤다.

"어쩌면 그렇겠지. 하지만 그렇지 않는지도 몰라. 그는 그녀의 습관을 알려는 거야. 이건 어쩌면 2, 3주일 계속될지도 모르지. 이번은 그에게는 까다로운 상대야." 경감은 말했다.

"그가 끈을 갖고 있었던 건 틀림없어요!"

"그건 몰라. 우린 그저 기다릴 수밖에 없어. 어쨌거나 그녀를 실제로 덮쳐야만 체포할 수 있어. 끈에만 의지해서는 실패할지도 몰라. 위험한 다리는 건널 수 없어."

지미는 엘러리가 뿌드득 이를 가는 소리를 들었다.

카자리스는 수요일에는 하루종일 근처를 배회했다. 그러다가 밤이 되자 길 맞은편의 건물 입구에 도사렸다.

그러나 9시 50분에 사라졌다.

"그는 도대체 그녀는 외출을 하기는 하는 것일까 하고 이상하게 생각할 게 틀림없어." 셀레스트가 그날 밤, 보고하러 왔을 때 경감은 말했다.

엘러리는 토해내듯이 말했다. "나도 이상해. 셀레스트, 대체 메릴린은 뭘 하는 거야?"

셀레스트는 억누른 목소리로 말했다. "일이요. 단골 극작가의 급한 작업을 하고 있어요. 토요일이나, 일요일이 되어야만 끝난다고 하더군요."

"그는 미쳐 버릴 거야." 매켈의 목소리였다.

아무도 웃지 않았다. 그러나 농담을 한 당사자가 가장 심각한 표정을 짓고 있었다.

어둠 속에서 이루어지는 그들의 매일 밤의 만남은 무중력 속에서 떠다니는 꿈 같은 것이었다. 실제로 존재하는 것은 아무것도 없으며, 그들이 눈앞에서 보고 있는 것도 환상에 지나지 않았다. 그들이 가끔 느끼는 것은 뉴욕 시가 이를 갈고 있으며, 어딘가 아래쪽에서 불만의 소리를 내고 있다는 것뿐이었다. 인간의 생활은 그들의 발 밑에 묻혀 있었다. 그들은 그 위에서 쳇바퀴를 돌리는 생쥐처럼 제자리걸음을 하고 있었다.

목요일에도 그는 똑같은 행동을 했다. 다만 그날은 10시 2분이 지나서까지 끈질기게 버텼다.

"매일 밤, 돌아가는 시간이 늦어지는군."

지미는 애를 태우고 있었다. "엘러리 씨, 이런 상태라면 셀레스트가 집을 나서는 것을 들키고 맙니다. 그렇게 되면 큰일이에요."

"날 노리는 건 아니에요, 지미." 셀레스트의 목소리는 새되었다.

엘러리가 말했다. "그보다도 일정한 시간이라는 게 문제야. 만약 그가 정해진 시간에 셀레스트가 집을 나서는 걸 눈치채면 이상하다고 생각할지도 몰라."

"시간을 바꾸는 게 좋겠어요, 엘러리."

"그럼 이렇게 하지, 셀레스트. 저 건물 3층의 창은 소머즈 집의 거실이 있는 곳이지? 스탠리가 있는 방이고?"

"그래요."

"앞으로 10시 15분까지는 나와선 안 돼. 그것도 나오는 것은 어떤 조건 아래서만이야. 당신의 손목시계는 정확한가?"

"네, 아주."

"맞추도록 하지." 엘러리는 성냥을 그었다. "지금 정확히 10시 26분이야."

"제 것은 그보다 1분 30초가량 늦어요."

그는 다시 성냥을 켰다. "맞춰." 그녀가 그렇게 하자 그는 말했다. "앞으론 매일 밤 10시 10분에서 15분 사이에 저 거실 창가에 있도록 해. 내일 밤부터 만나는 장소는 요 근처 1번 거리의 어딘가로 하지. 내일은 30번지 모퉁이 근처의 그 비어 있는 가게 앞이야."

"일요일 밤에 만난 곳이군요."

"그렇지. 만일 10시 10분에서 15분 사이에 486번지 맞은편 집의 문이나 길에 소형 플래시를 사용한 불빛이 세 번 빛나는 것이 보이거든 그것은 카자리스가 이미 돌아갔으니 보고하러 내려오라는 뜻이야. 신호가 보이지 않으면 3층에 그냥 있도록 해. 그건 그가 아직 부근에 있다는 얘기니까. 그가 10시 10분에서 25분 사이에 돌아갔을 때는 10시 25분에서 30분 사이에 신호하겠어. 그 5분 동안에 신호가 없으면 그가 아직 가까이에 있는 것이니 밖에 나와선 안돼. 그가 가버릴 때까지 같은 방식으로 연락하겠어. 15분마다 신호에 유의하도록 부탁해. 경우에 따라선 밤새도록이라도."

금요일 오후 5시의 매케인의 보고에 따르면 카자리스는 아직 그의 아파트를 나오지 않았다고 했다. 그들은 고개를 갸웃했다. 그는 어두워진 다음에서야 겨우 나왔다. 그날 밤, 그들은 셀레스트를 11시 15분까지 기다리게 해야만 했다. 엘러리는 직접 플래시로 신호를 보내기다리기로 한 장소로 그녀를 나오게 했다.

"신호는 이제 없는 줄 알았어요." 셀레스트의 얼굴은 창백했다. "그는 이제 없나요?"

"몇 분 전에 돌아갔어."

"오후부터 내내, 그리고 저녁 나절에도 전화를 할까 했어요. 스탠리가 오늘은 까탈을 부리고 안정되질 않았어요. 이제 괜찮아지긴 했지만. 게다가 메릴린은 타이프라이터에만 달라붙어 있고…… 오후 1시가 조금 지나서 그에게서 전화가 왔었어요."

그들은 어둠 속에서 그녀에게로 모여들었다.

"또다시 폴 노스트럼이라는 이름이었어요. 그는 애스터 극장에서 그녀를 바람맞힌 것을 사과하면서 갑자기 아파서 오늘까지 누워 있었다고 했어요. 그리곤 다시 한번 만나고 싶다면서, 오늘 밤이라도. 저는 가슴이 너무 두근거렸어요." 셀레스트는 상기된 목소리를 억누르려 애를 썼다.

"메릴린은 그에게 뭐라고 했지?"

"거절했어요. 특별한 일로 너무 바쁘기 때문에 누구 다른 사람에게 부탁하라면서. 그러자 그는 그녀에게 데이트를 해달라고 했어요."

"그래서?" 퀸 경감의 목소리는 떨고 있었다.

"그녀는 웃기만 하고 전화를 끊었어요." 지미는 퀸 경감과 엘러리를 남겨두고 그녀를 한옆으로 끌고 갔다.

"그는 초조해하고 있어요, 아버지."

"월요일에는 가정부가 돌아오기 때문이야."

두 사람은 생각하면서 주위를 걸었다.

"셀레스트."

셀레스트는 지미의 반대를 무릅쓰고 돌아왔다.

"메릴린은 지금 하고 있는 일에 관해 어느 정도 그에게 말했지?"

"내일 밤까지. 아마도 일요일까지는 끝날 것 같지가 않다고 했어요. 그리고 그걸 전하러 가야만 한다고……" 셀레스트는 움찔했다. 그러고는 상기된 목소리로 말했다. "갖다 주러 간다고 했어요……"

"이번 주말이란 말이지." 엘러리가 말했다.

토요일 밤은 어두웠다. 음산한 비가 하루 종일 끊이지 않고 내리고 있었다. 비는 밤이 되면서 멎었고, 안개가 거리에 자욱하게 꼈다. 경감은 그것을 저주하면서 이런 나쁜 날씨도 그들이 용의자를 놓치는 구실이 되지는 못한다고 부하들을 독려했다. "만약 필요하다면 위험을 무릅쓰도록. 하지만 그에게서 떨어져선 안 돼." 그리고 그는 불필요한 말을 덧붙였다. "놓치기라도 했다간 그냥 두지 않겠어."

그날은 꺼림칙한 날이었다.

하루 온종일 나쁜 일만 이어졌다. 오전에 헤스 형사가 복통을 일으켜 매케인이 황급히 전화를 했다. "헤스는 쉬게 할 필요가 있습니다. 괴로워하고 있어요. 서둘러 데리러 와주십시오. 혼자서 있을 테니."

헉스톰이 파크 거리에 도착했을 때는 이미 매케인의 모습은 없었다.

"어디 갔지?"

헤스는 헐떡이면서 말했다. "카자리스가 11시 5분에 집을 나가서 매디슨 거리 쪽으로 걸어갔어. 매케인이 따라갔지. 빨리 나를 택시에 태워 줘. 돌아올 거야."

헉스톰이 매케인과 그의 사냥감을 찾아내기까지는 1시간 이상이 걸렸다. 카자리스는 레스토랑에 간 것뿐이었다. 그는 가게를 나오자 곧장 아파트로 돌아갔다.

그러나 2시가 지나서 카자리스는 작업복을 입고 안뜰로 모습을 드러냈다. 그러고는 이스트 29번지로 향했다.

그리고 4시 조금 전에 메릴린 소머즈가 486번지에서 나왔다. 셀레스트 필립스가 함께였다.

두 아가씨는 29번지를 서쪽으로 향해 서둘렀다.

가랑비가 여전히 추적추적 내리고 있고, 안개는 아직 끼지 않았다. 그러나 하늘은 새카맣게 가라앉고 있었다.

시야가 흐렸다.

카자리스는 걸었다. 미끄러지듯이 매우 빠르게 걸었다. 두 손은 호주머니에 넣고 있었다. 그는 두 아가씨 맞은 편에서 계속 걸었다. 매케인과 헉스톰, 퀴글리와 퀸 부자, 그리고 지미 매켈이 한 사람씩, 혹은 둘이 짝을 지어 그의 뒤를 따랐다.

지미는 줄곧 투덜대고 있었다. "셀레스트는 대체 머리가 어떻게 된 거 아냐? 바보야, 바보."

경감도 같은 말을 중얼거리고 있었으나 훨씬 격렬한 어조였다.

그들은 카자리스가 격정에 휩싸여 있음을 알 수 있었다. 그것은 그의 걸음걸이에 나타나 있었다. 그는 돌진하다가 이내 보통으로 걷다가, 조금 뛰는 듯하다가 우뚝 멈췄다. 그녀들을 쫓기 시작하면서부터 그는 고개를 앞으로 내밀고 있었다.

"고양이랑 똑같아. 저거야말로 '고양이'야." 엘러리는 말했다.

"그녀는 어떻게 된 거야." 지미가 중얼거렸다.

"완전 엉망진창이야! 우리는 그를 꾀어냈어. 지금까지 벼르고 별러서 꾀어냈다고. 그는 혀를 날름대고 있어. 이렇게 시계가 좋지 않으면, 틀림없이 사냥감을 덮칠 거야. 그런데도 그녀는……." 퀸 경감은 울음을 터뜨릴 것 같은 얼굴이었다.

그녀들은 3번 거리로 꺾여져 문구점으로 들어갔다. 가게 남자는 많은 종이와 다른 물건을 싸기 시작했다.

주위는 완전히 캄캄해졌다.

카자리스는 주의가 소홀해졌다. 그는 3번 거리와 29번지 모퉁이의 약국 창 앞에서 제정신을 잃고 빗속에 서 있었다. 그곳에는 전등 불빛이 비추고 있었으나 그는 움직이지 않았다.

고개는 아직 앞으로 쑥 나와 있었다.

엘러리는 지미의 팔을 붙들고 있어야만 했다.

"셀레스트가 그녀와 함께 있는 동안엔 그는 손을 대지 않아. 거리에는 이렇게 사람들이 있으니까, 지미. 자동차도 많이 오가고 말야. 걱정 마."

그녀들은 가게에서 나왔다. 메릴린은 커다란 꾸러미를 들고 있었다.

그녀는 미소를 짓고 있었다.

두 사람은 오던 길을 되짚어 갔다.

아파트에서 50피트 되는 곳에서 카자리스가 마침내 결행을 할까 싶은 순간이 있었다. 안개비가 심해지고 그녀들이 웃으면서 현관을 향해 달리기 시작했을 때였다. 카자리스는 마음을 굳히고 차도로 나섰다.

그러나 그 순간 490번지 앞에서 자동차가 멈췄고, 세 남자가 내렸다. 그들은 거리 맞은편에 서서 흥분된 드높은 목소리로 뭔가 말을 주고받고 있었다.

카자리스는 뒷걸음질을 쳤다.

그녀들은 486번지 건물 안으로 사라졌다.

그는 무거운 발걸음으로 길을 걸어 소머즈의 아파트의 맞은편 건물 현관으로 들어갔다.

골드버그와 영이 매케인, 헉스톰과 교대하러 왔다.

그들은 카자리스에게 근접해 망을 보았다. 안개가 자욱하게 끼기 시작했기 때문이었다.

카자리스는 밤이 되어도 돌아가지 않고, 누군가가 들어올 때 다른 건물의 현관으로 자리를 옮기는 것 말고는 그 자리를 떠나지 않았다.

그는 한 번, 영이 있는 현관으로 들어 왔다. 영은 30분 이상이나 그에게서 15피트도 떨어지지 않은 곳에 서 있었다.

11시 몇 분이 지나자 그는 포기를 했다. 고개를 떨어뜨린 그의 커다란 체구는 안개 속으로 사라져 갔다.

2번 거리 근처에서 감시하고 있던 그들은 그가 지나가는 것을 보았다. 그로부터 몇 초 뒤에 골드버그와 영이 나타났다.

세 사람 모두 서쪽으로 사라졌다.

퀸 경감은 근엄한 표정으로 셀레스트에게 나오라는 신호를 무슨 일이 있어도 직접 해야겠다고 주장했다.

그날 밤의 모임장소는 30번지와 31번지 사이의 1번가에 있는 어두컴컴한 바 겸 그릴이었다. 그들은 전에도 이곳을 사용한 적이 있었다. 사람이 많고 담배 연기가 자욱했지만 손님에게 쓸데없는 참견을 하지 않는 곳이었다.

셀레스트는 들어와서 자리에 앉자마자 말했다.

"어쩔 수가 없었어요. 복사 용지가 떨어져 3번 거리까지 걸어서 사러 가겠다고 그녀가 했을 때, 저는 숨이 멎는 줄 알았어요. 누군가가 그녀와 함께 있으면 그는 덤벼들지 않을 거라고 생각했어요. 감점 10점을 받는다고 해도 달게 받겠어요."

지미는 그녀를 쏘아보았다. "당신의 상냥한 마음씨는 못 말리겠군. 좀 어떻게 돌아버린 것은 아냐?"

"그가 우리를 따라다녔나요?" 그녀는 오늘 밤은 얼굴에 핏기가 없고, 심하게 안절부절못하고 있었다. 엘러리는 무심코 그녀의 손을 보았다. 빨갛고 금이 간 손으로, 손톱은 깨문 것 같았다. 그녀에겐 그것 말고도 마음에 걸리는 어떤 것이 있었지만, 그게 무엇인지 아무리해도 알 수가 없었다.

'뭘까?'

"그는 당신들을 따라다녔어." 경감이 말했다. 그리고 이렇게 덧붙였다. "미스 필립스, 그렇더라도 그녀에게 위험은 없었어. 이 사건 때문에 뉴욕 시는 몇 개월이나 걸쳐 몇만 달러, 몇십만 달러라는 돈과 많은 인원을 써왔어. 하지만 무책임한, 바보 같은 오늘의 당신 행동 때문에 그게 몽땅 허사가 되었어. 아까 같은 기회는 두 번 다시 없을지도 몰라. 그렇게 되면 끝내 그를 체포할 수 없을지도 모르고, 오늘의 그는 매우 초조해 하고 있었어. 만약 그녀가 혼자였다면 그는 달려들었겠지. 내가 얼마나 화가 났는지 말로 다 못할 정도야. 미스 필립스, 사실 당신 같은 사람을 만난 것을 후회하고 있다 해도 지나치지 않아."

이 말에 지미가 일어서려 했다.

셀레스트는 그를 제지하고 그의 어깨에 볼을 기댔다. "경감님, 저는 그녀가 혼자서 밖을 돌아다니는 것을 방관할 수가 없었어요. 앞으로 어떻게 하면 좋을까요?"

노인은 떨리는 손으로 맥주잔을 들어 몽땅 비웠다.

"셀레스트." '아까 그가 마음에 걸렸던 것은 무엇이었을까?'

"네, 퀸 씨." 그녀를 안고 있는 지미의 손에 힘이 들어갔다. 그녀는 미소를 띠며 엘러리를 올려다보았다.

"그런 일을 다시는 하면 안 돼."

"그건 약속할 수 없어요, 퀸 씨."

"당신은 내 명령에 따르겠다고 약속했잖아."

"미안해요."

"우리는 당신을 지금 그만두게 할 수는 없어. 현재 상황을 허무는 것은 불가능해. 그는 내일 다른 방법을 쓸지도 모르니까."

"전 그만두지 않아요. 그만둘 수 없어요."

"우리를 방해하지 않겠다고 약속해 주지 않겠나?"

지미가 그녀의 얼굴을 만졌다.

"내일 밤까지 모든 것이 결정 나고 말지도 몰라. 그가 그녀를 해칠 기회는 만에 하나도 없어. 그녀는 우리가 지켜보고 있고, 그도 마찬가지야. 그가 그 끈을 꺼내 그녀를 향해서 한 발짝 내딛기만 하면 무장한 4명의 형사들이 제지할 거야. 메릴린은 희곡 타이핑을 마쳤나?"

"아뇨, 그녀는 오늘 밤엔 매우 피곤해했어요. 내일 대여섯 시간을 더 일해야 해요. 아침 늦게까지 자겠다고 하니까 저녁 나절까지는 끝나지 않을 거예요."

"끝나면 곧장 갖다 주겠지?"

"작가는 기다리고 있어요. 이미 꽤 늦은 모양이에요."

"그가 사는 곳은?"

"그리니치빌리지예요."

"내일 일기예보는 비가 계속 온다더군. 그녀가 집을 나서는 것은 어두워진 다음이거나 어두워지려는 때가 될 거야. 그는 틀림없이 이스트 29번지나 그리니치빌리지에서 그녀를 덮칠 거야. 앞으로 하루야, 셀레스트, 앞으로 하루면 우리는 남은 악몽과 함께 이번 일을 잊을 수 있어. 그녀를 혼자 가게 해주지 않겠어?"

"그러도록 노력하겠어요."

'마음에 걸리는 것은 대체 뭐란 말인가?'

퀸 경감이 외쳤다. "맥주를 한 잔 더!"

"셀레스트, 자네 덕분에 엄청 고생이군. 자네가 집을 나올 때, 메릴린은 괜찮았겠지?"

"이미 잠들어 있었어요. 가족 전부가요. 소머즈 부부와 빌리, 엘리노어는 내일 일찍 교회에 가기 때문에. ”

엘러리의 턱은 야위어서 날카롭게 보였다. “이제 돌아가. 기대를 저버린 당신 얼굴을 보고싶지가 않군. ”

지미가 말했다. “그만둬, 이 야만인 ! ”

웨이터가 경감의 앞에 맥주를 덜컥 내려놓고 혀 짧은 소리로 물었다.

“부인께는 무엇을 드릴까요 ? ”

“아무것도 필요없어. 저리가 줘. ” 지미가 말했다.

“그렇지만, 여긴 영업하는 곳입니다. 부인께서 아무것도 마시지 않을 거라면 다른 데서 재미를 보셔야겠는데요. ”

지미가 슬그머니 셀레스트에게서 떨어졌다. “뭐라고, 이 새끼……. ”

경감이 외쳤다. “냉큼 꺼져 ! ”

웨이터는 깜짝 놀라 물러났다.

“내 사랑, 이제 돌아가. 난 이 사람들한테 잠깐 할 말이 있어. ” 지미는 작은 소리로 부드럽게 말했다.

“지미, 키스해 줘요. ”

“여기서 ? ”

“상관없어요. ”

그는 그녀에게 키스했다. 웨이터가 멀찍이 떨어져 흘겨보고 있었다.

셀레스트는 뛰어나갔다.

안개가 그녀를 삼켰다.

지미는 험악한 얼굴로 일어나서 퀸 부자 위로 몸을 숙였다. 그는 입을 열었다.

그러나 엘러리가 먼저 말했다. “저건 영 아니야 ? ” 그는 어둠 속을 뚫어 보고 있었다.

다음 순간 그들 모두는 토끼처럼 깜짝 놀랐다.

형사는 바 입구에 서 있었다. 그는 테이블에서 테이블로 시선을 옮기고 있었다. 그의 입가에는 샛노란 깊은 주름이 생겨나 있었다.

엘러리는 테이블 위에 돈을 놓았다.

그들은 일어섰다.

영은 그들을 발견했다. 그는 헐떡이고 있었다. 그의 윗입술에는 땀이 배어 나와 있었다.

"저, 경감님, 들어보세요. 그 지긋지긋한 안개 때문입니다. 이런 안개라면 코앞에 있는 사람의 손도 보이지 않으니까요. 골드버그하고 둘이서 그의 뒤를 쫓았습니다만 그가 갑자기 우리들 쪽으로 되돌아왔습니다. 동쪽으로, 이쪽을 향해서. 다시 충동을 느끼고 해치우자고 결심한 것 같았어요. 그건 바로 미친 사람의 얼굴이었습니다. 우리를 봤는지 어쨌는지는 모르지만, 본 것 같지는 않아요." 영은 숨을 깊이 들이마셨다. "그런데 안개 때문에 그를 놓치고 말았어요. 골디는 걸어서 그를 찾고 있습니다. 저는 여러분을 찾고 있었어요."

"그가 이쪽으로 되돌아 왔는데 놓쳤다는 거야?"

퀸 경감의 볼에 식은땀이 배어 나와 단단하게 뭉친 회반죽 같았다.

'이제야 생각났어.'

"그 체크무늬 코트야." 엘러리는 기계적으로 말했다.

"뭐라고?" 그의 아버지가 말했다.

"오늘 밤에 그녀는 당황해서 자기 코트가 아니라 그녀의 코트를 입고 온 겁니다. 그가 배회하고 있어서 셀레스트는 메릴린의 코트를 입고 밖에 나왔어요."

그들은 지미 매켈의 뒤를 따라서 구르듯이 안개 속으로 뛰쳐나왔다.

11

30번지와 29번지 사이를 달리는 그들의 귀에 셀레스트의 비명이 들렸다.

한 남자가 29번지 모퉁이에서 그들을 향해 뛰어와서 격렬하게 손을 흔들어 돌아가라는 신호를 했다.

"골드버그……."

그렇다면 29번지가 아니다. 이곳 1번 거리의 어딘가다.

비명은 목이 울리는 소리로 바뀌었다. 다시 비명이다, 노래처럼.

"저 골목이다!" 엘러리가 외쳤다.

그곳은 29번지 모퉁이의 건물과 상점 사이의 비좁은 골목이었다. 골드버그 쪽이 가까웠으나 지미 매켈의 사마귀 같은 다리가 재빨리 그곳으로 달려갔다.

그는 모습을 감췄다.

무선이 장착된 순찰차가 어둠 속으로 헤드라이트를 비추면서 질주해 왔다. 퀸 경감이 뭐라고 외치자 차는 후진해 덜커덩거리면서 헤드라이트와 사이드라이트를 골목 입구로 향했다.

그들이 골목으로 들어서자 존슨과 피고트도 총을 빼들고 미끄러지듯이 모퉁이를 돌았다.

사이렌이 29번지와 30번지, 2번 거리에서 단속적으로 울리기 시작했다.

베르뷰 병원에서 구급차가 1번 거리를 대각선으로 가르면서 달려왔다.

소용돌이치는 안개 속에서 여자와 두 남자가 뒤얽혀 싸우는 것처럼 보였다, 비틀거리면서. 스크린에 비친 슬로모션 같은 셀레스트와 카자리스, 그리고 지미. 셀레스트는 얼굴은 이쪽으로, 몸은 다른 쪽으로 향하고 있었다. 궁수가 잔뜩 잡아당긴 활처럼. 목을 보호하기 위해 목과 그 주위에 감겨 있는 분홍빛 끈 사이에 그녀의 양손 손가락이 끼워져 있었다. 그 손가락 관절에서 피가 빛났다. 셀레스트의 뒤에서 끈을 조르고 있는 카자리스는 지미 매켈에게 목이 졸려 모자를 쓰지 않은 머리를 뒤로 젖힌 채 비틀거렸다. 이빨 사이로 혀가 보였고 크게 부릅뜬 눈은 무표정한 고요함으로 허공을 쏘아보고 있었다. 지미의 다른 한 손은 끈을 쥔 카자리스의 손을 느슨하게 풀려고 애쓰고 있었다. 지미의 입이 옆으로 벌어져 마치 웃는 것처럼 보였다.

엘러리는 다른 사람보다 반걸음 빠르게 그곳에 당도했다.

그는 주먹으로 카자리스의 왼쪽 귀 바로 뒤를 후려갈기고 지미와 카자리스 사이로 팔을 집어넣어 손목으로 지미의 턱을 탁 때렸다.

"떨어져, 지미. 놔."

카자리스는 눈을 뜨고 기묘한 눈초리로 젖은 콘크리트 위에 미끄러지듯이 풀썩 주저앉았다. 골드버그와 영, 존슨, 피고트와 순찰차에서 내린 경찰이 그의 위에서 덮쳤다. 영이 무릎으로 그를 찼다. 그는 몸을 접어 둥글게 말고 여자처럼 비명을 질렀다.

"그렇게까지 하지 않아도 돼."

엘러리는 오른손을 문지르면서 말했다.

"제 버릇이라서. 이럴 때는 자동적으로 이 무릎이 움직이거든요." 영은 변명하듯 말했다.

퀸 경감이 말했다. "그의 손바닥을 펴. 자네 엄마처럼 부드럽게. 끈이 중요하니까."

오버코트를 입은 인턴이 셀레스트의 곁에 무릎을 꿇고 있었다. 그녀의 머리칼이 물웅덩이에 흘러내려 빛나고 있었다. 지미가 큰소리로 외치면서 다가가려 했다. 엘러리가 왼손으로 그의 멱살을 붙들었다.

"그녀가 죽어 버렸어!"

"기절한 것뿐이야, 지미."

퀸 경감은 분홍빛 끈을 넋을 잃고 들여다보고 있었다. 그것은 굵고 튼튼한 실크로 만든 것이었다. 실크 끈이다.

그는 들어올린 손에 늘어뜨려져 있는 끈을 쳐다보면서 물었다.

"그녀는 어떤가요, 선생?"

"목에 약간 상처가 있습니다. 주로 옆과 뒤쪽입니다. 손이 가장 심하게 당했습니다. 머리가 좋은 아가씨로군요."

구급차에서 나온 의사가 대답했다.

"죽은 것 같은데."

"쇼크입니다. 맥박도 호흡도 있어요. 그녀는 손자들의 귀에 딱지가 생길 정도로 이 이야기를 들려줄 수 있을 만큼 장수할 것입니다."

이때 셀레스트가 신음소리를 냈다.

"의식이 돌아왔어요."

지미는 골목의 질척한 곳에 허리를 굽혔다.

경감은 실크 끈을 봉투 안에 조심스럽게 넣고 있었다. 그가 〈마이 와일드 아이리시 로즈〉를 허밍하는 것을 엘러리는 들었다.

카자리스는 뒤로 수갑이 채워진 채 젖은 바닥에 무릎을 구부리고 오른쪽으로 쓰러져서 영의 굵은 다리 사이로 몇 피트 앞에 넘어져 있는 쓰레기통을 쳐다보고 있었다. 얼굴은 지저분하고 새파랬으며, 눈은 흰자뿐인 것처럼 보였다.

'고양이.'

그는 심하게 헐떡이면서 감옥에 쓰러져 있었다, 사람들의 다리로 만들어진 감옥 속에.

'고양이.'

인턴이 셀레스트 필립스의 처치를 끝내기를 기다리면서 그들은 마음 편하게 농담을 하거나 웃고 있었다. 골드버그를 까닭 없이 싫어하던 존슨이 골드버그에게 담배를 내밀었다. 골드버그는 자기 것을 어딘가에 떨어뜨린 것이었다. 그는 기쁘게 받아들고 존슨에게 불을 붙여 주었다. 존슨도 "고마워, 골디"라고 말했다. 피고트는 열차 사고를 만나 살인광과 수갑으로 손이 이어진 채로 14시간이나 있었던 때의 일을 얘기하고 있었다. "난 걱정이 되어 견딜 수가 없어서 놈이 날뛰지 못하도록 10분마다 턱을 갈겨 주었지." 모두는 크게 웃었다.

영은 순찰차의 경찰에게 푸념을 늘어놓고 있었다. "난 6년 동안 할렘에서 일했는데, 그곳에선 우선 상대를 무릎으로 차고 나서 신문을 해. 놈들은 곧장 나이프를 빼들고 달려들거든. 어느 놈이나 마찬가지야."

"과연 그럴까. 백인에게도 그런 사람이 있어. 흑인에게도 지르기트 같은 사람도 있고 말야." 경찰은 반대하는 것처럼 말했다.

영은 체포된 남자를 힐끗 쳐다보았다. "마찬가지야. 놈은 어차피 미쳤어. 머리가 돌았으니까, 아무것도 느끼지 않을 거야."

발치에 쓰러져 있는 사내는 뭔가 씹는 것처럼 약간 입을 움직이고 있었다.

골드버그가 말했다. "이봐, 놈이 어째서 저러고 있는 거지?"

"뭘 하고 있는 거야?"

퀸 경감이 놀라서 형사들을 헤치고 안을 들여다보았다.

"그의 입을 보십시오, 경감님!"

경감은 콘크리트 위에 무릎을 꿇고 카자리스의 턱을 붙잡았다.

"조심하세요, 경감님. 물어뜯을지도 모릅니다."

누군가가 웃으면서 말했다.

입은 순순히 열렸다. 영이 퀸 경감의 어깨너머 플래시로 입안을 비췄다.

경감이 말했다. "아무것도 없어. 혀가 있을 뿐이야."

"'고양이'에게도 혀가 있구나." 영이 말했다. 많은 사람들이 다시 웃었다.

"서둘러 주십시오, 선생." 경감이 말했다.

"이제 다 됐습니다." 인턴은 셀레스트를 모포로 감싸고 있었다. 그녀의 머리는 축 늘어져 있었다.

지미는 다른 구급요원의 손을 뿌리치려 하고 있었다. 그는 말했다. "저리 비켜. 매켈이 회의중이란 걸 모르나?"

"매켈, 자네의 입과 턱은 피투성이야."

"정말이야?" 지미는 턱을 문지르고는 손을 보고 놀랐다.

"아랫입술이 반이나 찢어졌어."

"셀레스트, 셀레스트." 지미는 부드러운 목소리로 말했다. 그러더니 큰소리로 외쳤다. 구급요원은 다시 그의 입을 치료하기 시작했다.

갑자기 추워졌지만 아무도 추위를 느끼지 못하는 것 같았다. 안개는 빠르게 걷히고 하나둘씩 별이 보이기 시작했다.

엘러리는 쓰레기통에 걸터앉아 있었다. 〈마이 와일드 아이리시 로즈〉가 손으로 돌리는 오르간처럼 머릿속에서 계속해서 울려 퍼졌다. 그는 몇 번이나 그것을 멈추려고 했지만 울림을 멈출 수가 없었다.

다시 또 하나, 별이 나왔다.

주위 건물의 창문이 모두 환하게, 활짝 열려 있었다. 어느 창에나 사람의 머리와 어깨가 늘어서서 와글댔다.

그 창들이 마치 칸막이석 같다. 투기장의, 그렇다, 투기장. 투견장이라고 해도 좋겠지. 그들에게는 아마도 그것은 보이지 않을지도 모르지만 그들은 이제 희망을 볼 수가 있다. 뉴욕의 모든 사람들 눈에 희망이 깃들어 있다. 점점 볼품이 없어져 가는 낡은 건물. 파헤쳐진 보도, 열려 있는 맨홀. 교통 사고, 뭘까? 뭐가 있었던 것일까? 누가 그렇게 한 것일까? 갱일까? 저기서 그들은 무엇을 하고 있는 것일까?

뭐, 아무래도 상관없겠지.

'고양이'는 지옥에 있고, 모든 세상은 아무 일이 없다 ^{(로버트 브라우닝의 시} ^{〈피퍼 팍세즈〉의 한} ^{구절을 빗대어} _{표현한 것}).

뉴욕의 신문은 그렇게 써대겠지.

"지미, 이리로 와 봐."

"지금은 안 됩니다."

"〈엑스트라〉 보너스를 받고 싶지 않은 모양이군?"

엘러리는 의미 있는 듯이 말했다.

지미는 웃었다. "아직 얘기 안 했던가? 지난주에 잘렸어요."

"전활 걸어. 편집장으로 추대될걸?"

"고맙지도 않군."

"그들에겐 1백만 달러짜리 특종이야."

"내겐 그녀가 1백만 달러라고요."

엘러리는 쓰레기통 위에서 몸을 흔들어대며 웃었다. 이 유별난 사람은 재미있는 말을 한다. 좋은 청년이다, 지미는. 엘러리는 다시 웃었다. 손에 어째서 이런 기묘한 느낌이 드는 것일까 의아해 하면서.

이스트 29번지 뒤쪽의 3층 창문도 사람들의 얼굴로 가득했다.

'그들은 모른다. 소머즈란 이름은 역사에 남을 텐데, 그들은 내일 신문에 누구의 이름이 실릴까 생각하고 있다.'

"그녀가 정신을 차렸어요." 인턴이 말했다. "안녕, 아가씨. 누구보다도 먼저 축하한다는 말을 하게 해 줘요."

그녀는 붕대 감은 손을 목으로 가져갔다.

지미는 다른 한 명의 구급요원에게 중얼거리듯 말했다. "이제 입술 치료는 됐어. 자기야, 나야. 모두 끝났어. 끝장이 났다고. 지미야, 자기야. 날 알아보겠어?"

"지미."

"알아보는군! 모두 끝났어, 베이비."

"그 무서운……."

"전부 끝났어."

'마이 와일드 아이리시 로즈……'

"난 1번 거리를 급히 걷고 있었어요."

"당신은 손자가 태어날 때까지 살아 있을 거야. 이 요오드팅크를 바른 사람이 그랬어."

"그는 스쳐 지나갈 때 나를 잡아당겼어요. 그의 얼굴을 봤어요. 그리곤 어두워졌고, 목을……."

"말하지 마. 좀 쉬었다가 나중에 해, 미스 필립스."

경감이 부드럽게 말했다.

"모두 끝난 거야, 베이비."

"'고양이'는? 어디 있어요? 지미, 어디 있어요?"

"이제 떨 것 없어. 바로 저기에 뒹굴고 있어. 그냥 들고양이야, 저 것 봐. 무서워할 것 없다고."

셀레스트는 소리 높여 울기 시작했다.

"모조리 끝났다니까, 자기." 지미는 그녀를 두 팔로 안았고 두 사람의 몸은 땅바닥에 고인 빗물 속에서 함께 일렁거렸다.

'소머즈 집안 사람들은 셀레스트가 어디에 있을 거라고 생각할까? 아마도 이 골목에서 다친 사람을 도와주고 있으리라고 생각하겠지. 바턴^(Clarissa Barton. 미국적십자사 창립자)처럼……. 그러고 보면 여기도 전쟁터라고 하지 못 할 것도 없겠다. '1번 거리의 전투'인 것이다. 매켈 게릴라 부대를 기 마정찰로 내보낸 뒤에 퀸 장군은 필립스 군단에게 양동작전을 수행케 하고, 몸소 중앙부대를 거느리고 적군에게…….' 엘러리는 모여든 사람들의 머리 사이에서 메릴린 소머즈의 검은 머리를 본 듯한 느낌이 들었다. 그러나 그는 고개를 다시 돌리고 목덜미를 문질렀다. '아까

마신 맥주에 뭔가 들어 있었던 것일까?'

"자, 선생. 이쪽을 부탁합니다." 경감이 말했다.

인턴은 카자리스 위로 몸을 숙이더니 눈을 들었다. 그는 날카로운 어조로 말했다. "이 사람이 누군 줄 아십니까?"

"허벅지를 심하게 차였는데 움직여도 되는지 어떤지 봐 주십시오."

"이분은 정신과 의사 에드워드 카자리스 박사란 말입니다!"

이 말에 형사들은 웃었다.

"고맙소, 인턴 선생. 감사드리는 바이옵니다."

영 형사가 다른 사람들에게 윙크하면서 말했다.

그들은 다시 웃었다.

뒤늦게 눈치 챈 인턴은 얼굴이 시뻘개졌다. 조금 있다가 그는 일어섰다. "부축하면 그는 일어설 수 있습니다. 대단치 않아요."

"일어서!"

"전부터 우릴 골탕먹여 왔지."

"영, 자네의 주특기인 무릎으로 한 방 갈겨 줘."

"그를 봐. 보라고."

카자리스는 다리를 움직이려고 노력했으나 무릎에 힘이 들어가지 않아서, 마치 초보 발레 댄서처럼 반쯤 까치발을 하고 걸었다.

"보지 않아도 돼. 전혀 중요하지 않아." 지미가 말했다.

"중요해요. 난 보고 싶어요. 난 약속을……."

그러나 셀레스트는 진저리를 치면서 고개를 돌렸다.

"모두 철수해." 경감은 주위를 둘러보았다. "기다려." 그들은 발을 멈췄다. 카자리스는 살아났다는 표정을 지었다. "엘러리는 어디 있지?"

"저깁니다, 경감님."

"애야."

"어떻게 된 거야?"

'마이 와일드 아이……'

쓰레기통이 소리를 내면서 몇 피트 굴러갔다.

"그는 다쳤어요."

"선생!"

인턴이 말했다. "기절했어요. 손가락뼈가 부러졌어요. 정신 차려요
……."

간단했다. 홀가분한 일이었다. 냄새를 맡고, 파헤치고, 뒤를 쫓고,
계획을 가다듬었다. 겨우 5달, 21주다. 정확히 말하면 21주하고 하
루, 148일이다. 이스트 19번지 아파트 문의 가벼운 노크로부터 1번
거리의 골목에서 사내의 머리를 향한 일격까지. 아치볼드 더들리 니
콜스 어바네시에서 여자 스파이 수 마틴 역을 해낸 셀레스트 필립스
까지. 6월 3일 금요일에서 10월 29일 토요일까지. 그것은 뉴욕 시
역사 가운데 겨우 1년의 40.4퍼센트에 지나지 않는 기간이었다. 그
동안에 수많은 살인자 가운데 하나가 맨해튼 지역 인구 9명을 줄였을
뿐이다. 하긴 메트로폴리탄 홀의 정신적 공황과 그에 뒤이은 폭동이
라는 경미한 사건이 분명 있긴 했다. 그러나 넓은 시각으로 보면 바
니언(미국의 나무꾼들 사이에 전해오는 전설의 거인)의 집 드넓은 뒤뜰에서 닭 모이가 약간 줄어든 정
도에 지나지 않는다. 법석을 떨 만한 일은 아니었다.

이제 마음이 놓인다.

이제 안심이다. 왜냐하면 카메라 플래시를 받아가며 딱딱한 의자에
앉아 있는 '고양이'는 뉴욕 시민이 상상하던, 꼬리를 채찍처럼 휘두르
는 괴물이 아니라, 상대를 즐겁게 하고 싶지만 어떻게 해야 할지 모
르는 것처럼 손을 흔들고, 근심스런 표정을 짓는, 무척이나 쇠약한
노인이기 때문이다. 그의 호주머니에서 다른 한 가닥의 연어 속살색

실크 끈이 발견되었고, 그의 파크 거리 진료실의 자물쇠가 걸린 파일 캐비닛 속에 2다스의 끈이 숨겨져 있었다. 그 가운데 반 이상은 본 기억이 있는 파랑으로 물들여져 있었다. 그는 그 장소를 그들에게 가르쳐 주었고, 열쇠함의 많은 열쇠 가운데서 그 캐비닛의 열쇠를 꺼냈다. 그가 그 끈들을 손에 넣은 것은 몇 년 전이라고 말했다. 산과 의사 일을 그만두고 세계일주 여행을 떠난 1930년 말이었다. 과거 인도 암살단이 교살용으로 쓰던 것이라면서 인도인이 팔던 끈이었다. 그는 나중에 그것을 보관하기 전에 파랑과 분홍으로 염색했다. 어떻게 이렇게나 오랫동안 보관할 수 있었는가를 묻자, 그는 난처한 듯한 표정을 지었다. 아니, 아내는 끈에 대해선 전혀 모른다. 인도에서 그것을 사던 때는 혼자였고, 나중에 감춰 버렸으니까……

그는 그들의 질문에 대해 협력하는 것처럼 고개를 숙이고 공손하게 대답했다. 가끔 대답을 주저하거나, 약간 이상한 대답을 하기도 했지만. 그러나 앞뒤가 맞지 않는 것은 거의 없었다. 대개의 경우, 과거에 관계가 있는 일들은 분명하게 기억하고 있었고, 그 말투는 그들이 아는 카자리스 박사다운 말투였다. 그의 눈은 전과 다름없이 렌즈처럼 응시하는 눈초리였다.

셀레스트 필립스, 지미 매켈과 함께 베르뷰 병원에서 곧장 달려온 엘러리는 오른손에 부목을 대고 한쪽에 앉아서 아무런 말도 없이 귀를 기울이고 있었다. 그는 아직도 모든 것이 실감나지 않았으며, 피로감도 없었다. 그 자리에는 경찰 본부장과 지방 검사도 있었다. 오전 4시 30분이 조금 지나서 시장이 카자리스보다 더 새파란 얼굴로 황급히 들어왔다.

그러나 의자에 앉아 있는 지저분한 노인은 아무도 알아보지 못하는 것처럼 보였다. 그러나 그것은 일종의 시치미를 떼는 것이며, 일부러 모른 척 가장하는 것이라고 그들은 모두 생각했다. 이런 미친 사람이

얼마나 그럴듯한 폼을 잡는지를 잘 알기 때문이었다.

9건의 살인에 관한 그의 진술은 대부분 깜짝 놀랄 정도로 너무나도 상세했다. 애매한 점도 두서넛 있었다. 만약 그들이 카자리스의 진정한 모습을 몰랐다면 틀림없이 그것을 고통과 혼란, 그리고 육체적 및 정신적 피로 탓이라고 여겼으리라. 그러나 그것을 제외하면 그의 고백은 더할 나위가 없었다.

가장 불만족스런 대답은 그날의 신문 가운데, 엘러리의 유일한 질문에 대한 것이었다.

카자리스의 진술이 거의 끝나갈 무렵, 엘러리는 몸을 앞으로 쑥 내밀며 물었다.

"카자리스 박사, 당신은 피해자들과는 유아시절부터 아무하고도 만나지 않았음을 확인했다. 때문에 그들은 개인으로서 당신과 아무런 관계가 있었던 것 같지 않다. 그런데도 당신은 분명하게 그들에 대해 적의를 품고 있었다. 그건 뭔가? 어째서 그들을 죽여야만 한다고 생각했던 것인가?"

'정신이상자의 행동에 동기가 없는 것처럼 보이는 것은 현실의 관점에서만, 즉 다소라도 건전한 두뇌로 판단하기 때문이다……. 카자리스 박사는 그렇게 말했었다.'

카자리스는 의자 위에서 몸을 뒤틀어 엘러리의 목소리가 나는 쪽을 똑바로 쳐다봤다. 그렇더라도 다친 그의 얼굴은 라이트를 받고 있었으므로 앞이 보이지 않을 것은 분명했다.

"퀸 씨인가요?" 그는 물었다.

"그렇소."

"퀸 씨. 그걸 이해할 정도로 당신이 과학적인 소양을 가졌으리라고 생각되지 않는데." 그는 친근한, 매우 허물없는 말투로 말했다.

그들이 보도진으로부터 해방된 것은 일요일 아침이 이미 밝은 때였다. 지미 매켈은 셀레스트를 안고 택시 구석에 무너지듯이 앉았고, 다른 쪽 구석에는 엘러리가 부목을 댄 손을 쓰다듬으면서 창밖으로 눈길을 보내고 있었다. 별달리 봐야 할 것이 있어서가 아니라, 밖을 보고 싶기 때문이었다.

오늘 아침의 시내는 평소와 다르게 보였다.

느낌도, 냄새도, 소리도 달랐다.

신선했다.

공기도 노래하는 것 같았다. 교회의 종소리 탓인지도 모른다. 번화가에서 변두리까지, 이스트사이드에서 웨스트사이드까지, 곳곳의 교회가 복음을 전하고 있었다. 충실한 신자들이여! 가르침을 들으러 오라!

주택가에선 식품점과 빵 가게, 신문 매장, 약국이 분주히 개점 준비를 하고 있었다.

고가 철도의 열차가 어딘가에서 커다란 소리를 내면서 지나갔다.

추위로 손이 곱은 신문팔이 소년.

가끔 일찍 일어난 사람들이 보이고, 손을 마주 비비면서 빠른 걸음으로 걸어간다.

택시 승차장에서 차가 손님을 기다리고 있었다. 라디오 방송이 흐르고 운전기사들은 그것에 귀를 기울인다.

사람들이 택시 주위로 모여들기 시작했다.

뉴욕은 기지개를 켜고 있다.

잠에서 깨어난 것이다.

12

뉴욕은 잠을 깼다. 그러나 한두 주일 동안, 꺼림칙한 환영은 사라지지 않았다. 그 유명한 화성인의 지구 침략 라디오 방송이 만일 사실이라면 (오손 웰스의 화성인 습격이라는 드라마가 너무나도 리얼했기 때문에 청취자가 사실로 착각하고 정신적 공황을 일으킨 적이 있었다), 이제 남은 것은 길게 줄지어 서서 화성인 유골을 구경하면서 그들을 두려워했던 것을 어리석게 생각했으리라. 이제 괴물은 우리에 갇혀 있어 눈으로 보거나 소리도 들을 수 있고, 꼬집어 보거나 기사를 쓰거나 그 내용을 읽을 수도 있으며 심지어는 동정할 수도 있으므로 뉴욕 시민들은 너나없이 구경하러 나섰다. 사후 조사에 의해 사건의 전모가 명백하게 드러났다. 그리고 이 치욕스러운 사건은 뉴욕 전체에 화제를 제공했으며, 모든 사람들에게 안전하고 즐겁기조차 한 얘깃거리가 되었다. '고양이'는 실성한 노인에 지나지 않았다. 한 사람의 미친 사람쯤이야 시 전체로 볼 때는 대단한 일도 아니다. 서류를 철하고 잊어버리자. 감사절도 가까웠다.

뉴욕은 웃었다.

그러나 영국 태생의 사촌인 체이서 고양이(이상한 나라의 앨리스에 나오는 웃는 고양이. 모습이 사라져도 웃는 얼굴이 남는다)처럼, '고양이'는 다른 부분이 지워진 뒤에도 웃는 얼굴만은 남아 있었다. 그것은 감옥 속 노인의 웃는 얼굴이 아니었다. 그 노인은 웃지 않았기 때문이다. 그것은 실제로는 존재하지 않으나 마치 있는 것 같은 괴물의 웃는 얼굴이었다. 더구나 어른보다는 빨리 잊어버리되, 감각은 훨씬 날카로운 어린이들에게 문제가 있었다. 부모는 아직도 아이들의 악몽과 싸우지 않으면 안 되었다, 그리고 자신들의 악몽과도.

그러나 11월 11일 제1차 세계대전 휴전기념일 다음날 아침, 젊은 여자의 조각난 사체가 자메이카 만의 여기저기에서 발견되었다. 피해자는 플러싱의 레바 자빈스키로 판명되었는데, 그녀는 폭행을 당하고 팔다리가 절단되었으며, 목도 동강나 있었다. 이 사건이 주는 공포와 보기에도 잔인한 수법이 대중의 관심을 순식간에 '고양이'에게서 떠나게 했다. 그리고 성적 성격이상자의 전형적인 병력을 지닌 육군 탈영병 범인이 체포되었을 무렵에 '고양이'는, 적어도 어른에 한해서는 완전히 잊혀졌다. 그 뒤에는 일반 뉴욕 사람들에게는 고양이라는 단어를 들어도 깨끗하고, 독립적이며, 쥐를 잡아먹는 유익한 습성을 지닌 작은 가축이라는 이미지가 떠오를 뿐, 그 이상으로 기분 나쁜 이미지는 연상되지 않았다. 레바 자빈스키 사건이 뉴욕 어린이들에게는 '고양이'로부터 구원되었다는 생각에는 의문이 든다. 대다수의 부모들은 감사절과 크리스마스를 눈앞에 두고 아이들의 꿈속에서 칠면조와 산타클로스가 '고양이'로 바뀔 것임을 느끼고 있었다. 그리고 그것은 옳았다.

그러나 '고양이' 사건에 특별한 관심을 계속 가진 소수의 사람들이 있었다. 그 가운데 시의 일부 공무원, 신문 기자, 정신과 의사, '고양이'의 피해자 가족들에게는 그것은 의무거나, 특별한 일, 직업상, 혹은 개인적인 문제였다. 사회학자나 심리학자, 철학자와 같은 나머지 사람들에게는 9건이나 되는 살인을 거듭한 범인의 체포는 6월 상순 이래의 시민의 행동을 사회과학적으로 조사하는 기회였다. 이들 두 번째 그룹은 에드워드 카자리스에게는 전혀 관심이 없었다. 첫 번째 그룹은 카자리스 이외의 사람들에게는 관심이 없었다.

카자리스는 불쾌한 상태로 되돌아가 버렸다. 그는 입을 여는 것도, 운동을 하는 것도, 일시적으로는 식사를 하는 것조차도 거부했다. 그는 아내와의 면회를 위해서만 살아있는 것처럼 보였고, 끊임없이 그녀를 불렀다. 카자리스 부인은 10월 30일에 언니, 형부와 함께 플로리다에서 비행기로 돌아왔다. 그녀는 남편이 '고양이'로서 체포되었다는 보도를 믿으려 하지 않고, 마이애미와 뉴욕의 신문 기자에게 "뭔가 잘못되었어요. 그런 일은 있을 수 없습니다. 남편은 결백해요" 라고 항의했다. 그러나 그것은 남편과의 첫 번째 면회까지였다. 그녀는 새파란 얼굴로 면회실에서 나오더니 보도진을 향해 고개를 흔들고, 곧장 언니네 집으로 갔다. 그녀는 그곳에서 4시간 동안 머물다가 그 뒤에 자신의 아파트로 돌아갔다.

괴물이 막 체포되어 세상이 온통 흥분해 있던 때에 뉴욕 전체의 증오를 정면으로 뒤집어쓴 것은 배우자였다. 그녀는 손가락질을 당했고, 비웃음을 당했으며, 뒤를 밟혔다. 그녀의 언니와 형부는 자취를 감췄다. 어디로 갔는지 아무도 모르며, 알아도 입을 다물고 있었다. 그녀의 가정부는 달아나 버렸고, 후임으로 올 사람은 없었다. 아파트 경영자는 그녀에게 퇴거를 요구했고, 만약 거부한다면 모든 수단을 강구해 쫓아내겠다고 거친 말로 전했다. 그녀는 저항하지 않았다. 가구들을 창고에 보관하고 시내의 작은 호텔로 옮겼다. 그러나 다음날 아침, 호텔의 지배인이 그녀가 누구인지 알게 되면서 쫓겨났다. 그녀는 이번엔 그리니치빌리지의 허레이쇼 길에 있는 초라한 하숙집으로 이사했다. 그녀의 큰오빠로 메인 주의 밴고어에 사는 로저 브러햄 메리글이 그녀를 찾아낸 것은 이 하숙집에서였다.

동생을 찾아간 메리글은 날이 새기 전에 물러나왔다. 그는 서류 가방을 든 청어처럼 빼빼 마른 남자와 함께였다. 두 사람이 오전 3시 45분에 허레이쇼 길 건물에서 나와 기다리고 있던 신문 기자와 마주쳤을 때, 메리글을 도망치게 하고 성명을 발표한 것은 그와 동행했던 남자였다.

성명은 그날 신문에 실렸다. "메리글 씨의 변호사로서 발표합니다. 메리글 씨는 누이동생 카자리스 부인에게 메인 주의 친정으로 돌아오라고 며칠 동안 설득을 계속해 왔지만, 카자리스 부인은 승낙하지 않았습니다. 그래서 메리글 씨는 직접 만나서 이야기하기 위해 비행기로 뉴욕에 왔습니다. 그러나 카자리스 부인의 결심은 굳어서 메리글 씨는 설득을 단념하고 집으로 돌아가지 않을 수 없게 됐습니다. 이상입니다." 메리글 씨는 어째서 뉴욕의 동생 곁에 머무르지 않느냐고 신문 기자가 묻자, 메인 주의 변호사는 쌀쌀맞게 대답했다. "그것은 메리글 씨에게 직접 물어보십시오."

나중에 밴고어의 신문이 메리글 씨에게서 짧은 담화를 듣는 데 성공했다. 그는 말했다. "내 누이의 남편은 미친 사람이다. 사람을 죽인 미치광이를 감싸줄 이유는 없다. 우리 집안의 일이 많은 사람들의 입에 오르내리는 것은 싫다. 더 이상 할 말이 없다. 나머진 동생에게 묻기 바란다." 메리글 가문은 뉴잉글랜드에 뿌리를 내린 커다란 체인 스토어를 소유하고 있었다.

이리하여 카자리스 부인은 그리니치빌리지의 지저분한 방에서 지내면서 혼자서 괴로운 시련을 견뎌냈다. 신문 기자가 그녀를 따라다녔다. 남편에게 면회를 가고 나날이 눈이 충혈되었으며 차츰 말이 없어졌다.

그녀는 남편을 변호하기 위해 유명한 변호사 대럴 아이언즈를 고용했다. 아이언즈는 아무 말도 하지 않았지만 정열적으로 활동한다는 소문이었다. 카자리스는 변호를 '거부'하고, 아이언즈가 연신 그의 독방으로 들여보내는 정신과 의사들에게 협력하지 않는다고 했다. 카자리스가 광포한 분노에 휩싸이거나, 폭력을 휘두르려 하거나, 뜻 모를 말들을 주절거리거나 한다는 소문이 들리기 시작했다. 대럴 아이언즈를 아는 사람들은 그런 소문을 흘린 것은 그 자신이며, 따라서 소문은 틀림없이 사실이 아닐 거라고 했다. 아이언즈가 어떤 변호를 할지는 자명했다. 왜냐하면 지방 검사는 카자리스가 자기 행동의 성질이나 특징을 알고 있는 사람이며, 일상생활은 물론, 범행 기간에조차도 합리적으로 행동할 수 있는 능력을 보인 사람이다. 따라서 의학적 정의로는 어떻든 간에 법률상 정의로는 '정상'이라고 여겨질 수밖에 없는 사람으로 기소할 결심을 한 것처럼 보였기 때문이다. 지방 검사는 레노아 리처드슨 사건이 난 밤에 카자리스가 시장 직속의 특별수사관이나 경찰 본부의 리처드 퀸 경감과 나눈 대화를 상당히 중시하고 있다는 것이었다. 그날 밤, 그는 '고양이' 사건에 관해 그것은 단순한 정신이상자의 범행이라는 그의 '주장'의 줄거리를 얘기했다. 지방검사는 그것은 계획적 살인범의 계산된 행위이며, 교살한 책임 능력이 있는 사람에게서 효과적으로 주의가 떠나게 해 수사를 '까닭을 모르는 백치적 행동'으로 몰고 가려 했다고 여기는 것 같았다.

극적인 재판이 예상되었다.

사건에 대한 엘러리의 흥미는 빠르게 식어갔다. 너무나도 길고, 너무나도 깊게 그것에 몰두해 있었기 때문에 10월 29일부터 10월 30일에 걸친 사건 뒤로는 그저 피로를 느낄 뿐이었다. 그는 자신이 과거를 잊으려 할 뿐만 아니라, 현재로부터도 달아나려 한다는 것을 깨달았다. 그러나 적어도 현재로부터 달아난다는 것은 무리였다. 성공에 수반되는 화려한 소용돌이가 그를 붙들고 놓아주지 않기 때문이었다. 갖가지 표창, 신문과 라디오, 텔레비전 인터뷰, 시민단체로부터의 수많은 강연과 원고 집필, 미해결된 범죄 사건 수사 의뢰가 뒤를 이었다. 그는 대부분을 정중하게 거절하고 간신히 빠져나왔다. 그러나 아무리 애를 써도 거절하지 못한 몇 건이 남아서 그를 초조하게 했으며, 욕지거리가 튀어나오게 했다.

"어떻게 된 거냐?" 그의 아버지가 힐문했다.

"이른바, 성공한 덕택에 오는 두통이죠."

엘러리는 퉁명스럽게 대답했다.

경감은 입을 다물었다. 그에게도 그런 종류의 두통 경험이 있었다.

"뭐 어떠냐? 적어도 이번엔 실패가 원인은 아니니까 말야."

그는 밝은 표정으로 말했다.

엘러리는 끊임없이 저쪽 의자와 이쪽 의자로 자리를 옮겨다녔다.

어느 날, 그는 초조함의 원인을 깨달았다고 생각했다. 스트레스가 쌓인 탓이었다. 그것도 과거나 현재의 것이 아니라, 그것은 미래로부터 받는 중압감이었다. 그의 작업은 아직 끝나지 않았다. 1월 2일 아침, 포레 광장에 있는 주 최고재판소 건물의 회색 돔 밑에 있는 대법정의 하나에 검은 법복을 입은 모 판사가 입정해 에드워드 카자리스, 별명 '고양이'인 인물이 살인을 이유로 재판을 받을 것이다. 그리고 그 재판에서 시장 직속의 특별수사관 엘러리 퀸이라는 인물이 검찰 측의 중요 증인이 되리라. 그 시련이 끝날 때까지 그는 해방되지 못할 것이다. 그 다음에야 비로소 이 지저분하고 어지러운 오물을 떨어내고, 본연의 일에 임할 수 있다.

재판이 어째서 자신에게 이렇게나 무거운 짐인지 엘러리는 그 이유를 알아내려 하지 않았다. 초조함의 원인을 알았기——그렇다고 스스로는 생각했다——때문에 재판은 피치 못할 운명으로 체념하고 다른 일로 눈길을 돌렸다. 이 무렵에는 레바 자빈스키의 신상이 판명되어 스포트라이트는 다른 데로 옮겨가 있었다.

그는 안정된 기분이 들어 집필 생활로 돌아가려고까지 생각했다. 8월 25일 이후로 팽개쳐 놓았던 소설은 쓸쓸하게 무덤에 쓰러져 있었다. 그는 그것을 파냈으나, 그것이 나일 강의 델타에서 발굴한 3천 년 전의 세금 서류만큼이나 낯선 것처럼 여겨져 깜짝 놀랐다. 더구나 오래 전에 그가 심혈을 기울여 썼던 작품이 지금은 유적에서 발굴된 토기 조각 같은 역사의 냄새가 났다. 대작가 선생! 자신의 작품을 잘 읽는 게 좋아. 이 무슨 엉터리 작품인가! 엘러리는 절망해 '고양이' 이전의 유치한 작품을 불 속에 던져 넣었다.

그러고는 좀더 신선한 걸작을 쓰기 위해 자세를 낮췄다.

그러나 그가 그런 구상을 가다듬기도 전에 즐거운 방해꾼이 끼어들었다.

지미 매켈과 셀레스트 필립스가 결혼하게 되었던 것이다. 결혼 파티의 출석자는 엘러리 오직 한 사람인 것 같았다.

"특별 파티입니다. 매켈 식으로 말이죠." 지미는 빙긋 웃었다.

"이런 거예요. "지미의 아버지는 버럭 화를 내며 결혼식에 나오시지 않겠대요." 셀레스트는 한숨을 쉬었다.

"아버진 분통을 터뜨리고 있어요. 아버지에겐 지금까지의 절대적인 무기──의절이랄까, 인연을 끊는──의 효과가 없어져 버렸기 때문이죠. 제가 할아버지의 재산을 받았기 때문이에요. 어머닌 너무 많이 울어 눈물이 마르자 이번엔 곧장 2만 명의 하객을 부르는 결혼식을 계획하기 시작했어요. 그래서 저는 그런 건 딱 질색이라고……." 지미는 말했다.

"그래서 우린 결혼 허가증을 받고, 매독 검사를 받았어요."

"합격이었죠. 미스터 Q, 내일 아침 10시 30분에 시청에서 저에게 신부를 인도해 주시지 않겠습니까?" 지미가 덧붙였다.

두 사람은 할렘의 아서 잭슨 빌 부부를 증인으로, 브루클린 브라운스빌의 게일리 G. 코엔 부부의 앞에서 식을 올렸다. 시청의 서기는 두 사람에게 특별한 경의를 표하고, 보통보다도 식의 속도를 약간 늦추었다. 엘러리는 감정을 담아서 "드디어로군!"이라고 하면서 신부에게 키스했다. 그들이 복도로 나서자 무려 18명이나 되는 기자와 카메라맨이 기다리고 있었다. 제임스 가이머 매켈 부인은 자신과 지미는 엘러리 말고는 아무에게도 알리지 않았는데 대체 어떻게 알았는지 모르겠다고 외쳐댔다. 신랑은 어쩔 수 없이 과거 동료였던 기자들에게 자신을 축복해 마서 달라는 초대의 말을 했다. 숫자가 늘어난 일행은 래거디어 공항으로 향했고, 공항의 칵테일 라운지에서 결혼 축하연이 열렸다. 〈엑스트라〉의 파레이 필 고너시가 스퀘어댄스를 추자고 외쳤고, 결국 그것은 시작되었다. 왁자지껄한 카드리유 (quadrille. 네 사람이 한 조로 추는 춤)의 클라이맥스에 공항 경찰이 나타났으나, 손님 가운데 의 강경한 헌법옹호론자들이 카메라와 술병, 의자로 신성한 신문의 자유를 지키고, 행복한 커플과 입회인을 도망치게 해주었다.

"순결한 신부를 동반해 어디론가 날아가시려나? 그도 아니면 이런 질문은 소인 같은 탐정과는 상관없는 일이려나?"

엘러리는 조금 흐트러진 어조로 물었다.

"아주 적절한 질문이옵니다. 하지만 그 어디에도 가지 않사옵니 다." 매켈은 낭시나 에펠네이(둘 다 프랑 스의 도시)의 대성당에서 설교라도 하는 듯한 장중한 어조로 대답했다. 그러더니 그는 신부를 부드럽게 출구 쪽으로 이끌었다.

"그렇다면 무슨 까닭으로 공항에?"

"저 수선을 떠는 개미핥기들을 속이기 위해서이옵니다. 어이, 마 부!"

"우리는 하프 문 호텔에서 허니문을 보냅니다. 그것을 알려드리는 것은 정말로 당신뿐이에요." 택시가 다가왔을 때 신부는 얼굴을 붉히 면서 털어놓았다.

"매켈 부인, 나는 명예를 걸고 당신들의 비밀을 지키겠습니다."

"매켈 부인……." 매켈 부인은 읊조렸다.

"내가 죽을 때까지." 그녀 남편의 이 속삭임은 20피트 앞에 있던 사람들을 뒤돌아보게 했다. "코니아일랜드의 쾌활한 북극곰 (일부의 뉴욕 사람들은 자신들을 이렇게 부른다)들이 겨울 허니문을 부러워하고 있어." 그러고는 매켈 씨는 걱정스런 표정의 운전기사에게 외쳤다. "오케이, 화이트 팡그 (잭 런던의 소설에 등장하는 개의 이름). 썰매를 끌어!"

엘러리는 그들의 자동차가 배기 가스를 뿜으면서 스모그 속으로 사 라져 가는 것을 애정을 담아 배웅했다.

그 뒤로 그는 차분하고 즐겁게 일을 할 수가 있었다. 새로운 미스터리 소설의 아이디어가 결혼식 파티의 샴페인처럼 터져 나왔다. 단 한 가지 문제는 냉정한 판단력을 잃지 않도록 하는 것이었다.

어느 아침, 엘러리는 주위를 둘러보고 산타클로스가 그의 목덜미에 숨을 토해내고 있음을 느꼈다. 그리고 뉴욕의 크리스마스가 화이트 크리스마스가 될 듯한 것을 보고 적잖이 놀랐다. 하룻밤 사이에 87번지는 새하얘져 있었다. 거리 맞은편에서 눈 위를 굴러다니고 있는 서모에드 개(흰 털의 시베리아 개의 일종)가 북극의 에스키모 개를 연상시켰다. 그것은 나아가 자칭 북극곰이라는 유별난 호기심의 소유자로, 뉴욕 사람들 사이에서 허니문을 즐기고 있는 제임스 매켈 부부를 떠올리게 했다. 엘러리는 미소 지으며 어째서 지미와 셀레스트에게서 소식이 없을까 생각했다. 그리고는 아차, 소식이 있었음을 떠올렸다. 그래서 몇 주일이나 팽개쳐 두었던 편지더미 속을 뒤지기 시작했다.

산을 이룬 편지더미 한가운데에 지미에게서 온 편지가 있었다.

엘러리 씨, 우리는 행복합니다. 너무나 행복합니다.

옛친구와 함께 즐겁게 술잔을 비울 마음이 있으시다면 매켈 부부는 내일 오후 2시에 이스트 39번지의 켈리 술집에서 오시기를 기다리겠습니다. 우리는 아직 아파트를 구하지 못해 여기저기 훌륭하지 못한 사람들의 집에 머물고 있습니다. 아내를 호텔로 데려갈 생각은 절대로 없습니다.

제임스

추신 1. 당신이 오시지 않으면 재판소에게 뵙겠습니다.
추신 2. 매켈 부인이 안부를 전해 달라는군요.

J

날짜는 열흘 전이었다.

매켈 부부와 크리스마스……. 용기를 내서 선물을 사러 가야만 한다.

30분 뒤에 엘러리는 선물 리스트를 작성하느라 골몰하고 있었다. 그로부터 30분 뒤에는 오버슈즈를 신고 밖으로 나왔다.

5번 거리는 이미 얼룩진 늪지처럼 되어 있었다. 골목에는 아직도 제설기가 움직이고 있었으나, 큰 거리는 어젯밤 밤새도록 똥을 굴리는 쇠똥구리 같은 작업을 해서 여기저기에 갈색이 된 눈더미가 생겨나 있었다. 그 때문에 신호를 무시한 보행자는 선 채로 꼼짝 못하고, 자동차 교통은 심각한 정체에 빠져 있었다.

오가는 모든 사람들이 화이트 크리스마스라고 했고, 재채기를 하거나 기침을 하면서 질퍽한 길을 다리를 끌다시피 하면서 걷고 있었다.

록펠러 센터에선 크리스마스를 축하하는 캐럴이 울려 퍼지고 있었다. 그리고 롱아일랜드 어딘가에서 뽑아온 높이 100피트의 트리 덕택에 작게 보이게 된 플라자에는 스케이터들이 〈징글벨〉에 맞춰 얼음을 지치고 있었다.

거의 모든 길모퉁이에서 주름진 빨간 옷의 산타들이 떨면서 종을 울려대고 있었다. 상점의 쇼윈도는 선전이라는 마법의 숲을 보는 것 같았다. 여기저기에서 사람들은 미끄러지거나 얼음이 녹은 웅덩이를 뛰어넘거나 했다. 엘러리도 마찬가지로 미끄러지거나, 진흙탕을 뛰어넘으면서 걸었다, 멍하니 찌푸린 표정을 짓고, 크리스마스를 앞두고는 뉴욕 사람들은 모두가 그런 표정을 짓는 것이다.

그는 작은 어린이의 발을 밟거나 사람들을 밀고, 또는 밀리거나, 상품을 난폭하게 움켜쥐거나, 또 자기 이름과 주소를 외치거나, 수표를 쓰거나, 인파에 시달리면서 몇 개의 커다란 상점을 드나들었다. 오후도 반이나 지나서야 그는 리스트의 이름을 겨우 모두 지우고 단

하나만 남겨 두었다.

그러나 그 하나의 이름 옆에는 크게, 성가신 물음표가 그려져 있었다.

매켈 부부에게 할 선물은 골치 아픈 문제였다. 두 사람의 살림집이 앞으로 어디가 될지 몰라서 엘러리는 아직 결혼 축하 선물을 하지 않았다. 처음엔 크리스마스까지는 살림집이 반드시 결정날 것으로 보여서 결혼 축하와 크리스마스 선물을 겸해서 선물을 하면 되겠다고 생각하고 있었다. 그러나 성탄절이 왔는데도 매켈의 주거 문제도, 선물을 무엇으로 할 것인가 하는 문제도 아직 미해결 상태였다. 그는 뭔가 퍼뜩 영감이 떠오르기를 기다리면서 하루 온종일 생각했다. 은 그릇으로 할까? 유리 제품? 실크? 아냐, 실크는 안 돼. 절대로 안 돼. 도자기로 할까? 그는 광택이 있는 고급 도자기를 보고 턱없이 비싼 가격에 진저리를 쳤다. 목각한 토인 같은 소박한 것으로 할까? 골동품은? 묘안은 좀처럼 떠오르지 않았다.

마침내 저녁 나절이 되었고, 엘러리는 어느 사이엔가 5번 거리와 6번 거리 사이의 42번지에 와 있었다. 스턴 상점 앞에서 커다란 덩치의, 젊은 아가씨 구세군이 찬송가를 부르고 있었다. 추위로 새파래진 동료가 진흙탕 위에 놓인 이동식 오르간으로 반주하고 있었다.

오르간은 고음이 되자 삐링삐링 울렸고, 어딘가 오르골 소리 같았다.

오르골.

오르골!

그것은 원래 금속성의 짧은 멜로디를 내는 코담배 케이스로, 프랑스의 멋쟁이들 사이에서 유행하던 것이었다. 그러나 몇백 년 동안이나 사람들에게서 사랑을 받는 동안에 아이들의 장난감이 되었고, 귀여운 생김새는 연인들을 즐겁게 했다.

엘러리는 탬버린 위에 1달러를 놓고 자신의 착상에 열중해 이리저리 생각을 굴렸다. 뭔가 특별한 것…… 웨딩마치가 흐른다…… 그렇다, 절대적으로 그렇다…… 진주를 박아 넣은, 값비싼 나무로 만들어진…… 정교한 세공을 한 커다란 것. 물론, 수입품이다. 가장 정교한 것은 중앙 유럽…… 스위스에서 수입된다. 가장 품이 들어간 세공을 한 스위스제 오르골은 값이 꽤 나가겠지만 그렇더라도 상관없다. 그것은 매켈 집안의 부에도 뒤떨어지지 않으며, 진심이 담긴 작은 상자로서 가보가 되어 언제까지나 그들의 침대 곁에 놓이게 되겠지, 그들이 80살을 넘겨…….

스위스제.

스위스?

스위스!

취리히!

한순간에 오르골도, 웨딩마치도, 크리스마스마저도 잊혀지고 말았다.

엘러리는 황급히 43번지 맞은편으로 건너 뉴욕 시립도서관 옆의 입구를 지나 안으로 달려들어갔다.

소설 줄거리 가운데 며칠이나 전부터 그의 마음에 걸려 있던 것이 한 가지 있었기 때문이다. 그것은 공포증에 관한 것이었다. 엘러리는 군중에 대한 병적 공포와, 암흑에 대한 공포, 실패에 대한 공포와의 사이에 중대한 관계를 설정하고 있었다. 그것은 미스터리 작가의 영역이다. 대체 어째서 이 세 가지 공포증을 소설 속에 열거하게 되었는지 스스로도 알지 못했다. 그것들의 상호관계에 관해 어딘가에서 읽었거나 들은 것 같은 느낌이 들었다. 그러나 조사해 보아도 출처를 알 수가 없었다. 그것이 걸려서 글이 진척되지 않았던 것이다.

그래서 지금 취리히가…… 리마트 호반에 있는 스위스의 문화도시 취리히…….

취리히라는 이름이 기억을 되살리게 했다!

취리히에서 최근 개최된 어떤 정신분석 국제회의에서 실제로 그와 같은 공포증의 상호관계의 문제가 하나의 테마로서 취급되었음을 읽었거나 들었음을 엘러리는 간신히 떠올렸던 것이다.

도서관의 외국 잡지 코너를 뒤지던 엘러리는 1시간도 지나지 않아 그것을 찾아냈다.

그것은 취리히의 과학 잡지로 엘러리로 하여금 거의 잊다시피 한 독일어를 생각나게 한, 훑고 있던 잡지더미 속의 한 권이었다. 그 잡지는 열흘 동안 계속된 회의의 특집호로, 회의석상에서 발표된 모든 과학 논문의 전문이 게재되어 있었다. 그가 흥미를 가진 논문에는 '군중 공포증, 암소(暗所) 공포증 및 매장 공포증'이라는 깜짝 놀랄 만한 제목이 붙어 있었다. 그러나 한 차례 훑어보니 그것은 실로 그가 찾아 헤매던 내용이었다.

그가 다시 꼼꼼하게 읽기 위해 첫 페이지로 돌아가려 했을 때, 논문 말미의 이탤릭체 주(註)가 눈에 띄었다.

익숙한 이름이었다.

——미합중국 에드워드 카자리스 박사 발표

그랬었던가? 그 아이디어의 단초를 제공한 것은 카자리스였다. 엘러리는 간신히 일의 처음부터 끝까지를 상기했다. 그것은 지난 9월 밤, 리처드슨의 아파트에서 레노아 살인 현장 검증이 이루어지던 때에 화제로 올랐던 것이었다. 약간의 짬이 나서 엘러리는 카자리스와 이야기를 했다. 엘러리의 소설이 화제가 되었는데, 정신과 의사는 미소를 지으면서 공포증이라는 분야는 엘러리 같은 직업인에게는 풍부한 제재를 제공한다고 했다. 자세한 설명을 부탁하자 카자리스는

'매장 공포증'의 진행과 '군중 공포증 및 암소 공포증'의 관계에 관한 자신의 연구를 피력했다. 취리히 회의에서 자신이 그것을 테마로 한 논문을 발표했다고 그가 말한 것까지도 엘러리는 기억해냈다. 그로부터 카자리스는 자신의 연구에 관해 말하기 시작했는데 도중에 경감이 얘기를 중단시키는 바람에 두 사람은 참혹한 현실로 돌아와야 했던 것이다.

엘러리는 얼굴을 찌푸렸다. 당시의 짧은 대화는 그 이후로 갖가지 사건이 겹치는 바람에 무의식의 바닥에 가라앉고 말았던 것이다. 그것이 두 달 뒤에, 그 출처를 떠올리지 못한 채로, 문득 의식에 떠오른 것이다. '독창적'인 아이디어란 언제나 그런 것인 법이다.

그 출처가 카자리스였다는 것은 참으로 얄궂은 운명이다.

엘러리는 미소 지으면서 다시 주(註)로 눈길을 주었다.

——6월 3일 밤 회의에 미합중국 에드워드 카자리스 박사 발표. 이 논문은 오후 10시에 발표될 예정이었으나 앞서 발표한 덴마크의 나르도페슬러 박사가 시간을 초과해 그의 논문 발표가 끝난 것은 오후 11시 52분이었다. 폐회는 대회의 의장인 프랑스의 쥬라스 박사의 반대로 철회되었다. 쥬라스 의장의 반대 이유는 카자리스 박사는 대회의 취지를 존중해 모든 회의에 강한 인내심으로 출석해 왔으므로 깊은 밤이 되어 버리긴 했지만, 이것이 본 대회의 마지막 회의이므로 출석자 여러분은 폐회 시간을 연장해 카자리스 박사의 논문 발표를 경청해야 마땅하다고 했다. 폐회는 취하되고 카자리스 박사는 논문을 발표했으며, 그것은 오전 2시 3분에 끝났다. 이리하여 6월 4일 오전 2시 24분, 의장 쥬라스 박사가 올해 대회의 폐회를 선언했다.

다시 미소를 띠면서 엘러리는 잡지를 덮고 표지의 발행 연도를 살폈다.

그의 미소는 사라졌다. 지금 그는 날짜의 마지막 숫자를 바라보면서 앉아 있었다. 숫자는 점점 커져 갔다. 아니면 그가 급속하게 작아져 갔다.

'나를 마셔 주세요.' (*이상한 나라의 앨리스*에 나오는 마법약을 말함. 앨리스가 그것을 마셨더니 몸이 작아졌다)

그는 앨리스가 된 듯한 기분이었다.

취리히의 토끼굴 (앨리스가 토끼굴로 떨어졌더니 그곳은 이상한 나라였다).

그리고 거울.

앨리스여, 당신은 어떻게 굴에서 나왔는가?

엘러리는 테이블 앞에서 간신히 몸을 일으켜 열람실 밖의 안내원에게로 갔다.

그는 몇 권의 인명록과 미국 정신병의학협회 회원명부 최신호 위로 몸을 굽혔다.

인명록……. 카자리스, 에드워드.

미국 정신의학협회 회원명부……. 카자리스, 에드워드.

어디에나 카자리스, 에드워드는 단 한 명밖엔 없다.

어디나 똑같은 카자리스, 에드워드다.

견딜 수 없는 충격.

엘러리는 취리히의 잡지를 다시 살폈다.

그는 천천히 페이지를 넘겼다.

차분한 태도로.

'나를 보는 자는 이렇게 말하겠지. '자신만만한 사내다. 조용히 페

이지를 넘기고 있다. 만사를 터득한 사람이다'라고'

있었다.

  프루비오 카스토리조 박사 (이탈리아)
  존 슬로비 카벨 박사 (영국)
  에드워드 카자리스 박사 (미합중국)

물론 그의 이름이 나와 있는 것은 당연하다.
그리고 그 노인은? 그는 출석해 있었던 것일까?
엘러리는 페이지를 넘겼다.

  월터 쉔츠바이크 박사 (독일)
  앙드레 세르보란 박사 (스페인)
  베라 셸리그먼 박사 (오스트리아)

누군가가 엘러리의 어깨를 두드렸다.
"문 닫을 시간입니다."
방에는 아무도 없었다.
'어째서 그들은 알아채지 못했던 것일까?'
그는 무거운 발걸음으로 복도로 나왔다. 그가 반대쪽으로 꺾어 나
가니 수위가 계단으로 안내해 주었다.
'지방 검사는 베테랑이다. 그의 사무실은 우수한 인력을 갖추고 있
다. 민완가들이 즐비하다.'
그들은 도널드 카츠에서 스텔라 페트루키, 레노아 리처드슨, 베아
트리스 윌킨스로 거슬러 올라가 조사했을 것으로 그는 상상했다. 거

꾸로 더듬어 감에 따라서 차츰 알기 어려워지며, 5개월 전 언저리에서 완전히 사라져 버렸던 것이다. 그러나 그들은 포기하지 않았다. 증거를 포착하지 못하는 사건이 하나나 둘, 경우에 따라서는 셋이나 있었다. 그러나 개별 사건의 증거를 잡을 필요는 실제로는 없을 것으로 생각했으리라, 이 정도의 대량 살인사건에서는. 이렇게 장기간에 걸친 사건인 데다가, 개별 피해자가 누구인가 하는 것은 크게 중요하지 않은 특수한 케이스이므로, 여섯 건가량 증거를 잡을 수가 있으면 지방 검사로서는 충분했으리라. 게다가 카자리스가 메릴린 소머즈로 착각하고 셀레스트 필립스를 죽이려 했던 현장에서 검거된 사실과, 그 전의 며칠 동안 그가 소머즈의 집 근처를 배회했다는 사실에 관한 상세한 증언이 추가되면.

엘러리는 불안정한 발걸음으로 5번 거리를 북쪽으로 걸어갔다. 기온이 떨어져 질척한 곳은 얼어붙고, 가장자리가 뾰족해진 지저분한 회색 얼음 덩어리가 생겼으며, 게다가 자동차 바퀴자국과 곰보자국처럼 울퉁불퉁한 데가 생겨나 어디인지도 모르는 나라의 입체지도 같았다. 그 위를 그는 비틀거리면서 나아갔다.

'이건 집에서 해야만 한다……. 앉아서 마음을 놓을 수 있는 장소가 필요하다.

마침내 막다른 곳이다.

집으로 배달될 사형집행 영장.

배달료 불필요'

그는 상점의 쇼윈도 앞에서 발길을 멈췄다. 특징이 없는 천사가 바늘처럼 가느다란 횃불을 들고 날아가려 하고 있었다. 그는 손목시계를 보았다.

'비엔나는 지금 한밤중이다.

그렇다면 집으로 돌아갈 수 없다.

아직 안 된다.

시간이 될 때까지'

그는 아버지와 얼굴을 마주칠 생각을 하자 콧등을 채인 거북처럼 고개를 푹 움츠렸다.

엘러리는 새벽 4시 15분 전에 집에 들어갔다. 살그머니.

거실 테이블 위의 마졸리카 도자기 램프에 불이 켜져 있을 뿐, 아파트는 어두웠다.

얼어붙을 것처럼 추웠다. 밖은 기온이 화씨 5도까지 내려갔고, 아파트 안은 그보다 아주 조금 높을 따름이었다.

그의 아버지는 코를 골고 있었다. 엘러리는 침실 문쪽으로 가서 살며시 문을 닫았다.

그러고는 살그머니 자신의 서재로 들어가 문을 잠갔다. 오버코트는 벗지 않았다. 그는 책상 위의 스탠드를 켜고 의자에 앉아서 전화를 잡아당겼다.

다이얼을 돌려 교환원이 나오자 국제 전화를 신청했다.

좋지 않은 상황이 몇 가지 있었다.

곧 6시였다. 라디에이터가 딸깍딸깍 소리를 내면서 스팀이 들어오기 시작했다. 그는 걱정스럽게 문으로 눈길을 가져갔다.

경감은 언제나 6시에 일어난다.

마침내 전화가 연결되었다.

비엔나의 교환원이 상대방을 호출하기를 기다리면서 그는 아버지가 조금 더 자기를 바랐다.

"나오셨습니다."

"셀리그먼 교수이십니까?"

"그렇습니다만?"

매우 나이든 목소리였다. 목쉰 저음에 약간 꺼리는 것 같은 울림이 배어 있었다.

"저는 엘러리 퀸이라고 합니다. 교수님께선 모르시겠지만……."

엘러리는 독일어로 말했다.

"아니, 알고 있네. 당신은 미스터리소설 작가로 종이 위에서 저지른 많은 범죄를 속죄하는 기분으로 현실의 범인도 쫓고 있지. 영어로 말해도 되네, 퀸 군. 용건이 뭔가?"

나이든 목소리는 비엔나 사투리인 옥스퍼드식 영어로 말했다.

"불편하신 시간은 아닌지요?"

"퀸 군, 나처럼 나이가 들면 신의 본질에 관해 사색할 때 말고는 모조리 불편한 시간일세. 용건은?"

"셀리그먼 교수님, 당신은 미국의 정신과 의사 에드워드 카자리스를 아시는 줄 압니다만."

"카자리스 말인가? 나의 제자였지. 그런데?" 그의 목소리에 달라진 곳은 없었다. 전혀 없었다.

'그가 모른다는 사실이 있을 수가 있는가?'

"최근에 카자리스 박사를 만나셨습니까?"

"올해 초에 취리히에서 만났지. 어째서 묻는 건가?"

"무슨 일로 만나셨습니까?"

"정신분석 국제회의에서였지. 그런데 자네는 아직 내 질문에 답하지 않았어."

"카자리스가 문제를 일으킨 사실을 알고 계십니까?"

"문제? 모르네. 무슨 문제인가?"

"셀리그먼 교수님, 지금은 설명할 수 없습니다. 하지만 그 회의 때의 일을 정확히 알려 주셨으면 합니다."

지직 하는 소리와 기잉 하는 소리가 들어왔다. 순간, 엘러리는 마음속으로 신께 빌었다.

그러나 그것은 셀리그먼 교수가 침묵하는 동안에 대서양 횡단 전화선에 뭔가 잡음이 들어갔을 따름이었다.

나이든 목소리가 다시 들려왔다.

이번엔 으르렁대는 듯한 목소리였다.

"자넨 카자리스의 친구인가?"

'친구냐고?'

"네, 친구입니다." 엘러리는 말했다.

"자넨 망설이고 있군. 마음에 들지 않는데."

"셀리그먼 교수님, 제가 망설였던 것은 우정이라는 단어를 중요시했기 때문입니다." 엘러리는 신중하게 말했다.

그는 이제 끝장인 줄 알았으나 희미하게 쿡쿡대는 웃음소리가 들렸다. 그러더니 노인은 말했다. "나는 취리히의 회의 마지막 며칠 동안 출석했어. 카자리스도 있었고 마지막 날 밤에 그가 논문을 발표하는 것을 들었지. 그 뒤에 나의 호텔로 불러서 새벽이 지날 때까지 정말 하찮은 논문이라고 비판해 주었지. 이거면 됐는가, 퀸 군?"

"교수님은 훌륭한 기억력을 갖고 계시군요."

"기억하지 못할 거라고 예상했겠지."

"죄송합니다."

"난 보통의 노인처럼 흐릿하기는커녕 점차 머리가 맑아지고 있다네. 임종하는 자리까지도 기억력만은 분명하게 있을 걸세. 나의 정보는 정확하니까 안심하게." 노인의 음성은 날카로워졌다.

"셀리그먼 교수님……"

상대 목소리가 들렸지만 그것은 심한 잡음에 삼켜지고 말았다. 엘러리는 황급히 수화기를 귀에서 떼었다.

"셀리그먼 교수님?"

"아아, 날세. 자넨?" 그의 음성은 작아지다가 이내 사라졌다.

엘러리는 저주의 말을 토해냈다. 갑자기 전화의 잡음이 없어졌다.

"퀸 군, 뭔가?"

"꼭 만나 뵙고 싶습니다, 셀리그먼 교수님."

"카자리스 때문인가?"

"카자리스 일입니다. 제가 이 길로 비엔나로 날아가면 만나주시겠습니까?"

"그런 일 때문에 유럽으로 오겠다는 건가?"

"그렇습니다."

"오게나."

"감사합니다. 그럼 다시 뵙겠습니다." 엘러리는 독일어로 '당케 쉔. 아우프 비더젠.'이라고 말했다.

그러나 노인은 이미 전화를 끊은 상태였다.

엘러리도 수화기를 놓았다.

'무척 나이가 들었다. 버텨 주면 좋을 텐데.'

그의 유럽 여행은 시작부터 끝까지 운이 따르질 않았다. 우선 비자가 좀처럼 나오질 않아서 국무부에 가서 장시간 설명을 해야 했고, 이런저런 질문을 당하기도, 고개를 흔드는 것을 보거나, 서류에 추가로 기입하기도 해야 했다. 이어서 비행기 티켓이 구해지질 않았다. 너도나도 유럽에 가려고 했고, 모두가 중요 인물들뿐이었다. 국제 문제라는 광대한 감자밭에서 자신은 하잘것없는 땅속줄기에 지나지 않는다는 사실을 깨달았다.

결국 그는 뉴욕에서 크리스마스를 보냈다.

경감의 태도는 훌륭했다. 엘러리가 이리저리 뛰어다니는 동안, 그는 한 번도 여행 목적을 묻지 않았다. 두 사람은 그저 출발할 수 있게 하기 위한 방법과, 장해에 관해 서로 이야기했다.

그러나 경감의 콧수염이 아무렇게나 자라나 있음이 눈에 띄었다.

크리스마스 날에 엘러리는 셸리그먼 교수에게 전화를 걸어 비행기 사정과 다른 복잡한 사정으로 출발이 늦어졌으나, 이제 곧 출발할 수 있을 것 같다고 알렸다.

엘러리가 마침내 출발하게 된 것은 12월 28일 깊은 밤이었다. 조금만 더 늦었더라면 그는 머리가 돌아 버렸을지도 몰랐다.

아버지가 어떤 방법으로 손을 써 주었는지 엘러리는 잘 알지 못했다. 그러나 어쨌든 그는 12월 29일 새벽에 겉보기에 성격이 다른 듯한 일행과 함께, 한눈에도 특별기임을 알 수 있는 비행기에 타고 있었다. 승객 전체가 국제적으로 중요한 임무를 띠었음은 자명했다. 그는 비행기의 목적지도, 도착 시간도 몰랐다. '런던'이나 '파리' 같은 수런거림이 들리긴 했지만, 스트라우스 왈츠와는 전혀 관계가 없는 것 같았다. 그의 우려에 찬 질문에 대한 대답이 입을 꾹 다문 당혹의 표정이었던 것으로 미루어 비엔나의 숲은 모스크바와 마찬가지로 인연이 먼 곳인 것 같았다.

대서양을 다 건너기도 전에 그는 비행기 멀미로 손톱을 깨물기 시작했다.

마침내 착륙한 곳은 짙은 안개로 둘러싸인 영국이었다. 여기서 무슨 까닭에선지 비행기는 아무리 시간이 지나도 움직이지 않았다. 3시간 반 뒤에 이륙을 하자 엘러리는 졸기 시작했다. 눈을 떴을 때, 그는 엔진 소리가 나지 않고 있는 것을 알았다. 깊은 정적이었다. 창으로 밖을 본 바로는 아무래도 북극의 빙원에 착륙했는지 몸속의 피마저도 얼어붙을 듯 추웠다. 그는 옆 좌석의 미 육군 장교를 팔꿈치로 쿡쿡 찔렀다. "저, 대령님. 이 비행기의 목적지는 프리드쇼프 난센

(노르웨이의) 이 갔던 곳입니까?"
(북극 탐험가)

"여기는 프랑스입니다. 당신은 어디로 가십니까?"

"비엔나입니다."

대령은 입술을 비죽 내밀고 고개를 가로저었다.

엘러리는 얼어붙은 발끝을 끈기 있게 꼼지락거렸다. 제1엔진이 굉음을 내기 시작했을 때 부조종사가 그의 어깨를 두드렸다.

"미안합니다만, 자리를 비워 주십시오."

"뭐라고요!"

"명령입니다. 외교관이 셋 타기 때문에."

"상당히 야윈 사람들인 모양이군. 있을 곳이 없는 난 어떻게 하죠?" 엘러리는 일어나면서 분하다는 듯 말했다.

"다른 비행기의 좌석이 생길 때까지 비행장에서 머무르십시오."

"서 있으면 안 되나? 남의 무릎에 걸터앉거나 하지 않겠다고 약속하겠소. 비엔나의 린그슈트라세 위를 지날 때 낙하산으로 뛰어내려도 괜찮은데."

"당신 가방은 이미 밖에 있습니다. 뭐라고 드릴 말씀이 없군요."

엘러리는 눈에 보이지 않는 프랑스 공화국에 둘러싸여서 강한 바람이 불어닥치는 군대 막사에서 31시간을 보냈다.

로마를 경유해서 겨우 비엔나에 도착했다. 믿어지지 않는 일이었다. 그러나 어쨌거나 그는 가방을 손에 들고 얼어붙을 것만 같은 기차역에 서 있었다. 무슨 까닭인지 로마에서 줄곧 왜소한 이탈리아인 사제가 그를 따라다녔다. 곳곳에 베스트, 반호프(서(西))라고 쓰여 있었다. 그것은 분명히 비엔나에 있는 역 이름이므로 역시 그는 비엔나에 있는 게 확실했다.

정월 초하루에.

셸리그먼 교수는 어디 있을까?

엘러리는 비엔나의 연료 사정이 걱정되기 시작했다. 엔진 고장이나 말을 듣지 않는 우주선의 승객처럼 별과 별 사이를 헤맨 뒤의 불시착, 그리고 비참한 기차 여행. 그런 것들이 그의 기억에 떠올랐다. 그러나 가장 인상에 남는 것은 추위였다. 엘러리의 느낌으로는 유럽은 제2의 빙하기에 돌입해 있었다. 시베리아의 마스트돈(코끼리와 비슷한 화석 동물)처럼 빙하 한가운데에 완전한 형태로 보존되어 있는 셀리그먼 교수를 발견할 것 같은 기분이 들지 않았다. 그는 로마에서 전화로 셀리그먼 교수에게 이탈리아 비행기의 도착 예정 시간 등 자세한 사항을 미리 알렸다. 그러나 말썽 많은 비행기와 그 뒤의 비참한 기차여행 같은 것을 그는 예상치도 않았었다. 셀리그먼은 틀림없이 공항에서 폐렴에 걸렸을 거야……. 어느 공항일까?

뭐, 상관없겠지.

플랫폼 위의 얼어붙은 눈을 저벅저벅 밟으면서 두 사람의 그림자가 다가왔다. 그러나 한 사람은 송곳니가 길게 튀어나온 짐꾼이고, 다른 한 명은 오스트리아의 로마 가톨릭 교회의 신부로 둘 다 엘러리가 생각했던 세계적으로 유명한 정신분석학자의 이미지와는 달랐다.

신부는 작은 체구의 이탈리아인 사제를 황급히 데리고 사라졌고, 기다란 송곳니를 지닌 짐꾼은 저급한 말씨와 냄새나는 숨을 토해내면서 뛰어왔다. 엘러리는 어눌한 말투로 악전고투를 했다. 그는 간신히 짐꾼에게 가방을 맡기긴 했지만 약간 걱정이 되었다. 하인리히 히믈러(나치 친위대 사령관)와 꼭 닮은 사내였기 때문이었다. 그는 전화를 찾으러 갔다. 수화기에서 흥분한 여자의 목소리가 답했다.

"카빈 씨(퀸을 독일어식 사투리로 발음한 것)이십니까? 선생님과 함께 계시지 않은가요? 아휴, 선생님은 얼어 돌아가셨어요. 분명히 당신을 찾고 계실 거예요. 거기서 기다리십시오, 카빈 씨. 지금 있는 곳에서요. 베스트 반호프죠? 선생님이 당신을 찾으실 거예요. 그렇게 말씀하셨거든요!"

"미안합니다." 카빈 씨는 랜드류($^{프랑스의 유명한 대량 학살자. 채플린의}_{《살인광 시대》 베르도의 모델이라고 함}$)가 된 듯한 기분으로 중얼거렸다.

그는 플랫폼에서 빙하기로 되돌아갔다. 그리고 발을 동동 구르거나 손에 입김을 불거나, 짐꾼의 말을 다섯 마디에 한 마디가량 알아들으면서 기다렸다. 틀림없이 오스트리아에 79년 만에 몰아닥친 한파일 거라고 그는 생각했다. 해마다 그런 것이다. 그 남풍은 어디로 간 것일까? 다뉴브 여왕의 보석이 박힌 머리칼을 애무하던 오스트리아 알프스에서 불어 내려오는, 그 로렐라이의 산들바람은? 그것은 사라져 버렸다. 신화나 환상 속의 모든 바람과 함께 사라지고 말았다. 비엔나 기질, 명랑한 비엔나 사람의 혈통은 사라져 버렸다. 지금은 온통 음울하고 붉은 고드름이 되어 있다. 질식할 듯한 겨울 추위와 신문팔이 소년의 새된 목소리에 사라진 봄의 소리와 함께 사라져 버렸다. 지금은 영원히 얼어붙고 만 고풍스런 오르골에 파묻힌 〈비엔나 숲 이야기〉와 함께 사라졌다……. 변장한 히믈러가 지나간 좋은 시절에 관해 하소연하는 동안 엘러리는 몸을 떨고 발을 동동 구르고 입김을 뿜어냈다.

가스실은 오히려 좋은 시절이었는가. 우는 소리는 히틀러에게나 하는 게 좋겠다고 엘러리는 생각했다.

'아름답고 푸른 도나우……'

엘러리는 꽁꽁 언 발을 계속해서 동동 구르면서 전후의 유럽에 있는 모든 것에 침을 뱉었다.

셀리그먼 교수는 10시 조금 지나서 모습을 나타냈다. 러시아풍의 바실리크 모자를 쓰고, 깃은 페르시아 새끼 양, 몸판은 양의 검은 오버코트로 부풀어 올라 한층 거대해진 그 모습은 언뜻 보기만 하고도 추위가 녹는 느낌이었다. 엘러리의 곱은 손을 그의 커다랗고 건조한, 따뜻한 두 손으로 붙잡았을 때, 엘러리는 뼈의 골수까지 녹는 것 같았다. 마치 길을 잃고 지구 위를 헤매다가 생각지도 않았던 친척 아저씨를 만난 듯한 느낌이었다. 장소는 문제가 아니었다. 피붙이가 있는 곳, 그게 집인 것이다. 엘러리에겐 셀리그먼의 눈이 특히 인상적이었다. 그 눈은 용암처럼 꽉 짜인 얼굴 한가운데에 있는 영원한 공기 분출구 같았다.

학자 같은 얼굴을 한 운전기사가 운전하는 정신분석학자의 고풍스런 피아트를 타고 노인의 집이 있는 대학가를 향해 도시 중심부의 황폐한 거리를 달리면서 엘러리는 카를로스 광장과 마리아힐퍼 거리의 변화를 거의 알아채지 못했다. 그는 마중을 나와준 교수 덕분에 마음이 따뜻해져서 기분이 완전히 좋아져 있었다.

"자네가 상상하던 비엔나와는 다른가?"

셀리그먼 교수가 갑자기 물었다.

엘러리는 움찔했다. 그는 파괴된 시내를 외면하려고 하던 참이었다. "교수님, 제가 왔던 것은 꽤 오래 전의 일입니다. 훨씬 전이죠, 전쟁……."

노인은 미소 지으며 말했다. "전쟁과 평화. 퀸 군, 우리는 평화를 간과해서는 안 되네. 우린 러시아인 때문에 골치가 아파, 그렇지? 영국인에게도, 프랑스인에게도, 그리고 실례지만 미국인에게도야. 그렇지만 구애되지 않는 국민성 덕택에 우리는 어떻게든 꾸려 왔어. 제1차 세계대전 뒤 비엔나에는 '옛날에 비엔나가 있었노라, 옛날에 왈츠가 있었노라'는 노래가 생겨났다네. 그리고 우리는 살아남았어. 지금 다시 이 노래를 부르며, 〈맑은 이 밤〉을 노래하지 않던 때에는 말야, 비엔나의 곳곳에서 사람들은 '디 구텐 알텐 차이텐'이란 말을 하고 있지. 영어로는 어떻게 말할까? '예전의 좋은 시절'이 되려나?

우리들 비엔나 사람은 과거에의 향수라는 호수에서 헤엄치고 있지만, 그것은 너무나 염분이 높은 호수라네. 우리가 가라앉지 않고 이렇게 있는 건 바로 그 때문이야. 뉴욕 얘기를 해주겠나, 퀸 군. 나는 1927년 이래로 자네가 사는 그 대도시를 찾아간 적이 없어."

엘러리가 대양을 날고 대륙의 반을 횡단한 것은 다른 이야기를 하기 위해서였지만, 그는 어느 사이엔가 타임스 스퀘어의 관광버스 가이드 같은 말투로 전후의 맨해튼을 설명하고 있었다. 설명을 하는 동안에 북극 비행으로 마비되어 있던 시간 감각이 차츰 되살아나기 시작했다. 그리고 그는 경악했다. 그리고 이 현재는 아주 오래 전에 있었던 일을 다시 재경험하는 듯한 느낌이 들었다. 에드워드 카자리스의 재판이 내일 시작되는데, 어떤 루트를 통하더라도 4천 마일 이상 떨어진 이곳에서 그는 상당한 고령의 노인과 쓸데없는 얘기를 나누고 있는 것이다. 엘러리의 맥박은 빨라졌다. 그리고 차가 어딘가 넓은 거리——엘러리는 그 거리의 이름에 주의를 기울이려고조차 하지 않았다——의 탄흔이 있는 아파트 앞에 멈췄을 때, 그는 잠자코 있었다.

셀리그먼 교수의 가정부인 바우어 부인은 아스피린과 차, 뜨거운 물주머니, 그리고 저주의 말——이것으로 엘러리는 아까의 냉랭했던 전화 목소리가 생각났다——로 늙은 주인을 맞이했다. 그러나 노인은 미소 지으면서 "조용히!"라고 독일어로 말하면서 아이를 대하는 것처럼 엘러리의 손을 잡고 '편안한 땅'으로 안내했다.

이곳, 셀리그먼 교수의 서재에는 오래된 비엔나의 우아함과 매력적인 지성의 정취가 있었다. 장식은 기지로 빛났고, 활기와 차분한 즐거움이 있으며, 미소를 자아내게 할 듯한 장난기도 있었다. 이곳에는 겉치레뿐인 새로운 물건은 침입해 있지 않았으며, 프러시아식 딱딱함도 없이 녹이 슨 고급 집기들이 빛나고 있었다.

불같은 휘황함. 아아, 불! 엘러리는 어머니의 무릎 같은 의자에 앉자 겨우 살아 있는 기분이 들었다. 그리고 바우어 부인이 아침 식사로 훌륭한 커피 케이크와 향이 높고 진한 커피를 내놓아 허기를 채워주고, 몸을 완전히 녹여주었을 때 그는 꿈을 꾸는 것만 같았다.

"세계 제일의 맛있는 커피로군요."

엘러리는 두 잔째의 컵을 입으로 가져가면서 주인에게 말했다.

"오스트리아가 자랑하는 것 가운데 값으로 따질 수 없게 훌륭한 것의 하나입니다."

"엘리자가 자네에게 내놓는 것은 거의 전부가 그렇지만, 커피도 미국 친구가 보내준 거라네." 엘러리가 얼굴을 붉히자 셀리그먼은 쿡쿡 웃었다. "용서하게, 퀸 군. 난 늙은 슈프트…… 그러니까 변변치 못한 사람일세. 하지만 자넨 내 농담의 상대가 되겠다고 바다를 건너서 달려온 게 아닐 텐데. 그런데 나의 제자 에드워드 카자리스에 대해 뭘 알고 싶다는 건가?" 그는 차분하게 말했다.

드디어 때가 왔다.

엘러리는 어머니 같은 의자를 떠나 난로 앞에 남자답게 섰다.

그는 말했다. "당신은 6월에 취리히에서 카자리스를 만나셨습니다, 셀리그먼 교수님. 그 이후로 소식이 없었습니까?"

"아니."

"그러면 여름에서 가을에 걸쳐 뉴욕에서 무슨 일이 있었는지 알고 계시는지요?"

"삶, 그리고 죽음이지."

"뭐라고 말씀하셨습니까?"

노인은 미소 지었다.

"추측일세, 퀸 군. 하지만 틀린 건 아니겠지? 전쟁이 시작된 이후로 신문은 읽지 않았네. 신문은 딱딱해지고 싶은 사람의 것이라네.

난 엄격해지고 싶지가 않아. 난 영원에 몸을 맡겨 버렸어. 내게는
오늘 이 방이 있고, 내일은 화장(火葬)이 있을 뿐이지. 하기야 당
국이 허가할 때 얘기지만. 안 된다면 몸을 박제해서 의사당 시계탑
안으로 들어가 시간을 계속 알리고 싶다네. 어째서 그런 걸 묻는
겐가?"

"교수님, 제가 지금 발견한 게 있습니다."

"그게 뭔가?"

엘러리는 웃었다.

"교수님께서는 모든 것을 아신다는 사실입니다."

노인은 잠자코 몸을 흔들었다. 뉴욕에서 전화했을 당시에는 몰랐는
데, 그 뒤로 어느 정도 알게 되었다고 엘러리는 생각했다.

"아시고 계시지요?"

"음, 그 뒤로 조금 알아보았다네. 그렇게 태도로 나타나 보이나?
앉게나, 퀸 군. 앉으라고. 우린 적이 아닐세. 자네들의 도시는 아
홉 사람을 교살한 편집광 살인자에게 위협을 받았지만, 이제 에드
워드 카자리스가 범인으로 체포되었네."

"자세한 것은 알지 못하십니까?"

"몰라."

엘러리는 자리에 앉아서 아치볼드 더들리 어바네시의 사체 발견에
서부터 1번 거리 골목에서 카자리스를 체포하기까지 자초지종을 말
했다. 그런 다음 체포 뒤의 카자리스의 태도에 관해 짤막하게 설명했
다.

"셀리그먼 교수님. 내일, 카자리스의 재판이 뉴욕에서 시작됩니다
만 저는 이렇게 비엔나에……."

노인은 파이프 연기 사이로 엘러리를 물끄러미 쳐다봤다. "무엇 때
문에? 18년 전 카자리스가 아내와 함께 비엔나에 왔을 때, 나는 그

를 환자로서 치료했지. 그 뒤에 그는 내 밑에서 공부를 했는데, 틀림 없이 1935년에 이 땅을 떠나 미국으로 돌아갔어. 그 이후로 단 한 번 만났을 뿐이라네, 지난 여름에. 나에게 뭘 부탁하고 싶은 건가, 퀸 군?"

"힘을 빌려 주십시오."

"내 힘을? 하지만 사건은 이미 끝났어. 더 이상 뭐가 있다고 이러 는지 모르겠군. 만약 뭔가 있다고 치세. 그렇다고 내가 어떤 식으 로 힘이 될 수 있겠나?"

엘러리는 컵을 만지작거리면서 말했다. "틀림없이……. 이상하다 고 생각하실지도 모릅니다. 특히 카자리스에 대한 증거는 결정적인 것이니까요. 그는 10명째의 살인미수 현장에서 체포되었습니다. 교 살용 끈을 감춘 장소를 경찰에 가르쳐 주었고, 경찰은 그가 말한 대 로 자물쇠로 잠긴 진료실의 캐비닛 속에서 그것을 찾아냈습니다. 더 구나 그는 지난 아홉 사건에 관해 상당히 소상하게 자백했습니다."

엘러리는 컵을 살며시 밑으로 내려놓았다. "셀리그먼 교수님, 저는 교수님의 학문에 관해서는 신경증적 행동과 신경증, 정신병의 차이에 관해 일반적인 지식인 정도의 지식을 가진 데 불과합니다. 하지만 교 수님의 전공에 대한 저의 무지에도 불구하고, 아니면 무지 덕택인지 도 모릅니다만, 기묘한 어떤 사실로부터 생겨난 저 나름의 의문을 느 끼고 있습니다."

"그 사실이란 어떤 것인가?"

"카자리스는 그의…… 주저해서 죄송합니다. 그의 동기에 대해선 전혀 밝히질 않았습니다. 만약 그가 정신병이라면, 동기는 잘못된 현실의 인식에서 생겨난 것으로 임상적인 흥미가 있음에 지나지 않 습니다. 하지만 만일 정신병이 아니라면…… 교수님, 무엇이 카자 리스를 저토록 살인으로 치닫게 했는지를 반드시 알고 싶습니다.

그렇지 않고서는 납득할 수 없습니다."

"내가 그것을 가르쳐 줄 수 있을 거라고 생각하는가, 퀸 군?"

"그렇습니다."

"어째서지?" 노인은 파이프를 피웠다.

"그를 치료하셨고, 게다가 그는 교수님의 가르침을 받았습니다. 정신과 의사가 되려면 우선 자기 자신의 정신분석을 받는 것이 필요한 순서인데……."

그러나 셸리그먼은 커다란 머리를 가로젓고 있었다. "퀸 군, 카자리스가 내 밑에서 공부하기 시작했던 정도의 나이의 경우에는 자신의 정신분석은 필요한 순서가 아니라네. 그것은 의심스러운 순서야, 퀸 군. 1931년에 그는 49살이었는데, 그 나이로는 정신분석에 성공하는 예가 거의 없다네. 그렇기는커녕 그의 나이로 생각할 때 그의 계획 전체가 문제였지. 카자리스의 경우에 내가 그것을 시도했던 것은 그에게 흥미가 끌렸고, 그에게 의사로서의 경험이 있으며, 내가 실험하고 싶었던 것에 지나지 않아. 가끔 우리는 성공하긴 했지만 말일세. 자네의 말을 끊어서 미안하네만……."

"어찌됐건 당신은 그의 정신분석을 하셨습니다."

"분명히, 그건 그렇지."

엘러리는 몸을 앞으로 쑥 내밀었다. "그는 어디가 나빴던 것입니까?"

셸리그먼은 중얼거렸다. "자네와 나는 어디가 나쁠까?"

"그건 답이 되지 않습니다."

"하나의 답이라네, 퀸 군. 우리는 모두가 신경증적인 행동을 하지. 예외없이 누구든지 그래."

"드디어 전공이신 짓궂음——이 말로 될지 모르겠습니다만——이 시작되셨군요." 노인은 유쾌한 듯이 웃었다. "한가지 더 묻겠습니다,

교수님. 카자리스의 마음의 병에 감춰진 원인은 무엇이었습니까?"

셀리그먼은 파이프를 계속 피웠다.

"제가 여기까지 달려온 것은 그것을 묻기 위해서입니다. 왜냐하면 저는 그에 관해서 모호하고 표면적인 것뿐이지, 본질적인 사실은 전혀 모르기 때문입니다. 카자리스는 굉장히 가난한 집에서 태어났습니다. 14명이나 되는 자녀 중 하나였지요, 부자의 눈에 띄어서 학교에 갈 수 있게 되자 그는 부모와 형제자매를 버렸습니다. 나중에는 그 은인마저도 버렸습니다. 그의 경력의 모든 것——결혼도 포함해서——이 비정상적인 야심과 강박관념에 휩싸여 성공을 향한 가속 운전을 보였던 것 같습니다. 그의 직업적인 윤리는 훌륭하게 유지되었습니다만, 사생활은 타산과 엄청난 에너지로 특징지을 수 있습니다. 그런데 의사로서도, 또 인간으로서도, 전성기에 있을 때 갑자기 신경쇠약에 걸렸습니다. 이것은 중요합니다."

노인은 아무런 말도 하지 않았다.

"제1차 세계대전 중에 그는 이른바 '포탄 충격'의 가벼운 증상으로 치료를 받았습니다. 그게 관계가 있는지 어떤지 저는 모르겠습니다. 어떻습니까, 교수님?"

그러나 셀리그먼은 침묵을 지키고 있었다.

"신경쇠약이 된 뒤로 그는 어땠나요? 뉴욕에서 가장 번창했던 개업 의사의 하나였는데 그것을 그만둬 버리고 아내의 권유에 따라서 함께 세계일주 여행에 나섰습니다. 그는 언뜻 회복된 것 같았습니다……. 그러나 정신분석학의 세계적 중심인 비엔나에서 다시 신경쇠약이 되었습니다. 최초의 것은 과로가 원인이 되었습니다. 하지만 유유자적한 세계여행 뒤에 일어난 두 번째의 발병은 무엇이 원인이라 할 수 있을까요? 이것이 문제입니다. 셀리그먼 교수님, 교수님께서 그를 치료하셨습니다. 카자리스의 신경쇠약의 원인은 무엇이었습니까?"

셀리그먼은 파이프를 입에서 떼었다. "퀸 군, 자넨 나더러 직업상의 자격으로 얻은 정보를 누설하라는 겐가?"

"분명히 그것은 문제이긴 합니다, 교수님. 하지만 침묵 그 자체가 도덕에 반할 때, 어디에 침묵의 윤리가 있겠습니까?"

노인은 기분이 나쁜 것처럼 보이지는 않았다. 그는 파이프를 밑으로 내려놓았다. "퀸 군. 자네가 여기까지 온 것은 정보를 얻기 위해서라기보다도 불완전한 자료를 토대로 자네가 이미 도달한 결론을 확인하기 위해서인 것은 명백하네. 그 결론을 말해 주게나. 나의 딜레마를 해결할 방법을 우리가 찾아낼지도 모르니까."

"좋고말고요!" 엘러리는 벌떡 일어났다. 그러나 다시 자리에 앉아서 되도록 냉정하게 이야기하려고 애를 썼다. "카자리스는 44살 때, 19살의 처녀와 결혼했습니다. 그때까지는 일의 대상이 여자뿐이었는데도 여자와의 개인적인 접촉이 없는 바쁜 생활이었습니다. 결혼한 뒤로 4년 동안에 카자리스 부인은 두 아이를 낳았습니다. 카자리스 박사는 아내의 임신기간 중에 직접 그녀를 보살폈을 뿐만 아니라, 두 번 다 아기를 받았습니다. 아기는 둘 다 산실에서 죽고 말았습니다. 두 번째로 아기를 잃은 지 몇 달 뒤에 카자리스는 신경쇠약이 되었으며, 그 뒤로 산부인과에서 손을 떼고 다시는 그리로 돌아가지 않았습니다.

제 생각에 셀리그먼 교수님, 카자리스의 병이 무엇이었든 간에 그것은 산실에서 정점에 달했던 것 같습니다."

"어째서 그런 말을 하는 겐가?" 노인은 중얼거리듯이 말했다.

"그것은…… 셀리그먼 교수님, 저는 리비도(성적 충동)라든가 모티도(죽음의 충동)라든가 에고(자아)나, 이드(본능적 충동) 같은 정신분석 용어로 말할 줄은 모릅니다. 그러나 저는 인간이라는 것에 관해 다소나마 압니다. 지금까지 인간의 행동을 관찰해 얻을 수 있었던 지식과, 저 자신과 다른 사람들의 인생경험으로부터 저는 하나의 결론에 도달하지 않을 수 없었습니다.

저는 다음의 사실에 주목하고 있습니다. 카자리스는 자기의 어린 시절에 차갑게 등을 돌리고 있었습니다. 왜일까요? 저는 추측합니다. 그의 어린 시절의 추억은 늘 아기를 안고 있거나, 뱃속에 갖고 있는 어머니, 끊임없이 그런 아이들을 태어나게 만들던 노동자인 아버지, 그리고 늘 그의 꿈을 방해하는 다른 많은 형제들뿐이었습니다. 저는 추측합니다. 카자리스는 어머니를 미워했을까요? 형제자매들을 증오했을까요? 그들을 증오한 것에 죄책감을 가진 것일까요?

그 뒤로 저는 그가 지위를 이룩한 과정에 주목하고 의문을 가졌습니다. 그의 모성에 대한 증오와 그의 전공——말하자면 모성을 다루는 직업——과는 중대한 관계가 있는 게 아닐까? 많은 아이들을 두었던 부모에 대한 증오와, 더 많은 아이를 이 세상으로 내보내는 의사가 되려는 결심과는 무슨 관련이 있을까요?

증오와 죄책감. 그리고 그런 것들에 대한 자기 변호. 저는 2에 2를 더했습니다. 그래도 될까요, 교수님? 타당한 일입니까?"

셀리그먼은 말했다. "자네 같은 그런 수학으로는 지나치게 단순화하는 경향이 있지. 계속하게."

"그래서 저는 저 자신에게 말합니다. 카자리스의 불안의 뿌리는 깊고, 그의 죄책감이 기인하는 바는 멉니다. 의식으로 떠오르려 하는 잠재의식에 대한 그의 방어는 기묘하죠. 그게 신경증적 행동의 기본적인 특징이라고 한다면 말이죠.

또한 그의 결혼에 주목해 볼까요. 즉각 새로운 긴장, 혹은 오랜 긴장의 연장이 시작되었던 것 같습니다. 44살의 나이라면 정상적인 사람이라도 일만 하고, 그리 사교적이지 않은 생활을 하다가 19 살의 처녀와 처음으로 한 결혼은 불안정하고 마찰이 많은 생활이었 겠지요. 그의 경우, 어린 신부는 뉴잉글랜드의 상류 가문 출신이었 습니다. 그녀는 감정적으로 섬세하고 순박하며, 엄격한 편이어서 성적인 경험이 없을 것은 거의 확실합니다. 한편, 카자리스 쪽은 잘 알았겠지요. 이것은 제 추측입니다.

저는 이렇게 생각합니다. 카자리스는 자신이 성적 불만과, 욕구 불만, 불유쾌한 정신적 갈등으로 빠져들고 있음을 곧장 알아챈 게 틀림없다고요. 그가 성적 불능이 된 일이 종종 있었으리라고 저는 생각합니다. 아니면 아내 쪽이 반응을 보이지 않거나, 성에 눈을 뜨지 못하고, 또는 실제로 거부했는지도 모릅니다. 분명 그는 차츰 증대해 가는 욕구불만을 느끼기 시작했지요. 그렇습니다, 거기에 분노도 함께. 무리도 아닙니다. 생물학적 과정에 관한 분야에 매우 성공한 전문가인 그가 자신의 결혼생활 테크닉을 마스터하지 못했 으니까요. 게다가 또한 그는 그녀를 사랑했습니다. 그녀는 총명한 여성으로 가냘프고 정숙하며, 좋은 성장과정을 가졌습니다. 42살 인 지금도 아름다우니 19살이던 때는 더욱 눈부셨을 게 틀림없습 니다. 사랑스러운 딸의 아버지 정도의 나이가 된 남자로서 가능한 사랑의 방식으로 그는 그녀를 사랑했습니다. 그러나 그는 성에 차 지 않았습니다.

그래서 저는 생각합니다. 그에게 공포가 생겨난 것입니다. 이 공 포는 분명히 전혀 다른 원인에서 생겨난 것이지만, 그것은 위장한 모습으로 나타납니다. 그는 젊은 아내를 다른 남자에게 빼앗기지 않을까 두려워합니다."

엘러리는 커피를 마시고 셀리그먼은 기다렸다. 벽난로 위의 금도금 시계가 두 사람 사이의 일종의 휴전을 지켜보고 있었다.

엘러리는 계속했다. "공포는 조장됩니다. 그들의 나이나 성격, 자라난 환경, 취미의 커다란 차이에 의해서. 그가 오랜 시간 병원에 있으면서 다른 남자들의 아이를 낳는 여자들을 도와줘야만 하는 직업상의 필요에 의해서죠. 또한 분주함 때문에, 종종 밤에도 카자리스 부인의 곁에 있을 수 없다는 점 때문에.

두려움은 암처럼 퍼져나가 손을 댈 수 없게 됩니다. 카자리스는 아내와 다른 남자와의 관계를, 제아무리 사소하고 아무리 아름다운 것이라 하더라도 심한 의혹의 눈길로 보게 됩니다. 특히 아내와 젊은 남자와의 관계를요.

그리고 곧 이러한 두려움은 강박관념이 되고 맙니다.

셀리그먼 교수님, 결혼 뒤 최초의 4년 동안 에드워드 카자리스는 무엇에 홀린 것처럼 아내를 질투하지 않았습니까?"

셀리그먼은 파이프를 집어들고 부자연스럽게 두드려 재를 떨었다. 그는 웃음 지으며 말했다. "퀸 군, 자네의 방법은 과학적이라고는 할 수 없네. 하지만 내겐 상당히 흥미가 있군. 계속하게나." 그는 빈 파이프를 채웠다.

"그런 가운데 카자리스 부인이 임신했습니다." 엘러리는 얼굴을 찌푸렸다. "이 시점에서 카자리스의 공포는 사라지리라고 누구나 생각하겠지요. 하지만 그는 이성의 한계를 넘어서고 말았습니다. 그녀의 임신이 오히려 그의 질투와 의혹에 기름을 붓습니다. 이것은 자신의 의혹을 뒷받침하는 것이 아닐까 그는 생각합니다. 그래서 그는 아내를 자기가 직접 보살핀다면서 어디까지나 노력합니다. 그가 유별난 열성으로 다하고, 마음을 쓰고, 두루 살폈던 것은 의심의 여지가 없습니다. 임신에서 출산까지의 기간은 불행하게도 9개월이나 걸립니다. 태아의 생장을 지켜보는 9개월. 어떤 의문으로 스스로를 괴롭히는 9개월. 그것은 강박관념으로 완전히 모양이 왜곡되어 끝내 튀어나온 의문입니다. 이 아이는 나의 아이인가? 그런 것일까?

물론 그는 싸웠습니다. 끝없는 싸움을 했습니다. 그러나 적은 너무나도 힘에 부칩니다. 한 군데에서 죽여도, 다른 장소에 밉살맞게 힘찬 모습을 드러냅니다. 그는 자신의 의혹을 아내에게 이야기했을까요? 분명하게 그녀의 부정을 따져 물었을까요? 눈물이나 히스테릭한 말다툼이 있었던 것일까요? 만약 있었다고 한다면 그의 의혹은 깊어지기만 했을 테지요, 혹 없었더라도, 만약 그가 격렬한 분노를 억누르고 있었다면 사태는 더욱 나빠졌을 겁니다.

카자리스 부인의 출산일이 다가오고, 진통이 시작되고, 끝이 납니다.

그리고 그녀는 누워 있습니다.

산실 안에서.

그의 손 아래서.

그리고 아기는 죽습니다.

셀리그먼 교수님, 제가 얼마나 긴 여행을 해서 왔는지 아십니까?"

노인은 입속에서 파이프를 이리저리 흔들기만 할 뿐이었다.

"카자리스 부인은 두 번째의 임신을 했습니다. 의혹과 질투, 고뇌와 불안, 확신의 과정이 또다시 반복됩니다. 그리고 카자리스는 아내의 임신기간 중에 줄곧 직접 그녀를 보살피고, 다시 아기를 받겠다고 말하면서 격려합니다.

그리고 다시 아기는 산실에서 죽습니다.

두 번째의 아기도, 첫 번째와 똑같이 죽습니다.

그의 손 아래서.

그 강력하고 섬세한 신경을 소유한 숙련된 의사의 손으로."

엘러리는 노인의 위로 몸을 숙였다. "셀리그먼 교수님, 당신은 제게 진실을 가르쳐줄 수 있는, 세상에서 유일한 분입니다. 18년 전의 에드워드 카자리스가 정신병의 치료를 위해 당신에게로 왔을 때, 그는 죄책감, 분만을 앞두고 자기의 두 아이를 죽였다는 죄책감의 두렵고 무거운 짐을 견딜 수가 없어서 신경쇠약이 되었다는 게 사실이 아닙니까?"

한참 지나서 노교수는 빈 파이프를 입에서 떼었다. 그는 신중하게 말했다. "아직 태어나지 않은 자신의 아이가 다른 사내의 아이라는 망상 때문에 죽여 버리는 의사, 그거야말로 정신이상이지. 그렇겠지, 퀸 군? 그런 사람이 그 뒤에 그렇게나 훌륭하고 안정된 지위를, 특별히 정신병 분야에서 성공할 수 있다고 생각하는가? 그리고 그렇다고 한다면 나의 입장은 어떻게 되지? 그래도 여전히 그렇게 믿는가, 퀸 군?"

엘러리는 화가 난 듯한 모습으로 웃었다. "제가 질문을 자신의 두 아이를 죽인 것이 아닐까 하는 죄책감으로 정정한다면 의미가 분명해지겠습니까?"

노인은 마음에 든 것 같았다.

"왜냐하면 그게 그의 신경증의 원인이었다고 생각하는 것이 논리적이지 않을까요? 그는 아기에 대한 증오에 대해 필요 이상으로 죄책감을 가졌고, 자신은 오로지 벌을 받아 마땅하다고만 생각했습니다. 이름 높은 산과의사인 그는 '다른 남자의 많은 아기를 이 세상으로 내보내는 것을 도왔는데, 그의 손으로 자기 아기를 죽게 하고 말았다, 내가 죽인 것일까?' 하고 그는 괴로워했습니다. 자신을 휩싸고 있는 질투와 의혹이 손길을 미치게 한 걸까요? 자신은 아기가 죽어서 태어나기를 바라며, 손이 그렇게 되도록 움직인 것일까요? '틀림없이 나는 아기가 죽어서 태어나기를 바란다, 그래서 둘 다 죽어서 태어났다, 때문에 내가 죽인 것이다.'라는 생각을 가졌다면 완전히 비논리적인 신경증 환자의 사고방식입니다.

그의 건전한 판단력은, 아기는 거꾸로 출산된, 즉 역아였다고 알려졌습니다. 신경증은, 지금까지 많은 역아를 아무 일없이 받아오지 않았느냐고 그에게 강요합니다. 건전한 판단력은, 자기 아내의 몸은 아기를 낳는 데 그리 적합하지 않다고 말합니다. 신경증은, 아내의 아기 아빠는 다른 사내라고 속살거립니다. 건전한 판단력은, 자기는 최선을 다했다고 합니다. 신경증은, 최선은 다하지 않았다, 이렇게 했더라면 좋았을 것을, 저렇게 했으면 괜찮았다, 혹은 저렇게 하지 않았으면 괜찮았을 텐데, 이렇게 하지 않았더라면 좋았을 것이라고 속삭입니다. 아니면 자기 손으로 아기를 받겠다고 끝까지 버티지 말고 다른 산과 의사에게 맡겼으면 두 아기는 무사하지 않았을까, 등등.

카자리스는 그것을 믿으려는 저항하지 못할 강박관념을 가졌기 때문에 이내 자신이 두 아기를 죽였다고 굳게 믿어 버렸습니다. 이러한 심리적 공포 때문에 그는 병이 났습니다. 그가 아내에게 이끌려 여행에 나서 비엔나에 왔을 때, 교수님, 기묘한 우연의 일치라고 생각하지 않습니까. 그는 다시 병이 난 것입니다. 그래서 당신에게로 왔습니다. 그래서 당신이 그를 자세히 살피고, 정신분석을 하고, 치료를 하고 완쾌시켰던 것이죠?"

노정신분석학자가 입을 열었을 때, 짓눌린 목소리에는 불만이 담겨 있었다. "상당히 오래 전의 일인데다가, 그때 이후로 그의 심리적 문제에 관해서는 난 아무것도 모르네. 그에겐 당시에 이미 갱년기의 병발증(併發症)이 있었어. 만약 최근의 몇 년 동안, 그가 지나치게 일을 했다면, 게다가 그땐 이미 젊지는 않은 나이이고……. 사람은 중년이 되면 신경증적 징후를 나타내는 것으로부터 자기를 방어할 수가 없어서, 완전히 항복하고 정신이상이 되는 경우가 종종 있다네. 예를 들면, 편집성 정신분열증은 중년 후기에 걸리는 경우가 많다고 알려져 있지. 그렇더라도 의외의 일이며 곤란한 문제로군. 난 모르겠어.

그를 만나보지 않으면."

"그는 지금도 죄책감을 가지고 있습니다. 그런 게 틀림없습니다. 그렇지 않으면 그가 한 일을 설명할 수가 없습니다."

"그가 한 일? 아홉 사람을 죽였다는 것 말인가, 퀸 군?"

"아닙니다."

"그는 그 말고도 뭔가 했다는 소린가?"

"그렇습니다."

"아홉 사람을 죽이고도?"

"아홉 사람을 죽이지 않고도입니다." 엘러리는 말했다.

셀리그먼은 의자의 팔걸이 위에서 파이프의 재떨이를 두드렸다.

"이봐, 이보게 퀸 군. 수수께끼 같은 소린 하지 말게. 대체 무슨 뜻이지?"

"카자리스는 내일 아침 뉴욕에서 재판에 회부될 죄를 저지르지 않았다는 뜻입니다." 엘러리는 말했다.

"저지르지 않았어?"

"셀리그먼 교수님, 카자리스는 그 아홉 사람을 죽이지 않았습니다. 카자리스는 '고양이'가 아닙니다. 단 한 번도 그랬던 적이 없습니다."

13

셀리그먼은 말했다. "운명의 여신의 정체를 보여 주지. 그녀의 다른 이름은 바우어일세." 그는 커다란 소리로 말했다. "엘자!"

바우어 부인이 그야말로 유령처럼 홀연히 나타났다.

"엘자……." 노인이 말했다.

그러나 바우어 부인은 그의 말을 가로막고 정확한 독일어로 '선생님' 하고 말을 꺼냈다. 서툰 영어로 지껄이기 시작했기 때문에 엘러리는 반은 자기에게도 말하고 있음을 알아챘다. "선생님께선 점심 식사 시간이 되어서 아침을 드셨습니다. 점심을 드시지 않았어요. 이제 쉬실 시간입니다." 뼈가 앙상한 허리에 두 손을 얹고 바우어 부인은 비엔나답지 않은 방 안의 세계에 도전하듯 쏘아보았다.

"죄송합니다, 교수님······."

"무슨 소린가, 퀸 군?"

노인이 독일어로 그녀에게 조용히 말했다. "엘자, 문 앞에 서서 듣고 있었군. 손님께 실례야. 게다가 내게 남겨진 얼마 되지 않는 의식의 시간마저 빼앗으려는 겐가? 최면술을 받고 싶은 게야?"

바우어 부인은 새파래져서 도망쳤다.

노인은 히죽 웃었다. "이게 그녀를 이기는 유일한 무기라네. 그녀에게 최면술을 걸어 소비에트 지역으로 보내 모스크바의 장난감으로 만들어 주겠다고 위협하는 거라네. 엘자에게 그것은 도덕의 문제가 아니지. 그저 두려운 거야. 그녀는 그리스도의 적과 자는 편이 낫다고 생각한다네. 그런데 퀸 군, 카자리스는 결국 과실이 없다는 겐가?"

"그렇습니다."

노인은 미소 지으면서 의자에 깊숙하게 몸을 묻었다. "그 결론에 도달한 것은 과학으로는 알지 못할 자네만의 독특한 분석 방법에 의한 것인가? 그게 아니라면 사실에 바탕한 겐가? 예를 들면 미국 법정을 납득시킬 만한 사실에 바탕한 겐가?"

"셀리그먼 교수님, 그것은 정신 연령이 5살 이상이라면 누구라도 납득시킬 수 있는 사실에 기초하고 있습니다. 그게 너무나도 단순하기 때문에 몰랐던 것이라고 저는 생각합니다. 그게 단순하다는 것과, 살인 건수가 너무나도 많으며, 사건이 너무나도 오래 끌었기 때문입니다. 또한 그것이 살인 건수가 늘어남에 따라서 개별 피해자의 특징이 희미해지고, 뒤죽박죽이 되어 버리는 그런 종류의 사건이었던 탓도 있습니다. 마지막 무렵의 세간의 인상으로는 도살장에 들여보내진 비슷비슷한 9마리의 소의 시체더미라는 느낌이었습니다. 베르젠이나 부헨발트, 아우슈비츠, 마이다네크에서 학살당한 시체의 사진을 보는 것과 똑같은 반응으로, 개개의 구별은 없이 그냥 죽음이었습니다."
엘러리는 대답했다.

"퀸 군, 사실을 얘기하게." 희미한 초조함과 또 다른 무엇인가가 담긴 목소리였다. 그때 엘러리는 유대계 폴란드인 의사와 결혼했던 베라 셀리그먼의 외동딸이 트레블린카에서 죽은 사실을 갑자기 떠올렸다. 하나하나의 죽음을 특별한 것으로 만드는 것은 사랑이라고 엘러리는 생각했다. 사랑뿐인 것이다.

"아, 사실 말입니까? 교수님, 그건 물리학의 초보적인 문제에 지나지 않습니다. 교수님께서는 올해 초에 취리히의 회의에 참석했다고 말씀하셨는데, 정확하게는 올해의 언제입니까?"

교수는 허연 눈썹을 찌푸렸다. "5월 말이었던가?"

"대회는 열흘 동안 계속되었고, 마지막 회의는 6월 3일 밤에 열렸습니다. 6월 3일 밤, 미합중국의 에드워드 카자리스 박사는 회의장에서 다수의 청중을 앞에 두고 군중 공포증, 암소 공포증 및 매장 공포증'이라는 논문을 발표했습니다. 취리히의 과학잡지에 따르면 카자리스에 앞서 연단에 섰던 덴마크의 학자가 할당 시간을 크게 초과해 거의 폐회시간이 다 되도록 발표를 하였습니다. 그러나 잡지의 주석에 따르면 모든 회의에 성실히 출석한 카자리스 박사에 대한 예의로 이 미국인은 논문 발표를 하게 되었습니다. 카자리스의 발표는 한밤중인 12시 무렵부터 시작해 오전 2시가 몇 분 지나서 끝났습니다. 그 다음에 그해의 대회가 폐회되었습니다. 정식 폐회 시간은 6월 4일 오전 2시 24분이었습니다."

엘러리는 어깨를 으쓱했다. "취리히와 뉴욕의 시차는 6시간이니까 카자리스가 논문 발표를 시작했던 취리히의 한밤인 12시는 뉴욕에서는 6월 3일 오후 6시였습니다. 카자리스가 논문 발표를 거의 끝낸 취리히의 6월 4일 오전 2시는 뉴욕 시간으로 6월 3일 오후 8시였습니다. 있을 수 없는 일을 잠깐 가정해 보도록 하죠. 카자리스는 폐회 직후에, 아니면 발표가 끝나고 연단에서 내려온 직후라도 좋습니다만 서둘러 회의장에서 나왔습니다. 호텔은 이미 체크아웃이 되어 있어서 짐 처리도 끝났죠. 비자 문제는 이미 정리되어 있었고, 그가 취리히의 비행장에 도착하는 대로 비행기가 미국을 향해 날게 되어 있었습니다. 나르도페슬러 박사의 장광설과 시간이 심야가 될 것은 예상이 불가능했음에도 불구하고 카자리스는 그 특별기의 티켓을 갖고 있었죠. 비행기는 논스톱으로 뉴욕으로 날아갔습니다. 뉴욕 공항이나 래거디어 공항에는 순찰차가 카자리스를 기다리고 있다가 최대의 스피드로 그가 탄 택시를 이끌어 주었습니다. 교수님, 이와 같이 다양한 있을 수 없는 일을 가정한다면 에드워드 카자리스가 맨해튼의 중심부에 도착하는 것은 몇 시일 거라고 생각하십니까? 생각하실 수 있는 가장 빠른 시간은?"

"난 항공학(?)의 발달에 능통하질 못해서."

"취리히의 연단에서 맨해튼 한복판까지 곧장 비행기로 날 수가 있다고 한다면 3시간 반에서 4시간이면 도착할 거라고 생각하십니까, 셀리그먼 교수님?"

"물론 불가능하지."

"그래서 제가 전화를 했던 겁니다. 그 결과 에드워드 카자리스는 그날 밤에 회의장에서 비행장에 가지 않았음을 알았습니다. 추측이 아니라 사실입니다. 왜냐하면 당신은 취리히 호텔의 교수님 방에서 밤새도록, '새벽녘이 한참 지나서까지' 카자리스와 이야기를 했다고 하셨습니다. 그것은 분명 아무리 빠르더라도 오전 6시라는 얘기가 되겠지요? 교수님, 이것은 일단 6시라고 해두겠습니다. 물론 그보다 늦었을 게 틀림없다고 생각합니다만. 어쨌든 취리히의 6월 4일 오전 6시는 뉴욕의 6월 3일 한밤중인 12시입니다. 당신께 알려드린 '고양이'의 첫 번째 살인 날짜를 기억하고 계십니까? 어바네시라는 남자가 살해된 날입니다."

"날짜를 기억하는 건 힘들군. 게다가 몇 건이나 있었고 말이야."

"그렇습니다. 너무나도 건수가 많고, 너무나도 많은 시간이 흘러가버렸습니다. 그런데 검시관의 보고로는 어바네시는 6월 3일 '한밤중인 12시 무렵' 교살되었습니다. 아까도 말했던 것처럼 간단한 물리학의 문제입니다. 카자리스는 다양한 재능을 발휘했습니다만, 몇천 마일이나 떨어진 두 장소에, 동일한 시각에 존재하는 능력을 가졌을 리는 만무합니다."

노인은 외쳤다. "하지만 자네도 말한 것처럼, 이것은 실로 기본적인 문제일세. 그런데 자네들 경찰과 검사들은 그게 물리적으로 불가능하다는 것을 몰랐단 말인가?"

"9건의 살인과 한 건의 살인미수가 있으며, 거의 5개월에나 걸친 사건이었습니다. 카자리스의 옛 산과 의사 시절의 파일, 정신과 의사가 된 뒤의 파일에 감춰져 있었던 교살용 끈, 체포 당시의 앞뒤 사정, 자발적이고도 상세한 자백, 이런 모든 것들로부터 그가 범인이라는 것은 절대적으로 틀림이 없다고 여겨졌습니다. 당국이 이러한 착오를 일으킨 이유는 지나친 자신감 때문이거나, 부주의, 아니면 9건 가운데 대부분에 관해서는 카자리스의 범행이 물리적으로 가능했기 때문일지도 모릅니다. 그렇지만 어떤 사건도 카자리스와 직접 결부시킬 증거는 없습니다. 검찰로서는 열 번째의 살인미수 사건을 근거로 하고 있음이 분명합니다. 이에 대해서는 충분한 직접적 증거가 있습니다. 카자리스는 메릴린 소머즈에게서 빌린 코트를 입고 있는 아가씨의 목에 휘감은 끈을 조르고 있는 현장에서 체포되었으니까요. 실크 끈의 굴레. '고양이'의 끈의 굴레. 그 때문에 그는 '고양이'가 되었습니다. 알리바이 따위를 생각할 필요가 없었습니다.

한편 변호인 측은 모든 것을 조사했을 것입니다. 그들이 카자리스의 알리바이를 찾아내지 못한다면 그것은 피고 자신의 탓입니다. 제가 뉴욕을 떠나던 당시에 그는 매우 신경질적인 상태였습니다. 한때는 법률적 도움을 완전히 거부하려고 했습니다. 게다가 또한 변호사 자신이 피고를 변호하는 입장에 있다고는 하지만, 의뢰인의 유죄를 확신하는 일반의 분위기에 영향을 받지 않았다고 볼 수 없습니다.

그러나 알리바이가 찾아지지 않는 것에는 다른 숨겨진 이유가 있는 것 같습니다. 그것은 사실상 이 사건의 당초부터 수사에 임했던 사람들의 심리에 깊이 뿌리박힌 것입니다. '고양이'를 체포하고, 그의 심장에 결정타를 먹이고, 무시무시한 대량살인의 악몽을 모조리 잊기를 바라는 신경증적인 갈망이 유행병 같은 기세로 퍼져 있었습니다. 당국도 그 병에 걸렸던 것입니다. '고양이'는 실체가 없는 그림자 같은 것이며, 그 성질을 희미하게밖에는 알 수가 없는 것이어서 그들이 그 특징에 합치하는 살아 있는 인간을 실제로 붙잡았을 때······."

"퀸 군, 연락처를 알려 주게나. 취리히에서 6월 4일 새벽녘이 지나서까지 카자리스를 내 방에 붙잡고 있었음을 뉴욕에 전보로 알리겠네." 셀리그먼 노인은 짓눌린 목소리로 말했다.

"교수님께서 선서 증언을 해주실 것을 부탁드립니다. 카자리스 박사가 취리히의 회의중에 줄곧 출석했다는 사실과, 그의 귀국이 6월

4일 이전엔 있을 수 없었다는 사실을 나타내는 증거가 거기에 추가되면 그의 혐의는 벗겨질 것입니다."

"그런데 카자리스가 첫 번째 살인을 물리적으로 저지를 수가 없었다고 해서 다른 나머지 살인도 저지르지 않았다고 그들이 믿겠는가?"

"셸리그먼 교수님, 그가 이후의 살인을 저질렀다고 생각하는 것은 이치에 맞지 않습니다. 이 일련의 범죄는 그 특징으로 보아 동일인물의 범행이라고 거의 처음부터 여겨져 왔습니다. 거기에는 많은 까닭이 있습니다. 희생자 이름의 출처만으로도 그것을 확증하기에 충분합니다. 그 출처에서 특정 희생자들을 선택하는 데 사용된 방법도 그것을 확증합니다. 교살의 단서가 동일하다는 사실 등등이 그렇습니다. 그 가운데 가장 유력한 점은 9건의 교살 모두에 실크 끈이 쓰였다는 점입니다. 동인도산인 그 끈들은 간단하게는 손에 넣지 못하는 희귀한 것이며, 동일한 장소에서 손에 넣은 끈이라는 점은 자명했습니다."

"게다가 물론, 정신병 환자의 일련의 범죄에는 어떤 공통된 특징이 ……."

"그렇습니다. 이러한 종류의 대량살인은 '한 마리 늑대', 정신에 이상이 있는 한 인간의 범행이 분명합니다. 이 점에선 문제는 없을 겁니다……. 셸리그먼 교수님, 정말로 이제 쉬시지 않아도 되겠습니까? 바우어 부인은 아까……."

노인은 바우어 부인 따윈 아무래도 상관없다는 듯 얼굴을 찌푸리면서 담배통으로 팔을 뻗었다.

"자네의 목적지가 조금 보이기 시작했네. 그렇더라도 손을 끌어 안 내해 주게나. 자네가 하나의 수수께끼를 해결함으로 인해 다른 수수께끼가 탄생했어."

"카자리스는 '고양이'가 아닙니다."

"그럼 누구지?"

엘러리는 고개를 끄덕이며 말했다.

"다음 질문입니다."

그는 한동안 침묵했다.

그는 미소를 띠면서 마침내 말했다. "교수님, 저는 있는 힘을 다해 그 해답을 찾았습니다. 그 당시엔 충격으로 기절할 것만 같았습니다. 때문에 천천히 설명하는 것을 허락해 주십시오, 그 답에 이르려면 우리가 카자리스의 신경증에 관해 얻은 지식에 비추어 그의 지금까지 알려져 있는 행동을 살펴야만 합니다.

대체 카자리스가 한 행동은 무엇이었던 것일까? '고양이' 사건에서의 그의 알려진 행동은 10명째의 희생자에서 시작되고 있습니다. 그가 열 번째의 희생자로서 21살의 메릴린 소머즈를 선택한 것은 '고양이'가 사용한 방법, 카자리스의 산과 의사 시절의 카드를 조사해 희생자를 찾아냈다는 방법을 응용했기 때문이 틀림없습니다. 저도 같은 방법을 사용해, 똑같은 희생자에 도달했습니다. 때문에 그때까지의 9건의 살인과 파일을 알고, 평범한 인지력이 있는 사람이라면 누구라도 그렇게 할 수 있었을 것입니다.

'고양이'가 했던 방법으로 다음 번 희생자를 선택한 다음 카자리스는 무엇을 시작했을까요?

메릴린 소머즈는 집에서 일을 했으며 매우 바빴고, 정해진 시간에 밖으로 나오는 일이 없었습니다. 그때까지의 어떤 사건에서도 '고양이'의 첫 번째 문제는 살해하려고 결정한 희생자의 얼굴과 모습을 기억해 두는 것이었을 게 분명합니다. 때문에 진짜 '고양이'가 메릴린 소머즈를 겨냥하고 있었다면 그녀가 어떤 여자인지 잘 관찰할 수가 있도록 집에서 밖으로 끌어내려고 했겠지요. 카자리스가 한 것은 정말로 그것이었습니다. 그는 거짓말을 해서 '안전하게' 그녀를 '관찰'할 수 있도록 번잡한 공공장소로 메릴린 소머즈를 불러냈습니다.

카자리스는 며칠 동안, 밤낮으로 그녀의 집 근처를 배회했으며, 그녀가 살고 있는 건물을 정찰했습니다. 정확히 '고양이'가 했을 것으로 예상되는 대로 말입니다. '고양이'는 그때까지의 사건에서 정확히 그것과 똑같은 행동을 했을 게 틀림없습니다.

그렇게 서성대는 동안, 카자리스는 열심성과 교활함, 그리고 일시적으로 실패했을 때는 과장되게 실망을 나타냈습니다. 그것은 정신이 정상이 아닌 '고양이'에게 어울린다고 생각되는 행동이었습니다.

마침내 클라이맥스인 10월의 어느 밤, 키도 모습도 메릴린과 꼭 닮은, 우연히 메릴린 소머즈의 코트를 입고 있던 아가씨를 카자리스는 엎드려 기다렸다가 골목으로 끌고 들어갔습니다. 그리고 그때까지 '고양이'가 교살에 사용했던 것과 똑같은 종류의 실크 끈으로 그녀의 목을 조르기 시작했습니다.

그러고는 우리에게 체포당하자 카자리스는 자기가 '고양이'라고 '고백'하면서 그때까지의 9건의 그의 '행동'을 자세하게 말했습니다……. 카자리스가 스위스에 있던 때에 일어난 어바네시 살해도 포함해서!

왜일까요?

어째서 카자리스는 '고양이'를 흉내낸 것일까요?

무엇 때문에 '고양이'의 범행을 누명쓰려 했던 것일까요?"

노인은 열심히 귀를 기울이고 있었다.

"이것은 타인의 범죄가 자신의 행위인 듯한 망상을 품고 지금까지의 '고양이' 사건의 범인은 나라고 단순히 주장하는 인간의 경우와는 분명히 다릅니다. 지난 5개월 동안에도 그런 정신병자가 많이 나왔습니다. 충격적인 범죄 사건이 일어나면 언제나 그들은 범인으로 자청해 세간의 주목을 받고 싶어합니다. 하지만 카자리스는 다릅니다. 그는 생각과 계획, 행동에 의해 자신이 '고양이'라는 것을 증명했던 것입니다. '고양이'의 습관이나 방법, 수법을 정확히 알고, 그런 것들을 열심히 연구한 다음에 자못 '고양이'가 할 만한 새로운 범죄를 만들어냄으로써. 이것은 모방이라고도 할 수 없습니다. 그것은 불필요한 장면을 생략하고 효과적인 장면을 추가한 훌륭한 연출이었습니다. 예를 들면 카자리스가 소머즈의 아파트 건물 안에 실제로 발을 들여놓은 아침의 일입니다. 그가 안뜰에 있을 때, 메릴린 소머즈는 현관까지 내려와 몇 분 동안 그곳에 서서 우편물을 살폈습니다. 마침 그때, 카자리스가 다시 복도로 들어왔습니다. 당시 주위에는 카자리스와 소머즈 말고는 아무도 없었습니다. 아직 이른 아침이어서 맞은편 거리에도 인적은 없었죠. 그런데도 카자리스는 그 당시 여자를 덮칠 기미를 전혀 보이지 않았습니다. 왜일까요? 그것은 만약 덮쳤다가는 '고양이' 범행의 일관된 패턴이 깨져 버리기 때문입니다. 그때까지의 살인은 마지막 사건에 이르기까지 모두 어두워진 다음에 일어났는데, 그때는 밝은 때였습니다. 이러한 세심한 주의는 보통의 정신병자로서는 도저히 생각하지 못할 일입니다. 그때에 보였던 자제력은 더 말할 나위도 없습니다.

그렇습니다. 카자리스의 행동은 이성적이었습니다. 때문에 그가 창조적인 힘을 발휘해 일부러 '고양이' 역할을 연기한 것은 이성적인 동기 때문이었습니다."

셀리그먼이 물었다.

"그렇다면 자네의 결론으론, 카자리스는 골목에서 그 아가씨를 목졸라 죽일 의지는 없었다는 겐가? 죽이는 시늉만 했을 뿐이라고?"

"그렇습니다."

"하지만 그 결론은 그가 경찰에 쫓기고 있었다는 사실과 범행 현장에서 체포되리란 사실을 알고 있었다는 가정하에서만 성립이 되지."

"물론 그는 다 알고 있었습니다, 교수님. 이성적인 사람인 그가 '고양이'도 아닌데 자신이 범인이라는 것을 증명하려고 했던 그 사실만으로도 당연한 의문이 생겨납니다. 누구에게 증명하려고 했던 것일까요? 아까도 말씀드렸다시피, 그의 증명은 자백만이 아니었습니다. 그 말고도 며칠에 걸친 복잡한 움직임과, 소머즈가 근처를 배회한 일 및 그의 얼굴 표정이 있었습니다. 그의 연극은 속이려는 상대가 자신을 감시하고 있음을 알고 했던 것입니다. 그렇습니다. 카자리스는 경찰에 쫓기고 있다는 것을 알았습니다. 자신의 일거수 일투족이, 입술을 일그러뜨리는 사소한 행동까지도 훈련을 쌓은 형사들에게 주목받고 또 기록되고 있음을 알았습니다.

그리고 그가 셀레스트 필립스, 그가 자기의 희생자라고 착각했던 아가씨의 목에 실크 끈을 감았을 때, 카자리스는 그의 관중을 위해 마지막 장면을 연기해 보였던 것입니다. 오직 열 번째의 사건 때에만, 습격을 당한 희생자가 남에게 들릴 정도로 비명을 지를 수가 있었다는 사실이 그것을 뒷받침합니다. 카자리스가 여자의 목에 자못 그럴듯한 흔적이 남을 정도로 강하게 끈을 조르면서, 끈과 목 사이에 그녀가 양손을 넣을 수 있을 정도의 여유를 남겼다는 점, '고양이'가 적어도 두 건의 사건에서 했던 것처럼 그녀를 때려 기절시키지 않았다는 사실, 그리고 셀레스트 필립스가 습격을 당한 뒤에 곧 평소처럼 말을 하거나 움직이거나 할 수 있었던 것 등도 모두 고개가 끄덕여집니다. 그녀가 아주 잠깐동안 정신을 잃었던 것은 주로 자신이 발버둥쳤던 것과 공포의 결과였습니다. 만약 우리가 그를 '제지하기' 위해 골목으로 뛰어들지 않았더라면 카자리스는 어떻게 했을까는 얼마든지 추측이 가능합니다. 틀림없이 여자의 숨이 멎을 정도로 강하게 조르지는 않고, 다른 데서 방해자가 끼어들도록 오랫동안 비명을 지르게 했겠지요. 형사들이 안개 속 멀지 않은 곳에 있다는 것을 그는 확신하고 있었거니와, 또한 그곳은 뉴욕에서도 번잡한 지역이었기 때문입니다.

그는 '고양이'로 살인미수 현장에서 체포되고 싶어서, 살인미수 현장에서 체포될 수 있도록 계획했습니다. 그리고 순조롭게 살인미수 현장에서 '고양이'로서 체포되었습니다."

"그걸로, 확실해졌군. 우리는 목적지에 근접한 것 같아."

노인은 중얼거렸다.

"그렇습니다. 정상인 사람이 다른 사람의 죄를 뒤집어쓰고, 대신 그 죄를 받으려는 경우, 제정신인 인간이 생각하는 이유는 한 가지밖에 없습니다. 그것은 그가 누군가를 감싸고 있다는 것이죠.

카자리스는 '고양이'의 정체를 감싸고 있었습니다. 카자리스는 '고양이'가 발견되고, 정체가 탄로나 벌을 받지 않도록 지키고 있었습니다.

그리고 카자리스는 마음속 깊숙이 묻혀 있는 죄책감에서, 그렇게 함으로써 자신을 벌하고 있었던 것입니다. 왜냐하면 그 죄책감은 '고양이'와, 그와 '고양이'와의 감정적인 유대에 집중하고 있었기 때문입니다. 찬성하실 수 있으시겠습니까, 셀리그먼 교수님?"

그러나 노인은 기묘한 말투로 말했다. "난 자네가 여행하고 있는 길을 지켜보는 사람에 지나지 않는다네, 퀸 군. 난 찬성도 반대도 하지 않아. 귀를 기울일 뿐이지."

엘러리는 웃었다.

"'고양이'에 관해 지금 제가 알고 있는 것은 무엇일까? '고양이'는 카자리스가 사랑하는 누군가입니다. 그와 깊은 관계가 있는 사람이 죠.

'고양이'는 카자리스가 어떻게 해서든지 지켜주고 싶어하는 그런 사람이며, 그 범죄가 카자리스의 마음속에서 그 자신의 신경증적인 죄책감과 이어져 있습니다.

'고양이'는 정신병환자이며, 산과 의사였던 카자리스의 손으로 30년이나 그보다 전에 이 세상으로 내보낸 사람들을 찾아내 죽일 이유, 분명히 정신병적인 이유를 지닌 사람입니다.

마지막으로 '고양이'는 카자리스 집의 잠긴 방에 보관되어 있는 그의 산과 의사 시절의 오랜 기록에 그와 마찬가지로 접근할 수가 있는 사람입니다."

셀리그먼은 파이프를 입으로 되가져가려 했던 손길을 멈췄다.

"저는 그런 사람이 있겠는가 자문했습니다. 제가 아는 사람 가운데 있을 것인가 하고요. 있습니다. 제가 아는 사람 가운데 단 한 사람, 카자리스 부인입니다."

엘러리는 말을 이었다. "카자리스 부인은, 제가 방금 말씀드린 조건에 딱 들어맞는 유일한 사람입니다.

카자리스 부인은 깊은 관계, 그것도 가장 깊은 관계이며, 그가 사랑하는 유일한 사람입니다.

카자리스 부인은 카자리스가 무슨 수를 써서든 지켜 줘야만 한다고 생각하며, 그 범죄에 대해 카자리스가 강하게 책임을 느끼고, 그 범행이 그의 마음속에서 신경증적인 죄책감과 연결되어 있는 유일한 사람입니다.

카자리스 부인에게는 그녀의 남편이 이 세상으로 내보낸 사람들을 찾아내 죽일 이유, 유일하고도 분명한 정신적인 이유가 있습니다.

그리고 카자리스 부인이 남편의 산과 의사 시절의 기록에 그와 마찬가지로 접근할 수 있다는 것은 더 말할 필요도 없습니다.”

　셀리그먼은 표정을 바꾸지 않았다. 놀란 모습도, 깊은 인상을 받았다는 모습도 찾아볼 수가 없었다.

　“내가 가장 흥미를 가진 것은 자네의 세 번째의 논점을 추궁하는 것이네. 자네가 말하는 카자리스 부인의 ‘분명한 정신적인 이유’야. 그것을 어떻게 논증하겠는가?”

　“교수님께서 과학적으로는 알지 못한다고 하신 저의 사고방식을 발전시켜서입니다. 저는 카자리스 부인이 출산 당시 두 아이를 잃은 것을 알았습니다. 저는 카자리스와 이야기를 나누면서 그녀가 두 번째의 출산 뒤에 아이를 낳지 못하게 된 것을 알았습니다. 그 뒤 그녀는 언니의 외동딸인 레노아 리처드슨을 조카딸이라기보다도 자기의 아이처럼 너무나도 사랑하게 되었습니다. 또 저는 카자리스가 남편으로서의 성적 능력을 잃었다는 것을 알았습니다…… 아니면 그렇게 확신했습니다. 그것은 그의 신경쇠약과, 그 이후의 오랜 치료기간 중에 그가 아내에게는 참지 못할 욕구불만의 원인이었음이 틀림없습니다. 더구나 두 사람이 결혼하던 당시에 그녀는 19살이었습니다.

　카자리스 부인의 19살 이후의 생활은 부자연스럽고, 스트레스가 많았습니다. 그것을 한층 악화시켰던 것은 두 사람에게서 태어난 아기의 죽음으로 그녀의 강한 모성본능을 채울 수 없다는 것과, 이미 아기를 낳을 수 없는 몸이 되고 말았다는 것, 그리고 채워지지 않는 마음을 조카딸에게 향해도 반응이 없고 불만족스런 결과밖에는 얻지 못했다는 점 등이었습니다. 레노아의 어머니는 매우 신경질적이고, 질투가 심하며, 소유욕이 강하고, 어린애 같으며, 남의 일에 참견이나 하고, 끊임없이 분쟁을 일으키는 여자입니다. 카자리스 부인은 외향적이지는 않습니다. 옛날부터 그랬던 것 같습니다. 때문에 그녀의 욕구불만은 내면에 쌓이기만 했습니다. 그녀는 그것을 가슴속 밑바닥에 꼭꼭 담아두었습니다, 오랫동안.

이윽고 그녀는 40살을 넘겼습니다. 그때 그녀는 이상해졌던 것입니다.

셀리그먼 교수님, 제 생각에는 카자리스 부인은 어느 날, 자신을 향해, 그 뒤에 그녀의 오직 하나의 삶의 보람이 된 어떤 일을 중얼거렸습니다. 일단 그 말을 믿자 그녀는 갈피를 잡지 못했습니다. 정신병의 왜곡된 세계 속에서요.

그것은 실로 기묘한 일이 일어난 뒤라고 저는 생각합니다. 그녀의 남편이 막 태어난 두 아기를 스스로 죽였다고 생각한다는 것을 카자리스 부인이 알았거나 혹은 몰랐더라도 마찬가지였습니다. 실제로는 그녀가 몰랐던 것이 분명합니다, 정상이었을 적에는. 만약 알았다면 두 사람의 결혼생활이 저렇게 오래도록 지속될 리가 없었겠지요. 그러나 정신병이 된 뒤로는 그녀는 남편과 거의 똑같은 생각을 하게 되었다고 저는 생각합니다.

마침내 그녀는 이렇게 생각했던 것은 아닐까요. 남편은 몇천이나 되는 아기를 다른 여자들에게 내주었는데, 내가 아기를 낳을 때는 죽은 아기를 주었다. 즉, 남편은 내 아기를 죽인 것이다. 남편은 내게 아기를 갖게 하지 않았으니까 나는 다른 여자들에게 아기를 갖게 할 수 없다. 그는 내 아기를 죽였다. 나는 그녀들의 아기를 죽여 주겠다고." 그리고 엘러리는 말했다. "셀리그먼 교수님, 그 훌륭한 비(非)비엔나산 커피를 더 마실 수 있을까요?"

"아아." 셀리그먼은 팔을 뻗어 벨의 끈을 잡아당겼다. 바우어 부인이 나타났다. "엘자, 우린 야만인이 아니야. 커피를 더 줘."

"벌써 준비해 두었습니다." 바우어 부인은 독일어로 쌀쌀맞게 말했다. 그러더니 뜨거운 김이 솟는 두 개의 커다란 포트와 새 컵을 접시에 받쳐 가져오더니 말했다. "알고 있어요, 변변치 못하니 어차피 다시 자살하고 싶겠지요?" 그녀는 툴툴거리면서 방을 나가더니 문을 쾅 닫았다.

"이게 나의 생활이라네." 노인은 말했다. 그는 쾌활한 눈으로 엘러리를 보았다. "그런데 퀸 군, 놀랄 만한 의견이군. 난 그저 앉아서 감동만 할 뿐이네."

"네?" 엘러리는 의미를 잘 이해하지 못했으나 바우어 부인의 커피에는 감사했다.

"자네는 지도에 없는 루트를 통해 진정한 목적지에 도달한 거라네. 난 전문가의 눈으로 카자리스 부인을 보고 이렇게 느꼈지. 얌전하고 순종적인 타입의 여성이다. 내향적이고 소극적이며, 비사교적이고 딱딱하고, 약간 의심이 깊으며, 히스테릭한 데가 있고……. 물론, 옛날에 그녀를 알았던 무렵의 얘기지만. 그녀의 남편은 핸섬하고 인망이 높으며, 직업상 산과 의사로서 늘 다른 여자들과 접촉이 있었지. 하지만 결혼생활에선 남편과 그녀의 사이에는 정신적인 갈등과 긴장이 있었네. 그런데도 그녀는 어떻게든 삶에 순응해 왔지. 말하자면 절룩거리면서 말일세.

그녀는 특히 남의 눈을 끌 만한 일은 하지 않았지. 그렇기는커녕 언제나 남편의 그늘에 가려 그에게 복종해왔어.

그런데 그녀가 40대가 되었을 때 어떤 일이 일어났어. 그녀는 전부터 정신과 의사인 남편이 그녀보다 젊은 여자 환자들과 친하게 지내는 것을 남몰래 질투하고 있었지. 취리히에서 카자리스한테 들었네만 그의 최근 환자가 거의 모두가 여자인 점은 주목해야만 하네. 그녀는 '증거'를 필요로 하지 않았지. 왜냐하면 그녀에게는 전부터 정신분열의 경향이 있었기 때문이야. 게다가 '증거'를 갖고 싶었지만 틀림없이 그런 사실은 없었네. 어쨌든 카자리스 부인의 정신분열적 경향은 망상상태가 되어 분출했지.

틀림없는 편집성 정신이상이야.

자신의 두 아기를 남편이 죽여 나에게서 빼앗아갔다는 망상은 강해져만 갔지. 남편이 무사하게 받아낸 아기 가운데 몇인가는 그가 낳게 만든 거라고까지 생각했는지도 모르네. 남편이 그 아기들의 아버지라고 생각했건 생각하지 않았건 간에 어쨌든 그녀는 보복을 위해 그들을 죽이기 시작했던 거야.

그녀의 병은 마음속에 또아리를 틀고 있어서 범죄라는 형태로밖에는 밖으로 나타나질 않네. 자네가 설명한 살인범을 정신과 의사가 보면 이런 게 되지. 퀸 군, 자네가 알다시피 나의 목적지도 자네하고 똑같네."

엘러리는 약간 쓴웃음을 지으며 말했다. "단지 저의 루트가, 로맨틱했던 것 같습니다. 교살자를 고양이로 계속 그려온 화가가 생각났습니다만, 그의 굉장한 직관에는 감탄했습니다. 고양이의 조상인 암컷 호랑이는 자기 새끼를 빼앗기면 화가 나서 '미쳐' 버리지 않습니까. 그리고 교수님, 옛 속담에 이런 것이 있습니다. '고양이와 마찬가지로 여자에게는 아홉 삶이 있다.' 카자리스 부인에게도 9개의 생명이 있습니다. 그녀도 살인에 살인을 거듭하다가, 마침내……."

"뭔가?"

"마침내 어느 날, 카자리스에게 무시무시한 손님이 찾아왔습니다."

"진실이라는 손님이로군."

엘러리는 고개를 끄덕였다. "그것을 그가 알게 된 경위는 여러 가지를 생각할 수 있습니다. 그녀가 실크 끈을 많이 감춰놓은 장소를 우연히 발견하고, 전에 둘이서 인도에 갔을 때 그가 아니라 그녀가 그 끈을 산 것을 생각해 냈는지도 모릅니다. 아니면 피해자의 하나나 둘의 이름에서 불현듯 알아챘거나. 그랬다면 그의 옛 파일을 몇 분 동안만 조사하고도 모든 것을 알았겠지요. 혹은 아내의 거동에 의혹을 품고 뒤를 밟았는데 비극을 피하기에는 너무 늦었지만, 그런 충격적인 의미를 깨닫기에 충분한 광경을 목격했는지도 모릅니다. 그는 최근의 일을 돌이켜 어떤 사건이 있었던 날 밤에도 그녀가 어디 있었는지 확실치 않았던 것 때문에 짐작했겠지요. 또한 카자리스는 만성적인 불면증으로 매일 밤 수면제를 복용했습니다. 그게 그녀를 자기 생각대로 자유롭게 행동하게 할 기회를 제공했다는 사실을 그는 알아챘을 겁니다. 아파트의 건물 사용인들에게 발견되지 않도록 밤에 몰래 드나드는 것은 언제든지 거리로 직접 나갈 수 있는 카자리스의 진료실 문이 있었기 때문에 가능했죠. 낮에는 어떤가 하면, 남편은 아내의 낮 동안의 외출은 그리 신경쓰지 않았습니다. 우리 미국의 문화로는 어떤 계급이든지 '쇼핑'이라는 마법의 단어를 갖고 있어서 그걸로 뭐든지 설명이 가능합니다……. 그녀가 편집광의 교활함으로 그 리스트에 있는 많은 희생자의 후보를 건너뛰어 조카를 죽인, 죽은 그녀의 아기들을 대신해 자기 것으로 하려 했지만 불가능했던 조카딸을 죽인 그녀의 범죄 가운데서 가장 무시무시한 살인 때문에 카자리스는 눈치를 챘는지도 모릅니다. 그것은 카자리스를 수사진의 가운데로 파고들게 해놓고, 그를 통해 경찰과 저의 정보나 계획을 알기 위해서였습니다.

어쨌든 카자리스는 그녀가, 아기라고 생각했던 피해자를 목 졸라 죽이는 데 사용한 끈과 탯줄과의 관계를 이내 깨달았겠지요. 남자 피해자에게는 파랑 끈, 여자 피해자에게는 분홍 끈을 언제나 사용하는 어린애 같은 수법의 의미를 분명 눈치챘을 것입니다. 그 뒤로 그는 그녀의 정신병의 원인을 찾고, 망상을 일으킨 원인이 된 정신적 충격에 생각이 이르렀겠지요. 그것은 그녀가 산실에서 두 아기를 잃은 사건 말고는 있을 수가 없었습니다. 다른 경우였다면, 비록 개인적으로는 괴로운 일이지만 그것은 임상적인 소견에 지나지 않으며, 카자리스는 이러한 경우 보통의 의학적 법률적 처치를 취했겠지요. 아니면 사실을 공개했다가는 너무나도 많은 고통과 굴욕과 오명이 수반될 것이 예상되어 적어도 그녀가 더 이상 범행을 거듭할 수가 없는 곳으로 옮긴 것 같습니다.

그러나 이 경우는 평범하지가 않았습니다. 그 자신에게 오랜 죄책감이 있었습니다. 그것은 같은 산실을 통해 나타나며, 그곳에 뒤얽힌 죄책감이었습니다. 스스로는 이미 사라져 버렸다고 여겼던 죄책감이 되살아난 것은 아내가 앓고 있는 마음의 병의 배후에 있는 것을 알아챈 충격 때문이었겠지요. 그게 어떻게 되살아났건 간에 카자리스는 과거의 신경증이 다시 발병한 것을 알았던 게 틀림없습니다. 더구나 그것은 그것을 되돌아보게 했던 것, 즉 아내의 병의 원인을 발견한 충격으로 인해 전과는 비교도 되지 않을 정도로 위중한 것이었습니다. 그 신경증 때문에 모든 것이 자기 탓이며, 자신이 두 아기를 '죽이지' 않았더라면 그녀는 정신병이 되지 않았을 거라고 이내 그는 굳게 믿어 버렸습니다. 때문에 그녀의 죄는 그의 죄이며, 그에게만 그 '책임'이 있고, 따라서 그만이 벌을 받아야만 한다고 생각한 것입니다.

그래서 그는 아내를 그녀의 언니와 형부에게 맡겨 남부로 보내고, 남은 실크 끈을 아내가 감춰둔 곳에서 꺼내 자신하고만 관계가 있는 장소에 보관했습니다. 그리고 바로 에드워드 카자리스야말로 뉴욕이 온통 혈안이 되어 5개월 동안이나 쫓던 괴물임을 당국에 증명하기 시작했습니다. 체포 뒤의 그의 자세한 '자백'은 다른 부분과는 비교가 되지 않을 만큼 친절한 것이었습니다. 그는 이 사건의 수사에 관계하고 있었으므로 경찰이 파악한 사실을 모조리 알고 있었습니다. 그런 사실들을 토대로 그럴듯한, 설득력이 있는 얘기를 조합할 수가 있었던 것입니다. 자백했던 시점 및 그 이후의 그의 행동은 어디까지가 연기이고, 어디까지가 진정한 고뇌인지, 물론 저는 단언하지 못합니다.

셀리그먼 교수님, 이상이 제 생각입니다. 이것을 부정하는 정보를 갖고 계시다면 지금 말씀해 주십시오."

엘러리는 긴장된 목소리로 말했다.

그는 자기가 떨고 있음을 알았지만, 그것은 꺼져가고 있는 불 때문이라고 여겼다. 불은 빨리 어떻게 해달라고 재촉하는 듯 칙, 치익 작은 소리를 내고 있었다.

셀리그먼 교수는 일어나 방에 온기를 되돌리는 프로메테우스의 작업에 한동안 전념했다.

엘러리는 기다렸다.

등을 향한 채 갑자기 노인이 낮은 목소리로 말했다.

"퀸 군, 아까 얘기를 곧장 전보로 보내는 게 좋을 것 같군."

"그 대신 제가 전화를 걸어도 되겠습니까? 전보로는 자세하게 말할 수가 없거니와, 만약 아버지와 통화할 수 있으면 시간을 상당히 절약할 수 있습니다."

"내가 신청해 주겠네." 노인은 다리를 끌면서 책상 쪽으로 갔다. 그는 전화기를 집어들면서 약간의 유머를 담아 덧붙였다. "나의 독일어가 적어도 유럽에서는 자네보다 잘 통할 게 틀림없기 때문일세."

마치 머나먼 혹성에 전화를 신청한 것 같았다. 두 사람은 좀처럼 울리지 않는 전화를 기다리며 묵묵히 커피를 마시고 있었다.

하루도 저물녘이 가까워 서재는 희미하게 어두워졌고, 그 정취 있는 장식도 보이지 않게 되어 갔다.

한 번은 바우어 부인이 힘차게 들어와 두 사람을 깜짝 놀라게 했다. 그러나 부자연스러운 침묵과 어슴푸레한 어둠 속에 앉아 있는 두 사람을 보고 의아해했다. 그녀는 발끝을 세우고 돌아다니면서 전기를 켰다. 그러고는 고양이처럼 살며시 방을 나갔다.

엘러리가 한 번 웃었다. 노인은 고개를 들었다.

"셀리그먼 교수님, 지금 재미있는 생각이 났습니다. 넉 달 전에 처음으로 그녀를 만난 이후로 '카자리스 부인' 이외의 이름으로 그녀를 부른 적도, 생각한 적도, 화제에 오른 적도 없었습니다."

"어떻게 부르면 좋겠다는 것인가."

노인은 신경질적인 말투로 말했다.

"오필리어라고 할까요? 저는 그녀의 세례명을 몰랐습니다. 지금도 모릅니다. 그저 카자리스 부인, 위대한 남자의 그림자로만 알 따름입니다. 그러나 그녀는 조카를 죽이던 그 밤부터 줄곧 있었습니다. 한쪽 편에, 얼굴을 표면으로 드러내지 않고 그리고 때때로 약간의, 그러나 매우 중요한 말을 끼워 넣었습니다. 그녀의 남편도 포함해 우리 모두가 속아왔던 것입니다. 그 생각을 하면 셀리그먼 교수님, 말하자면 정상적인 인간 쪽이 머리가 나쁜 것 같군요."

그는 다시 웃었다. 이 농담을 대화의 계기로 삼을 작정이었다. 그는 불안해서 숨이 막힐 것만 같았기 때문이다.

그러나 노인은 신음소리를 냈을 뿐이었다.

그 뒤로 두 사람은 다시 침묵으로 돌아갔다.

마침내 전화가 울렸다.

전화는 이상하리만큼 또렷하게 들렸다.

"엘러리!" 퀸 경감의 외침 소리는 물리적인 거리를 넘어 들려왔다. "별일 없느냐? 언제까지나 비엔나에서 뭘 할 거지? 어째서 연락을 하지 않았어? 전보도 치질 않고."

"아버지, 뉴스가 있습니다."

"뉴스?"

"'고양이'는 카자리스 부인입니다."

엘러리는 빙긋 웃었다. 아버지를 약 올리고 싶다는 심술궂은 기분이었다.

아버지의 반응은 기대했던 대로였다.

"카자리스 부인, 카자리스 부인이라고?"

그러나 경감의 말씨에는 어딘가 이상한 데가 있었다.

"놀라셨죠? 지금 설명할 수는 없지만······."

"엘러리, 나도 들려줄 뉴스가 있다."

"아버지도요?"

"카자리스 부인이 죽었다. 오늘 아침 독약을 마셨어."

엘러리는 저도 모르게 셀리그먼 교수에게 말했다.

"카자리스 부인이 죽었답니다. 음독했대요. 오늘 아침이랍니다."

"엘러리, 누구한테 떠들고 있는 게냐?"

엘러리는 정신을 가다듬었다. 어떤 이유에서 그것은 충격이었다.

"베라 셀리그먼 교수님이죠. 지금 교수님 댁에 있습니다. 하지만 그러는 편이 좋았을지도 모릅니다. 카자리스에게 괴로운 문제가 해결된 것은 분명하고······."

"으음." 아버지의 말투는 확실히 기묘했다.

"왜냐하면 아버지, 카자리스 박사는 과실이 없습니다. 자세한 것은 돌아가서 말씀드리죠. 그때까지 지방 검사에게 연락해 주세요. 내일 아침부터 시작되는 재판을 막을 수는 없겠지만······."

"엘러리."

"말씀하세요."

"카자리스도 죽었단다. 역시, 오늘 아침에 음독했어."

'카자리스도 죽었다, 역시. 오늘 아침에 음독했어.' 엘러리는 속으로 그렇게 생각하기만 한 것 같았는데 셀리그먼의 표정을 보고 자신이 아버지의 말을 소리내어 반복했음을 알아챘다.

"그걸 미리 계획하고 그녀에게 독이 있는 장소와 갖고 들어올 방법을 가르친 것은 카자리스라고 믿어지는 이유가 있어. 그녀는 요즘 며칠 망연자실한 상태였다. 그게 일어난 것은 그의 독방 안에서 둘이서만 있게 된 뒤로 1분가량밖에는 지나지 않은 때였지. 그녀가 독약을 갖고 들어가 치사량을 둘이서 함께 마셨어. 빠르게 퍼지는 독이어서 독방의 문을 열었을 때 두 사람은 이미 괴로워하고 있었지. 그리고 6분 이내에 죽었어. 실로 눈 깜짝할 사이에 일어난 일이어서 문 밖에 있던 카자리스의 변호사는……. "

아버지의 음성은 허공 저편으로 사라져갔다. 그런 것처럼 여겨졌다. 엘러리는 자신이 멀어지는 목소리를 잡으려고 노력하고 있음을 느꼈다. 아니, 그게 아니다. 어슴푸레한, 굳은 심지를 지닌 어떤 것, 자신의 일부인 것을 지금까지 전혀 알아채지 못했던 어떤 것을 붙잡으려 하고 있을 뿐이다. 그러나 그가 그것을 의식한 순간, 그것은 빛의 속도로 부쩍부쩍 빠르게 축소되어 갔고 그는 그것에 매달릴 힘이 없었다.

"퀸 군. 여보게 퀸 군!"

친절한 셀리그먼 노인. 그는 이해해 주리라. 그래서 저렇게 흥분한 목소리를 내는 것이다.

"엘러리, 듣고 있는 게냐? 들리느냐? 여기선 분명하게……. "

누군가의 목소리가 "저는 곧 돌아가겠습니다. 그럼"이라고 말했고, 그 사람은 전화를 끊었다. 엘러리는 주위에 은밀한 황망스러움을 느꼈다. 다양한 소리가 났고, 바우어 부인이 어딘가에 있는 것 같았는데 없어졌고, 바로 옆에서 남자가 바보처럼 훌쩍거리고 있었다. 그의 얼굴은 대형 폭탄을 맞았고, 불처럼 뜨거운 용암이 식도를 타고 내려갔다. 마침내 엘러리가 눈을 뜨자 그는 길고 검은 가죽 의자에 누워 있고, 셀리그먼 교수가 모든 할아버지의 정령인 듯한 표정으로 그의 위로 부드럽게 몸을 기대고 있었다. 교수는 한 손에 코냑 병을 들고 다른 손의 손수건으로 살며시 엘러리의 얼굴을 닦고 있었다.

노인은 상냥하게 위로의 목소리로 말했다. "괜찮네, 괜찮아. 고단한 긴 여행과 수면부족, 그리고 나하고의 대화로 흥분했던 것과 아버지에게서 온 소식을 들은 충격 때문일세. 움직이지 말아, 퀸 군. 누워 있게나. 아무 생각도 말고 눈을 감는 거야."

엘러리는 다시 몸을 눕히고 아무 생각도 없이 눈을 감았다. 그러나 다시 눈을 뜨고는 말했다. "안 됩니다."

"아직 남았나? 내게 할 말이?"

이 노인은 이상할 정도로 힘차고, 신뢰할 수 있는 목소리를 지녔다.

엘러리는 우스울 정도로 감정적인 목소리가 되어 지껄이기 시작했다. "또다시 때를 놓쳤습니다. 저는 하워드 반 혼을 죽였을 때와 마찬가지로 카자리스를 죽이고 말았습니다. 저의 보잘것없는 명예 위에 책상다리를 하고 있을 게 아니라, 그때 곧장 9건의 사건 전부에 대한 카자리스의 알리바이를 조사했더라면 카자리스는 살아 있었겠지요. 그는 죽지 않아도 되었을 겁니다, 셀리그먼 교수님. 이해하시겠습니까? 이번에도 역시 때를 놓치고 말았습니다."

친할아버지 같은 목소리가 말했다. "이번엔 자네가 신경증인 것 같군." 이번엔 부드럽지 않은, 엄격한 말투였지만 역시 신뢰할 수 있는 음성이었다.

"저는 반 혼 사건 뒤에 사람의 목숨을 걸 만한 일은 두 번 다시 하지 않겠다고 맹세했습니다. 그런데도 그걸 깨뜨리고 말았어요. 저는 진정 오만했음에 틀림없습니다. 저의 오만은 타고난 거겠지요.

385

맹세를 깨뜨리고 제2의 희생자의 무덤 위에 태연히 앉아 있으니까요. 그는 무덤 속에서 뭐라고 생각할까요? 저의 어찌할 도리 없는 오만이 얼마만큼 죄 없는 많은 사람들을 고통으로, 죽을 정도는 아니라 하더라도 몰고 갔던 걸까요! 저의 지금까지의 경력은 실로 편집광 환자의 그것입니다. 그런 제가 다른 사람의 과대망상을 논하다니! 저는 법률에 관해 법률가에게, 화학에 관해 화학자에게, 탄도학에 관해 탄도 전문가에게, 지문에 관해 지문 연구를 평생의 직업으로 삼아온 사람들에게 선언했습니다. 저는 30년의 경력을 지닌 형사에게 범죄수사 방법에 관해 '칙령'을 내리고, 훌륭한 정신과 의사들을 향해 단정적인 정신의학적 분석을 펼쳤습니다. 저에 비하면 나폴레옹도 남자 화장실의 청소부로 보일 정도로 뻐겨왔습니다. 그리고 죄 없는 사람들 사이를 마구 설쳐 괴롭혔던 것입니다."

노인의 음성이 들려왔다.

"그것 자체가, 자네가 지금 말하고 있는 것 자체가 망상이야."

"내가 말한 대로가 아닙니까?" 엘러리는 자신이 완전히 오싹할 만한 소리로 웃고 있음을 느꼈다. "제 처세철학은 《이상한 나라의 앨리스》 속의 여왕의 그것과 마찬가지로 순응성이 있고, 이성적이었습니다. 《이상한 나라의 앨리스》를 아시지요, 교수님? 분명 교수님이나 다른 누군가가 이 책의 정신분석을 했습니다. 그것은 겸손에 관한 위대한 작품이며, 인간이 스스로를 비웃는 것을 알게 된 이래의 모든 지혜가 포함되어 있습니다. 그 책에는 뭐든지 나옵니다. 저까지도요. 여왕은 크고 작음을 불문하고 모든 트러블을 오직 한 가지 방법으로 해결한다는 것을 기억하고 계십니까? '그의 목을 쳐라!'"

엘러리는 일어나 있었다. 마치 셸리그먼이 그의 발바닥에 불을 붙이기라도 한 것처럼, 정말로 긴 의자에서 뛰어 내려온 것이었다. 그리고 그는 고명한 노인에게 위협하듯이 팔을 흔들었다.

"이제 됐어! 이제 충분하다고, 전 이번에야말로 정말로 그만두겠습니다. 그리고 저의 오만을 좀더 해가 적은 방면으로 향하겠습니다. 셀리그먼 교수님, 저는 이제 끝장입니다. 정확하고 전능한 지식을 가장한 거짓 지식으로 빛나는 경력을 지금 나프탈렌도 넣지 않은 채 영구 보관해 집어넣어 버렸습니다. 제 말 뜻을 이해하시겠습니까? 무슨 소릴 하는 건지 확실하게 아시겠느냐고요?"

그는 자기가 교수의 눈에 붙잡혀, 완전히 붙들려 있음을 느꼈다.

"자네, 앉게나. 이런 자세로 자네를 올려다보면 등이 피로해지거든."

엘러리의 귀에 셀리그먼의 사과의 말이 들려왔다. 그리고 이어서 깨달은 것은 자신이 의자에 앉아서 엄청난 커피잔의 잔해를 뚫어져라 쳐다보고 있다는 것이었다.

"퀸 군, 그 반 혼이라는 사람의 일은 모르네만, 그의 죽음은 자네에게 상당한 충격이었던 것 같군. 너무나도 커다란 충격이었기 때문에 자네는 카자리스의 죽음을 평정심으로 받아들일 수가 없는 거라네. 사건의 모든 사실로 보아 그의 죽음은 피할 수가 없었던 일인데도 말일세.

자네는 평소의 명석한 두뇌로 생각하고 있질 않아. 카자리스의 자살 뉴스에 대한 자네의 지나치게 감정적인 반응에는," 차분한 목소리는 계속됐다. "이성적인 이유가 없네. 비록 자네가 어떤 일을 하더라도 그것은 막을 수 없었을 걸세. 이런 일에 관해서는 내가 잘 알기 때문에 말하는 거라네."

엘러리의 앞 주위로 사람의 얼굴이 조금씩 보이기 시작했다. 그는 편안한 마음으로, 온순하게, 가만히 앉아 있었다.

"자네가 살인사건의 조사를 시작한 뒤로 10분 이내에 진상을 알았다손 치더라도 카자리스의 운명은 유감스럽지만 똑같았을 걸세. 카자리스 부인이 많은 죄 없는 사람들을 살해한 정신병 환자임을 자네가 즉각 증명할 수 있었다고 가정하세. 그녀는 체포되고 재판에 회부되어 유죄를 선고받았겠지. 그리고 법률이 그녀를 정신병자로 인정하거나, 혹은 법률상의 정의로——이것은 잘못되어 있는 경우가 자주 있지만——책임능력이 있는 자로 결정되거나 함으로써 처분이 결정되었겠지. 그럴 경우에 자넨 훌륭하게 자네의 일을 했으니 스스로를 책망할 까닭은 없었을 걸세. 사실은 사실이며, 사회에 커다란 해악을 끼친 위험 인물은 제거되어야만 하네.

여기서 자네가 깊이 생각했으면 하네. 만일 그의 아내가 체포되고 처벌을 받았으면 카자리스는 그리 책임을 느끼지 않고 지나쳤겠는가? 그의 죄책감은 그 정도로 심각하지는 않았을까?

아니, 카자리스의 죄책감은 마찬가지로 강했을 것이며, 결국은 이번처럼 그는 스스로의 목숨을 끊었을 걸세. 자살은 극단적인 공격적 표현의 하나이며, 극도의 자기혐오 형태의 하나라네. 책임을 느끼고 스스로를 괴롭히는 것은 그만두게나. 단 한번도 자네의 책임이었던 적은 없었거니와, 어떤 상황에서도 자네 개인으로서는 어떻게도 할 수가 없었을 걸세. 자네의 힘으로 어느 정도 과정을 바꿀 수 있지 않았을까 생각한다면, 일어난 일과 일어날지도 모르는 일의 주된 차이는 카자리스가 그의 파크 거리 진료실의 호화로운 카펫이 깔린 바닥 위에서가 아니라 독방에서 죽었다는 것이야."

이제는 셀리그먼 교수의 얼굴이 바로 가까이에 분명하게 보였다.

"교수님, 당신이 뭐라고 말씀하시건, 어떤 표현을 쓰시건 간에 제가 카자리스의 계략에 속아넘어가 때를 놓쳤으며, 이곳 비엔나에서 당신을 상대로 이미 끝난 사건을 논하는 것이 고작이라는 사실은 달라지지 않습니다. 셀리그먼 교수님, 저는 분명히 실패했습니다."

"그런 의미에서라면, 그렇다네, 퀸 군, 자넨 실패했어." 노인은 갑자기 몸을 앞으로 쑥 내밀어 엘러리의 한 손을 붙들었다. 그의 손에 닿았을 때, 엘러리는 자신이 길의 끝 지점에 닿았으며, 그리고 다시는 그곳을 밟지 않아도 된다는 것을 깨달았다.

"자넨 전에도 실패했어. 앞으로도 하겠지. 그게 인간의 본질이자 역할이라네. 자네가 선택한 일은 승화작용이며, 커다란 사회적 가치가 있는 일이야. 그것을 계속해야만 한다네.

한 가지 더 말해두지. 자네의 일은 사회에 있어서 대단히 중요한 일임과 동시에 자네 자신에게도 중요해.

하지만 퀸 군, 그런 중요하고 보람이 있는 일을 하는 동안에 한 가지 커다란 진실의 교훈을 언제나 잊지 않기를 바라네. 그것은 자네가 이번의 경험으로 얻었다고 믿는 교훈보다 훨씬 진실된 것이지."

"그것은 어떤 교훈입니까, 셀리그먼 교수님?"

엘러리는 몸을 앞으로 내밀었다.

노인은 엘러리의 손을 가볍게 두드리면서 말했다. "그 교훈은 마르코복음에 있는 구절이지. '신은 한 분이시며, 그 외에 신은 없다.'"

이름에 관하여

　인생을 거울에 비춰보는 것이 픽션의 목적 가운데 하나라고 한다면, 등장하는 인물이며 장소도 실생활과 마찬가지로 이름을 통하여 확립되어야만 한다. 이 이야기에 나오는 이름은 많을 수밖에 없었다. 나는 사실감을 주기 위하여 흔한 이름과 드문 이름을 동시에 사용했는데, 어느 경우든 모두 가공의 것임을 밝혀둔다. 가공이라는 것은 절대 작가가 알고 있는 실존 인물이나 장소에서 따온 것이 아니라는 의미이다. 따라서 만약 실재하는 그나 그녀의 이름과 같다든지 비슷한 경우도 마찬가지지만, 실재하는 지명과 같은 이름이 나온다손치더라도 그것은 어디까지나 모두 우연의 일치임을 미리 밝혀둔다.

　또한 이 이야기에는 뉴욕 시 공무원들이 몇 사람 등장할 수밖에 없었다. 작가가 생각해낸 그들의 이름이 공교롭게도 여러분들이 알고 있는 직원과 일치한다 해도 이 역시 우연에 지나지 않는다. 뉴욕 시의 어떠한 공무원도 절대 모델이 되지 않았음을 나는 천명한다. 이름 대신 직위만 나오는 경우도 역시 마찬가지이다. 그 중에서도 특히 당부하고 싶은 사람은 시장 잭과 경찰 본부장 버니이다. 현재와 과거,

또한 현존하든 이미 고인이 되었든, 뉴욕 시의 그 어떤 시장이나 경찰 본부장도 모델로 삼지 않았다.

소설에 등장하는 인물과 장소는 다음과 같다. 만약 리스트에 없는 이름이 본문 중에 나온다면 이는 교정자가 깜빡 실수한 것이니, 독자들이 대신 리스트에 그 이름을 더해주기 바란다.

어바네시, 아치볼드 더들리
어바네시, 세일러 앤 부인
어바네시 목사

바스카로네, 테레사 부인
바우어, 엘저 부인(오스트리아)
빌, 아서 잭슨

카스토리조 박사, 프루비오(이탈리아)
캐튼 박사, 로렌스
카벨 박사, 존 슬로비(영국)
카자리스 박사, 에드워드
카자리스, 에드워드 부인
초코스키, 스티븐
코헨 게일리 G.
콜린스, 버클리 M.
캐틀러, 나딘

데반더, 빌

엘리스 프란세스

페리크안키, 이그나티오
핑클스톤, 사먼
프랭크버너, 제롬 K.
플로린스, 콘스탄스

게케르, 윌리엄 와르뎀
골드버그(형사)
고나시, 필

헉스톰(형사)
헤가위트, 아델레이드
헤스(형사)

이머슨, 진 부인
이머슨, 필버트
아이언즈, 대럴

잭슨, 랄 도야나
잭슨(형사)
존스, 에버
주라스 박사(프랑스)

카츠, 도널드
카츠 박사, 모빈

카츠, 펄 부인
케리, 바
콜로도니, 제럴드 엘리스

라클란드 박사, 존 F
'레규트, 지미'
레곤트 메이벨 부인

매케인(형사)
'마틴, 수'
머드피언, 해럴드
뉴욕 시장, 잭
매켈, 제임스 가이머
매켈, 모니카
메리글, 로저 브러햄
메트로폴, 홀
밀러, 윌리엄

나르도페슬러 박사(덴마크)
'노스트럼 폴'

오라일리, 모라 B. 부인
오라일리, 라이언
오라일리, 라이언 부인

파크레스터 아파트

페트루키 신부
페트루키, 조지 부부
페트루키, 스텔라

필립스, 셀레스트
필립스, 시몬느
피고트(형사)
뉴욕 경찰 본부장(버니)
폼프, 프랭크

퀴글리(형사)
시 보건소 맨해튼 기록통계부 호적과
루터스, 로제리
리처드슨, 델라 부인
리처드슨, 리퍼 앤드 컴퍼니
리처드슨, 레노아
리처드슨, 재컬리

서코피, 마거릿 부인
서코피, 시르반
쉔츠바이크 박사, 월터(독일)
셀리그먼 박사, 베라(오스트리아)
스미스, 유레리 부인
스미스, 바이얼릿
소머즈, 빌리
소머즈, 에드나 라파티 부인

소머즈, 엘리노아
소머즈 프랭크 페르만
소머즈, 메릴린
소머즈, 스탠리
스톤, 맥스
세보 백작, '스누키'

톨드릭, 벤자민

울버슨 박사, 벤자민

베리, 바바라 앤

위재커, 더긴
위재커, 하워드
윌킨스, 비어트리스
윌킨스, 프레드릭
자빈스키, 레바

영 (형사)

지르기트 (형사)

꼬리 아홉 고양이의 미로

엘러리 퀸(Ellery Queen ; Frederic Dannay, 1905~1982/Manfred
B. Lee, 1905~1971)은 어느 주간지 인터뷰에서 스스로 베스트 3을
꼽는다면 무엇을 들겠느냐는 질문을 받았다. 그는,

1. 《차이나 오렌지의 비밀》
2. 《재앙의 거리》
3. 《중간지점의 집》

여기에 《꼬리 아홉 고양이(Cat of many tails)》를 덧붙였다.

이 순위는 일반의 평가와는 반드시 일치하지 않을 수도 있지만, 스
스로 추천한 베스트 4에는 작가의 경향이 엿보여 역자는 흥미롭게 생
각했다.

프레드릭 대니와 맨프리드 리가 어떻게 합작을 했는지, 그 창작의
비밀은 두고두고 우리들의 궁금증을 자아내지만, 어쨌든 그는 끝까지
밝히지 않았다. 그러나 당시 혼자서 활동하던 프레드릭 대니가 방대
한 지식을 가진 뛰어난 서지학자였던 점은 그 누구도 의심하지 않는
다. 특히 《꼬리 아홉 고양이》에서는 대니의 박식함이 유감없이 발휘

되고 있다. 그 결과 자연히 역자의 주석이 꽤 많아졌다. 어쩌면 고급 팬들의 즐거움을 뺏는 것은 아닐까 저어했지만 대다수 일반 독자들을 고려할 수밖에 없는 점을 아울러 양해 바란다.

1949년에 발표된 《꼬리 아홉 고양이》는, 《X의 비극》과 같은 도르리 레인 4부작이나 국명 시리즈, 또는 라이트빌 시리즈에도 속하지 않는 색다른 작품이다. 이미 절정을 조금 넘긴 뒤 인간적인 측면을 중시하게 된 작가의 정신세계가 현저하게 드러나던 시기이긴 했지만, 이 작품에서는 라이트빌 시리즈와는 또 다른 본격적인 수수께끼에 보다 역점을 두고 있다.

《꼬리 아홉 고양이》는 의욕적이고 에너지 넘치는 대작이다. 단순히 양적으로 방대한 것만이 아니라 우여곡절을 거쳐 '드디어 대단원인가 보다' 싶은 독자들에게 또다시 미로를 헤매게 하면서 마지막 순간까지 집요하게 독자들의 도전을 받아들이고 있는 데는 저절로 머리가 숙여진다. 그런 전력을 다 쏟은 퀸의 만족감이 이 작품에 대한 특별한 애착으로 나타난 것이리라.